U0521528

证言
The Testaments

[加] 玛格丽特·阿特伍德 —— 著 于是 —— 译

上海译文出版社

所有女人都该有同一套动机,否则就是怪物。

——乔治·艾略特《丹尼尔·德龙达》

"正视彼此的面容时,我们不只是看到一张我们讨厌的脸——不,我们就是在照镜子……难道您没有在我们之中认出自己吗……?"

——瓦西里·格罗斯曼《生活与命运》,一级突击队长利斯对老布尔什维克莫斯托夫斯科伊说的话

"自由是沉重的负荷,一种由精神承担的伟大又奇异的重负……自由不是别人给的礼物,而是你做出的选择,并可能是个艰难的选择。"

——厄休拉·勒古恩《地海传奇》

目录

第一章 · 雕像 …… 001

第二章 · 珍稀的花朵 …… 033

第三章 · 圣歌 …… 063

第四章 · 寻衣猎犬 …… 093

第五章 · 货车 …… 123

第六章 · 六死掉 …… 153

第七章 · 体育馆 …… 177

第八章 · 卡纳芬 …… 203

第九章·感恩牢 159

第十章·春绿色 181

第十一章·粗布衣 213

第十二章·舒毯 196

第十三章·修枝剪 243

第十四章·阿杜瓦堂 225

第十五章·狐狸和猫 247

第十六章·珍珠女孩 265

第十七章·完美的牙齿 285

第十八章·阅览室 295

第十九章·书房 323

第二十章·血缘

第二十一章·狂跳

第二十二章·当胸一拳

第二十三章·高墙

第二十四章·内莉·J·班克斯

第二十五章·醒来

第二十六章·登陆

第二十七章·辞别

第十三届研讨会

鸣谢

译后记

第一章
雕像

阿杜瓦堂手记

1

只有死人才能有雕像，但我还健在时就被塑成了雕像。活着的我就已被石化了。

这尊雕像凝聚了国人对我所做的诸多贡献的赞赏与感谢，维达拉嬷嬷当众宣读的嘉奖令是这么说的。她是被我们的上级长官指派去宣读的，她可没有一星半点的谢意。我尽可能表现得谦逊，谢过她，然后一拉绳子，扯下那块披裹在我身上的布；盖布掀起波动，翻滚落地，露出了矗立的我。我们嬷嬷通常不会在阿杜瓦堂欢呼喝彩，但这时响起了几下谨慎的掌声。我也颔首示意。

我的雕像比真人高大，所有的雕像都有这种倾向，而且把我雕刻得更年轻、更苗条，我的体形都好些年没那么匀称了。我站得笔直，肩膀往后挺，唇角上翘成一个坚定但亲善的微笑。我的眼神固定在时空里的某个点，可以理解为代表我的理想主义、毫无畏惧的忠于职守、克服一切阻碍向前挺进的决心。这倒不是说我的雕像能望见天空中的种种景象，因为它被安置在阿杜瓦堂门前步道边的一丛郁郁的矮树和灌木里。即便变成石头，我们嬷嬷也决不能太狂妄。

紧攥着我左手的是个七八岁的女孩，她用信赖的眼神举目望着我。蹲在我身边的是位使女，我的右手搭在她的头上，她的头发被遮盖起来，抬起的眼神透出一种或可解读为畏怯，或可理解为感恩的神情。她身后是我的一个珍珠女孩，准备启程履行她的传教使命。悬挂在腰带下的是我的电击枪。这件武器让我牢记自己的诸多过失：若能更有成效，我根本用不着这种工具。用我言语的说服力本该足矣。

就群像而言，这个作品不算太成功：太拥挤了。我倒是希望自己更突出一点。但至少我看上去是理智的。这个雕像完全有可能是另一副尊容，因为那个上了年纪的女雕塑家——她去世后被追认为真信徒——惯于让她作品中的人物双目鼓凸，以此表现人物狂热的虔诚。她做的海伦娜嬷嬷的半身像看似暴怒，维达拉嬷嬷的那尊像是甲亢患者，伊丽莎白嬷嬷的则像随时都会爆炸。

揭幕时，女雕塑家很紧张。她对我的刻画雕琢足以传递出奉承之意吗？我会赞许吗？我的赞许会是有目共睹的吗？我玩味过一个念头：在盖布滑下来时皱起眉头，但三思后决定不那样做，我并非没有同情心。于是我说："很生动。"

那是九年前的事了。从那以后，我的雕像历经沧桑：鸽群不遗余力地点缀我，苔藓从我潮湿的裂隙里滋长蔓生。崇拜者们在我脚下留下供品：鸡蛋象征繁育，橘子代表妊娠圆满，羊角面包对应月相。面包类的东西我都置之不顾——通常都会被雨淋湿——但我会把橘子揣进口袋。橘子是多么让人神清气爽啊。

我是在阿杜瓦堂的私人书房里写下这些的——在我国各处兴起热情万丈的焚书运动后，只有屈指可数的图书馆得以保存下来，阿杜瓦堂就是其中之一。为了给即定到来、道德上清白无辜的新一代创建一个洁净的空间，过去留下的一切腐朽、沾血的指印必须被抹除殆尽。理论上是这样的。

但其中也有我们自己留下的血手印，那可没那么容易抹除。这些年来，我埋葬了许多尸骨；现在我要把它们重新挖出来——

哪怕只是为了让你，我不知名的读者，有所启迪。如果你正在看，说明这份手稿好歹是保住了。虽然这可能只是我的白日梦；也许，我终将没有一个读者。也许，我终将只是对墙自语①，无论是字面意思还是引申意义。

今天写得够多了。我的手痛，背也痛，每晚一杯的热牛奶还在等着我呢。我要把这份啰里啰嗦的东西塞进它的藏身地，避开监控镜头——我知道它们在哪里，因为都是我亲自部署的。虽说这么小心，我还是很清楚自己在冒多大的风险：写下来，就会招致危险。会有怎样的背叛、又会有怎样的公开谴责在等待我？阿杜瓦堂内就会有好些人巴不得搞到这些纸页呢。

再等等，我会无声地给予她们忠告：更糟糕的还在后头呢。

---

① 这句话也有被忽视，无人倾听的意思。

第二章

珍稀的花朵

证人证言副本 369A

2

你让我说说,我在基列长大是怎样的情形。你说那会很有帮助,我当然希望能帮上忙。我猜想,除了恐怖,你什么都想象不出来,但事实上和别处一样,基列的很多孩子都是有人爱的,被当作宝贝;也和在别处一样,许多基列的成年人是善良的,尽管难免犯错。

我也希望你记得,我们都会对儿时得到的关爱有所怀缅,哪怕在别人看来那种童年的生存环境非常怪异。我认同你所说的,基列理应消失——那个国家有太多的错误,太多的虚伪,太多显然违背上帝意愿的事情——但你必须容许我哀悼那些随之消逝的善意。

在我们学校,粉红色属于春天和夏天,紫红色属于秋天和冬天,白色属于特殊的日子:礼拜日和节庆日。双臂要遮起来,头发也要遮起来,未满五岁女童的裙摆要长及膝盖,超过五岁的就不能让裙摆高于脚踝两英寸,因为男性的冲动很可怕,必需加以规避。男人的眼光总在这儿那儿游走,就像老虎的眼睛,搜寻中的探照灯,而我们的诱惑当真会让他们失去判断力——我们或纤瘦或肥壮、形状姣好的双腿,或优美或骨感或丰润的双臂,或白里透红或斑斑点点的肌肤,或鬈曲或闪亮的头发,或毛糙蓬乱或如枯草般的细发辫——是什么样的诱惑无关紧要,但必须遮挡起来，不被那些眼睛看到。不管我们的体型或五官是什么样子，反正都是陷阱，都是诱惑，哪怕我们并不想那样；我们清白无辜又无可指摘，但我们生而就有的天性就是让男人沉醉于欲望的根源，令他们醉到踉跄、蹒跚、乃至越界——但是什么样的界线？我们想不出来。像悬崖的边界吗——裹着火焰一头栽下，如同被愤怒的上帝之手投掷出来、用燃烧的硫磺做成的火球吗？我们是保管人，看护着存于我们体内无形却无价的珍宝；我们是珍稀的花朵，必须安全地保养在玻璃温室中，要不然就会遭到突袭，我们的花瓣会被扯下，我们的珍宝会被掠走，我们会被贪婪的男人们践踏、撕扯得支离破碎；在外面那个罪孽肆虐、险象环生的广阔世界里，他们可能潜伏在任何角落。

我们在学校里做点绣时，鼻涕不断的维达拉嬷嬷就会跟我们讲这种事；绣片是给手帕、脚凳和相框做的：花瓶里的花、碗里的水果是最受欢迎的图样。但我们最喜欢的老师，埃斯蒂嬷嬷，说维达拉嬷嬷有点言过其实，没必要把我们吓得六神无主，毕竟，给我们灌注这种厌恶感可能对我们未来的婚姻生活产生消极影响。

"姑娘们，不是所有男人都像那样的，"她会用宽慰的语气说，"好男人会有高尚的品格。有些正人君子很有自制力。等你们结婚了，就会觉得事情完全不是那样的，没那么吓人。"这倒不是说她很了解这回事，因为嬷嬷们都没有结婚，法律不允许她们嫁人。正因如此，她们才能读书写字。

"等时机到了，我们和你们的父亲、母亲会明智地帮你们挑选丈夫，"埃斯蒂嬷嬷会这样说，"所以，你们不需要害怕，只管好好上课，信任长辈们会做出最好的选择，一切该是什么样儿，就会是什么样儿。我会为此祈祷的。"

虽然埃斯蒂嬷嬷有酒窝和亲切的微笑，但维达拉嬷嬷的版本还是赢了，甚至出现在我的噩梦里：玻璃温室粉碎了，然后是撕扯和践踏，我变成粉色、白色和紫红色的碎片散落在地。我一想到长大就很恐惧——长大到可以结婚的年龄。我对嬷嬷们的明智选择毫无信心：我害怕自己最终会嫁给一头着火的山羊。

粉色、白色和紫红色的裙子规定是我们这些背景特殊的女孩穿的。经济家庭出身的普通女孩始终只穿一种衣物——那种难看的杂色条纹长裙和灰底斗篷，和她们的母亲穿的一样。她们甚至不学点绣或钩针，只学普通的缝纫、做纸花和其他这类杂务。她们和我们不一样，她们不会成为最优秀的男性——"雅各之子智囊团"成员、其他大主教或他们的儿子——优先选择的结婚对象；不过，假如她们够漂亮，长大了也可能被挑中。

没有人挑明这一点。你不可以因为自己长得美就洋洋自得，那是不谦逊的；你也不可以留意别人的美貌。其实我们女生都知道真相：长得美总比长得丑要好。就连嬷嬷们都会更关注漂亮的女孩们。不过，假如你已经是优选的对象了，漂不漂亮也没那么重要。

我不像赫尔达那样有一只眼睛斜视，或像舒拉蜜那样天生就有眉间的川字纹，也不像贝卡那样眉毛淡得几乎看不出来，但我还没长开呢。我的脸蛋像生面团，很像我最喜欢的马大——泽拉——专门给我做的小饼干，上面有葡萄干做的眼睛、南瓜子做的牙齿。不过，哪怕不算特别漂亮，我却是毋庸置疑的被选中的人——确切地说是被选中了两次：除了优选为某个大主教的新娘，还要算上一开始的那次：被塔比莎，也就是我的母亲选中了。

塔比莎以前常给我讲这个故事："我去森林里散步，走到了一个被魔法诅咒的城堡，许多小女孩被关在那座城堡里，她们都没有妈妈，还被邪恶的巫婆下了咒语。我有一只魔戒，可以打开锁住的城堡，但我只能救出一个小女孩。所以，我非常仔细地端详她们,一个一个看过来,最后,在所有的女孩里,我选中了你!"

"那其他人呢?"我会这样问,"别的小女孩呢?"

"会有别的妈妈把她们救出来的。"她会这样答。

"她们也有魔戒吗?"

"当然啦,我亲爱的。要当上妈妈,你就得有一只魔戒。"

"那只魔戒在哪呢?"我会这样问,"现在在哪里?"

"就在我的手指上呀。"她会这样答,还把她左手的无名指跷起来,她说那根手指是连着心的,"但我的魔戒只能满足一个愿望,我把它用在你身上了。所以,现在它只是妈妈们日常戴的普通戒指了。"

说到这里,我就可以要求戴一戴,那枚戒指是金子做的,镶了三颗钻石:一颗大的在中间,两侧是两颗小的。看起来挺像有过魔力的。

"你把我抱起来了吗,抱在怀里吗?"我会问,"抱着我走出了森林?"这个故事我都能背出来了,但还是想听她再讲一遍。

"不,我最亲爱的,你已经很大了,没法抱着走了。要是我抱着你,我就会咳嗽,我们的踪迹就会被巫婆们听到的。"我能看出来这故事是真的:她确实经常咳嗽。"所以我就拉着你的手,我们悄悄地走出城堡,不让巫婆们听见。我们两个都用手指说:嘘!"——说到这儿,她伸出食指竖在唇间,我也竖起手指,很开心地做出嘘的样子——"后来我们必须在树林里飞快地跑,跑出邪恶的巫婆们的领地,因为有个巫婆看到我们溜出了大门。我们跑啊跑啊,然后躲进了一棵大树的树洞。那可真险啊!"

我确实有一段模糊的记忆,记得我在森林里奔跑,有人拉着我的手。我有没有藏在树洞里?我觉得我应该是藏在什么地方了。所以这大概是真的。

"后来呢?"我会这样问。

"后来我就把你带回这个漂亮的家了。你在这儿不是很幸福吗?我们都很爱你,每个人都好爱你!我选中了你,我们两个是不是都很幸运?"

我会团起身来凑近她,窝在她的臂弯里,头枕在她瘦巴巴的身子上,我能感受到她胸肋沉重的起伏。我会把耳朵压在她胸前,听得到她的心脏在胸腔里怦怦跳动——越跳越快,在我想来,她是在等待我说点什么。我知道我的答案是有力量的:我可以让她笑,或不笑。

除了是的、是的,我还能说什么呢?是的,我很幸福。是的,我很幸运。无论如何,这是真心话。

3

那时我多大?大概六七岁吧。那之前的记忆太模糊了,所以我很难知道真相。

我很爱很爱塔比莎。她那么瘦,却那么美,她愿意花几个小时陪我玩。我们有一个和自己家很像的娃娃屋,屋里有起居室、餐厅和给马大们用的大厨房,爸爸的书房里有书桌和书架。书架上的假书非常小,书页都是空白的。我问过,为什么书里空无一字——我隐约觉得书页上应该有些内容的——我妈妈说那些书都是装饰品,就像插着花束的花瓶。

为了我好,她讲了多少谎话啊!就为了保护我的安全!但她做得很好。她很有创造力。

娃娃屋的二楼有几间漂亮的大卧室,窗帘、壁纸和挂画一应俱全——画上的水果、鲜花都很好看,三楼有几间小卧室,上上下下共有五个洗手间,但其中一间是化妆间——为什么有这种称呼呢?"化妆"是什么?再有就是放杂物的地下室。

娃娃屋会用到的所有玩偶我们都有:穿蓝裙子的妈妈玩偶,代表大主教夫人;有三种颜色的裙子的小女孩玩偶——粉色,白色和紫红色,和我的裙子颜色一样;三个马大玩偶都穿暗绿色裙子,系围裙;一个戴帽子的信念护卫负责开车和修剪草坪;两个立在门口的天使军士手持迷你塑料枪,不许任何人闯入、伤害我们；还有一个爸爸玩偶，穿着挺括的大主教制服。他从不多说什么，但他常常走来走去，坐在餐桌的一头，马大们用托盘把他要的东西送过去，然后他就会走进他的书房，关上房门。

在这一点上，大主教玩偶很像我爸爸，凯尔大主教，他会笑眯眯地问我乖不乖，然后就消失了。二者的区别在于，我可以看到大主教玩偶在他的书房里做什么，也就是坐在书桌边，紧挨着电子通话器和一叠纸，但我没法知道现实中我爸爸在干什么，他的书房是绝对不能进去的。

据说，我爸爸在书房里做的事极其重要——男人们做的大事情，非常重要，女人们不能插手，教我们宗教课的维达拉嬷嬷说，这是因为女人的大脑比男人的大脑小，无力思考那些重大的想法。那就好比教一只猫做钩针的活儿，教我们女红的埃斯蒂嬷嬷是这样说的，我们都会被逗乐，因为想到那场景就觉得太好笑了！猫咪连手指头都没有呀！

所以，男人的脑袋里有些类似手指的东西，而女孩们没有那种手指。维达拉嬷嬷说，那足以解释一切，我们对此不该再有任何疑问。她闭上嘴巴不再说了，把别的未尽之辞都锁在嘴里。我知道，肯定还有些话没说出来，甚至那个关于猫的讲法也不尽然正确。猫又不想做钩针。而且，我们也不是猫。

被禁止的事情会在幻想中畅行无阻。维达拉嬷嬷说，这就是夏娃吃掉智慧果的原因：空想过度。所以，有些事最好不要知道。否则，你们的花瓣会被扯得四分五散。

整套娃娃屋玩具里，还有一个穿红裙的使女玩偶，肚皮鼓鼓的，戴一顶遮住脸孔的白帽子，不过妈妈说，因为我们家已经有我了，所以不需要使女，人不该太贪心，有一个女儿就该知足。所以，我们把使女玩偶包在纸巾里，塔比莎说我以后可以把它送给别的没有这样漂亮的玩具屋的小女孩，让别人好好利用这个使女玩偶。

能把使女玩偶放进盒子里让我很高兴，因为真正的使女让我紧张。学校组织外出时会遇到她们，我们两人一排往前走，每一列前后都有一个嬷嬷带队，有时会从她们身边经过。外出是为了去教堂，或是去公园，我们可以在公园里围成一圈做游戏，或是看看池塘里的鸭群。再大一点，学校就允许我们穿上白裙、戴好头巾去参加挽救大会和祈祷大典，看别人被吊死或结婚，但埃斯蒂嬷嬷说，我们还不够成熟，不该看那种场面。

公园里有秋千，但因为我们穿的是裙子，裙子会被风吹起，裙下的光景就会被看到，所以我们想都别想自由自在地荡秋千。只有男孩才能体验那种自由的滋味；只有他们可以荡得高高的再飞扑下来；只有他们可以乘风飞扬。

直到现在，我都没有荡过秋千。这仍是我的心愿之一。

我们沿街步行时，使女们也会两人一排地走过去，挽着她们的购物篮。她们不会朝我们看，至少不会多看，也不会直勾勾地盯着，我们也不许朝她们看，因为盯着她们看是无礼之举，埃斯蒂嬷嬷说过，就好像盯着跛足或别的与众不同的人那样。我们也不可以提出关于使女的任何问题。

"等你们长大了，就会了解那一切的。"维达拉嬷嬷这样说。那一切：使女是那一切的一部分。也就是说，某种坏东西：有损害性的，或被损坏的东西，可能都是一码事。使女们也曾像我们这样，有白色、粉色和紫红色的裙子吗？她们是不是一时马虎，露出了诱惑他人的部位？

现在，你不太能看到使女了。你甚至看不到她们的脸，因为她们都戴那种白帽子。她们看起来全都一个样儿。

我们家的娃娃屋里还有一个嬷嬷玩偶，哪怕她不算这个家里的人：她是学校里的老师，或者算是阿杜瓦堂的人，据说嬷嬷们都住在那里。我独自玩娃娃屋的时候，总会把嬷嬷玩偶锁在地下室里，我挺不厚道的。她会砰砰敲响地下室的门，高声喊着"让我出去"，女孩玩偶和马大玩偶明明可以帮她出来，却都不理她，有时还会笑出声来。

重述这种残酷的玩法并不会让我有自得其乐的感觉，哪怕那种残酷只是针对一个玩偶的。我的天性里有报复心，遗憾的是，我没能完全克制那一面。但就这一点而言，最好还是直面自己的不足，在别的所有事情上也一样要谨言慎行。否则，没有人会理解你为什么做出这样那样的决定。

塔比莎教会了我对自己诚实，考虑到她对我讲了多少谎话，这未免有点讽刺。公正地说，她或许对她自己是诚实的。我相信，在当时的情况下，她已尽其所能地去做一个好人。

每天晚上给我讲完故事后，她会帮我披好被子，把我最喜欢的动物玩具塞进我的被窝，那是一只填充的鲸鱼——因为上帝造出了鲸鱼，让它们在海里嬉戏，所以让鲸鱼当你的玩伴是妥当的——然后我们会祷告。

祷告就是一首歌，我们一起唱：

> 此刻我躺下，想要安睡，
> 我向上帝祈祷，让我的灵魂安在；
> 如果我还没醒来就已死去，
> 我向上帝祈祷，接纳我的灵魂。
>
> 围着我的床，四名天使站立，
> 双脚两边各一个，脑袋两边各一个；
> 一个观望，一个祈祷，
> 还有两个带走我的灵魂。

塔比莎的歌喉十分美妙，如银色长笛那般。有些夜里，我慢慢地飘向梦乡后，似乎还能听见她的歌声。

这首祷告歌里有几个地方让我很困扰。首先是天使。我知道，他们应该是身穿白色长袍、羽翼翻飞的那种天使，但浮现在我脑海中的天使并不是那样的。我把他们想象成我们身边的天使军：一身黑色制服的男人，布做的翅膀缝在后背，都带着枪。一想到我睡着时，有四个配枪的天使站在我床边，我就欢喜不起来，毕竟，他们都是男人，万一我的什么部位从被子下面伸出去了可怎么办？比方说，我的脚。那会不会激发他们的冲动？肯定会的，没有别的可能。所以，四名天使的画面真不让人安心。

其次，祈祷自己在睡梦中死去实在让人振奋不起来。我认为我不会那样死，但万一真的死在睡梦中了呢？还有，我的灵魂是什么样的——天使们带走的究竟是什么呢？塔比莎说，灵魂是精神性的，就算你的身体死了，灵魂也不会死，这应该算是让人欢欣的念头吧。

但它到底是什么模样呢，我的灵魂？我幻想它和我长得一模一样，只不过要小很多，就像我的娃娃屋里的女孩玩偶那么小。它在我的身体里，所以，它可能就是维达拉嬷嬷提到过的无价之宝：我们必须悉心守护的珍宝。维达拉嬷嬷边擤鼻涕边说过，你有可能把自己的灵魂弄丢，它就会一下子冲出边界，飞也似的往下坠，无止境地坠落，然后开始燃烧，就像那些纵欲的好色男人们一样。这是我格外希望能避免的一件事。

4

接下去要描述的那段日子开始时,我肯定已满八岁,甚至可能九岁了。我能记住这些事的场面,但不记得自己确切的年龄。很难记住日历上的日子,更何况我们根本没有日历。但我会尽我所能地讲下去。

那时候,我的名字是艾格尼丝·耶米玛。我妈妈塔比莎告诉过我,艾格尼丝的意思是"羊羔"。她还会念一句诗:

小羊羔,你出自谁之手?
你知道是谁缔造了你吗?

还有别的诗句,但我都忘了。

耶米玛这个名字取自《圣经》里的一个故事。耶米玛是个非常特殊的小女孩,因为她的父亲是约伯,上帝为了试炼约伯,只降给他厄运,但最坏的莫过于让约伯的孩子全部丧命。他所有的儿子们、女儿们,都死了!每次我听到这个段落都会不寒而栗。当约伯得知这种厄运时,肯定感觉很恐怖吧。

但是约伯通过了试炼,于是,上帝再赐他子嗣——有几个儿子,还有三个女儿——于是约伯重获幸福。耶米玛就是三个女儿之一。"上帝把她给了约伯,就像上帝把你给了我们。"我妈妈这样说。

"你有过厄运吗?在你选中我之前?"

"是的,我有过。"她微笑着,回答了我。

"你通过试炼了吗?"

"我肯定通过了,"我妈妈说,"要不然我怎么能挑到你这么完美的女儿呢。"

我对这个故事很满意。后来我才会去深思:约伯怎么会允许上帝用一群新孩子来哄骗自己,指望他假装那些死去的孩子们不再重要了?

不在学校、也不和妈妈在一起的时候,我就喜欢待在厨房里,看马大做面包、饼干、派、蛋糕、汤和炖肉。我和妈妈相处的时间越来越少了,因为她待在楼上的时间越来越多:躺在床上,做着马大们称之为"休养"的事情。马大们就叫马大,因为她们只是马大,都穿一模一样的衣服,但每个马大也有一个名字。我们家的马大分别叫:薇拉,罗莎,泽拉;我们有三个马大,因为我爸爸是很重要的人物。我最喜欢泽拉,因为她讲起话来非常轻柔,而薇拉的嗓音很粗哑,罗莎总是一脸怒色。但那不是她的错,她的脸生来就长那样。三个马大里,她的年纪最大。

"我可以帮忙吗?"我会问马大。她们会从生面团上揪下一点儿给我玩,我就用面团捏出人形,她们还会把它放进烤炉里,也不管炉子里在烤什么。我捏的面团人一直都是男人,从没捏过女面团人,因为烤好了之后,我会把面团人吃掉,那会让我觉得自己得到了一种比男人更强大的秘密力量。虽然按照维达拉嬷嬷的说法,我能激起男人的冲动,但我也渐渐明白了一点:我没有能力凌驾于他们之上。

"我可以从和面开始做面包吗?"有一天,泽拉刚把碗拿出来准备和面,我就提出了要求。我总是在一旁看她们和面,所以很自信知道怎么做。

"你用不着费那个工夫。"罗莎说道,脸色比平日里更阴沉。

"为什么?"我问。

薇拉粗声粗气地笑起来。"等他们给你挑到一个肥美的好丈夫,你就会有马大帮你做这些事啊。"她说。

"他不会肥的。"我不想有个肥胖的丈夫。

"当然不会啦。那只是一种说法。"泽拉说。

"你也不需要去采购,"罗莎接着说,"你的马大会帮你买。或是让使女去买,假如你需要一个使女的话。"

"她可能不需要,"薇拉说,"毕竟她妈妈——"

"别说那个。"泽拉说。

"什么?"我问,"我妈妈怎么了?"我知道关于妈妈有个秘密——肯定和她们说的"休养"有关——那让我害怕。

"没什么,就是你妈妈能有自己的孩子,"泽拉用宽慰的语气说道,"所以我敢肯定你也可以。你会想要宝宝的,对吗,亲爱的?"

"是的,"我说,"但我不想要丈夫。我觉得他们都很恶心。"她们三个齐声大笑。

"不是所有人都恶心啦,"泽拉说,"你爸爸就是个丈夫呀。"关于这点,我无言以对。

"他们会确保你的那个还不错,"罗莎说,"不会是随便哪个老先生。"

"他们会维护自己的尊贵,"薇拉说,"不会把你下嫁给谁,那是一定的。"

我不想再考虑丈夫的事了。"可是,如果我想呢?"我说,"想做面包?"我感到内心受到了伤害:好像她们围成了一个圈,把我挡在外面了。"如果我想自己做面包怎么办?"

"那当然可以啦,你的马大必须让你做,"泽拉说,"你将是家里的女主人。但你要自己做面包的话,她们就会小看你。她们还会觉得你要把她们从正当的职位上赶走。抢走她们最拿手的活计。你不会希望她们对你有这种想法,对吗,亲爱的?"

"你的丈夫也不会喜欢的,"薇拉又刺耳地笑了一声,"那会伤手。瞧瞧我的!"她伸出双手:指节凸出,皮肤粗糙,指甲很短,死皮参差不齐——和我妈妈那双优雅纤细、戴着魔戒的手截然不同。"粗活——特别容易伤手。他才不希望你闻起来有生面团的味道。"

"或是漂白剂,"罗莎说,"擦地板要用的。"

"他想要你绣绣花,顶多就这些了。"薇拉说。

"点绣。"罗莎跟了一句,话里有种嘲弄的腔调。

刺绣不是我的强项。老师总是批评我会漏针、绣得太松散。"我讨厌点绣。我想做面包。"

"我们不能总做自己想做的事,"泽拉轻声说道,"就算是你也不行。"

"有时候我们必须去做自己讨厌的事,"薇拉说道,"就算是你也一样。"

"那就别让我做!"我说,"你们太坏了!"说完我就奔出了厨房。

这时我哭了起来。虽然她们都嘱咐我别去打扰妈妈,但我还是蹑手蹑脚地上了楼,进了她的房间。她躺在精美的、白底蓝花的床罩下闭目养神。但她肯定听见我进来了,因为她睁开了眼睛。每一次我见到她,那双眼睛都似乎变得更大、更亮了。

"怎么了,我亲爱的?"她说。

我钻到床罩下面,紧挨着她蜷缩起来。她身上真暖和啊。

"这不公平,"我抽噎着说道,"我不想结婚!为什么我必须嫁人?"

她没有像维达拉嬷嬷那样说因为这是你的责任,也没有像埃斯蒂嬷嬷那样说,到时候你就懂了。一开始,她什么都没说,而是拥住我,轻抚我的头发。

"记住我是怎么选中你的,"她说,"在所有人之中。"

但我那时不小了,不会再相信那个选中我的故事:封锁的城堡,有魔法的戒指,好多巫婆,逃跑。"那只是个童话,"我说,"我是从你肚子里出来的,和别的宝宝一样。"她没有予以肯定。她什么都没说。出于某种原因,那让我觉得恐慌。

"我是的!是不是?"我问道,"舒拉蜜跟我说的。在学校里。说了肚子的事。"

我妈妈把我搂得更紧了。"不管发生什么,"过了一会儿她说道,"我希望你永远记得,我一直非常非常地爱你。"

5

你大概能猜到我接下去要告诉你什么，完全不是开心的事。

我妈妈要死了。除了我，别人都知道。

我是从舒拉蜜口中得知的，她说她是我最好的朋友。我们其实不能有好朋友。埃斯蒂嬷嬷说，缔结亲密的小圈子没好处，会让别的女生感到自己被排斥了，我们应该互相帮助，让每个人都尽量成为最完美的女孩。

维达拉嬷嬷说，有好朋友就会讲悄悄话、暗中勾结、掩藏秘密，而勾结和秘密就会导致违背上帝，违背又会导致叛乱，有叛心的女孩就会变成有叛心的女人，女人有叛心比男人有叛心更恶劣，因为男人一反抗就变叛徒，而女人一反抗就成淫妇。

后来，贝卡用蚊子叫般的声音轻轻提问：淫妇是什么？我们都很惊讶，因为贝卡几乎从不发问。她和我们全都不同，她爸爸不是大主教，只是个牙医——最好的牙医，我们这类人家都在他那儿看牙齿，正因为这样，贝卡才被允许上我们这所学校。但这意味着别的女生会看低她，也指望她遵从我们。

贝卡就坐在我旁边——只要舒拉蜜不用胳膊把她顶开，她就总想坐在我边上——我当时都能感觉到她在颤抖。我担心维达拉嬷嬷会因为无礼提问而惩罚她，但任何人，哪怕是维达拉嬷嬷，都很难指摘贝卡无礼。

舒拉蜜隔着我，悄声对贝卡说：别犯傻了！维达拉嬷嬷露出微笑，是她一贯的标准笑容，然后说她希望贝卡永远不会经由个人体验找到这个问题的答案，因为那些找到答案的人都成了淫妇，下场都是被石头砸死，或头罩布袋被吊死。埃斯蒂嬷嬷说，没必要让女孩们太受惊吓，说完，她又微笑着说我们是珍稀的花朵，谁曾听闻哪朵小花会造反呢？

我们看着她，都拼命瞪大眼睛，以此表明我们的天真无邪，还点头示意我们都赞同她。这儿没有造反的花朵！

舒拉蜜家只有一个马大，我家有三个，所以我爸爸比她爸爸更重要。我现在明白了，这是她想和我成为好朋友的原因。她是个矮矮胖胖的小姑娘，梳着两条又粗又长的辫子，让我很嫉妒，因为我自己的辫子又细又短，而且，黑色的眉毛让她看起来远比实际年龄成熟。她是个争强好胜的人，但只会在嬷嬷们看不见的时候才表现出来。当我们有所争论时，她总是要当正确的那一方。如果你和她唱反调，她就会把她最初的观点再讲一遍，只不过更大声。她对很多女生都挺粗鲁的，尤其是对贝卡，我不得不羞愧地告诉你：我太软弱了，不敢驳斥她。应对同龄的女孩时，我总显得很弱势，但在家里，马大们又说我倔头倔脑。

"你妈妈快死了，是不是？"有天吃午餐时，舒拉蜜悄悄在我耳边问道。

"没有的事，她不会死，"我也悄声回答，"她只是有些特殊状况！"马大们就是这样说的：你妈妈有些特殊状况。因为有状况，她才需要长久地休养，才会咳嗽。最近，马大们开始把托盘端上楼，送到她的房间；那些托盘被端回来的时候，盘子里的吃食几乎都没被碰过。

大人们不许我再频繁地探望她了。我去的时候，她的房间总是非常昏暗。闻起来也不像她了，以前她身上总有股淡淡的、甜蜜的气息，好像我家花园里盛放的玉簪花，但现在好像有个又脏又臭的陌生人潜入了她的房间，藏在了床底下。

妈妈蜷缩在绣蓝花的床罩下面，我会坐在她身边，握住她戴着魔戒的干瘦的左手，问她的特殊状况到什么时候才算完，她会说她一直在祈祷病痛能快点终结。听她那样说，我就放下心来：那意味着她将会好转。随后，她会问我是不是听话，是不是开心，我都说是的，她就捏捏我的手，要我和她一起祈祷，我们会唱起那支天使站立在她床边的祷告歌。然后她会说谢谢你，表明那天的探望到此为止。

"她真的要死了，"舒拉蜜凑在我耳边说道，"那就是她的状况。要死了！"

"那不是真的，"我也凑在她耳边，但说得太大声了，"她会好起来的。她的病痛很快就会终结。她为这事祈祷的。"

"姑娘们，"埃斯蒂嬷嬷说道，"午餐时，我们的嘴巴是用来吃东西的，我们不能一边交谈一边咀嚼。有这么可口的美食，我们不是很幸运吗？"午餐是鸡蛋三明治，我平常还挺喜欢的。但那个时刻，三明治的味道却让我犯恶心。

"我听我们家马大说的，"等埃斯蒂嬷嬷的注意力转向别处时，舒拉蜜又凑过来说，"是你们家的马大告诉她的。所以是真的。"

"哪个马大？"我问。我不相信我们家有哪个马大会这么不守信义，竟会造谣说我妈妈快死了——就连整天虎着脸的罗莎都不会这么做。

"我怎么知道是谁？她们就是马大嘛。"舒拉蜜说着，把她那又粗又长的辫子甩到身后去了。

那天下午放学，我们家的护卫开车送我回家后，我直奔厨房。泽拉在揉面，要做派；薇拉在分切一只鸡。炉灶上，文火炖着一锅汤：切好的鸡块就是要放进汤里去的，还有各种蔬菜杂碎和骨头。我们家的马大在食物方面很讲求实惠，决不浪费各种配给。

罗莎俯身在两只大水槽前洗盘子。我们有洗碗机，但除了大主教晚宴在我们家举办那天，马大平时都不用它，因为太费电了，薇拉说，因为在打仗，电力供应短缺。有时候，马大们会说这是场心急的仗，因为心一急，锅永远开不了；要不然就说是以西结之轮①大战，因为以西结看到的大轮子到处滚动，却是哪儿都到不了；不过她们只在私底下这么说说。

"舒拉蜜说你们中有人跟她家马大说我妈妈快死了，"我脱口而出，"是谁说的？这是胡说！"

她们三人全都停下了手头的事情。好像我挥动了魔杖，将她们瞬间冻结在了原地：泽拉手拿擀面杖，薇拉一手举着切肉刀，另一只手攥着一条又长又白的鸡脖子，罗莎拿着浅盘和洗碗布。然后，她们面面相觑。

"我们以为你已经知道了，"泽拉的语气柔缓，"我们以为你妈妈跟你说过了。"

"或是你爸爸说的。"薇拉说。那么说太蠢了，因为他哪有什么时间跟我说这些？最近，他几乎都不着家，就算回家了，要么独自在餐厅吃晚餐，要么就关在他的书房里做重要的大事情。

"我们很抱歉，"罗莎说，"你妈妈是个好女人。"

"模范夫人，"薇拉说，"她受了很多苦，却毫无怨言。"这时候我已经撑不住了，趴倒在厨台上，双手捂住脸哭起来。

"我们都必须忍耐降临在我们身上的痛苦，"泽拉说，"我们必须继续抱有希望。"

希望什么？我心想。还剩下什么可以希望的？我的眼前只有

---

① 《圣经·以西结书》中以色列地方的先知，在经文中提到自己看到的许多异象，轮子是其中之一。

一片漆黑失落。

过了两晚,我妈妈去世了,但我直到早上才知道。我很气,气她病得那么重,还气她不告诉我——其实她用她的方式告诉我了:她祈祷的是病痛尽快终结,而她的祷告也确实得到了应验。

等我不再生气了,就觉得有一部分的自己被割除了——心的一部分,现在显然也死了。我希望围绕她床边的四名天使终究是真的,希望他们照看她,并带走她的灵魂,就像歌里唱的那样。我试着去幻想那幅画面:他们把她抬升再抬升,直到升入一团金色的云朵。但我实在没法相信那会是真的。

第三章

圣歌

阿杜瓦堂手记

6

昨晚准备上床时,我取下发叉,放下所剩无多的头发。在几年前给嬷嬷们做的一次励志布道中,我说教的主题是反对虚荣,虽然我们嬷嬷严苛自律,虚荣还是会潜入人心。"生命的价值不在于头发。"那时的我用半开玩笑的口吻这样说过。话是没错,但头发又确实和生命力有关。那是肉身之烛的火苗,火苗渐弱渐熄,肉身也随之萎缩、消融。我以前的发量很多,在流行高发髻的年代里,足够在头顶盘个髻;到了适合低发髻的年纪,也足以盘个低髻。但现在,我的头发就像阿杜瓦堂供应的伙食:稀稀拉拉,分量不足。我生命的火苗正在衰微,可能看起来比我身边的某些人老得慢一些,但实际上,我老得比她们以为得更快。

我审视自己镜中的映象。发明镜子的人没给我们任何人带来好处:在我们知道自己的模样之前,人类肯定更幸福。我对自己说,情况是可能更糟的:至少我的面容没有暴露出任何软弱的迹象。这张脸仍有皮革的质感,下巴上仍留着那颗标志性的黑痣,熟悉的线条如蚀刻般坚毅。我从来就没有那种轻浮的美貌,但我也曾很俊秀:如今已不能再这么说了。大概最好用威严来形容吧。

我会有怎样的结局?我思忖着。我会活成一把老骨头吗,渐渐被人遗忘,日益僵化?我会变成那尊受人尊崇的雕像吗?还是说，我会和这个政体一起崩塌，我的翻版石像也会随我而去，沦为猎奇的目标、草坪饰物或恐怖的媚俗艺术品被拖走、被售出吗？

或是被当成一个怪物公开受审，然后被行刑队乱枪射死、悬尸示众？我会被一群暴徒撕成碎片，我的脑袋会被插在一根木棍上，让他们游街示众，尽情嘲笑？想到那种情形，我不由得怒火中烧。

眼下，我仍有一些选择。不是死或不死的问题，而在于什么时候死、怎么死。这不就是某种自由吗？

哦，还有我要拖谁下水。我已经列好名单了。

我的读者，我很清楚你会把我看成什么样的人；但前提是我的声名在我死后仍有流传，而你已经破解了我现在是谁、我曾经是谁。

在我所处的当下，我就是传奇，活着却非肉身凡胎，死了却永生不灭。我是挂在相框里、悬在教室后墙上的一个头像，在一群出身够好、所以有教室可坐的小女孩们身后冷酷地微笑，沉默地警告。我是马大们吓唬孩子们时最常用的大妖怪——要是你不乖，丽迪亚嬷嬷就会来把你抓走！我也是人人都要看齐的完美道德典范——丽迪亚嬷嬷会希望你怎么做呢？还是法官，人们想象中蒙昧不清的宗教裁判所里的仲裁者——丽迪亚嬷嬷会对此事如何评断？

我有大权在握，没错，但也因此变得面目模糊——无形无状，千变万化。不管我身在何处，我都无处不在：甚至在大主教们的头脑里，我也投下了一片令人不安的阴影。我怎样才能重新成为我自己？怎样才能缩回到我的正常大小，变回普通女人的尺寸？

不过，也许已经太晚了。你迈出了第一步，为了让自己免受其后果,你又迈出了第二步。在我们这个时代,只有两个方向:要么向上,要么坠落。

今天是三月二十一日后的满月。在世上的其他地区,被宰杀的羊羔已经祭了五脏庙;和某位象征生生不息、却没人能记住的新石器时代女神有关的复活节彩蛋也被享用了。

在阿杜瓦堂,我们省略了羊羔肉的环节,但保留了彩蛋。我允许大家染蛋,权当一种特殊待遇,你可以把蛋染成浅粉色和浅蓝色。你绝对想象不到这能给聚在食堂里共进晚餐的嬷嬷们和恳请者们带去多少喜悦!我们的菜单太单调了,哪怕一丁点儿的花样都会受欢迎,就算只是变变颜色也好。

端上几大碗彩蛋让大家欣赏一番后,还要由我在贫瘠的节日大餐开始前带头念诵谢饭祷告——谢主开恩赐予供奉节日的食物,许我们行在神的正途——接着是专为复活节的春分祈祷:

  开春时分,愿我们随之舒展心扉;祝福我们的女儿们,祝福我们的夫人们,祝福我们的嬷嬷和恳请者们,祝福我们在国外履行使命的珍珠女孩们,也愿慈父般的恩典降临我们堕落的使女姐妹们,令她们依主的意愿献祭身体、生儿育女以得救赎。

  祝福妮可宝宝,她被不忠不义的使女母亲偷走并藏匿于无神眷顾的加拿大;也祝福妮可宝宝代表的所有无辜的孩子,可怜她们只能被腐化堕落的人养育长大。我们的念想和祈祷与他们同在。我们祈祷,愿妮可宝宝重返我们身边;愿主恩赐,将她送返。

  月循苦旅,生生不息[①]。阿门。

[①] 原文为拉丁文:Per Ardua Cum Estrus。

我很满意自己编出了如此狡猾的训言。阿杜瓦（Ardua）代表的是"苦难"还是"女性的生育力"？所循的月事（Estrus）到底和荷尔蒙有关，还是和异教徒的春季仪式有关？住在阿杜瓦堂的女人们不求甚解，也不在乎。她们按照既定的顺序念诵既定的词组，反复念叨就能自保平安。

还有妮可宝宝。我祈祷她能返回时，所有人的目光都集中在她的照片上，照片就挂在我身后的墙上。妮可宝宝太好用了：她鞭策信徒，她激起群愤以同仇敌忾，她见证了基列国内的背叛能到什么程度，也实证了使女们会有多么阴险狡猾，多么不择手段，因而决不能轻信她们。而且，她的用处绝不应止于此，我想过了：只要落入我手——假设她落入我手——妮可宝宝就将有光明的未来。

这就是圣歌唱到最后一段时盘桓在我脑海里的念头。年轻的恳请者们组成了三重唱，她们的歌声纯净清澈，和声美妙谐调，我们都听入迷了。我亲爱的读者，不管你怎么想，基列还是有美好的存在。我们为什么不希望拥有美好的东西呢？那时我们也终究是人啊。

我注意到了：谈及我们时，我用的是过去时态。

配乐的旋律来自一首古老的赞美诗，但我们改写了歌词：

> 愿主明察，我们的真理之光闪耀四射，
> 我们能看见一切罪恶，
> 我们能留意你的离去，
> 你的归来。
> 我们万众一心，扼制暗藏的罪行，
> 在祈祷和泪水中判定牺牲。
>
> 信誓服从，我们遵从不违，

> 我们决不背弃！
> 直面严酷的使命，我们勇于援手助力，
> 我们立誓侍奉。
> 所有闲情逸趣，所有享乐遐思，我们都须抑止，
> 我们放弃小我，驻守无私大业。

唱词乏味，毫无吸引力：我可以这么说，因为这歌词就是我本人写的。不过，本来也没打算把这种圣歌写成诗篇。它们只意在提醒唱歌的人：若偏离既定的正轨，她们将付出惨重的代价。在阿杜瓦堂，我们不宽恕别人的过失。

唱完圣歌就开始吃大餐了。我注意到伊丽莎白嬷嬷多拿了一只彩蛋，每个人都有限额，所以海伦娜嬷嬷就少拿了一只，并确保所有人都看到她少了一只蛋。维达拉嬷嬷捂着餐巾擤鼻子，眼圈发红，我看到那双眼睛从一个人扫视到另一个人，然后看向我。她在打什么鬼主意？猫会突然往哪个方向跳①？

微不足道的庆典结束后，我在夜色中漫步：沿着月光下、万籁俱寂的过道，走过我那尊蒙在阴影里的雕像，走向厅堂尽头的希尔德加德图书馆。我走进去，问候了值夜班的图书管理员，穿过公用阅览区，有三个恳请者还在那儿埋头苦读，完成最近布置给她们的功课。我又穿过了需要高级权限才能使用的专用阅览室，就是在这里，很多本《圣经》沉冥在黑暗之中，在上锁的箱子里释放出神秘的能量。

随后，我打开一扇上锁的门，穿行在机密的血缘谱系档案柜之间。记录谁和谁有血亲关系是极其重要的，不仅包括法定的亲缘关系，还有事实上的血缘关系：因有使女体系的运作，一对夫

---

① 这句话也有静待不动，伺机而行的意思。

妻的孩子或许和名义上的母亲,甚至和名义上的父亲都没有血缘关系,因为一个绝望的使女会想尽一切办法试图怀孕。我们的职责就是掌握这类事实,因为必须防范乱伦的现象:已经有太多非正常婴儿了。不遗余力地守护这些信息也是阿杜瓦堂的使命所在:这些档案好比是阿杜瓦堂跳动的心脏。

我终于到了自己的密室,独属于我的圣所,就在世界文学禁书区域的最深处。我在私人书架上摆放了一些自己挑选出来的禁书,都是低权限的人看不到的。《简·爱》《安娜·卡列尼娜》《德伯家的苔丝》《失乐园》《女孩和女人们的生活》——若是流传出去,被恳请者们看到,无论哪本都会引发道德恐慌!在这个书架上,我还藏着另一组只有极少数人能看到的档案:我视其为基列的秘史。那些溃烂的脓疮不是金子,但可以当作另一种流通货币换取利益:信息就是权力,尤其是毁人名誉的信息。我不是第一个认识到这种价值,甚或瞄准机会以此兑现利益的人:全世界的情报机关都一向深谙此道。

隐入密室后,我将新近动笔的这部手稿从藏身地取出来——我选中的是一本 X 级别的禁书:红衣主教纽曼的《为人生辩护》,再在书里挖出了一个长方形的洞。现在没人读这本砖头似的大部头了,天主教已被定论为异教,和伏都教①不相上下,所以不会有人愿意打开这本书瞧上一眼。不过,只要有人翻开它,就等于将一颗子弹射入我的脑袋——来得太早的子弹,因为我还完全没准备好离开人世。如果我要死,我可要好好闹出一番比子弹更大的动静来。

我是经过周密考虑才选中这本书的,因为我在这里所做的不就是为我的人生辩护吗?我一步步走到至今的人生。我曾告诫自

---

① 又译"圣毒教",由拉丁文 Voodoo 音译而来,是糅合祖先崇拜,万物有灵论,通灵术的原始宗教。

己：我别无选择，只有把这人生走下去。如今的政体出现之前，我不曾想过要捍卫我的人生。那时的我觉得没这个必要。我曾是家事法庭上的法官，那个职位是我凭借数十年辛勤学习、在业界力争上游才得到的，我始终尽一己所能公正地履行职责。我相信世界可以变得更好，因而在职业范围内致力于改善世界。我为慈善事业做出了贡献，也在联邦选举和市政选举中投票，我所持的观点是有价值的。我曾以为自己活得很有德性，也以为自己的美德会得到适当的赞许。

然而，就在我被捕的那一天，我已意识到自己错得多离谱，不只是美德这一点，在别的很多事情上也都大错特错。

第四章

寻衣猎犬

证人证言副本 369B

7

他们说我会永远带着创伤，但我好像已经好点了；所以，是的，我认为我够坚强，现在就可以做这件事了。你们希望我告诉你们我是如何卷进这整起事件的，那我就试着讲清楚；虽然很难确定该从何说起。

我决定从我生日前一天开始，或者该说我曾经以为的那个生日。尼尔和梅兰妮在这件事上骗了我：他们有充分的理由那样做，真的是出于好心，但当我第一次发现他们骗我时，我还是气炸了。但要保持对他们的怒气却很难，因为那时候他们都已经死了。你可以对死人发火，但你永远不能和他们交谈，谈谈他们生前做了什么，当然，你也可以单方面地自言自语。我不只是愤怒，还感到愧疚，因为他们是被杀害的，那时我相信他们的死要归咎于我。

据说我快十六岁了。我最期盼的是拿到驾照。我觉得十六岁还办生日派对太孩子气了，但梅兰妮每年都会给我准备蛋糕和冰淇淋，还要唱"黛西，黛西，把正确答案告诉我"，那是我小时候很喜欢的老歌，但现在听到会超尴尬的。后来我的确得到了蛋糕——巧克力蛋糕，香草冰淇淋，都是我最爱的——但那时我已吃不下了。那时，梅兰妮已不在了。

就在那年的生日，我发现自己从头到尾都是骗人的。也许不该说骗人，好像蹩脚的魔法师那种骗法；而该说是个冒牌货，像一件赝品古董。我是伪造出来的，被人故意造假。那时候我还很小——好像也就是一眨眼之前——但我现在不是小孩了。改头换面真的不用很久：像雕刻木头那样重塑面容，塑出强硬坚定的线条。我不再是那个瞪大眼睛做白日梦的小孩了。我变得更犀利，更专注。我变得精干了。

尼尔和梅兰妮是我的父母；他们经营了一家名叫"寻衣猎犬"的小店。卖的基本上都是二手衣物：梅兰妮称之为"喜欢过的旧东西"，因为她说"用过的"就意味着"被善加利用过了"。店外的招牌上画着一只笑眯眯的粉色贵宾犬，身上套着蓬蓬裙，头顶一只粉色蝴蝶结，手上还挽着购物袋。狗狗下面是斜体加引号的广告语：*"你绝对想不到！"* 这话的意思是，店里的二手衣服质量很好，你绝对想不到是穿过的旧衣服，但这广告完全不属实，因为大部分衣服都很破旧。

梅兰妮说"寻衣猎犬"是从她外婆手里继承来的。她还说，她知道招牌过时了，但大家都看惯了，现在换掉好像不太有人情味儿。

我们家的小店在皇后西街，梅兰妮说，这儿好几条街上都曾是这类店铺——卖布料的，卖纽扣和花边的，卖平价亚麻布的，还有好多一元店。但现在这一带变高级了：进驻了几家崇尚公平贸易的有机咖啡馆，几家大品牌连锁店，小众精品店。为了顺应潮流，梅兰妮在窗口挂了一块牌子，写着： 穿戴艺术。其实呢，你决不会把店里塞满的各式衣服称为可穿戴的艺术品。是有一个角落展示类似设计师款的东西，但事实上任何值钱的尖货根本就不可能出现在"寻衣猎犬"店内。除此之外全是大路货。进进出出的客人五花八门：年轻的，年老的，想捡便宜的，想淘宝贝的，也有随便看看的。还有来卖衣服的：就连流浪汉都想拿他们从垃圾箱里捡来的Ｔ恤换几块钱。

梅兰妮在店里工作。她喜欢穿亮丽的颜色，像是橘色或艳粉色，因为她说这类颜色能带动出积极的、有活力的氛围，反正，她打骨子里就有一点吉卜赛人的性格。她总是微笑着，动作轻快，其实那是为了眼观六路，以免有人顺手牵羊。结束营业后，她会给衣服分类、打包：这包是当慈善品免费赠送的，那包当抹布，这些都留下来作为穿戴艺术品。分拣衣物的时候，她会哼唱音乐剧里的曲子——都是很久以前的老歌。她最喜欢的一首唱道"哦！多么美好的早晨"，还有一首是"当你走在暴风雨中"。她一唱老歌我就烦；现在我觉得很对不起她。

有时候，她实在没辙了：衣物太多了，简直像汪洋，波涛般地涌进来，眼看着就要把她淹没了。开司米羊绒！谁会买三十年前的羊绒衫穿？羊绒不会越老越好，她会说——又不像她。

尼尔留的胡子开始变白了，也不经常修剪，其实他的毛发不算多。他看起来不像做生意的，但他处理的是他们称之为"款项"的那些事：开发票，做账目，缴税。他在二楼有自己的办公室，要走一段橡胶踏板的楼梯上去。他有一台电脑，一只文件柜，一个保险箱，但撇开这些东西不谈的话，那个房间并不像办公室：和店铺一样拥挤不堪，东西堆得满坑满谷，因为尼尔喜欢收藏小玩意儿。上发条的音乐盒：他有好多个。时钟：他有很多不同样式的。带手柄的老式加法机。能在地板上行走或蹦跶的塑料玩具：有玩具熊，玩具青蛙，还有几套玩具假牙。一台幻灯机：现如今没人有那种彩色幻灯片了。照相机：他喜欢的是最古老的那些。他说，和现如今的那些机器相比，有些老相机能拍出更好的照片。他有一整个架子专门用来放相机。

有一次，他忘了锁保险箱，我就朝里面看。我还以为里面会藏着几卷钞票，结果根本没有钱，只有一只很小很小、用金属和玻璃做成的东西，我心想，那肯定也是某种玩具，类似会蹦跶的假牙。但我看不出来发条在哪儿,也不敢去碰它,因为它很老旧。

"我可以玩那个吗?"我问尼尔。

"玩什么?"

"保险箱里的那个玩具。"

"今天不行,"他笑着说道,"等你再大点兴许可以。"说完他把保险箱门关死了,我也就把那个奇怪的小玩具抛到了脑后,直到后来我才想起它,明白了它是什么东西。

尼尔会试着修理各种老古董,但时常修不好,因为他找不到零件。于是,那些东西就摊在那儿,用梅兰妮的话来说就是"吃灰"。尼尔讨厌把任何东西扔掉。

他还在墙上贴了一些老海报:**口风不紧战舰沉**——这句话来自很久以前的一场大战;穿工装裤的女人曲起上臂展示鼓起的肱二头肌,表明女性也能造炸弹——同样源自那场很久以前的大战;还有一张是红黑两色的,上面有一个人和一面旗,尼尔说那是俄罗斯成为俄罗斯之前的海报。那些海报以前都属于他住在温尼伯的曾祖父。我对温尼伯一无所知,只知道那儿很冷。

我小时候超爱"寻衣猎犬"的:那儿就像堆满财宝的山洞。照理说,我不可以独自去尼尔的办公室,因为我可能"毛手毛脚",然后就会把东西弄坏。但有大人看着的时候,我可以玩发条玩具、音乐盒和加法机。但不能玩老相机,因为尼尔说它们太珍贵了,况且里面也没有胶卷,能玩出什么花样呢?

我们不住在店里。我们家离店铺挺远的,家所在的那个社区里有些很老的独栋平房,还有些新盖的大房子,是把老平房推倒后重建的。我们住的不是独栋平房——通常都有二层楼,卧室都在二楼——但也不是新盖的大房子。我们家只是用黄砖垒的小屋,非常普通。没有任何特殊之处会让你多看一眼。回头去想,我猜那正是他们的意图所在。

8

周六和周日我总在"寻衣猎犬"店里待很久,因为梅兰妮不希望我单独留在家里。为什么不行?我十二岁时开始发问。因为,梅兰妮回答,万一着火了怎么办?无论如何,把一个孩子单独留在家里是违法行为。我就会争辩,说自己不是孩子了,她就会叹气,说我根本不知道怎样算孩子,怎样不算孩子,还说孩子意味着重大的责任,又说我以后会明白的。她会说我让她头痛,我们就会钻进她的车里,开去商店。

我可以在店里帮忙——按照尺码把 T 恤分类,贴标价,把需要清洗或丢弃的衣服挑出来。我喜欢做这些事:坐在柜台后面角落里的小桌边,笼罩在淡淡的樟脑丸气味里,有人进来时观望一下。

进来的人并不都是顾客。有些是流浪汉,想用我们的员工厕所。只要梅兰妮认得他们就允许他们用,尤其在冬天。有个老男人常来。他穿的粗花呢外套就是梅兰妮给他的,还有几件毛线背心。我满十三岁后,开始觉得他鬼鬼祟祟的,因为我们学校有一门课讲到了恋童癖的事。他叫乔治。

"你不该让乔治用我们的厕所,"我对梅兰妮说,"他是个变态。"

"黛西,这么说可不厚道,"梅兰妮说,"你怎么会有这种想法？"当时我们在家，在厨房里。

"他就是嘛。他总是到处闲逛。他还在店门外跟人家讨钱。还有，他跟踪你。"我本想说他跟踪我，那一定能让她提高警惕，但可惜那不是事实。乔治从没正眼看过我。

梅兰妮哈哈大笑，说："不，他不是的。"我认为她太天真了。在我那个年纪，父母会从无所不知的人突然变成一无所知的人。

还有一个人频繁进出我们的小店，但她不是街头游民。我估摸着她有四十岁，也可能快五十了；我看不准中老年人的年纪。她常常穿黑色皮夹克，黑色牛仔裤，沉重的大靴子；她总是把长头发扎成马尾，而且从不化妆。她看起来像个机车党，但不是那种真正的机车党——更像是机车党的代言人。她不是我们的顾客——她从后门进来，挑的都是不要钱的慈善衣物。梅兰妮说她俩是老朋友了，所以只要埃达开口，她就很难拒绝。反正，梅兰妮声称她只是把很难卖出去的东西送给埃达，那些东西能物尽其用也是好事。

在我看来，埃达一点都不像做慈善的那类人。她不亲和，没笑容，骨骼分明，走路带风。她从不在店里久留，也不会不带上一纸箱旧衣服就走，出门就把箱子扔进车里，不管她开什么车，都会停在店后的巷子里。我从我坐的角落里能看到她的那些车。每次都不一样。

常常走进"寻衣猎犬"的第三类人是不买东西的。那些穿银色长裙、戴白色帽子的年轻女人自称"珍珠女孩"，说她们是为基列传教的。她们比乔治还瘆人。她们在闹市区活动，和街头游民攀谈，走进店铺，把自己弄得像人见人厌的过街老鼠。有些人对她们很粗暴，但梅兰妮从不那样，因为她说那样无济于事。

她们总是成双结对地出现，都戴白色珍珠项链，笑容可掬，但不是真心实意的笑容。她们会把自己印制的小册子递给梅兰妮，册子里印着整洁的街道、快乐的孩子、日出之类的照片，还有理论上会吸引你去基列的小标题："堕落？上帝仍会宽恕你！""无家可归？基列给你美好家园。"

总有至少一本小册子是关于妮可宝宝的。"让妮可宝宝回来！""妮可宝宝属于基列！"我们在学校里看过一部讲妮可宝宝的纪录片：她妈妈是个使女，把妮可宝宝偷偷送出了基列。妮可宝宝的爸爸是个超级恶心的基列高层要员：大主教，所以当年闹出了一场大风波，基列要求让她回国，和她的法定父母团聚。加拿大先是消极拖延，后来屈从了，表示会尽力配合，但那时妮可宝宝已下落不明，从此再也没能找到她。

现在，妮可宝宝就是基列的海报女孩。珍珠女孩带来的每本宣传册上都有她的照片。她看起来就是个婴儿，没什么特别的，但我们老师说，她实际上是基列的圣徒。对我们来说，她也是一个符号：加拿大每次有抵制基列的抗议游行，那张照片都会出现，还有诸如**妮可宝宝！自由的象征！**或是**妮可宝宝！引领前途！**的标语。我会在心里想：好像一个婴儿能引领什么前途似的。

我不喜欢妮可宝宝，主要是因为我有次必须写一篇关于她的作文。我只拿了个C，因为我说她被两边当成足球踢来踢去，只要把她送回去，就能让最大多数人得到最大的幸福。老师说我太无情，应该学会尊重别人的权利和感受，我就说基列的国民也是人，难道不该尊重他们的权利和感受吗？她就冒火了，说我该成熟起来，这话倒可能没错：我是故意顶撞她的。但只拿了个C实在让我生气。

珍珠女孩每次进来，梅兰妮都会收下宣传册，保证会在店里放一摞。有时候，她还会把一些旧册子还给她们：她们回收剩余的册子是为了在别的国家再次使用。

"你为什么那么做?"我十四岁那年对政治更有兴趣了,曾这样问过她。"尼尔说我们是无神论者。你却在给她们鼓劲儿。"我们学校用三门课程讲过基列:那是个非常、非常恶劣的地方,女性不能工作,也不能开车,使女像母牛一样被迫受孕,只不过母牛的待遇更好一点。如果不是某种怪物,又会是什么样的人在国境线那边的基列?尤其是女性。"为什么你不告诉她们,她们都是恶魔?"

"和她们争论毫无意义,"梅兰妮说,"她们是狂热的信徒。"

"那我去跟她们说。"那时候我以为自己很清楚别人有什么问题,尤其是成年人。我以为我能让他们走回正道。珍珠女孩都比我年长,好像也都老大不小了:她们怎么能笃信那种胡说八道呢?

"不行,"梅兰妮挺严厉地对我说,"你就待在柜台后面。我不希望你和她们讲话。"

"为什么不行?我可以搞定——"

"她们会费尽口舌把你这个年纪的女孩骗走,跟她们回基列。她们会说,珍珠女孩在拯救女人和女孩。她们会迎合你们的理想主义。"

"我才不会信那套胡说呢!"我愤愤不平地说道,"我又不是他妈的脑死。"我在梅兰妮和尼尔面前不常爆粗口,但这种话有时候会自己冒出来。

"管好你的脏嘴巴,"梅兰妮说,"给人印象很差。"

"抱歉。但我不是傻瓜。"

"当然不是,"梅兰妮说,"但你别去招惹她们就好。只要我收下小册子,她们就会走的。"

"她们的珍珠是真的吗?"

"假的,"梅兰妮回答,"她们的一切都是假的。"

9

尽管梅兰妮为我做了那么多,但始终感觉有点疏远。她闻起来就像我去一栋陌生的房子做客时闻到给客人用的花香味香皂。我的意思是,她闻起来不像我妈妈。

小时候在学校图书馆里,我最喜欢的一本书讲的是一个男人落入了狼群。他决不能洗澡,因为一旦洗去狼群的气味,狼就不认他了。对梅兰妮和我来说,好像也很需要叠加那层族群的气息,那种会把我们标记为"我们"的东西。但始终没有那种感觉。我们自始至终都不是很亲昵。

再有就是,尼尔和梅兰妮不像我认识的别的小孩的父母。他们在我身边显得太小心,好像我是不堪一击的。好像我是他们代为照管的纯种猫,你会觉得自己的猫理当和你很亲近,因而随随便便地照顾就好,但别人的猫就不一样了,因为要是被你弄丢了,你会非常内疚,而且和丢了自己的猫的内疚截然不同。

还有一件事:学校里的孩子们都有自己的照片——很多很多老照片。从他们出生到长大,他们的父母会拍下每一个瞬间。有些孩子甚至有自己出生时的照片,他们会带到学校,在"秀图讲故事"的环节里给大家看。我以前觉得那挺恶心的——又是血,又是粗壮的大腿,小脑袋就从两腿之间钻出来。他们还有婴儿时代的照片,几百张都有。这些孩子就连打嗝的时候都会有几个大人端着相机围着，叫他们再打一次——好像他们要活两遍，第一次在现实中，第二次在相片里。

那种事却没有发生在我身上。尼尔收藏的老相机都很酷，但我们家从没有真正能拍照的相机。梅兰妮对我说，所有早年的照片都在一场火灾里烧光了。只有傻瓜才会信这种话，我就信了。

现在，我要把我做的蠢事及其后果告诉你们。对于自己的表现，我并不觉得自豪：回头去看，我明白了那有多么愚蠢。但当时我不知道。

我生日前一周，有一场针对基列的抗议游行。有一组新近发生的处刑现场的影像资料被偷运出了基列，在我们的新闻里播出了：女人们因异端邪说、叛变、试图把婴儿偷运出基列而被吊死，依照他们国家的法律，偷运婴儿算是叛国罪。我们学校的两个高年级放假了，所以我们可以作为"全球社会意识"组织的成员去参加抗议游行。

我们做了标语牌：**不和基列谈条件！为在坏基列挣扎的女性争取正义！妮可宝宝，引路之星！**有些孩子还做了绿色的牌子：**基列：扭曲气候科学的大骗子！基列想让我们被烤熟！**配的是森林大火、死鸟、死鱼和死人的照片。有些老师和家长志愿者会陪我们去，确保我们避开暴力事件。我很兴奋，因为那将是我有生以来的第一次抗议游行。但就在那时，尼尔和梅兰妮说我不可以去。

"为什么不可以？"我说，"别人都会去！"

"绝对不可以。"尼尔说。

"你们总是口口声声说我们该如何捍卫原则。"我说。

"这事不一样。黛西，这不安全。"尼尔说。

"人生就是不安全的，你自己说过的。反正很多老师也会去。这是课程的一部分——要是我不去，就会丢学分！"最后这段纯属胡说,但尼尔和梅兰妮希望我有好成绩。

"也许她可以去,"梅兰妮说,"如果我们让埃达陪她一起去呢?"

"我不是小孩子,我不需要看孩子的跟着我。"我说。

"你说什么胡话?"尼尔对梅兰妮说,"那种场合到处都趴着媒体的人!会上新闻的!"他抓扯着头发——仅剩无多的头发——这表明他很担心。

"重点就在这里!"我说。我们要举的标语牌里有一块是我做的——大大的红字配黑色的小骷髅头。**基列 = 头脑之死**。"重点就是要上电视!"

梅兰妮用双手捂住耳朵。"我头好痛。尼尔说得对。我现在不许你去了。你整个下午都要在店里帮我忙,讨论到此为止。"

"好,把我关起来吧!"我说着,跺着脚走进自己的房间,用力甩上门。他们不能强迫我。

我上的是怀尔中学。这个名字源自弗洛伦斯·怀尔,她是很久以前的雕塑家,学校大厅门口就挂着她的照片。梅兰妮说,一看就知道这所学校会鼓励学生发挥创造力,尼尔说,还会敦促你理解民主自由,学会独立思考。他们说这些都是送我去那所学校的原因,其实,他们总的来说不赞成私人学校,但公立学校各方面的标准都太低了,当然,我们应该为改善公立教育体系献出一份力,但他们也不想让我被某些年轻的毒贩用刀子捅伤。现在,我认为他们选择怀尔中学还有另一层缘由。怀尔中学在出勤率方面极其严格:你根本不可能逃学翘课。所以梅兰妮和尼尔总能知道我在哪里。

我不喜欢怀尔中学,但也不讨厌。那只是我走向现实生活前必须经历的一段路,很快,我就能看清现实生活的大致走向了。不久以前,我想当个小动物兽医,但后来觉得这个理想太孩子气了。兽医之后，我又决定当外科医生，但后来在学校里看了一段外科手术的录影，把自己看恶心了。怀尔中学的学生们有的想当歌手，有的想当设计师或做其他创意工作，但我五音不全，笨手笨脚，干不了那些行当。

我在学校里有不少朋友：讲八卦的朋友，都是女生；交换作业的朋友，有男有女。我确保自己的成绩比我实际能做到的差——因为我不想受人瞩目——所以我的作业没有很高的交换价值。不过，室内和户外运动的成绩好一点没关系，我的体育分很高，尤其擅长篮球这类强调速度和高度的项目。组队的时候我是很抢手的人选。但在校外，我过的是很拘束的生活，因为尼尔和梅兰妮太神经质了。梅兰妮不允许我在大商场里闲逛，因为那种场所已被瘾君子污染了；尼尔不允许我去公园玩，因为那种地方总有奇奇怪怪的男人。也就是说，我的社交生活等于零：所有社交类型的事情都要等我长大了才能做。在我们家，尼尔的魔力咒语是不行。

但这一次不同，我不打算妥协：无论如何，我都要去参加那场抗议游行。学校租了几辆大巴送我们去。梅兰妮和尼尔想方设法阻挠我，还给校长打了电话，重申他们不允许我去，于是，校长也叫我留在学校，我向她保证，说没问题，完全明白，我会等梅兰妮开车来接我。但是，负责点名的只有大巴司机一个人，他又搞不清谁是谁，所有人都拥在车门口转来转去，家长和老师们也没留意，压根儿不知道我不能去，所以，我和一个不想去的篮球队队友换了学生证就上了大巴，还挺为此得意的。

10

　　一开始，抗议游行挺振奋人心的。地点在市中心，邻近立法大楼，其实那不是真正意义上的游行，因为谁也游不成，所有人挤成了一团。有人做演说。有个女人因清除致命的放射物死于基列殖民地，她的加拿大亲戚谈到了奴隶劳工。基列国内大屠杀幸存者组织的领导人讲述了被迫北行到北达科他州的经过：难民像羊只般被圈禁在空无一人的废弃城镇里，没有食物，没有水，几千人惨死，人们冒着生命危险，在寒冬向北步行到加拿大国境线，他举起少了几根手指的手说：冻掉的！

　　接着，圣怀会——专门帮助逃出基列的女性的难民救助组织——发言人谈到那些女人一生下孩子就会被残忍地夺走，如果你试图把孩子抢回来，他们就会指控你对上帝不敬。我没办法听全所有的演说，因为音响系统时好时坏，但演讲者要传达的意思已足够明白。现场有许多妮可宝宝的海报：**基列所有的孩子都是妮可宝宝！**

　　接着，我们学校的队伍喊起了口号，高举标语牌，别的人也举起各自不同的牌子：**打倒基列法西斯！即刻救援！**就在那时，一些反对派也举着他们的牌子冒出来了：**封锁国境线！基列管好你们自己的荡妇和杂种，我们这儿够多了！停止入侵！回家自撸去！**这些人中间还有一队穿着银色长裙、戴珍珠项链的珍珠女孩——她们的标语牌写的是**偷孩子的人去死吧！归还妮可宝宝**。我们这边的人就朝她们扔鸡蛋，砸中了就欢呼，但珍珠女孩们仍保持着那种呆滞的假笑。

混战爆发了。一群穿黑衣、戴面罩的人开始砸店铺橱窗。突然出现了很多穿戴防暴装备的警察。真不知道他们从哪儿窜出来的。他们敲打护盾，向前挺进，还用警棍挥击学生和大人。

之前我还挺得意的，但这时我害怕了。我想抽身，可人太多、太拥挤了，我根本动弹不得。我看不到别的同班同学，人群都很惊慌。人们推来挤去，又是尖叫又是呼喊。有东西撞到了我的肚子：我猜想是谁的胳膊肘。我的呼吸加快了，还能感到眼泪涌出了眼眶。

"往这边走。"我身后响起一个沙哑的声音。是埃达。她揪住我的衣领，把我拖在身后。我不确定她是怎样清出一条路的：我猜想她是踢开了别人的腿。就这样，我们走到了暴乱后方的一条街，后来他们在电视上就是那么说的，一场"暴乱"。我看到现场录影的时候心想，现在我算是知道身在暴乱中是什么感受了：就像溺水。这倒不是说我有过溺水的经验。

"梅兰妮说你大概在这儿，"埃达说，"我送你回家。"

"不，但是——"我不想承认自己害怕了。

"赶紧的。没有如果。也没有但是。"

那天晚上我在电视上看到了自己：我正高举牌子，大喊口号。我料想尼尔和梅兰妮会暴跳如雷，但他们没有。相反，他们很紧张。"你为什么要这么做？"尼尔问道，"你没听到我们是怎么说的吗？"

"你们总是说，人应该挺身反抗不公正的现象，"我说道，"学校也是这么教的。"我明知自己这次很过分，但还是不打算道歉。

"我们下一步该怎么办？"梅兰妮说道，但不是对我说的，而是对尼尔。"黛西，你能去帮我倒杯水吗？冰箱里有冰块。"

"可能还不算太糟。"尼尔回答。

"我们不能碰运气，"我听到梅兰妮说，"我们要转移，像以前那样。我来给埃达打电话，她可以安排一辆货车。"

"没有现成的退路，"尼尔说，"我们不能……"

我端着水回到房间里。"怎么回事？"我问。

"你没有作业要做吗？"尼尔说。

11

三天后,"寻衣猎犬"遭了一次入室抢劫。店里有警报装置,但还没等任何人赶过去,盗贼们已经抢完走人了,梅兰妮说警报器就是这点不好。盗贼们没能找到钱,因为梅兰妮从不把现金留在店里,但他们拿走了一些穿戴艺术品,还洗劫了尼尔的办公室——把他的文件扔得满地都是,还偷走了一些他的收藏品:几只钟,几台老相机,一个堪称古董的发条小丑玩具。他们放了一把火,但尼尔说手法太业余,所以很快就被扑灭了。

警察来了,问尼尔和梅兰妮有什么怨敌吗。他们说没有,一切都好——大概是流浪汉想搞些钱续毒品吧——但我听他们的语气就知道他们很担心,每当他们说些不希望我听到的事情时就会那样讲话。

"他们拿走了那台照相机。"我走进厨房时,尼尔正好对梅兰妮说道。

"哪台?"我问。

"哦,就是一台老相机。"尼尔回答。继续抓挠头发。"但是很罕见的一台。"

打那以后,尼尔和梅兰妮越来越紧张了。尼尔定购了一套新式报警系统放在店里。梅兰妮说我们或许要搬家,但等我开始问这问那时,她又说那只是说说而已。对于闯门夜盗一事,尼尔宣称没有造成太大损失。他说了好多次，反而让我去琢磨：除了他心爱的老相机之外，还造成了哪些实质性的损失呢。

夜盗之后的那天晚上，我发现梅兰妮和尼尔在看电视。平日里他们并不真的在看——电视机总是开着的——但那天晚上他们看得很专注。警方发现了一个珍珠女孩的尸体，她死在和另一个珍珠女孩同伴合租的公寓里，身份资料上只说明她叫"阿德丽安娜嬷嬷"。她的脖子上绑着自己的银色腰带，腰带的另一头系在门把手上。法医说她死亡已有数日。公寓楼里的另一个租客觉察到异味才报警的。警察判定是自杀，说用这种方式勒死自己是很常见的。

电视上放出了死去的珍珠女孩的照片。我仔细地看了看：因为她们穿着打扮都一模一样，有时候很难区分谁是谁，但我记得她最近来过"寻衣猎犬"，发宣传册。她的同伴也下落不明，新闻主播说她叫"萨丽嬷嬷"。电视上也放出了她的照片，警察向民众呼吁：如果见到此人，务必向警方报告。基列领事馆对此尚未表态。

"这下坏了，"尼尔对梅兰妮说，"可怜的姑娘。太惨了。"

"为什么这么说？"我说，"珍珠女孩是为基列卖命的。她们恨我们。人人都知道啊。"

他俩双双看向我。那种眼神该用什么词来形容？哀伤，我想是吧。我都蒙了：他们为什么要在乎啊？

真正坏到家的事发生在我生日那天。早上还挺正常的。我起床，穿上怀尔中学的绿色格子呢校服——我提到过我们有校服吗？穿好绿袜子后，我套上黑色的绑带鞋，再按照学校仪容手册里规定的样式把头发扎成马尾——不能有碎发飘散——然后下楼去。

梅兰妮在厨房，那儿有个花岗岩的岛式厨台。我更喜欢学校食堂里那种树脂环保材料的厨台，你可以透过树脂玻璃看到里面放了什么——有个柜子里放了一只浣熊的骨架，所以，总有东西吸引你的眼神。

大多数时候我们都在厨房岛台吃饭。起居室里当然有餐桌，那是给晚餐聚会预备的，但梅兰妮和尼尔从不邀请别人来吃晚饭；他们只会邀请别人来开会，讨论各种各样的事情。前一晚就来了几个人：餐桌上现在还留着几只咖啡杯和一只盘子没收走，盘子里有薄脆饼干的碎屑和几颗干瘪的葡萄。我没有看到是哪些人，因为那时候我已经上楼去自己的房间了，不管我到底闯了什么祸，我只想躲开余波震荡。那件事显然比不听话更严重。

我进到厨房，在岛台边坐下。梅兰妮背对着我；她正在往窗外看。透过那扇窗，你可以看到我们家的院子——圆形的水泥地台中央种了些迷迭香，天井里有户外桌和几把椅子——还能看到前门外的街角。

"早上好。"我说。梅兰妮唰的一下转过身子。

"哦！黛西！"她说，"我没听到你下楼！生日快乐！十六岁要开心哦！"

在我赶着上学之前，尼尔一直没下来吃早餐。他在楼上讲电话。我稍稍有点不开心，但也不是很气恼：他常常心不在焉。

梅兰妮和平常一样，开车送我去学校：她不喜欢让我独自搭公车去上学，哪怕公车站就在我们家门口。她说——她总是这么说——反正她要去"寻衣猎犬"，可以顺路送我。

"今晚有你的生日蛋糕，还有冰淇淋。"句尾的语气略有上升，好像她在提问。"放学后我会来接你。我和尼尔有些事要跟你说，现在你已经长大了。"

"好的。"我应了一声，心想，准是要说男孩啦、能做什么不能做什么之类的破事儿，我在学校里耳朵都听出老茧来了。肯定会超尴尬的，但我必须熬过去。

我想说我很抱歉去抗议游行了，但我们已经到学校了，所以我就没说出口。我默默地下了车;梅兰妮一直等到我进了校门。我朝她挥挥手,她也朝我摆了摆手。我不知道我为什么要挥手——平常都不会的。我猜想,那其实是某种形式的致歉吧。

那天学校里的事,我不太记得了,因为,我为什么要记那些事?太普通了。就像你从车窗看出去的景象一样平凡无奇。万事万物匆匆掠过,这个那个,那个这个,都没什么要紧的。你不会特别记取那样的时刻;只是一种日常,就像刷牙。

在食堂吃午餐时,几个平常互换作业的朋友对我唱起了"生日快乐"。还有些人拍手。

然后就到了下午。空气很闷,时钟好像走得越来越慢。我坐在法语课堂里,我们本该要读柯莱特的中篇小说《米索》里的一段,讲的是一个歌舞剧院的女明星把两个男人藏在自家衣橱里。这既是法语课的教材,理论上也为了教育我们:以前女性的生活状况有多么恶劣,但我觉得米索小姐的生活也不算恶劣嘛。把美男子藏进自己的衣橱——我还巴不得自己能这么做呢。但是,就算我认识这么英俊的男人,我又能把他藏在哪儿呢?我自己的卧室衣橱肯定不行,梅兰妮会立刻发现的;就算没被发现,我还要负责喂饱他。我顺着这条思路多想了一会儿:我可以偷带什么样的食物上楼,而不会被梅兰妮发现呢?奶酪和饼干?和他做爱更是门儿都没有:让他迈出衣橱就已经太冒险了,衣橱里也没有多余的空间让我和他都挤进去。这就是我在学校里常常走神做的白日梦,只为了打发时间。

不过,这确实是我生活中的一个问题。我从没有和任何人约会过,因为我从没有碰到任何我想约的人。那种事似乎不可能发生。怀尔中学的男生们都没戏:我是和他们一起从小学升上来的,见过他们挖鼻屎,有些男生小时候还尿过裤子。你不可能对记忆中的那些形象产生任何浪漫的想法。

事到如今我有点郁闷了,过生日就会引发这种情绪:你一直期待魔法般的转变，但等到现在什么都没有发生。为了让自己别睡着，我会拔头发，从右耳的后面，每次只拔两三根。我知道，这样做太频繁就会拔出一小块秃头皮，但我养成这个习惯才几周而已。

终于熬到了放学，可以回家了。我沿着地板锃亮的长廊往学校正门口走去，然后迈出校门。下着毛毛雨；我没带雨衣。我朝街道两边看了看，没看到在车里等我的梅兰妮。

突然间，埃达出现在我身边，穿着她的黑色皮夹克。"走吧。我们上车。"她说。

"什么？"我问，"为什么？"

"是尼尔和梅兰妮。"我端详她的神色，我看得出来：肯定发生了什么特别糟糕的事。如果我再大几岁，我肯定当场就会问明白，但我没开口，因为我想把得知真相的瞬间尽可能往后拖延。我突然想起读过的小说里出现的词汇：无以名状的恐慌。读的时候它们只是文字，但形容我当时的亲身感受是再贴切不过了。

我们一上车，她就把车开起来了。我说，"是谁发心脏病了吗？"我只能想到这种事。

"不是，"埃达说，"仔细听我说，别对我大呼小叫的。你不能回你家了。"

我的胃里更难受了。"那是怎么了？火灾？"

"爆炸，"她说，"汽车炸弹。在'寻衣猎犬'外面。"

"该死。店毁了吗？"我说。先是夜盗，现在又有爆炸。

"是梅兰妮的车。她和尼尔都在车里。"

我一言不发地干坐了一分钟；我无法理解这句话。什么样的疯子想杀死尼尔和梅兰妮？他们是如此平凡。

"所以，他们死了？"我终于问出了口。我浑身发抖。我试着去想象爆炸的场面，但脑海中只有一片空白。黑色的空白。

第五章

货车

阿杜瓦堂手记

12

你是谁，我的读者？你在何年何月？也许就是明天，也许要到五十年后，也许永不出现。

你可能就是阿杜瓦堂里的一个嬷嬷，无意间发现了这份手稿。被我的罪恶惊吓片刻后，你会不会为了保全我的虔敬形象而将这些纸页烧毁？还是会屈从于凡人皆有的对权力的渴求，向眼目们告发我的行径？

你会是国外探员吗，在这个政体崩解后来阿杜瓦堂搜查档案？无论如何，我这么多年来积攒的这沓罪行纪录不仅能揭示我本人的罪行——假设命运多舛，假设我活下去只为了接受审判——也揭露了其他很多人的罪行。要知道尸体都埋在何处①——我将此视为己任。

不过，你现在可能正疑惑：我怎么能免于高层下达的肃清运动呢——就算基列建国初期还没有，进入狗咬狗的成熟期后就一直在肃清。那时候，墙上吊死过不少昔日的大人物，因为最高层的执政者要确保没有任何有野心的僭越者能取代自己的位置。你可能会推断：在这种筛选队友的内斗中，身为女性的我会格外易受攻击吧？但你错了。正是因为身为女性，我被排除在可能篡夺

---

① 这句话也有掌握见不得人的秘密的意思。

大权的名单之外，因为根本没有任何女人可以坐上大主教的席位；所以，在这件事上我反而是安全的，真是讽刺。

但我的政治生涯之所以长久不衰，还有另外三个原因。第一，这个政体需要我。好比在铁拳外面戴上羊毛连指的皮手套，我能软硬兼施地让女性群体各司其职，让诸事井井有条：俨如大内总管，我是被特意安置在这个职位的。第二，我知道太多领导层的事情了——太多脏事儿——对于我在归置文档时会如何处理那些污点，他们没有把握。如果他们把我惹毛了，那些脏事儿会不会大白于天下？他们可能还会怀疑我为了预防不测而留了一手，这一点他们倒是猜对了。

第三，我很谨慎。每个位居高层的男人都觉得我很可靠，他们的秘密在我这里是安全的；但是——就像我婉转表明的那样——只有在我自己安全的前提下，他们才是安全的。在各方势力的制约与平衡中，我始终都是立场明确的信徒。

除了这些保护措施，我还不允许自己受到蛊惑。基列这地方意外频发，凡事都要如履薄冰。不用多说，已经有人为我写好了葬礼悼文。我不寒而栗——谁在我的坟上行走？

时间，我对着虚空企求，只求多一点时间。我只需要时间。

昨天，我收到意料之外的邀请，去和贾德大主教单独开会。这样的邀请，我并非第一次收到。早年有些这类会面不是很愉快；但也有些，尤其是最近的一些会面还是有互惠意义的。

我走出阿杜瓦堂，穿过厅堂大楼和眼目总部之间长着茑茑青草的步道，攀上斜坡上庄严的白色阶梯——不知为何觉得特别吃力——通向立柱森严的主入口，一路上我都在琢磨这次会面会有怎样的结果。我必须承认，我的心跳比平时快，那只是因为爬阶梯，毕竟，不是每一个走进那扇大门的人都能再走出来。

眼目组织占据了一座昔日的大图书馆。现在的图书馆里没有书了,只有书架空立,以前的那些书要么被焚毁了,要么——假如还有点价值——就被众多手脚不干净的大主教纳入私人收藏库。现在凡事都以《圣经》为准绳,我尽可引经据典来阐述抢夺战利品的危害——那是上帝禁止的事,但勇者贵在谨慎,所以我不会声张。

我要很高兴地告诉你,这栋大楼里楼梯两侧的壁画都没有被抹除:因为这些壁画描绘的是战死的士兵、天使和代表胜利的桂冠,看起来够虔信,故而被判定为可以保留,尽管之前画在右边的美利坚合众国国旗已被基列的国旗覆盖了。

从我最初认识贾德大主教开始,他就已是这个世界的高层人物。那时他就明白了,基列的女性不太会奉承他的妄自尊大,也不会给予他足够的尊重。但作为掌管眼目系统的大主教,现在没有人不怕他。他的办公室在这栋大楼的最深处,那儿曾用作图书库房和研究员专用的隔间工作室。他的门中央装饰着一只大眼睛,瞳孔是用真的水晶做的。来人还没敲门,他就能提前看到是谁。

"进来。"他说这话时,我刚刚抬起手。从大门口护送我进来的两个初级眼目视其为让他们退下的指令。

"亲爱的丽迪亚嬷嬷,"他说着,从那张巨大的办公桌后露出笑颜,"谢谢你屈尊大驾来到我简陋的办公室。我希望你一切都好?"

他才不会有那种希望,但我不会揭穿。"宜应称颂,"我说,"您好吗?还有尊夫人?"这一任夫人比之前那些撑得久。他的历任夫人都是红颜薄命,贾德大主教就像大卫王和千奇百怪的中美洲毒枭那样,笃信年轻女性有延年益寿的神力。每一次,在一段体面的哀悼期后,他都会把自己重回单身汉行列、可以笑纳下一个少女新娘的状况广而告之。确切地说,是让我知道。

"我和夫人都很好,谢主恩赐,"他说道,"我给你带来了好消息。请坐。"我便落座，准备好用心去听。"我们在加拿大的情报组织成功地揪出了两名最活跃的'五月天'干将，并已将其歼灭。他们在多伦多一个破地方用一家二手衣服店做掩护。前期搜查表明，他们在援助和煽动'女子地下交通网'方面是关键人物。"

"天意赐福。"我说。

"我们在加拿大的年轻特工热情高涨，圆满完成了这次行动，但指路人是你的珍珠女孩们。你发挥了她们在搜集情报方面天生的女性直觉，真是太有用了。"

"她们有敏锐的观察力，也都训练有素，听命顺服。"我说。最早是我想出了培养珍珠女孩的计划——别的宗教都有传教事业，为什么我们不能有？其他宗教的传教士们会带来皈依者，为什么我们不能有新信徒？其他宗教的传教士们搜集到的信息可以用于情报分析，我们为什么不这样做？——但我不是傻瓜，至少不是那种傻瓜，所以我把功劳都给了贾德大主教。考虑到参与这项工作的基本都是女性，让大主教亲自关注诸多细节似乎不太合适，所以，珍珠女孩们只向我一个人汇报情况，这是官方认可的；当然，只要我判定是必须汇报或不得不说的事，我就必须上报给他。讲得太多，我会失去掌控权；讲得太少，我会被怀疑。她们用来吸引人的宣传册是由我们编写、设计，并在阿杜瓦堂一间地下室的印制所里印制的。

我的"珍珠女孩"计划好比救命稻草，是在他的生死关头启动的，也就是他那愚蠢的《国土法案》彻底失败、不可挽回的节骨眼上：世界和平组织谴责大屠杀，基列在国际上丢尽了脸，本国难民从北达科他州北上越过加拿大边境，形成不可阻挡的难民潮，再加上他提出的荒谬可笑的"白人种族证明计划"在伪造和行贿的乱象中彻底失败。"珍珠女孩"计划的启动帮他拓展了一条生路，免受水火绝境之苦；但从那以后，我一直在权衡：帮他走出困境是否有利于我的权术?他是欠我的,但那也可能引发不利于我的后果。有些人就是不喜欢欠别人的。

不过,眼下的贾德大主教满脸堆笑。"没错,她们是宝贵的珍珠。而且,除掉那两个'五月天'干将后,你的烦心事也会少一点——逃跑的使女会更少了,但愿如此。"

"宜应称颂。"

"当然,我们不会主动公开这次精准的扫荡行动。"

"公不公开都一样,他们总会怪到我们头上的,"我说,"加拿大人和国际社会。毋需多言。"

"我们会否认的,"他说,"毋需多言。"

我们隔着他的办公桌互相端详,沉默了片刻,就像两个棋手对峙,或是两个老战友——我们两人都在三次肃清运动中幸存了下来。光是这一点就能缔结某种纽带。

"不过,有些事一直让我想不通,"他说,"那两个'五月天'恐怖分子肯定在基列有内应。"

"真的吗?肯定不会吧!"我惊呼道。

"我们对目前已知的潜逃事件做了一次分析:要是没有内鬼泄密,就无法解释那么高的成功率。基列的某个人——某个能进入我们安保人员调度系统的人——肯定一直在给'女子地下交通网'组织提供情报。哪些路径有人盯着,哪些道路可能是安全的,诸如此类。你也知道,战事意味着本土人力——尤其在佛蒙特州和缅因州——变得薄弱了。我们得把兵力派到别处去。"

"基列的哪个人会如此背信弃义?"我问道,"出卖我们的未来!"

"我们在查,"他说,"这期间,如果你有什么想法……"

"当然。"我说。

"还有一件事,"他说,"阿德丽安娜嬷嬷。他们在多伦多发现了这个珍珠女孩的尸体。"

"是的。骇人听闻,"我说,"有什么新消息吗?"

"我们在等领事馆的最新报告,"他说,"我会通知你的。"

"在所不辞,"我说,"你知道你可以信赖我。"

"亲爱的丽迪亚嬷嬷,你在各方面都是靠得住的,"他说,"红宝石都没有你珍贵,宜应称颂。"

赞美之词我也爱听,和任何人一样。"谢谢您。"我说。

我本可以过上另一种生活,与现在的有天壤之别。但凡我放眼看看就知道了。但凡我像某些人那样,早点打包走人,离开这个国家就好了——我愚蠢地认为这个国家没有变,依然是我多年来的归宿。

这种嗟叹毫无实际用处。我做出了选择,因此,我之后可以做的选择就更少了。黄叶森林里分岔出两条路,我选了多数人走的那条。路上尸横遍野,因为多数人走的路多半如此。但你想必已经注意到了,我本人的尸体不在其中。

在那个消逝不再的我的国家里,很多事情连年不断地恶性循环。洪水,火灾,龙卷风,飓风,干旱,水源不足,地震。水火风云失衡,要么这个太多,要么那个太少。基础设施破败失修——为什么没有人及时终止那些核反应堆呢?经济一蹶不振,大量人口失业,出生率走低。

人们开始害怕了。然后,他们变得愤怒。

缺乏切实可行的补救方法,百废无法待兴。总得归咎于谁。

为什么我当时认为那不过是寻常的局面?我猜想是因为我们长久以来都在听说这种事。你不会相信天要塌了,除非有一块落下来砸到你头上。

"雅各之子"攻占了千疮百孔的国会后不久,我就被捕了。一开始,我们听说那是宗教恐怖分子干的,官方宣布全国进入紧急状态,但他们说我们应该一切照旧,很快就能恢复宪法效力,紧急状态很快就将结束。在这一点上他们说得没错,只不过,不是以我们预想的方式结束的。

那天热得要命。法院关闭了——暂时性的,据说要等到一系列法规和指令生效才再开放。话虽如此,我们中的一部分人已经开始工作了——总可以把闲置的时间用于整理积压已久的文档吧,反正这就是我的借口。其实是因为我想有人在身边。

奇怪的是,没有一个男同事有这样的需求。也许他们能在妻子和孩子们身边寻求慰藉。

就在我浏览一些卷宗的时候,有个比我年轻的同事走进我的办公室——凯蒂,入职不久,三十六岁,通过精子银行受孕已有三个月。"我们得离开。"她说。

我瞪着她,问道:"你这话是什么意思?"

"我们得离开这个国家。局势在变。"

"哦,当然——紧急状态——"

"不,比那更严重。我的银行卡不能用了。信用卡也是——两张卡都被注销了。我想买张飞机票的时候才发现的。你的车在这儿吗?"

"什么?"我说,"为什么?他们不能就这样剥夺你的资产!"

"看起来可以,"凯蒂说,"只要你是女人,他们就可以。航空公司就是这么说的。临时政府刚刚通过了新法令:女人的钱现在都归男性直系亲属所有了。"

"比你想象的严重。"安妮塔说道,她比我年长,也刚刚走进我的办公室,"严重得多。"

"我没有男性直系亲属,"我说道,感觉有点蒙,"这绝对是违宪的!"

"别提宪法了,"安妮塔说,"他们刚刚废除了宪法。我是在银行里听说这事的,我本想……"她哭了起来。

"振作起来,"我说,"我们得好好想想。"

"你总会有个男性亲属的,"凯蒂说,"他们准是策划好几年了。他们说我最近的男性亲属是十二岁的侄子。"

就在那一刻,大门被踹开了。五个男人闯了进来,二二一的阵型,全都手持冲锋枪。凯蒂、安妮塔和我一起走出我的办公室。总台接待泰莎尖叫一声,猫腰躲到桌下。

其中两人很年轻——大概二十多岁——但另外三个都是中年人。年轻人身强体健,中年人有啤酒肚。他们都装模作样地穿着迷彩服,要不是他们有枪,我肯定会笑出声的,那时我还没意识到,女人的笑声很快就会紧缺了。

"这是怎么回事儿?"我说,"你们可以先敲门!而且门是开着的!"

他们没理我。其中之一——我猜想他是头儿——对几个同伴说:"有名单吧?"

我再用更显义愤的口吻说道:"谁为这次破坏负责?"我有点震惊了,感到寒意袭来。是抢劫?劫持人质?"你们想要什么?我们这里没有钱。"

安妮塔用手肘撞了撞我,示意我保持安静:相较于我,她对眼下的形势看得更清楚。

头儿的副手递上一张纸。"怀孕的是谁?"他问。我们三人面面相觑。凯蒂向前一步,说:"是我。"

"没有丈夫,对吗?"

"没有,我……"凯蒂用双手护住腹部。她和那时候很多女性一样,决意做单身母亲。

"高中。"头儿说道。两个年轻人迈步向前。

"女士,跟我们走。"走在前头的年轻人说道。

"为什么?"凯蒂说,"你们不能冲到这儿来就……"

"跟我们走。"第二个年轻人说。他们一边一个揪住她的胳膊,把她往外拖。她尖叫起来,但终究被拽出了大门。

"住手!"我说。我们可以听到她在外面大堂里的叫声,但声音越来越微弱。

"下令的人是我。"头儿说道。他戴眼镜,留着八字胡,但这些特征没有让他显得面目慈祥。在可能被你称作"基列仕途"的工作期间,我有充足的理由观察到一点:突然被授予权力的下属通常会变成最恶劣的滥用职权的人。

"别担心,她不会受到伤害,"副手说道,"她会去一个安全的地方。"

他按照名单念出我们的名字。否定我们是谁毫无意义:他们已经知道了。头儿问道:"前台呢?这儿有个叫泰莎的。"

可怜的泰莎从办公桌下站起来,吓得浑身发抖。

"你怎么想?"拿着名单的副手问道,"购物中心、高中,还是体育馆?"

"你几岁?"头儿问,"算了,都写着呢。二十七。"

"给她个机会吧。购物中心。也许有人会娶她。"

"站到那边去。"头儿对泰莎说。

"天啊,她都吓尿了。"第三个中年人说道。

"别说脏话,"头儿说,"很好。一个胆小鬼,说不定会很听话。"

"很可能所有人都会乖乖听话,"那第三个人说,"她们是女人啊。"我以为他在开玩笑。

把凯蒂带出去的两个年轻人回来了,进了门,其中一个说:"她上货车了。"

"还有两个所谓的女法官呢?"头儿问,"罗瑞达?黛维达?"

"她们去吃午饭了。"安妮塔说。

"我们带走这两个。你们看着她,在这里等那两个吃午饭的回来,"头儿指的是泰莎,"然后把她关进购物中心的货车。再把那两个带走。"

"这两个呢?购物中心还是体育馆?"

"体育馆,"头儿说,"一个超龄了,她们两个都有法律学历,女法官。你听到我的命令了。"

"但有点浪费啊,有些人。"副手朝安妮塔点了点头。

"上天自有论断。"头儿说。

安妮塔和我被带下楼,从五楼走下去。电梯还能用吗?我不知道。随后,我们的双手被铐在身前,再被押上一辆黑色厢式货车,一道厚实的隔板将我们和司机隔开,深色车窗玻璃内有网孔膜。

我们两人一直默不作声,因为还能说什么呢?很明显,不会有人回应哭喊和求救。大喊大叫、用身子去撞货车都无济于事;不过是浪费体力的无用功。所以,我们只是等待。

好歹车里还有空调。还有座位可以坐。

"他们会怎么做?"安妮塔轻声问道。我们看不见窗外的景象,也看不到彼此的脸孔,昏暗中只能辨认出模糊的轮廓。

"我不知道。"我说。

货车停了停——我猜是在一个检查站——然后继续开,然后停下来了。"终点站,"有人说道,"下车!"

货车的后车门被打开了。先是安妮塔费劲地爬出去。"利索点。"另一个人喊道。双手被铐着,下车很费劲;有人抓住我的胳膊往下拽,我一个趔趄扑倒在地。

货车开走了,我脚步不稳地站起来,环顾四周。我在一个开阔的场馆里,三五成群的已有很多人——我应该说,很多女人——还有数量众多的持枪男人。

我在体育馆里。但这已不是体育馆了。现在,这是一座监狱。

第六章

六死掉

证人证言副本 369A

13

要我告诉你们妈妈去世后发生的那些事，对我来说是非常艰难的。塔比莎是爱我的，这毫无疑问，但现在她走了，我身边的一切都似乎动摇起来，变得很不确定。我们的房子、花园，甚至我自己的房间都感觉不太真实，好像都会融进雾里，消失不再。我总会想起维达拉嬷嬷让我们背诵的一段《圣经》里的诗文：

　　在你看来，千年如已过的昨日，又如夜间的一更。
　　你叫他们如水冲去；他们如睡一觉；早晨，他们如生长的草。
　　早晨发芽生长；晚上割下枯干。①

枯干，枯干。这个词读起来口齿不清，好像上帝不知道怎样把话说清楚。我们背诵时，好多人都结结巴巴地败在这个词上。

为了出席妈妈的葬礼，他们给了我一条黑色的裙子。有些大主教偕夫人前来吊唁，在场的还有我们家的三个马大。装着我妈妈遗体的棺材紧闭着，爸爸的发言很精简，讲她生前是个多么好的妻子，总是急他人所急，堪称基列女性的典范，之后他念了一

---

① 《圣经·诗篇》第九十章第四到第六节。

段祷文，感恩上帝赐她脱离病苦，大家都念了阿门。在基列，他们不会大肆操办女人的葬礼，即便在高阶层人群里也不会。

离开墓园后，那些要人回到我们家。家里举办了小型酒会。泽拉做了些芝士泡芙，那是她的绝活之一，还让我当她的帮手。那挺有安抚作用的：可以系上围裙，碾碎芝士，把装在裱花袋里的面糊挤到烤盘上，再隔着烤箱的玻璃门看泡芙鼓起来。我们等客人都到齐了才开始烤。

烤完泡芙，我解下围裙，按照我爸爸的要求，身穿黑裙走进酒会，还按照他要求的那样保持沉默。大部分客人都假装没看到我，只有一个大主教夫人是例外，她叫宝拉。她是个寡妇，还挺有名的，因为她的先夫，桑德斯大主教，是在自己的书房里被他们家的使女用一把厨房烤肉叉杀死的——去年，同学们在学校里交头接耳地议论过这个丑闻。使女在大主教的书房里做什么？她怎么进去的？

宝拉的说法是那个女孩疯了，偷偷在半夜溜下楼，从厨房里偷走了烤肉叉，当可怜的桑德斯大主教打开书房门时，她出其不意地截住他——杀死了那个始终尊重她本人和她的职位的男人。那个使女逃跑了，但他们把她抓回来吊死了，并且在高墙上悬尸示众。

还有一个版本是舒拉蜜说的，她是听她家的马大说的，她们又是听桑德斯家的马大说的。这个版本不乏凶猛的情欲、罪恶的勾连。那个使女肯定用什么法子蛊惑了桑德斯大主教，于是，他命令她等别人都睡了，在深夜里悄悄下楼去找他。她能神不知鬼不觉地潜入书房，是因为大主教正在等她，他的眼睛会像手电筒一样亮起来。谁知道欲火中烧的他会有什么样的需求？一些不正常的需求把那个使女逼疯了，倒不是说那些需求都很过分，因为需求本身都很暧昧，但那一次的需求肯定比大多数需求更过分。这种事没法多想，马大们这样说，她们显然会有一点别的联想。

因为丈夫没来吃早餐,宝拉去找他,这才发现他的尸体瘫在地板上,没穿裤子。宝拉在叫来天使军士之前,帮他把裤子穿上了。她不得不叫一个马大来帮忙:死人要么很硬,要么很软,况且桑德斯大主教是个虎背熊腰的大块头。舒拉蜜说马大说,宝拉费力地把裤子套到死人身上时,自己身上也沾了好多血,因为要保全颜面,她做了应该做的事,她肯定有钢铁般的意志。

我认为舒拉蜜的版本比宝拉的版本更可信。爸爸在葬礼酒会上把我介绍给宝拉时,我想起了这事。她正在吃芝士泡芙;她把我从头到脚打量了一番。我见过那种眼神,为了确认蛋糕有没有烤好,薇拉用吸管戳进蛋糕时就是这副表情。

她笑着说道:"艾格尼丝·耶米玛。多可爱啊。"还拍了拍我的脑袋,好像我只有五岁,还说能有条新裙子一定很不错。听了这话,我只想咬她:难道一条新裙子就能弥补我妈妈的去世吗?但最好不要吐露半个字,不能暴露出我的真实想法。我不是每次都能做到,但这次我克制住了。

"谢谢您。"我说。我默默地想象她跪在地板上的一摊血泊里,费劲地给一个死人穿裤子。在我的头脑里,这个画面让她陷于尴尬的境地,让我的感觉好了一点。

妈妈去世后几个月,爸爸娶了寡妇宝拉。我妈妈那只有魔力的戒指套在了她的手指上。我猜想是因为爸爸不想浪费,既然已经有这么漂亮、这么昂贵的戒指了,干吗还要再买一只呢?

马大们为了这事犯过嘀咕。"你妈妈想把那只戒指留给你的。"罗莎说。但是,她们当然无计可施。我被激怒了,但也一样无计可施。我独自深思,生着闷气,但不管是我爸爸还是宝拉都没有注意到。他们热衷于所谓的"逗我开心",具体来说就是对我表露的任何情绪都视而不见,以便让我明白,我没办法用顽固的沉默令他们动摇。他们甚至会当着我的面讨论这种教育手段，提到我的时候就用第三人称。我发现艾格尼丝的情绪又不对了。是的，就像天气变化，很快就会过去了。年轻女孩们都这样。

14

我爸爸和宝拉结婚后没多久,学校里发生了一件特别让人不安的事情。并不是因为我想恶心人才在这里重述一遍,只是因为这件事给我留下了太深刻的印象,或许能作为补充,解释我们中的一些人在当时当下为什么会那么做。

事情发生在宗教课上,我之前说了,这门课是维达拉嬷嬷教的。我们学校的事她全都管,事实上她也管别的这类学校——人称"维达拉学校"——但挂在每间教室后墙上的她的照片要比丽迪亚嬷嬷的照片小一点。墙上一共挂了五个人的照片:妮可宝宝在最上面,因为我们每天都要祈祷她能安全归来。然后是伊丽莎白嬷嬷、海伦娜嬷嬷,再是丽迪亚嬷嬷,最后才是维达拉嬷嬷。妮可宝宝和丽迪亚嬷嬷的照片都有金色相框,其他三人只有银色相框。

我们当然知道除了妮可宝宝之外的四个女人是谁:她们都是创建者。但我们不是很确定她们创建了什么,也不敢问:我们可不想冒犯维达拉嬷嬷,提醒她照片比别人小一圈。舒拉蜜说,你在教室里走到哪儿,丽迪亚嬷嬷照片里的眼睛就会跟到哪儿,照片里的她还能听见你说了什么,但这些都是瞎编的,她实在太夸张了。

维达拉嬷嬷坐在她那张大桌子旁。她喜欢一览无遗的角度。

她叫我们把课桌椅往前挪，凑得紧密一点。然后，她说我们的年纪够大了，可以听讲《圣经》中最重要的故事之一——因为那是上帝特别讲给女孩和女人们听的教诲，所以特别重要，我们必须仔细聆听。她要讲的是"把妾的尸身切成十二块"的故事。

坐在我旁边的舒拉蜜轻声说道："我已经知道这故事了。"坐在我另一边的贝卡在课桌下面慢慢地把手凑到我的手边。

"舒拉蜜，安静。"维达拉嬷嬷说。她擤了擤鼻子后，把这个故事讲给我们听。

有个男人的妾——也就是使女那样的女人——从她主人家里逃跑了，跑回了娘家。她这样做是非常不顺服的表现。她的主人是个宽容、善良的男人，想把她接回去。妾的父亲是懂规矩的，对不听话的女儿很失望，因而应允了，于是，两个男人共进晚餐，庆祝他们达成一致。但这就意味着，等男人带着妾吃完饭再动身时天色已晚，到了半夜，他们只好在一个小镇上落脚。那个镇上的人，男人一个都不认识。好在有个慷慨的城民说，他们可以在他家留宿。

可是，别的城民怀着邪恶的欲念来到这户人家，要主人把这个旅人交给他们。他们想羞辱他，做淫邪罪孽的事。但那种事若是在男人之间发生将格外邪恶，所以，慷慨的主人和那个赶路的男人就把妾推到了门外。

"好吧，她是活该，你们不这样认为吗？"维达拉嬷嬷说，"她本来就不该逃跑。想想她给别人带去了多少折磨！"她接着说，到了清早，赶路的男人打开门，妾倒在门槛上。"起来。"男人对她说。但她没有站起来，因为她已经死了。那些罪孽的男人害死了她。

"怎么会？"贝卡问道。她的声音比蚊子叫大不了多少；她紧紧攥着我的手。"他们是怎么害死她的？"两行眼泪滑下她的脸颊。

"很多男人做的淫邪之事会在瞬间害死一个女孩，"维达拉嬷嬷说道，"上帝用这个故事告诉我们：我们应当满足于自己的命运，不要反抗。"主事的男人应该得到女人的尊重，她说。如有违逆，下场就是这样。上帝总会让恶人罪有应得。

后来我才知道这故事的结局——男人如何把妾的尸身切成十二块，一块一块地送到以色列人的十二个支派，请求他们把那些杀人凶手处死，好给他备受凌虐的妾报仇；那些凶手都是便雅悯人，所以便雅悯人又是如何拒绝的。随之而来的是两族人的战争，便雅悯人几乎被杀光了，连他们的妻儿都被杀了。后来，其余的十一个支派思考了一下，觉得以色列人的第十二个支派若是全灭了就太糟了，所以停止了杀戮。十一个支派一致立誓，不允许剩下的便雅悯人和任何以色列女人公开结婚生子，但默许他们偷抢外邦女孩，非公开地成家，而他们也正是这样做的。

但我们在课堂上没听到故事的其余部分，因为贝卡忍不住哭着说："太恐怖了，这太恐怖了！"我们都一动不动地坐在原位。

"贝卡，克制一下自己。"维达拉嬷嬷说。但贝卡无法克制。她哭得那么凶，我差点儿以为她要窒息了。

"我可以抱抱她吗，维达拉嬷嬷？"我终于问道。嬷嬷会鼓励我们为其他女孩祈祷，但最好不要有身体接触。

"我想可以吧。"维达拉嬷嬷不情不愿地说道。我张开双臂抱住贝卡，让她靠在我肩头哭泣。

贝卡的状态让维达拉嬷嬷很恼火，但她也有点担心。贝卡的爸爸不是大主教，只是个牙医，但他是个很重要的牙医，而维达拉嬷嬷有一口烂牙。她站起身，走出了教室。

几分钟后，埃斯蒂嬷嬷进来了。需要让我们安定下来时，就会把她叫来。"没事了，贝卡，"她说道，"维达拉嬷嬷不是故意要吓你的。"这话不尽然属实，但贝卡不再哭了，开始抽噎。

"还有别的解读方式去看待那个故事。对于自己犯下的错,妾很难过,想要弥补过错,所以她牺牲了自己,以免那个善良的旅人被那些邪恶的匪徒杀掉。"贝卡微微侧过脑袋:她在听。

"你不觉得妾很勇敢,也很高尚吗?"贝卡听后轻轻点了点头。埃斯蒂嬷嬷叹了一口气。"为了帮助别人,我们都必须做出牺牲,"她用宽慰的语气说道,"男人们必须在战争中牺牲自己,而女人是在别的方面做出牺牲。什么人做什么事,就是这样划分的。好了,我们可以吃点小点心,高兴一下。我给大家带了燕麦饼干。姑娘们,你们可以自由活动了。"

我们坐在位子上吃起了燕麦饼干。"别像个小宝宝一样。"舒拉蜜越过我,轻声对贝卡说,"那只是个故事。"

贝卡好像没听到她的话。"我以后绝对、绝对不结婚。"她似乎是在喃喃自语。

"会的,你会结的,"舒拉蜜说,"每个人都会。"

"不是每个人都会。"贝卡这话只是对我说的。

15

宝拉和我爸爸结婚后几个月,有个使女来到了我们家。因为我爸爸是凯尔大主教,所以她就叫奥芙凯尔。"她以前应该是叫别的名字,"舒拉蜜说,"跟别的男人的姓。她们被调来调去,直到生出孩子。反正她们都是荡妇,不需要真正的姓名。"舒拉蜜说,荡妇就是不止和丈夫一个人有关系的女人。虽然我们并不知道"有关系"到底是什么意思。

舒拉蜜说,使女们肯定比荡妇还荡,因为她们连丈夫都没有。但维达拉嬷嬷抹着鼻子说过,你不应该对使女无礼,或称她们为荡妇,因为她们在用赎罪的方式服务社会,我们应该为此感谢她们。

"我不明白为什么当荡妇就是在服务大众。"舒拉蜜在嘀咕。

"因为宝宝啊,"我轻声回应,"使女们可以生宝宝。"

"别的女人有些也可以啊,"舒拉蜜说,"但她们不是荡妇。"这话没错,有些大主教夫人、还有些经济太太也能自己生,我们看到过她们挺着大肚子。但许多女人没法生。埃斯蒂嬷嬷说,每个女人都想有孩子。每个不是嬷嬷、也不是马大的女人。因为维达拉嬷嬷说,如果你不是嬷嬷,又不是马大,还没要孩子,那你到底有什么用?

这名使女的到来意味着我的新继母宝拉想要个孩子，因为她不把我当成她的孩子：塔比莎才是我的妈妈。但凯尔大主教呢？我好像也不算他的孩子。好像我在他俩眼里是透明的。他们看着我，但实际上却透过我，看到了墙壁。

使女走进我们家时，按照基列的算法，我已经快到女人的年龄了。我长高了，脸变长了，鼻子也挺了。我的眉毛变浓了，弯成了两道半圆形，不像舒拉蜜的眉毛是细细绒绒的一小节一小节，也不像贝卡的那样稀疏，睫毛的颜色也深了。我的头发更厚实了，从灰褐色变成了深栗色。所有这些变化都让我满意，哪怕有反对虚荣的警告，我还是会端详镜子里的自己，转来转去，从各个角度细看。

更让人警觉的是，我的胸部开始隆起，在我们不该多加留意的身体部位，毛发也滋生出来：双腿，腋下，以及难以直述的耻部。只要这些现象出现在一个女孩身上，她就不再是珍稀的花朵了，而是一种更危险的生物。

我们在学校里学过预备知识——维达拉嬷嬷展示过一组让人尴尬至极的图示说明，为了让我们明白身为女人应该完成什么责任、担负什么样的角色——已婚妇人的角色——但那些图片上没什么切实信息，也不太让人安心。当维达拉嬷嬷问我们有什么问题时，没人提问，因为你该从何问起呢？我想问为什么非得这样，但我已经知道答案了：因为这是上帝安排的。对于一切疑问，嬷嬷们都是这样打发我们的。

用不了多久，我的双腿间就会流出鲜血；同校的很多女生都有了。为什么上帝在这件事上没另做安排呢？但他对鲜血有一种特殊的兴趣，从读给我们听的经文里便能知晓这一点：鲜血，净化，更多鲜血，更多净化，流出的鲜血净化了不纯洁的人，但你不能让自己的双手沾上血。血是污秽的，尤其是从女孩身体里流出的血，但上帝也曾一度钟爱血溅圣坛。不过他已经不喜欢了——埃斯蒂嬷嬷说的——现在更喜欢水果、蔬菜、静默的忍受和诸多善行。

就我所知，成年女性的身体是个愚蠢的大陷阱。如果有个洞，就必然会有东西塞进去，也必然会有东西钻出来，所有的洞都这样：墙上的洞，山里的洞，地上的洞。对这么一个成熟的女体，你尽可摆布利用，也会出很多纰漏，所以我别无选择，只觉得如果没有这种身体，我会更好过。我想过不吃东西，让身体缩小，还试过一天，但后来太饿了，坚持不下去，只好半夜去厨房吃了点汤锅里的碎鸡肉。

蓬勃生长的身体不是唯一让我忧虑的事，我在学校里的地位也明显变低了。别人不再顺从我、取悦我了。我一走近，女生们就会中断交谈，还用奇怪的眼神看着我。有些人甚至会转身背对我。贝卡没有那样做——她还是想方设法坐在我旁边——但她只往前看，不再偷偷地在课桌下把手凑过来捏住我的手。

舒拉蜜依然声称是我的朋友，我确定那多半是因为她在别的女生群里不受欢迎，但现在反过来了，是她好心做我的朋友。虽然我一时间还没明白风向为什么变了，但这一切让我很受伤。

别人倒是都很明白。风言风语，口耳相传——从我的继母宝拉那儿开始，经由我们家无所不知的马大，在出门办事相遇时传给别人家的马大，再传到别人家的夫人耳朵里，再传到她们的女儿们、也就是我的校友们的耳朵里。

什么样的风言风语？其一，我已经失宠了，有权有势的爸爸不喜欢我了。我妈妈塔比莎曾是我的保护人，但现在她不在了，继母见不得我好。她在家里无视我的存在，要不然就训斥我——把那个捡起来！别一副没精打采的样子！我尽量避开她，但就算我关着门也像是对她的公开侮辱。她好像知道躲在门内的我满脑子恶毒的想法。

然而，我的掉价远不只是因为失去了爸爸的宠爱。还有一件事在风传中，对我特别有害。

只要有秘密可以八卦——尤其是耸人听闻的那种——舒拉蜜就最喜欢当传声筒。

"猜猜我发现了什么？"有一天午餐时她问道，我们正吃着三明治。那天中午阳光明媚，我们可以在学校草坪上野餐。户外区域的四周有很高的围墙，墙上有铁丝网，门口有两个天使军士，大门总是关着的，除非有嬷嬷们的汽车进出，所以我们在户外很安全。

"什么事？"我说。我们学校的三明治夹的是人造混合芝士，因为去打仗的士兵更需要真芝士。阳光很暖和，草地很柔软，那天出门时我没让宝拉看到我，所以这一刻我对自己的生活还算满足。

"你妈不是你亲妈，"舒拉蜜说，"他们把你从亲妈那儿带走了，因为她是个荡妇。但你别担心，这不是你的错，因为你那时太小了，什么都不懂。"

我的胃抽紧了，把嘴里的三明治吐到了草地上。"那不是真的！"我几乎是喊出来的。

"冷静，"舒拉蜜说，"我说了，那不是你的错。"

"我不相信你。"我说。

舒拉蜜露出又怜悯又窃喜的微笑。"是真的。我们家的马大从你们家的马大那儿听说了来龙去脉，她是听你的后妈说的。这种事，夫人们都很了解——有些夫人就是那样得到自己的孩子的。不过，我不是的，我是正经生下来的。"

那一刻，我真的恨死她了。"那我的亲妈在哪里？"我追问道，"你不是什么都知道嘛！"其实我想说：你真的、真的太坏了。这时我恍然大悟：她肯定背叛了我，在告诉我之前，她已经告诉别的女生了。所以她们才变得那么冷冰冰的，因为我带上了污点。

"我不知道，也许她已经死了，"舒拉蜜说，"她想把你偷偷带出基列，当时正要跑过一片森林，想带着你过边境。但他们追上了她，救出了你。你多幸运呀！"

"他们是谁？"我有气无力地问道。跟我讲这件事时，舒拉蜜一直在嚼三明治。我盯着她的嘴巴，我的厄运就是从那儿冒出来的。她的齿缝里有橙味假芝士。

"他们呀，你懂的。天使军和眼目的人。他们救下你，把你给了塔比莎，因为她没法生孩子。他们帮了你大忙。你现在有了一个更好的家，比跟着那个荡妇强多了。"

我觉得自己相信了这种说法，浑身上下慢慢麻木。塔比莎讲的故事里提到拯救我、从邪恶的女巫那儿逃跑——有一部分是真的。但我一直牵住的手不是塔比莎的，而是我亲生母亲的手——真正的妈妈，荡妇。追我们的也不是巫婆，而是男人。他们可能有枪，因为那些人总是带着枪。

但塔比莎确实选中了我。在所有那些从亲生父母身边被带走的孩子里面，她选中了我。她选了我，也珍爱我。她爱我。这部分是真的。

但现在我没有妈妈了，因为我的亲生母亲在哪里？我也没有爸爸了——凯尔大主教不比月亮上的人和我更亲近。他只是在容忍我，因为我是塔比莎的重大计划，她的玩物，她的宠物。

怪不得宝拉和凯尔大主教想要个使女：他们想有一个真正的孩子，而不是我这样的。我是无名之辈的后代。

舒拉蜜还在吃，心满意足地观望她讲出来的消息渗入我心。"我会挺你的，"她用她最伪善、最不诚挚的声音说道，"你的灵魂不会因此有什么改变。埃斯蒂嬷嬷说,所有人的灵魂在天堂里都是平等的。"

只是在天堂里而已,我心想。这儿又不是天堂。这是蛇梯棋的棋盘,虽然我曾顺着搭在生命树上的梯子爬到了高处,但现在滑落了,遇到了蛇。看到我坠落让多少人高兴啊!怪不得舒拉蜜忍不住散播这么歹毒、却大快人心的消息。我已经能听到身后传来的窃笑了:荡妇,荡妇,荡妇的女儿。

维达拉嬷嬷和埃斯蒂嬷嬷肯定也知道。这种秘密,嬷嬷们都知道。她们就是这样拥有了权力,这是马大们说的:靠掌握机密。

丽迪亚嬷嬷——穿着难看的棕色制服、皱眉微笑的照片挂在我们教室后墙上的金色相框里——肯定知道所有人的秘密,因为她的权力最大。丽迪亚嬷嬷会如何评价我的困境?她会帮我吗?她能理解我的不幸,从而拯救我吗?可是,丽迪亚嬷嬷是真实存在的人吗?我从没见过她。也许她就像上帝——既是真实的,又是不真实的。如果我在夜里对着丽迪亚嬷嬷祈祷,而非上帝,那又会怎样?

那星期的后几天,我确实这么做了。但这实在难以想象——对着一个女人祈祷——所以我就打住了。

16

我像梦游似的度过了那个可怕的下午。我们在给嬷嬷们做一套点绣手帕,要绣上和她们的名字相配的花卉——紫雏菊是伊丽莎白嬷嬷的,风信子是海伦娜嬷嬷的,紫罗兰是维达拉嬷嬷的。我正在绣丽迪亚嬷嬷的丁香花,绣到一半,针扎到手指了,我却没发觉,直到舒拉蜜说:"你的点绣上有血。"加布里埃拉——她骨瘦如柴、油嘴滑舌,因为她爸爸刚被晋升为家里有三个马大的官位,现在的她和我以前一样受欢迎——轻轻说道:"大概她的月经终于来了,从手指头上出来的。"大家都笑起来,因为大多数人都来例假了,甚至贝卡都有了。维达拉嬷嬷听到了笑声,从她面前的书本上抬起头来看着我们说:"别再闹了。"

埃斯蒂嬷嬷把我带去洗手间,冲掉了我手上的血迹,她还在我的手指上贴了创可贴,但点绣手帕必须浸在冷水里,我们已经学过了:染血的布就要这样清洗,尤其是白布。维达拉嬷嬷说,清洗血迹是我们日后成为夫人时必须要懂的事,监管马大并确保她们做得对,那将成为我们的职责。总能保持乐观的埃斯蒂嬷嬷说,女人照料他人的职责之一就是清除血迹之类的体液和其它出自人体的物质,尤其是孩子和老人的。这是女人的一种天赋,是女人特有的大脑所决定的,和男人坚实、专注的大脑不同,女人的大脑柔弱、潮湿、温暖、封闭,就像……像什么?她没把这句话说完。

就像太阳下的泥巴,我心想。我脑子里就是这种玩意儿:暖烘烘的泥巴。

"你没事吧,艾格尼丝?"埃斯蒂嬷嬷清理完我的手指后问道。我说没事。

"我亲爱的,那你为什么哭了呢?"我好像是哭了:眼泪流了出来,从我那潮湿又泥泞的脑子里流出来,不管我怎么克制都没用。

"因为受伤了!"我说着,抽噎起来。她没有问是什么伤,但显然明白不是因为手被针扎了。她把我揽在怀里,轻轻地使了使劲。

"很多事都很伤人,"她说,"但我们必须试着开心起来。上帝赞许快乐。他希望我们能去欣赏这世上美好的东西。"我们听嬷嬷们讲过很多上帝喜欢什么、不喜欢什么,尤其是维达拉嬷嬷,她好像和上帝很熟。有一次,舒拉蜜说她打算问问维达拉嬷嬷,上帝喜欢什么样的早餐,把一些胆小的女生吓得要死,其实她根本没去问。

我想知道上帝对妈妈们有何想法,不管是不是亲生的妈妈。但我知道没必要去问埃斯蒂嬷嬷我的亲生母亲是谁、塔比莎是怎样选中我的,甚至是我那时候几岁。关于我们的父母,学校里的嬷嬷们一向避而不谈。

那天我回到家,就去厨房追着泽拉问,她正在做饼干。我把舒拉蜜午餐时跟我说的一切复述了一遍。

"你的朋友真是个大嘴巴,"她如此回答,"她该常常闭嘴。"从她嘴里冒出这样苛刻的话是很不寻常的。

"可是,这是真的吗?"我问道,仍然揣着一丝希望,但愿她能全盘否认那种说法。

她叹了口气。"你愿意帮我做饼干吗?"

但我已经长大了,用小礼物那一套已经不能摆平我了。"快告诉我呀,"我说,"求你了。"

"好吧,"她说,"根据你的新妈妈所言,是的。那件事是真的。至少七八分是真的。"

"所以,塔比莎不是我妈妈。"我说着,强忍涌上的眼泪,保持语气平稳。

"这取决于你怎样定义'妈妈',"泽拉说,"是把你生下来的人,还是最爱你的人?"

"我不知道,"我说,"也许是最爱你的那个人?"

"那样的话,塔比莎就是你妈妈。"泽拉说着,把做饼干的面糊分成小块。"我们当马大的也算是你妈妈,因为我们也都爱你。虽然在你看来也许并不总是这样。"她用薄饼锅铲把圆形的面糊一个一个挪到烤盘上。"我们打心眼里都是为了你好。"

这话让我有点不相信她了,因为维达拉嬷嬷说过类似的话,通常是在体罚之前,说那是为了我们好。她喜欢用枝条抽打我们,打在不会露出来的腿上,有时还会高一点,迫使我们弯下腰,把裙子撩起来。有时候她会当着全班人的面打一个女生。"她怎么样了?"我问,"我的另一个妈妈?跑过森林的那个?在他们带走我之后?"

"我真的不知道。"泽拉说道,她没有看我,把装好面糊的托盘滑进预热过的烤炉。我想问她烤好时能不能先给我一块——我最爱刚刚烤好的热饼干——但在这么严肃的谈话中提出这种请求似乎太幼稚了。

"他们朝她开枪了吗?他们把她杀了吗?"

"哦,不,"泽拉说,"他们不会那么做的。"

"为什么?"

"因为她可以生孩子。她生了你,不是吗?那就是她有生育力的证据。他们决不会杀掉一个有这种价值的女人,除非他们真的没办法。"她停顿一下,好让我领会这些话。"最有可能的情况是看她能不能……红色感化中心的嬷嬷们会跟她一起祈祷;她们会先和她谈,看看有没有可能改变她对一些事情的想法。"

学校里有过关于红色感化中心的谣传,但都说得很含糊:我们谁也不知道里面的真实情况。不过,光是被一大群嬷嬷围着祷告就够吓人的了。不是所有嬷嬷都像埃斯蒂嬷嬷那样和蔼可亲。"如果她们没办法让她改变想法呢?"我问,"她们会杀了她吗?她死了吗?"

"哦,我敢肯定,她们让她改主意了,"泽拉说,"她们擅长此道。她们能改变她们——从心到脑。"

"那么,她现在在哪里?"我问,"我妈妈——真正的——另一个?"我想知道那个妈妈还记得我吗。她肯定记得我。她肯定很爱我,否则也不会在逃跑的时候拼着命带上我。

"这个嘛,亲爱的,我们都不知道,"泽拉说,"一旦她们变成使女,就不能再用以前的名字了,再穿上那种制服,你根本看不清她们的脸。她们全都一模一样。"

"她是个使女?"我问。那就是说,舒拉蜜说的是真的。"我妈妈?"

"那就是她们在感化中心干的事,"泽拉说,"她们用各种各样的办法把她们改造成使女。只要是她们能想到的办法。好了,要不要来块好吃的热饼干?我手头没黄油了,但是可以为你抹点蜂蜜。"

我谢过她。我吃了一块饼干。我妈妈是个使女。这就是舒拉蜜硬说她是个荡妇的原因。众所周知,使女们在很久以前就是荡妇。现在仍是,只不过以另一种方式。

从那以后，我们家新来的使女就吸引了我的注意力。她刚来的那会儿，我照大人们的吩咐完全忽视她——罗莎说，这才是对她们最体贴的做法，因为她要么生个孩子，然后调去别处；要么生不出孩子，还是要调去别处，总之她不会在我们家长住。所以，形成情感上的牵绊对她们反而不好，尤其是和家里的年轻人，因为她们最终只能放手，想想吧，那会让她们多难受。

所以，当一身红裙的奥芙凯尔静悄悄地走进厨房拿上购物篮再出门采购时，我以前总是避开她，假装没看到她。使女们每天都要成双结对地出去采购；你可以在人行道上看到她们。不会有人骚扰她们，不会有人和她们讲话，也不会有人触碰她们，因为她们——从某种角度说——是不可触碰的。

但现在我一有机会就用眼角的余光去注视奥芙凯尔。她有一张苍白的鹅蛋脸，没有表情，俨如一枚藏在手套里的拇指指纹。我自己就知道怎样摆出空茫的表情，所以我不相信她内心真的没有波澜。她曾有过完全不同的生活。她曾是荡妇，那时候她是什么样的？荡妇和不止一个男人有关系。她和多少男人有过关系？和男人有关系——这究竟是什么意思？什么样的男人们？她曾放任身体的某些部位从衣服下面暴露出来吗？她会像男人一样穿长裤吗？那太不圣洁了，简直难以想象！但如果她真的穿长裤，胆子可真够大的呀！她肯定和现在有着天差地别。那时候，她肯定更有活力吧。

我会走到窗边，看她出门采购的背影，看她走过我们家的花园，走上通向大门口的小径。然后，我就脱掉鞋子，踮起脚尖，顺着走廊偷偷走进她的房间：在三楼，这栋房子的最后头。那是个中等大小的房间，内有洗手间。房间里铺着一块毛边小地毯；墙上挂了一张原本属于塔比莎的画：花瓶里插着一束蓝色的花。

我猜想，继母把照片挂在这里是为了眼不见为净，因为她要把这个家里能让她的新婚丈夫想起前妻的所有东西都清除掉。宝拉不是大张旗鼓地做这件事的,而是做得很含蓄——每一次只挪走或扔掉一样东西——但我明白她打的什么主意。这让我又多了一个理由讨厌她。

为什么要掩饰?我已经不需要讲漂亮话了。我不只是讨厌她,我恨她。憎恨是一种极端恶劣的情绪,因为憎恨会让灵魂凝固——埃斯蒂嬷嬷教过我们的——我当然不会自豪地承认这一点,还曾为此祷告,希望得到宽恕,但憎恨确实是我的真实感受。

我一进入使女的房间就会轻轻地关上门,然后四下打量。她究竟是谁?如果,万一,她就是我失踪的亲生母亲呢?我知道这纯属假说,但我很孤独,我愿意去想:如果这是真的会怎样。我们会扑进对方的怀里,拥抱彼此,因能再次团聚而无比幸福……但之后呢?对于之后会发生的事,我没什么概念,但有个模模糊糊的感觉:肯定不会有好事。

奥芙凯尔的房间里没有任何线索能显示她的真实情况。她的几条红裙子按照顺序挂在衣橱里,纯白色的内衣、麻袋式的睡袍整整齐齐地叠放在搁板上。她还有一双外出穿的步行鞋,一件备用的斗篷和白帽子。她有一把红色手柄的牙刷。她来的时候带了一只手提箱,能把这些东西都装进去,但现在是空的。

17

我们的使女终于怀上了。在别人告诉我之前我就发现了,因为马大们不再像可怜一条流浪狗那样容忍她,而是忙东忙西地为她备起大餐来,还在她的早餐托盘上放了插好鲜花的小花瓶。因为我对她很关注,所以尽可能留意这类细节。

当马大们以为我不在厨房的时候,我会偷听她们兴奋地说些什么,但没法全都听清楚。当我待在她们身边时,泽拉会常常独自微笑,薇拉会放低粗哑的嗓音,像在教堂里那样。就连罗莎也会露出沾沾自喜的表情,好像刚刚吃了一只特别好吃的橘子,却不打算跟任何人说。

至于宝拉,我的继母,她可是容光焕发。我们共处一室时,她对我的态度也好些了,但这种机会不多,因为我能躲就躲。我赶在她们催促我去上学之前冲到厨房抓上早餐就走,吃晚餐时尽快吃完离席,就说要去做作业:要么是几片点绣或编织或缝制的活儿,要么是要画完一张素描或水彩画。宝拉从不反对:我不想看到她,但她更不想看到我。

"奥芙凯尔怀孕了,是不是?"有天早上我问泽拉。我试着用一种随便问问的口吻,以免我搞错了。泽拉倒是完全没想到。

"你怎么知道的?"她问。

"我又不瞎。"我的语气里透着傲慢,肯定挺让人恼火的。

我就是在青春期嘛。

"我们不该谈论这件事,"泽拉说,"得等到三个足月。头三个月是危险期。"

"为什么?"我问。毕竟,我根本不懂这些事,只看过鼻涕长流的维达拉嬷嬷放的胎儿的幻灯片。

"因为如果是个非正常婴儿,那就差不多……差不多会在那时候早产下来,"泽拉说,"就会死。"我知道非正常婴儿:学校里没教,但大家私下议论过。据说有许多非正常婴儿。贝卡家的使女生过一个女婴:生下来就没有脑子。可怜的贝卡非常难过,因为她想要个妹妹。"我们会为它祈祷的。为她。"那时,泽拉这样说过。我注意到她用的是"它"。

宝拉想必放出了风声,其他大主教夫人们多半已知晓奥芙凯尔怀孕了,说来好笑,因为我在学校里的地位陡然再次上升。舒拉蜜和贝卡都像以前那样想博得我的注意力,别的女生也会顺从我,好像我的头顶有了一道无形的光环。

即将到来的宝宝会给相关的每个人带去光彩。我们家仿佛被一团金光笼罩,随着时间推移,那光芒也越来越亮,金光闪闪。满三个月时,我们在厨房里举办了一次非正式的派对,泽拉做了一只蛋糕。至于奥芙凯尔,就我从她脸上瞥见的而言,她并没流露出太多欢欣或轻松的表情。

在这场不事张扬的欢庆派对里,我自己俨如一团黑云。奥芙凯尔体内的这个无名胎儿夺走了所有人的爱:好像没剩下一星半点儿可以给我。我感到特别孤独。我还嫉妒:这个宝宝会有一个母亲,但我永远不会有了。就连马大们都离我而去,迎向奥芙凯尔的肚子散发的光芒。我羞于承认——竟然嫉妒一个婴儿!——但这是事实。

这期间发生了一件事,我本来不想说的,还是忘了好,但这件事对我马上要做出的抉择有很大的影响。现在我长大了，也见识到了外面的世界，因而明白了对于某些人来说这件事或许没那么重要，但我当时只是生活在基列的小女孩，从没见过这种场面，所以，对我而言，这并不是无足轻重的小事。恰恰相反：恐怖极了。而且很羞耻：假如你遇到这么可耻的事，耻辱就会黏到你身上。你会感到被玷污了。

起因很简单：我得去牙医诊所做每年一度的牙齿检查。牙医就是贝卡的爸爸，我们都叫他格鲁夫医生。薇拉说他是最棒的牙医，所有最高层的大主教及其家人都找他看牙齿。他的诊所在福安健康局里，那栋楼里全是医生和牙医的诊所。健康局的外墙上有一幅画：画的是一颗微笑的心和一颗微笑的牙齿。

以前总会有个马大陪我去看医生或牙医，然后坐在候诊室等我，塔比莎不曾解释为什么这样安排才算妥当，但宝拉说可以让护卫开车送我去诊所，再派个马大陪我去就太浪费时间了，因为即将发生的事——她指的是孩子——有太多家务事需要提前置备。

我不介意。实际上，独自去反而会让我觉得很像大人。我们家的护卫开车，我在后座坐得笔挺。然后我走进健康局，摁下贴了三颗小牙齿标志的电梯按钮，上了正确的楼层，找到了正确的房间，坐进候诊室，看着挂在墙上的一些透明的牙齿的照片。轮到我了，我就照着牙医助理威廉姆先生说的走进内室，在牙医专用椅里坐好。格鲁夫医生进来了，威廉姆先生把我的病历卡拿进来后就出去了，关上门，格鲁夫医生看了看我的病历，问我的牙齿有什么问题，我说没有。

他用探针在我嘴里探了一圈，和往常一样，用小镜子看了看牙齿背面。和往常一样，我看得到他的眼睛，很近，在我的上方，被他的眼镜放大了——蓝色的瞳孔，有血丝，皱纹累累的眼皮——还要在他呼气时尽量屏住呼吸，因为他有口臭——和往常一样——有洋葱味儿。他是个中年男人，五官毫无特色。

他扯下有弹性的白色医用手套，在水槽里洗了手，水槽在我背后。

他说："完美的牙齿。漂亮。"接着又说："你都长成大姑娘了，艾格尼丝。"

之后，他把手放到了我很小、但已在发育的胸部。那是夏天，所以我穿的是夏季校服，粉色的，用很薄的纯棉布做的。

我吓呆了，一动不敢动。所以，那些关于男人有狂暴、凶猛的冲动的说法竟是千真万确的，我只是坐在牙医专用椅上就引发了冲动。我快尴尬死了——我该说什么？我不知道，所以只能假装什么事都没发生。

格鲁夫医生站在我身后，所以是他的左手按在我的左胸上。我看不到他的人，除了他的手：手背上有红毛的大手。手是温热的。像只热烘烘的大螃蟹趴在我的胸脯上。我不知道怎么办。我该抓住它，从我的胸口挪开吗？那会不会引发更炽烈的情欲爆发出来？我该试着逃跑吗？这时，那只手开始揉捏我的胸。手指摸到了我的乳头，捏了捏。好像往我身上扎了一枚图钉。我把上半身挺起来——我需要尽快离开这张牙医专用椅——但那只手牢牢地摁住我，然后突然抽走了，格鲁夫医生的全貌映入我的眼帘。

"你该见识一下了，"说这些话时，他的语气一如往常，"很快就会有一根这样的东西进入你的身体了。"他抓起我的右手，摆在他的那个部位。

我想我不需要告诉你接下去发生了什么。他手边就有一条毛巾。他把自己擦干净，再把凸伸在外的那部分放回裤子里去。

"好了，"他说，"好姑娘。我没有伤到你。"他像个父亲般在我肩头拍了拍。"别忘了每天刷两次牙，之后用牙线。威廉姆先生会给你一把新牙刷。"

我走出了那个房间，感到阵阵恶心。威廉姆先生在候诊室里,他那张三十岁的脸上很淡漠,没什么表情。他向我递来一只碗,里面有些粉色和蓝色的新牙刷。我当然明白要拿粉色的。

"谢谢。"我说。

"不客气,"威廉姆先生说,"有龋齿吗?"

"没有,"我说,"这次没有。"

"很好,"威廉姆先生说,"只要别吃甜食,你可能永远不会有。不会有蛀牙。你还好吗?"

"是的。"我说。门在哪儿?

"你脸色苍白。有些人就是怕牙医。"他是在嘲笑我吗?他知道刚才发生了什么吗?

"我不苍白的。"我愚蠢地回应道——我怎么可能知道自己是不是苍白呢?我摸到了门把手,踉跄地冲出去,走到电梯,摁下了下行键。

从现在开始,我每次看牙医都会经历这种事吗?我不能不说理由就说我不想再看格鲁夫医生了,但如果我说出了理由,我知道我就会有麻烦。学校里的嬷嬷教过我们,如有任何男人非礼我们,我们就该告诉官方人士——也就是嬷嬷,但我们都清楚,不能傻乎乎地大惊小怪,尤其是像格鲁夫医生这样德高望重的男人。再说了,如果我这么说贝卡的爸爸,会对她有什么影响呢?那会令她蒙羞,彻底击垮她。那将是一种可怕的背叛。

有些女生上报过这种事。有个女生说她家的护卫摸她的腿。还有一个说收垃圾的经济人在她面前拉开了裤子拉链。前一个女生挨了打,双腿背面留下了鞭印,理由是撒谎;后一个女生被告知,好女孩不会去注意男性反常的小动作,她们只会扭转视线,看向别处。

但我没法扭转视线。没有别处可看。

"我不想吃晚饭。"我在厨房里对泽拉说。她犀利地看了我一眼。

099

"牙医看得顺利吗,亲爱的?"她问,"有龋齿吗?"

"没。"我试着挤出一丝勉强的笑意。"我有完美的牙齿。"

"你病了吗?"

"大概着凉了,"我说,"我只想躺一躺。"

泽拉给我泡了杯蜂蜜柠檬热饮,用托盘端着送到我房间。"我本该陪你去的,"她说,"但他是最好的牙医。大家都这么说。"

她知道。要不也有过怀疑。她是在提醒我:什么都不要说。那是她们使用的某种暗语。也许我该说:是我们所有人用的暗语。宝拉也知道这事吗?对于我会在格鲁夫医生的诊所里有什么样的遭遇,她是不是有所预料?这是不是她让我独自去就诊的原因?

绝对是这样的,我想明白了。她故意这么安排,好让我的胸部被揉捏,让那个污浊的东西挺到我面前。她希望我被亵渎。这是《圣经》里的词语:亵渎。她可能会发出狰狞的笑声——她捉弄了我,开了这种恶心的玩笑,因为我看得出来,她会把这种事当作玩笑。

那之后,我不再为自己憎恨她而祈祷宽恕。我恨她才对。我打算把她往最坏的地方想,我也正是这么做的。

18

几个月过去了，我继续蹑手蹑脚、偷听偷看的生活。我使出浑身解数，偷看的时候不让别人看到，偷听的时候不被别人听到。我发现了门框的裂缝、虚掩的门，找到了在走廊和楼梯上偷听的最佳位置，探到了墙壁最不隔音的地方。我听到的大部分都是支离破碎的片段，甚至只能听到沉默，但我越来越擅长拼凑片段，填补言辞间没有被说出来的部分。

我们家的使女奥芙凯尔越来越臃肿了——或者说她的肚子越来越大了，随着她的身形变化，我家的气氛也越发欣喜若狂。我指的是女人们欣喜若狂。至于凯尔大主教嘛，很难说他有何感想。他总是面无表情，当然，男人就不该流露情绪，比如不该哭泣，甚至也不该大声欢笑；但宴请众多大主教时，他也会在紧闭的餐厅门内发出不少笑声，那些宴会上有红酒和用到掼奶油的高级甜品，如果搞得到鲜奶油，泽拉能做出很棒的甜品。但我猜想，即便是他也多少会震惊于日益膨胀的奥芙凯尔吧。

有时候，我会思忖我的亲生父亲对我有何感想。我对生母已经有些许概念了——她曾带着我逃跑，她被嬷嬷们改造成了使女——但没有人跟我提过生父。我肯定有个亲爸爸的，每个人都有。你或许以为我会用理想化的幻象填补他的空白，但我没有：空白仍是空白。

如今的奥芙凯尔俨如明星。夫人们找各种借口派各自的使女来我家——借只鸡蛋,还一只碗——其实都是来问她的情况的。使女们获准进屋,奥芙凯尔就会被叫下楼去,好让她们把手搭在她圆滚滚的肚子上,感触胎动。惊喜:好像她们正在见证奇迹——看她们执行这种仪式时的表情是很让人惊叹的。希望:因为如果奥芙凯尔可以做到,她们也能做到。羡妒:因为她们还没有做到。渴望:因为她们真心想要获得奇迹。绝望:因为这种奇迹可能永远不会降临在她们身上。我那时还不清楚,那些生不出孩子的使女以后会怎样,虽然她们被判定可以生育,但如果在派驻各家后无法生育呢?但我猜得到,她们的结局不会很好。

宝拉办了无数次下午茶聚会招待其他夫人们。她们会恭喜她,赞赏她,羡慕她,她会亲切地微笑,谦逊地接受她们的祝贺,说这是上天的恩赐,然后,她会命令奥芙凯尔到客厅去,好让各位夫人亲眼看看,大呼小叫地在她周围惊叹一番。她们甚至会称呼奥芙凯尔"亲爱的",要知道,她们决不会这样称呼任何一个肚腹平平的使女。随后,她们就会问宝拉打算给她的宝宝起什么名字。

她的宝宝。不是奥芙凯尔的宝宝。我想知道奥芙凯尔对此有何想法。但她们谁也不会对她的想法感兴趣,她们只关心她的肚子。她们轻轻地拍拍她的肚子,有时甚至还会凑上去听,而我站在敞开的客厅门背后,从门板上的缝隙间观望她的脸。我看到她在努力克制,让神态像大理石般一动不动,但她的掩饰未必总能成功。她的脸比刚来时圆润多了——简直该说肿了——在我看来这是因为她不许自己哭,积攒了所有的眼泪。她会在没人的时候偷偷把眼泪哭出来吗?虽然我躲在她紧闭的门外侧耳听过,但从没听到过她的声息。

在这种躲藏偷听的时刻,我会变得愤怒。我有过一个妈妈,然后从这个妈妈身边被抢走,然后给了塔比莎,恰如这个即将从奥芙凯尔身边被抢走、再给宝拉的宝宝。事情就是这么办的，只能这样办，为了基列能有美好未来必须这么做：少数人必须为多数人做出牺牲。嬷嬷们赞同这么做；她们也教导我们这么做；但我还是明白这种做法是不对的。

但我不能谴责塔比莎，哪怕她接纳了一个被偷走的孩子。不是她让世界变成这样的，而且她当好了我的妈妈，我爱她，她也爱我。我依然爱着她，也许她也依然爱着我。谁知道呢？也许她银光闪闪的灵魂始终与我同在，盘桓在我上方，注视着一切。我喜欢这样想。

我需要这样想。

终于，产日到了。我没去学校，刚好在家，因为我终于迎来了初潮，还有很严重的痛经。泽拉给我冲了个热水袋，帮我抹了些止痛的药膏，还泡了一杯有止痛功效的药草茶，听到产车的警笛由远而近地抵达我们这条街时，我正蜷缩在床上自艾自怜。我强迫自己下床，走到窗边：是的，红色厢式货车已经停在我家门口了，很多使女正从车上下来，大概十多个人。我看不到她们的脸，但光从她们的动作——比平常的速度快——就能看出来，她们都很激动。

继而，大主教夫人们的车陆续抵达，她们穿着一模一样的蓝色长袍斗篷，也都急匆匆地走进我们家。两辆嬷嬷的车也来了，嬷嬷们下了车。我不认识这几个嬷嬷。她们比学校里的那些年长，有一个拎着一只黑色手提箱，上面画着红色双翼、扭结的蛇和月亮，表明那是医疗系统女性分部专用的紧急救助用品。有些嬷嬷不是真正的医生，但接受过应急救助和助产培训。

我是不能旁观分娩的。年幼的女孩和达到婚龄的年轻姑娘——就像我这样已经有月经的女孩——不允许目睹或知晓分娩现场的情况，因为我们不适宜面对那种景象和声音，那可能对我们有害，可能让我们恶心或恐惧。那种血淋淋的常识只能披露给已婚女性和使女们，当然，还有嬷嬷们，她们要知道这些才能在培训中教给担任助产士的嬷嬷们。不过，我当然会忍着腹部的经痛，穿上晨袍和拖鞋，轻手轻脚地溜到三楼和二楼的楼梯中间，在那个位置就没人看得到我。

夫人们聚在楼下客厅里，边喝下午茶边等那个重要的时刻。我不明白究竟到何时才算重要的时刻，但我能听到她们有说有笑的。除了喝茶，她们还喝了香槟——后来我去厨房看到了酒瓶和空酒杯，这才知道的。

使女们和委派而来的嬷嬷们都和奥芙凯尔在一起。她不在自己的房间——那个房间太小了，挤不下这么多人——而是在二楼的主卧。我可以听见呻吟，像是动物发出来的，也听得到使女们有节奏地反复念唱——用力，用力，用力，呼吸，呼吸，呼吸——其间夹杂着一种饱受痛楚的声音，我听不出来，但一定是奥芙凯尔发出来的——哦上帝，哦上帝啊，这声音像是从井底泛上来的，低沉又阴暗。太吓人了。坐在楼梯上的我用双臂抱紧自己，不禁打起了寒颤。究竟在发生什么？什么事那么折磨人，让人那么痛苦？到底是什么状况？

这些声响似乎持续了很久。我听到脚步声，就赶紧沿着走廊跑了；上来的是马大们，按照要求把什么东西送上来，再把什么东西带下去——那天夜里，我偷偷跑去洗衣房窥探了一下，才知道那都是沾血的床单和毛巾。后来，有个嬷嬷出来了，在走廊里对着她的电子通话器大声喊道："立刻！你能多快就给我多快！她的血压跌得太厉害！失血过多。"

又传来一声大喊，但不是这个嬷嬷。另一个嬷嬷对楼下的夫人们喊道："赶紧都进来吧！"嬷嬷们通常是不会这样喊叫的。楼梯上立刻响起一阵匆忙又嘈杂的脚步声，还有人说了一句："哦，宝拉！"

接着,传来另一阵警笛声,声音和前面那次不一样。我朝走廊里瞄了瞄——没有人——赶紧跑回我的房间朝窗外看。来的是辆黑色汽车,印着红色双翼和蛇,但这次是金色的高挑三角形:这代表真正的医生。他几乎是跳下了车,用力甩上车门,跑上了门阶。

我听到他在骂:妈的!妈的!妈的!操他妈的!

且不说是为了什么,这话本身就够让人震惊了:我有生以来还没听过哪个男人说出这种话。

生下的是个男孩,为宝拉和凯尔大主教生下的健康男孩。他被取名为马克。但奥芙凯尔死了。

夫人们、使女们和其他人都走了之后,我和马大们坐在厨房里。马大们吃着下午茶聚会剩下的东西:切去面包皮的三明治,蛋糕,地道的咖啡。她们把这些好东西分给我,但我说我不饿。她们问我肚子还痛不痛,还说我明天就会感觉好一点,再过一阵子就不会这么痛了,反正你就习惯了。但我没有胃口并不是因为肚子痛。

得找个奶妈了,她们说,估计是某个刚刚丧子的使女。否则就得吃奶粉,尽管大家都知道奶粉不如母乳,但总要把小家伙喂大呀。

"可怜的姑娘,"泽拉说,"全都熬过来了,却什么都没了。"

"至少救下了这个宝宝。"薇拉说。

"要么救小的,要么救大的,"罗莎说,"她们只能把她剖开。"

"我上床去了。"我说。

他们还没有把奥芙凯尔搬出我们家。她就在自己的房间里,盖在床单下面,这是我轻轻从后楼梯走上去后发现的。

我掀起了她脸上的盖布。白得毫无血色:她身体里的血肯定都流光了。她的眉毛是金色的,又软又细,向上微拱,像是吃了一惊。她的眼睛是睁着的,瞪着我。也许这是她第一次看到我。我亲了亲她的前额。

"我永远不会忘了你,"我对她说,"别人会忘记,但我发誓我不会。"

太夸张了,我知道;但说真的,我还是个孩子啊。而你也看到了,我没有食言:我一直没有忘记她。她,奥芙凯尔,无名的女人,埋葬在一块小石碑下,石碑上很可能也是一片空白。很多年后,我在使女墓园里找到了她的墓。

等我有了权限后,曾在血缘谱系档案里找过她的资料,也真的找到了。我找出了她的真名。我知道这样做没有意义,除非我是那些曾经爱过她、又被迫和她分离的人。但对我来说,这就好比在山洞里找到了一枚指纹:一个标记,一则信息。我曾在这里。我存在过。我曾是真实的。

她叫什么?你显然想知道。

克丽丝特尔。现在我想起她时就会这样称呼她。我记住的她叫克丽丝特尔。

他们为克丽丝特尔举办了一个小型葬礼,并允许我参加:初潮来过后,我已正式归于女人之列。分娩那天在场的使女们也获准参加,我们家的所有人都可以去。就连凯尔大主教都去了,以表尊敬。

我们唱了两首圣歌:《扶持卑微的人》《祈神保佑生养》,传说中的丽迪亚嬷嬷做了一番演说。我惊异地望着她,好像她是从自己的照片里走出来的:她终究是存在的,真实的人。她看起来比照片里老,但没有照片里那么吓人。

她说，侍奉我主的姐妹之一，使女奥芙凯尔，以女性所能及的最崇高的荣耀献出了生命，做出了极致的牺牲，尽赎早年生活留下的罪孽，她是所有使女的光辉榜样。

丽迪亚嬷嬷讲这些话时，声音微微颤抖。宝拉和凯尔大主教的神态都很肃穆、虔诚，时不时地点点头，有些使女哭了。

我没有哭。我已经哭够了。真相是他们把克丽丝特尔剖开，把宝宝取出来，她是因此才死的。这不是她的选择。她没有自告奋勇地担当光辉的榜样，或以女性所能及的最崇高的荣耀献出生命，但没有一个人提到这一点。

19

现在，我在学校里的地位降至史上最低。我已成了行走的禁忌：因为我们家的使女死了，女生们都相信这是厄运的象征。她们都很迷信。维达拉学校里有两套信仰：官方的由嬷嬷们教导我们，信仰上帝以及女性特有的信念；非官方的由女生们用游戏和歌唱的方式口耳相传。

高年级女生有好多数针数的顺口溜，比如：正一针，反两针，给你一个好先生；正两针，反一针，他被杀死了就再给你一个。低年级女生还小，对她们来说丈夫还不算真切的人，顶多就是家具，所以尽可替换更新，就像在我小时候玩的娃娃屋里那样。

高年级女生最喜欢的唱歌游戏叫作"高高吊"。歌是这样唱的：

> 吊在高墙上的人是谁呀？咿呀咿呀呦！
> 是个使女，她叫什么来着？咿呀咿呀呦！
> 她以前叫作（在此填入我们当中某人的名字），但现在不是了。咿呀咿呀呦！
> 她的肚皮里有个小宝宝（在此我们会拍拍自己扁平的小肚子）。咿呀咿呀呦！

大家一起唱的时候，会有两个女孩高高举起手，别的女孩从下面钻过去：一杀掉，二亲亲，三宝宝，四失踪，五活着，六死掉，数到七，逮住你，红灯红灯红灯！

第七个女孩就会被那两个负责数数的女孩用手臂圈住，绕一圈，再在她头上拍一记。现在，这个女孩就算"死了"，可以挑选下一任的两个行刑者。我现在意识到了，这个游戏听上去既邪恶又轻浮，但孩子们不管，能玩什么就玩什么。

嬷嬷们可能认为这个游戏蕴含了某种有益的警示和威胁。然而，为什么"一杀人"呢？为什么谋杀必须在亲吻之前呢？为什么不能稍微正常一点：先亲再杀呢？那时候，我常常暗自琢磨这种问题，但从没找出任何答案。

上学时段里我们还可以做别的游戏。比如玩蛇梯棋——如果你的棋子落在"祷告者"那格里，就能升上"生命树"的梯子，但如果你落在"罪人"那格，就要掉到"撒旦蛇"身上。我们还有涂色书，给店铺里的招牌涂颜色——**新鲜出炉：面包和鱼**——这也算寓教于乐吧。我们也给书中人物的衣服涂颜色——夫人们是蓝色，经济太太们是条纹色，使女们是红色。有一次，贝卡把维达拉嬷嬷涂成了使女的绯红色，没少为此挨批。

高年级女生更喜欢用交头接耳的悄悄话传播迷信，而非唱儿歌、做游戏。她们都很当真的。比如这个：

> 要是你的使女死在你床上，
> 她的血就会沾染在你头上。
> 要是你的使女的宝宝死了，
> 你这辈子就只有泪水和哀叹。
> 要是你的使女死于难产，
> 你走到哪儿都甩不掉那诅咒。

奥芙凯尔死于难产，所以，我在别的女孩眼里就是被诅咒了；不过，因为我的弟弟小马克活下来了，身心健全，所以我又被认为是特别有福气的。女生们不会公开给我脸色看，但会避开我。赫尔达看到我走近时会斜着眼睛往天花板上瞅；贝卡会转过身去，但吃午饭的时候，只要没人看到，她会把自己的那份分一点给我。舒拉蜜离我远远的，也不知道是出于对死亡的恐惧，还是对新生儿的嫉妒，或两者兼有。

在家里，所有人的注意力都在宝宝身上，他也确实扯着嗓子索要关怀。他的嗓门真大啊。虽然宝拉很享受拥有孩子带来的优越感——而且还是个男孩——但她本质上并不是慈母型的女人。她会把小马克抱出来，在朋友们面前显摆一下，但只是么一小会儿，宝拉就觉得够了，就把他递给奶妈：一个丰满、忧郁的使女，不久前还被叫作奥芙塔克尔，现在当然是奥芙凯尔了。

小马克不吃不睡也不用被显摆的时间都是在厨房里度过的，马大们都特别喜欢他。她们喜欢给他洗浴，大惊小怪地称赞他的小手指、小脚趾、小酒窝和小小的男性器官，他撒尿时从那儿喷出的小喷泉还真是让人惊讶。多么强壮的小男人！

她们指望我也加入崇拜的行列，但当我没有显示出足够的热忱时，她们就叫我别再生闷气，因为我很快就能有自己的宝宝了，那时候我就会开心了。我非常怀疑这种说法——不是怀疑自己能生孩子，而是怀疑我会开心。我尽量待在自己的房间，躲开厨房里的欢声笑语，独自深思这世界是何其不公平。

第七章

体育馆

阿杜瓦堂手记

20

藏红花蔫了,水仙花皱缩成了纸片,郁金香演完了诱人的舞蹈,从里到外翻卷出裙裾般的花瓣,然后统统凋落。克劳馥嬷嬷及其麾下的半素食主义园艺地下党人在阿杜瓦堂外围栽培的药草长得很旺盛。哎呀,丽迪亚嬷嬷,你非得喝下这种薄荷茶不可,对你的消化系统有奇效!别为我的消化系统瞎操心,我很想厉声呵斥她们;但她们是好心,我提醒自己。这样的借口在地毯上有血迹时还能有说服力吗?

我也是好心,我时常无声地喃喃自语。我一心想要最好的结果,或者说在力所能及的范围内得到最好的结果,但这两种结果并不相同。无论如何,要不是因为有我在,想想局势会坏到什么程度吧。

胡扯,有些日子里我会这样答复自己。还有些日子里,我却会拍拍自己的后背。是谁说过:矢志不渝是美德?

谁来跳下一曲花的华尔兹?百合花。绝对好看。那么多的花边儿。那么芳香袭人。很快,我的宿敌维达拉嬷嬷就会打喷嚏了。也许她的眼睛会肿起来,没法再用眼角的余光偷瞄我了,她一门心思想要刺探出一些失误,一些软弱的迹象,一些宗教层面的政治错误:足以把我赶下台的各种疏忽。

那就保持希望吧,我要轻轻地对她说。事实上,我总可以比你领先一步,这让我骄傲。但为什么只是一步呢?多几步更好。若想推翻我,我就要拖垮整座圣殿。

基列有个长期存在的隐患,我的读者:就上帝在人间的王国而言,基列国民的流失率高得令人难堪。比方说使女们的潜逃:已经有太多人逃跑了。正如贾德大主教的潜逃事件分析报告所揭示的:只要我们发现一条离境路线并加以封锁,就会有一条新路线被开辟出来。

我们的边境地带太容易被渗透了。缅因州和佛蒙特州的外围区域的管辖权一向含糊不清,并不尽然由我方控制,当地居民就算没有过分的敌意,也普遍倾向异教。而且,我根据自己的经验得知,他们喜欢本地通婚,构成了相当密切的关系网,毋宁说是牵一发而动全身的反常的人际网络,一人被惹到,就等于两族结下世仇。因此,很难让他们出卖彼此。有种怀疑由来已久:向导就在他们之中,或是期盼智胜基列,或是出于单纯的贪财——因为众所周知"五月天"会付钱给带路的人。我们逮到过的一个佛蒙特人告诉我们,当地人有句俗语:"五月天来,发薪日到。"

山丘与沼泽,蜿蜒的河流,散布岩石的漫长海湾,高高的浪潮涌进海口——所有这一切都助长着秘密行径。在这个地区的古早历史中曾有过酒类走私犯、烟草投机商、毒品走私犯和各式各样的非法违禁品的偷卖者。国境线对他们来说形同虚设:他们来去自如,对法律嗤之以鼻,现金交易,入袋为安。

我有个叔叔就是干这种买卖的。我们家以前就那样——住的是活动拖车屋,对警察不屑一顾,和违法乱纪的人厮混在一起——我父亲对此挺自豪的。但我不:我是个女孩,更糟的是:我是个非常聪明的女孩。在那种环境里也没别的办法,他只能用拳头、靴子或任何趁手的东西教训我,杀杀我的傲气。在基列执政之前,他被人割喉了,要不然,我可能会亲自派人干掉他。不过，乡间往事就点到为止吧。

就在最近，伊丽莎白嬷嬷、海伦娜嬷嬷和维达拉嬷嬷合作细化了一份加强管控的计划书：《杜绝东北沿海地区女性潜逃问题的计划书》，代号为"死路行动"。她们概括出诱捕企图逃亡加拿大的使女们的必需步骤，呼吁宣布国家进入紧急状态并提议增加一倍数量的追踪犬、采用一套更有效的审讯方法。在最后这一部分里，我窥见了维达拉嬷嬷的魔手：拔指甲、开膛破肚不在我们的惩戒刑罚列表里，这一向让她扼腕抱憾。

"做得真好，"我说，"这份计划书看起来非常缜密。我会仔细研读的，我向你们保证，贾德大主教也会知道你们的良苦用心，他会采取行动的，但我现在还不能向你们透露具体情况。"

"宜应称颂。"伊丽莎白嬷嬷说道，但听她的语气好像不是非常高兴。

"必须彻底杜绝这类逃跑行为。"海伦娜嬷嬷表态时瞥了瞥维达拉嬷嬷，想要得到她的肯定。她跺了跺脚，以示再三肯定，考虑到她有足弓下陷，这么做想必很痛——谁叫她年轻时总是穿五英寸的伯拉尼克细高跟鞋，把自己的双脚废了。搁在今天，光是那种鞋就会让她受尽谴责。

"确实如此，"我亲切地附和道，"这显然是要严正以待的大事情，至少在某种程度上。"

"我们应该彻底封锁那整个地区！"伊丽莎白嬷嬷说，"他们和加拿大的'五月天'勾结已久。"

"贾德大主教也是这样认为的。"我说。

"那些女人应该和我们一样，尽责履行神圣计划，"维达拉嬷嬷说，"人生不是美好长假。"

她们没有先征得我的同意就炮制了这份计划书——有僭越犯上之嫌——但我知道我有责任转交给贾德大主教；尤其要考虑到

一点：就算我不递交，他也必然会听说此事，进而留意到我的不合作。

今天下午，她们三人又来见我了。她们的兴致都很高昂，因为刚刚结束的纽约州北部突袭行动收获颇丰：七个贵格会教徒，四个小农主义者，两个充当向导的加拿大麋鹿猎手，一个柠檬走私商，这些人全都可能在"女子地下交通网"系统里承担着某个环节。不管他们可能掌握什么情报，只要被套出口，他们就会被处理掉，除非发现他们有交易的价值："五月天"和基列的人质交换是有所周知的。

我当然已经知晓了这些进展。"恭喜，"我说，"你们几位肯定各有各的功劳，哪怕是别人有所不知的。主持大局的是贾德大主教，这毋需多言。"

"毋需多言。"维达拉嬷嬷说。

"我们乐于奉献。"海伦娜嬷嬷说。

"我也有些新消息要告诉你们，是贾德大主教亲自告知的。但这事只有我们几个人知道，绝对不许传出去。"她们都靠了过来：我们都喜欢秘密。"'五月天'在加拿大的两个高层成员被我们的特工消灭了。"

"愿主明察。"维达拉嬷嬷说。

"我们的珍珠女孩起到了关键作用。"我补充了一句。

"宜应称颂！"海伦娜嬷嬷说。

"但损失了一个珍珠女孩，"我说，"阿德丽安娜嬷嬷。"

"出了什么事？"伊丽莎白嬷嬷问道。

"我们还在等报告。"

"我们要为她的灵魂祷告，"伊丽莎白嬷嬷说，"那么，萨丽嬷嬷呢？"

"我相信她是安全的。"

"宜应称颂。"

"确实，"我说，"还有个坏消息：我们已经发现我方防线上有漏洞。那两个'五月天'的特工肯定有内应：基列国内有叛徒在帮助他们，有人在给他们传递情报，从这儿到那儿——把我们的安保措施，甚至我方在加拿大境内的特工和志愿者的消息透露给他们。"

"谁会做那种事？"维达拉嬷嬷说道，"这是叛国叛教！"

"眼目们正在查，"我说，"所以，如果你们注意到任何疑点——任何事，任何人，甚至包括阿杜瓦堂的人——就向我汇报。"

这时有了一个短暂的停顿，她们面面相觑。阿杜瓦堂的人也包括她们三人。

"噢，肯定不会的，"海伦娜嬷嬷说，"想想那会给我们带来何等的耻辱！"

"阿杜瓦堂是无懈可击的。"伊丽莎白嬷嬷说。

"但人心难测啊。"维达拉嬷嬷说。

"我们要有更高的觉悟，"我说，"还有就是，你们干得太漂亮了。快告诉我，你们是怎么搞定贵格教徒和那些人的。"

我在记录，在记录；但我时常害怕事情是记不完的。我一直用的黑色绘图墨水快用完了，很快就要换蓝色墨水了。从维达拉学校的配给里调瓶墨水来用应该不算难：她们在学校里有绘画课。我们嬷嬷以前可以通过灰市买到圆珠笔，但现在不行了：我们在加拿大新不伦瑞克省的供应商侥幸逃脱了太多次，终于还是被逮捕了。

我上一次跟你讲到深色窗玻璃的厢式货车——不，往前翻一页后，我发现已经到体育馆了。

一下车，我和安妮塔就被推搡着往右走，融入了一群女人中间。我说"一群",是因为我们就像成群的牛羊般被赶着走。这一大群女人如同走进了漏斗,被赶到露天看台的特定区域:那个区域用犯罪现场专用的黄色胶带围了起来。我们这群差不多有四十人。都坐好了之后,我们的手铐就被撤走了。我估计,他们是需要手铐去铐别人。

安妮塔和我相邻而坐。我左边的陌生女人说她是个律师;安妮塔的右边也是个律师。坐在我们后面的是四个法官;坐在我们前面的也是四个法官。我们所有人都是法官或律师。

"他们肯定是按照职业把我们分类的。"安妮塔说。

确实如此。趁守卫没注意的时候,我们这排尽头的女人隔着走廊和邻近座位区的女人搭上了话。那边都是医生。

我们没有吃午餐,因为没人给我们吃的。随后的数小时里,不断地有货车抵达,卸下一车被迫无奈的女乘客。

这些女人里,没有一个是你们所谓的年轻人。中年职业女性,穿套装,发型精致。但都没有带包:他们不允许我们带随身物品。所以,没有梳子,没有口红,没有镜子,没有小包润喉糖,没有一次性湿巾。没了那些小玩意儿,你竟会有种赤身裸体的感觉,实在令人惊讶。更确切地说,是曾经会有那种感觉。

太阳变得火辣辣的:我们没有遮阳帽,也没有防晒霜,我想象得出来,太阳下山后,我肯定会有一大片红肿的晒伤。好歹座位有椅背。假如我们坐在那儿消遣,未必会觉得那种椅子不舒服。但别说消遣了,我们连起身伸展一下都不被允许:一站起来就会有人冲你吼。坐着不动势必乏味,屁股、后背和大腿肌肉酸痛。这些是不足挂齿的小疼小痛,但也是痛。

为了打发时间,我暗自骂自己。愚蠢,愚蠢,愚蠢:我竟会相信关于生命、解放、民主和个体自由的那一切空话,在法律院校里浸淫其中,不加怀疑。这些是永恒的真理,我们应永远加以捍卫。我始终依赖着这些信念,俨如信赖一则魔咒。

我对自己说:你一直自诩为务实派,那就面对现实吧。政变已爆发,就在美利坚合众国,就像过去在很多国家发生过的那样。任何武装夺权的政变爆发后,随之而来的必定是镇压反对派。反对派总是由受过高等教育的精英主导,所以,有文化的人将被第一批消灭。你是个法官,不管你怎么想,反正你是受过高等教育的。你就是他们的眼中钉。

年轻时,我做了很多别人都以为不可能办到的事。我们家族里没有人上过大学,他们都鄙视我,我靠奖学金、打各种脏乱差的夜班工读完了学位。那种经历磨练了你,让你变得顽强。只要找到一线生机,就决不能眼看着自己被消灭。但在这个节骨眼上,我在大学里接受的一切斯文、精良的教育都没有用。我得重新变为当年那个顽强的底层社会的小孩,那个坚忍不拔的打工妹,那个聪明绝顶的优等生,那个处心积虑往上爬的职业女性——我就是这样爬到社会顶层,坐上了刚刚被罢免的那个职位。只要让我找到可乘之机,我就会抓紧时运。

过去我就曾被逼入死角。但我赢了。我就是这么对自己说的。

下午过半,他们三人一组给我们发了瓶装水:一人抱着箱装水,一人取出发放,还有一人持枪护送,以免我们突然跳起来、冲出去、咬人、打人,好像我们是鳄鱼。

"你们不能把我们羁押在这里!"有个女人说道,"我们没有犯任何错!"

"上头不允许我们和你们讲话。"发水的男人说。

谁都不可以去厕所。尿流出现了,沿着露天看台流向球场。我心想,这种手段明摆着是要羞辱我们,击垮我们的抵抗心;但到底要抵抗什么呢?我们不是间谍,没有掌握什么机密,我们也不是敌方军队里的士兵。还是说,我们确实是?如果我深深看进某个男人的眼底,同样凝视着我的会是个人类吗?如果不是,那究竟是什么呢?

我们俨如被那些人关进了畜栏,我尽量待在原地不动。他们在想什么?他们的终极目的是什么?他们希望如何达到目的?

下午四点,他们准备了精彩表演赏给我们看。二十个体型、年龄各异,但都穿着职业装的女人被领到球场中央。我说"被领"是因为她们的眼睛都被蒙上了,双手都铐在身前。她们被分成两排,每排十人。第一排被迫蹲下,好像要拍集体照。

有个穿黑色制服的男人手持话筒做演说,他讲到罪人的行径都被神圣天眼一览无遗,正是其罪孽将她们暴露于天下。所有的守卫和侍从一起发出附和的声音:嗯嗯嗯……仿佛启动的引擎振动不已。

"上帝必胜。"演讲者最后说道。

随后响起男中音一起念出的"阿门"。接着,把蒙眼的女人们押送进场的男人们举枪射击。他们瞄得挺准,那些女人全部倒地。

我们这些坐在看台上的女人们全都发出哀叹。我听到有人尖叫,有人抽泣。有些女人跳起来,大声呼喊——我听不清她们在说什么——但她们的后脑勺立刻会被枪托砸到,喊声即刻中断。不需要再打:一击足矣。还是那句话,他们瞄得挺准:这些男人训练有素。

我们可以看,但不可以出声:他们传达的意思简单明了。但为什么呢?如果他们要把我们斩尽杀绝,为什么还要演这出?

日落后,分发了三明治,每人一只。我领到的是鸡蛋三明治。我要羞愧地承认,自己是带着欣喜之情狼吞虎咽的。远处传来几声干呕的声响，但在这种情形下，只有那么几声反倒令人讶异。

吃完三明治后，他们要我们站起来。接着列队而出，一排接一排——整个过程安静得近乎诡异，而且极有秩序——我们被引到看台下面的衣帽间及其外面的走廊里。我们就将在那儿过夜。

没有任何寝具：床垫和枕头都没有，但至少有厕所，虽然已污浊得不像话了。没有守卫阻止我们交谈了，我现在已经记不清我们凭什么认为没人在监听我们了。但到了那时，我们之中已没有谁还能理智地思考。

灯都开着，还算仁慈。

不，那不是仁慈。只是为了让那些人更便利地掌控局面。在那个地方，仁慈这种品质无法发挥功能。

第八章

卡纳芬

证人证言副本 369B

21

我坐在埃达的车里,试图接受她告诉我的事情。梅兰妮和尼尔。被炸弹炸飞了。"寻衣猎犬"门外。这不可能。

"我们要去哪儿?"我问。这么问太逊了,听起来太正常了;但没有一件事是正常的了。我为什么不尖叫?

"我在想。"埃达说。她看了看后视镜,然后停在了一条车道上。那栋房子上标着:**多样翻修**。我们这个区域的每栋房子都在不停地翻修,修好了卖出去,买家接手后又要装修,尼尔和梅兰妮都快被这种破事逼疯了。尼尔会说:明明都是好房子,为什么还要一掷千金去折腾,从里到外地掏空?那只是为了把房价炒上去,把穷人们赶出房产市场。

"我们要进去吗?"我突然觉得非常累。要是能进屋躺下,应该会舒服一点吧。

"不。"埃达说。她从皮质背包里取出一把小扳手,砸毁了她的手机。我眼看着它裂开,再断掉:手机壳被砸得粉碎,里面的金属芯片扭曲了,最终四分五裂。

"你为什么要砸烂你的手机?"我问。

"因为再小心也不为过。"她把手机的碎片倒进一只小塑料袋。"等这辆车开过去,你再下车,把它丢到那只垃圾桶里。"

毒贩就是这么干的——用一次性手机。我开始重新考虑,要不要跟她走。她不只是严厉，还很吓人。"谢谢你送我，"我说，"但我该回学校去。我会告诉他们爆炸的事，他们会知道怎么做。"

"你受到了惊吓。这不奇怪。"她说。

"我还好，"我说，虽然口是心非，"我可以就在这儿下车。"

"随便你，"她说，"但他们只能把你送到社会福利部门，那些人会把你安置到寄养家庭，可谁知道结果会怎样？"我没想过这些。她继续说："所以，你丢掉我的手机后，要么回到这辆车里，要么继续走。你自己决定。但千万别回家。这不是命令，只是建议。"

我照她说的做了。既然她给了我选择，我该怎么选呢？回到车上，我抽泣起来，但除了递给我一张纸巾之外，埃达没有别的反应。她调头把车往南开。她开起车来又快又利索。"我知道你不信任我，"开了一会儿她才说道，"但你必须信任我。策划汽车爆炸的那伙人可能正在找你。我不是说他们真的在找，我其实不知道，但你不能冒这个险。"

冒险——他们在新闻里讲起那些受害者时才会用到这个词：住户多次警告过有危险的街区发生了青少年被活活打死的事件；某人的狗在浅坑里意外发现了因为没有公车而搭陌生人车的女人，脖子被拧断了。我在打冷战，尽管空气潮热又黏湿。

我不是很相信她，但也不至于不相信她。"我们可以跟警察说。"我胆怯地说道。

"他们没用。"我听说过警察的无能——尼尔和梅兰妮时不时地就会说一通。她把车上的广播打开：舒缓的音乐流淌出来，我听出了竖琴声。"暂时什么都别想。"她说。

"你是警察吗？"我问。

"不是。"她答。

"那你是什么人?"

"说得越少,恢复得越快。"她说。

我们在一幢方方正正的大建筑物前停了车。有标牌写着**会聚厅和(贵格派)友好宗教社团**。埃达把车停在一辆灰色厢式货车后面。"我们下一程坐这辆车。"她说。

我们从边门进了楼。埃达朝坐在门口小桌边的一个男人点点头。"以利亚,"她说,"我们有活儿要干了。"

我没好好看他。我只是跟着她穿过了整个会聚厅,那儿空无一人,寂静无声,我们穿过回音和凉丝丝的气味,然后走进了一间更大、更亮堂的屋子,里面还开着空调。那儿有一排排的床——不如说是简易铺位——有些女人躺在床上,盖着毯子,毯子的颜色各不相同。还有个角落里放着五把扶手椅和咖啡桌。有些女人坐在那儿轻声交谈。

"别盯着人家看,"埃达对我说,"这又不是动物园。"

"这是什么地方?"我问。

"圣怀会,基列难民组织。梅兰妮帮协会做事,尼尔也是,但工作方式不同。现在,我要你坐到那把椅子上,当一会儿壁虎。不要走动,也别说话。你在这里很安全。我得去为你做些安排。大概一个小时之内,我就会回来。她们会给你弄点甜的东西,你需要糖分。"她走过去,和一个管事的女人说了几句,然后快步走出了房间。过了一会儿,那个女人给我端来一杯热气腾腾的甜茶和一块巧克力曲奇饼干,她问我感觉好不好,是不是还需要别的,我说不了。但她还是带着毯子回来,披在了我身上,那是一条蓝绿相间的毯子。

我喝了一点茶,牙齿不再格格打战了。我坐在那儿看人们走来走去,就像我在"寻衣猎犬"店里看人来人往。有几个女人进来了,其中一个抱着婴儿。她们看起来真的累惨了,而且吓坏了。圣怀会的女人们迎上去招呼她们说:"你们到了,没事了。"基列的女人们都哭了起来。那时候我心想,哭什么呀,你们应该高兴才对啊,你们逃出来了。但一想到那天自己经历的一切,我就明白她们为什么哭了。你会忍着,不管是泪还是别的,直到你熬过了最艰难的阶段。然后,终于安全了,你才能把所有眼泪哭出来,而那之前的一分一秒都不能浪费在哭泣上。

那些女人在抽噎和喘气间隙断断续续地说:

> 要是他们说我必须回去……
> 我只能把我儿子留在那儿,有没有什么办法……
> 我流产了,没有人……

管事的几个女人把纸巾递给她们,还说了些抚慰的话,诸如:你要坚强。她们是在努力安抚。但别人要你必须坚强——这会造成多么大的压力啊。这是我学到的另一件事。

大约过了一小时,埃达回来了。"你还活着呢。"她说。好像在讲笑话,还是个冷笑话。我只是瞪着她。"你得甩掉这条苏格兰毯子了。"

"什么?"我说。我觉得她像是在讲外语。

"我知道这对你来说很难,"她说,"但我们眼下没有时间悲伤,必须尽快动身。我不是要吓唬你,但确实有麻烦。好了,我们去拿几件衣服吧。"她拽起我的胳膊,把我从椅子上拖了起来:真没想到她力气那么大。

我们从那些女人面前走过去,进了后面的一间小屋,桌上堆着些T恤和毛衣,还有几个带衣架的支架。我认出了几样东西:"寻衣猎犬"捐出来的慈善衣物原来都跑到这儿来了。

"拣几件你平常绝对不会穿的衣服,"埃达说,"你得改头换面,要像另一个人才行。"

我翻出一件印有白色骷髅头的黑色T恤,一双打底裤袜,上面也有白色骷髅头。我又拿了双黑白两色的高帮运动鞋,几双袜子。每一样都是别人穿过的。我确实想到了虱子和臭虫:梅兰妮总会问清楚别人打算卖给她的东西有没有清洗过。有一次,我们店里有了臭虫,简直是场噩梦。

"我转过身去。"埃达说。没有更衣室。我扭来扭去地把校服脱下,再穿上旧的新行头。我的动作像是慢镜头。我有气无力地想到,万一她要拐卖我呢?拐卖——学校里教过的,被拐卖的女孩会被偷渡出去,再卖作性奴。但我这样的女孩不会被拐卖,只不过,有时会被假扮成房产销售员的男人们锁在地下室里为所欲为。那种男人常有女性同伙。埃达会不会就是这样的人?万一她所说的梅兰妮和尼尔被炸死根本就是诓人的谎话呢?此时此刻,他们两人可能已经疯掉了,因为我不见了。他们可能会给学校打电话,甚至报警,哪怕他们一直鄙视警察无能。

埃达还是背对着我,但直觉告诉我:哪怕我只是有逃跑的念头——比方说,从会聚厅的边门跑出去——她都能预料到。而且,就算能跑掉,我又能跑去哪儿呢?我唯一想去的地方就是我家,但如果埃达说的是实话,我就不该回去。再说了,如果埃达所言不虚,我从今往后都回不了家了,因为家里不会有梅兰妮和尼尔了。我一个人在空房子里是要干嘛呢?

"我好了。"我说。

埃达转过身来。"不错。"她说着,脱下她的黑色皮夹克,塞进一只手提袋,再套上衣架上的一件绿色夹克衫。然后,她把头发盘起来,戴上墨镜。她对我说道,"把头发披下来。"我就把扎马尾的皮筋扯下来,把头发拨得松散些。她又拿了一副墨镜给我:镜片是橘色的。她递给我一支口红,我就给自己涂了个大红唇。

129

"要像个狠角色。"她说。

我不知道怎么才算狠,但我努力了。我摆出一副臭脸,噘起被蜡封住似的红唇。

"行吧,"她说,"你绝对想不到。我们带着秘密走是安全的。"

我们带着什么秘密?我已从人世间正式消失了?差不多就是这样吧。

22

我们上了灰色货车，开了一会儿，埃达密切关注着我们后方的车。我们在迷宫般的小巷里转来转去，随后停在一栋褐石老宅前的车道上。半圆形的空地以前大概是花圃，即便是现在，没人修剪的杂草和蒲公英里还夹杂着以前留下来的几株郁金香，地里还插着一块牌子，上面有公寓楼的照片。

"这是哪儿？"我问。

"帕克代尔。"埃达说。我以前没来过帕克代尔，但听说过这地方：破败的城郊现在被改建成了欣欣向荣的中产社区，学校里有些吸毒成瘾的小屁孩觉得这儿特别酷，这儿有一两家时髦的夜店，里面尽是谎报年龄混进去的青少年。

这栋老宅所在的地块又脏又乱，杵着两三棵参天大树。落叶久未清扫；洒得到处都是的护根覆土里埋着些红色、银色的塑料破布，一闪一闪地随风飘扬。

埃达朝楼里走去，还回头看我有没有跟上。"你还好吗？"她问。

"嗯。"我有点头晕。我跟在她后头，走过高低不平的人行道；我觉得脚下轻飘飘的，像是踩在云里，随时都会踏空。世界不再是踏实而可靠的，而是千疮百孔、真假莫辨的。任何东西都会消失。与此同时，我目之所及的每一样东西却又非常清晰。就像我们去年在学校里学过的超现实主义绘画。融化的钟表摊在沙漠上，形态实存，却不真实。

厚重的石阶通向前门廊。门廊上有一道石造拱门，在石刻的枝蔓和精灵面容的环绕之中，大楼的名字**卡纳芬**用凯尔特字体刻在拱门上——多伦多的老建筑上常常能见到这种漂亮的字体。刻划那些小精灵的本意大概是为了渲染顽皮活泼的氛围，但在我看来他们恶意满满。那时候，任何东西在我眼里都似乎充满了恶意。

门廊上有股猫尿的骚味。大门宽阔又沉重，饰有黑色铆钉。在涂鸦艺术家手中的红色颜料下，这扇门已面目全非；他们写了些尖头尖脑的词句，有个单词稍微还能认得出，应该是呕吐。

虽然这扇门看起来有够破烂，门锁却要用磁卡才能打开。进到门内，只见一条褐红色大厅地毯，还有螺旋形的宽阔扶梯，扶梯的弧度很美。

"这栋楼曾经当过一段时间的寄宿屋，"埃达说，"现在是带家具的出租公寓。"

"本来是干吗的？"我靠在墙上问道。

"避暑别墅，"埃达说，"有钱人的。我们上楼去吧，你需要躺下休息。"

"'卡纳芬'是什么意思？"我爬楼梯都觉得有点累。

"是威尔士的一个地方，"埃达说，"肯定有谁犯了思乡病。"她扶住我的胳膊，"来，小心台阶。"家，我心想。我又要开始吸鼻子了。我要忍住。

我们走到了顶层。这儿又出现了一道沉重的木门，又需要一道磁卡。门里有个前厅，摆了一只沙发、两把安乐椅、一张咖啡桌和一张餐桌。

"有一间卧室给你用。"埃达说，但我一点儿不想去卧室。我直接倒在沙发里。突然之间，我什么力气都没有了；我觉得自己甚至没法爬起来。

"你又开始发抖了，"埃达说，"我去把空调关小点。"她从一间卧室里抱出一床羽绒被，崭新的，雪白的。

这个房间里的一切都比真的更像真的。桌上有些盆栽，但也有可能是塑料花；那些晶晶闪亮的叶子像是橡胶制的。四壁都贴了玫瑰色的墙纸，玫瑰底色上还有些深色的树影。墙上有些钉眼，想必以前挂过画。这些细节都非常鲜明，几乎泛着闪光，好像从里到外被灯光照亮了。

我闭上眼睛，把光亮挡在外面。我肯定瞌睡过去了，因为再一睁眼已经天黑了，埃达正要打开平板电视。我猜想那是为了我好——好让我知道她讲的都是实话——但这太残忍了。"寻衣猎犬"已成废墟——窗户粉碎了，门被炸得洞开。衣物的碎片四散在人行道上。最前面是梅兰妮的车，皱皱巴巴，像块烤焦的棉花糖。镜头里还能看到两辆警车，一条黄色胶带圈起了受灾区域。看不到尼尔或梅兰妮，我稍感欣慰，因为我太怕看到他们焦黑的身体、他们头发的灰烬、他们烧糊的骨头。

遥控器在沙发边的茶几上。我把声音关掉了：我不想听新闻主播用毫无波澜的语调讲话，好像这事和某个政客登上飞机没什么差别。汽车和店面的镜头消失后，现场报道记者的脸突然像只搞笑气球似的冒了出来，我就把电视机关掉了。

埃达从厨房里走过来。她端给我一只盛在盘子里的三明治：鸡肉的。我说我不饿。

"有只苹果，"她说，"想吃吗？"

"不了，谢谢。"

"我知道这感觉很怪。"她说。我什么都没说。她走出去又回来。"我给你搞到了生日蛋糕。巧克力的。香草冰淇淋。你最喜欢的。"蛋糕搁在白盘子上；还有支塑料叉。她怎么知道我最喜欢什么？肯定是梅兰妮告诉她的。她们肯定谈论过我。白盘子白得晃眼。一支蜡烛插在蛋糕上。小时候我会许愿。现在我该许什么愿呢？愿时光倒流？愿今天是昨天？不知道有多少人会许这种愿。

"洗手间在哪儿？"我问。她讲给我听了，我进去后只想吐。后来我又躺到沙发上，浑身颤抖。过了一会儿，她端来一杯姜汁汽水。"你得保持血糖正常。"说完，她走出客厅，关了灯。

像是得了流感病假在家的感觉。会有人帮你盖好被子，端来汤水；尽由别人来应付现实生活，你根本不需要动一下。要是能永远这样也挺好：那我就永远不需要再考虑任何事了。

远处传来城市的喧嚣：车声，警笛，一架飞机飞过。厨房里传来埃达走来走去的脚步声；她走动起来很轻、很快，好像踮着脚尖在走。我听到她在低声讲电话。她是负责人，但我猜不出她负责的是什么任务；无论如何，这让我觉得有人罩着我，一安心就困了。我闭着眼睛，但听到门被打开，过了一小会儿，门又关上了。

23

我再醒来时已是清晨。我不知道几点钟了。要是睡过头了，上学会迟到吗？然后我想起来了：不用去学校了。我再也不用回到那所学校了，我知道的所有地方都不用再去了。

我躺在卡纳芬的某间卧室里，盖着白色羽绒被，还穿着T恤和打底裤袜，但没穿袜子和鞋子。卧室里有一扇窗，百叶窗是拉合的。我小心地起身。我看到枕头上有些红色，但那只是昨天的大红唇膏留下的印子。我不觉得恶心和头晕了，但很迷糊。我从上到下抓了抓头皮，拉扯了一下头发。只要我头痛，梅兰妮就会叫我扯一扯头发，那会加速脑部血液流通。她说，所以尼尔才那么做。

我站起来后，感觉更清醒了。我在一整面墙镜里照了照自己。我不是前一天的那个人了，虽然看起来很像。我打开门，光着脚，沿着走廊走到厨房。

埃达不在厨房里。她坐在客厅的一把安乐椅上，手捧咖啡杯。坐在沙发上的是我们走进圣怀会边门后见过的那个男人。

"你醒啦。"埃达说。成年人总是陈述明显的事实——梅兰妮也会对我说你醒啦，好像睡醒是了不起的大事情——我失望地发现埃达在这一点上也不例外。

我看着那男人，他也看着我。他穿着黑色牛仔裤、凉鞋和灰色 T 恤，胸前印着**两个词，一根手指**①，还戴着一顶蓝鸟队的棒球帽。我揣测着他知不知道自己 T 恤上的字到底是什么意思。

他应该有五十岁了，但头发依然很黑很浓，所以也可能要年轻一点。他的脸就像起皱的皮革，一侧脸颊上方有道伤疤。他对我微笑，露出白牙齿，但左边少了颗白齿。像这样少了颗大牙会让一个人登时有了非法之徒的气质。

埃达朝这个男人努了努下巴："你记得以利亚吧，圣怀会的。尼尔的朋友。他是来帮我们的。厨房里有麦片。"

"你吃完了我们可以聊聊。"以利亚说。

麦片是我喜欢的类型：圆圈型，豆类制。我端着碗走进客厅，坐在另一把安乐椅里，等着他们开聊。

但他们两个都没有开口。他们对视了一眼。我试探性地吃了两勺，以免我的胃还会不舒服。我只能听见自己咀嚼圆圈麦片的声音。

"长话短说，还是短话长说？"以利亚问。

"长话短说。"埃达说。

"行，"他说完就直视我，"昨天不是你的生日。"

我吓了一跳。"是的，"我说，"五月一日。我满十六。"

"实际上，你还有四个月才满十六岁。"以利亚说。

你怎么能证明自己的生日是哪一天？肯定有出生证明之类的文书，但梅兰妮把它搁哪儿呢？"我的保健卡上写着呢。我的生日。"我说。

"再接再厉。"埃达对以利亚说。他低头看着地毯。

"梅兰妮和尼尔不是你的父母。"他说。

"他们当然是！"我说，"你干吗这么说？"我感到泪水涌上了眼眶。又有一个空洞在现实世界裂开了：尼尔和梅兰妮在褪

---

① 即 fuck you（去你妈的）的含蓄说法。

色，在变形。我意识到自己并不怎么了解他们，也不清楚他们的过去。他们没有谈过以前的事，我也没问。大家都不会去追问父母的事——他们各自的往事，不是吗？

"我明白这会让你很苦恼，"以利亚说，"但这很重要，所以我要再说一遍。尼尔和梅兰妮不是你的父母。很抱歉，说得这么唐突，但我们的时间不多。"

"那他们是谁？"我说。我在眨眼睛。有一滴眼泪滑出来了；我把它抹掉。

"不是你的亲戚，"他说，"为了安全起见，你还是个婴儿时就被安排在他们身边了。"

"这不可能是真的。"我说。但我已经没刚才那样坚定了。

"是应该早点告诉你的，"埃达说，"他们不想让你有烦恼。他们本来打算昨天告诉你的……"她没往下说，抿起了嘴。关于梅兰妮的死，她一直沉默不提，好像她们根本不是朋友，但现在我看出来了，她真心很难过。这让我更喜欢她了。

"他们的部分职责是保护你，保证你的人身安全，"以利亚说，"我很抱歉要由我来告诉你。"

这屋子里有新家具的气味，但我可以闻到更重的味道：汗津津的、壮实的以利亚散发出的自助洗衣房的肥皂味。有机洗衣皂。梅兰妮用的那种。以前用的。"那么，他们究竟是谁？"我轻声问道。

"尼尔和梅兰妮是非常宝贵、经验丰富的成员……"

"不，"我说，"另外的父母。我的亲生父母。他们是谁？他们也死了吗？"

"我再去倒点咖啡。"埃达说着，起身进了厨房。

"他们还活着，"以利亚说，"至少昨天还活着。"

我瞪着他看。我在想他是不是在撒谎，但他为什么要撒这种谎呢？如果他要编个故事出来，显然可以编出更好的谎言。"我全都不相信，"我说，"我甚至不知道你干吗要说这些。"

埃达拿着一杯咖啡回来了，她说谁想喝就自己去倒，还说我也许需要一点时间把所有事情想明白。

什么事情？有什么好想的？我父母被杀害了，但他们不是我的亲生父母，而是奉命上岗替代他们的另一组父母。

"什么事情？"我说，"我什么都不知道，什么都没法想。"

"你想知道什么？"以利亚用慈悲但疲惫的声音问道。

"怎么会发生这种事的？"我问，"我的亲生……另一对父母在哪里？"

"你对基列了解得多吗？"以利亚问。

"当然。我看新闻。我们学校里也教过，"我愠怒地回答，"我还去了那场抗议游行。"就在那一刻，我希望基列蒸发殆尽，让我们全都清静点。

"你就是在那儿出生的，"他说，"在基列。"

"你开什么玩笑。"我说。

"你是被你母亲和'五月天'偷偷送出来的。他们为此冒了生命危险。基列为此闹得不可开交；他们想要你回去。他们说你所谓的合法父母有权拥有你。'五月天'把你藏起来了：有许多人找过你，媒体上的舆论也曾铺天盖地。"

"就像妮可宝宝那样，"我说，"我在学校里写过一篇关于她的作文。"

以利亚再次低头看向地板。然后他抬起头，直视我。"你就是妮可宝宝。"

第九章
感恩牢

阿杜瓦堂手记

24

这天下午，贾德大主教又召见我，而且是在一个初级眼目的护送下亲自来见我。贾德大主教完全可以自己拿起电话，想说什么就说什么——在他和我的办公室之间有内部通话线，专用一部红色电话机——但，和我一样，他也不能肯定还有谁在内线上偷听。而且，出于某些有悖常理、很复杂的原因，我相信他挺享受我们面对面的密谈。他把我视为他的造物：我是他意愿的化身。

"希望你一切都好，丽迪亚嬷嬷。"他说道，我在他对面坐了下来。

"好上加好，宜应称颂。您呢？"

"我本人身体健康，但我担心我太太病了。这让我心事重重。"

我并不惊讶。上次见面时，贾德的现任太太就像风中残烛了。"这消息真让人伤心，"我说，"会是什么病呢？"

"不太清楚。"他说。这事历来不清不楚。"是内部器官的一种隐痛。"

"您需要我们的舒缓诊所派人去看看吗？"

"大概还不需要，"他说，"很可能只是小病，甚至可能是她幻想出来的，事实证明很多女性的这类怨言都源自幻觉。"我们对视时有片刻沉默。我担心，他很快又要成为鳏夫，继而需要下一个少女新娘了。

"只要我能帮上忙的就请直说。"我说。

"谢谢你,丽迪亚嬷嬷。你太了解我了,"他微笑着说道,"但我过来找你不是为了这事。对于那位死于加拿大的珍珠女孩,我们已做出了官方表态。"

"究竟发生了什么事?"我已经有了答案,但不打算让他知道。

"加拿大官方就此事做出的结论是自杀。"他说。

"这太让我震惊了,"我应声道,"阿德丽安娜嬷嬷可以说是最忠心、最能干的……我对她相当信任。她格外有胆识。"

"我方的说法是加拿大人有所隐瞒,杀死阿德丽安娜嬷嬷的正是加拿大政府对卑鄙的'五月天'恐怖分子的非法活动的纵容。但私下说说,我们都被蒙在鼓里。谁知道真相?甚至可能是吸毒成瘾的家伙干的,那个颓废的社会里随处可见这种无差别谋杀。事发时,萨丽嬷嬷就在附近买鸡蛋,一回去就发现了这桩惨案,她做出了很明智的决定:最好尽快返回基列。"

"非常明智。"我说。

惊惶的萨丽嬷嬷突然回国后,径直来找我,描述了阿德丽安娜是怎么死的。"她攻击我。突如其来地,就在我们准备出发去领馆前。我不知道那是为什么!她朝我扑过来,想要掐死我,我就反抗。那是自卫。"她呜咽着说完。

"突发的精神崩溃,"我说,"身在一个让人无助的陌生环境里,比如加拿大,压力是会造成那种后果的。你做得对。你别无选择。依我看,没有理由让别人知道这事,你说呢?"

"噢,谢谢您,丽迪亚嬷嬷。我很抱歉发生了这种事。"

"为阿德丽安娜的灵魂祈祷吧,之后就别再想了,"我说,"你还有别的事要告诉我吗?"

"哦,您曾让我们留意妮可宝宝的下落。经营'寻衣猎犬'二手服装店的那对夫妇有个女儿,看年纪差不多。"

"这个推想很有意思,"我说,"你本来打算向我们汇报吗,通过领馆?而不是等回国后当面跟我说?"

"唉,我当时想的是:应该立刻把这件事通知您。阿德丽安娜嬷嬷说下结论还为时过早——她强烈反对。我们讨论过这件事。我坚持认为那是很重要的情报。"萨丽嬷嬷用自辩的口气说道。

"确实,"我说,"是很重要。但很冒险。这样的报告有可能引发没有事实依据的谣言,会带来极其严重的后果。我们有过太多虚假警报了,而且,领馆里的每个人都可能是眼目。眼目那些人会很鲁莽,他们缺乏策略。所以才需要我的指示,这总是有原因的。我的指令。珍珠女孩们不能采取未经批准的行动。"

"噢,我没有想到——我没动脑子。可是,无论如何,阿德丽安娜嬷嬷不该——"

"覆水难收,少说为妙。我知道你是好意。"我尽量宽慰她。

萨丽嬷嬷失声哭了起来。"是的,我真的是好意。"

通往地狱的路是用美好的意愿铺就而成的,我忍不住想这样说。但忍住了。"你说的那个女孩现在在哪里?"我问道,"她的父母被清除后,她肯定去了什么地方。"

"我不知道。也许他们不该那么快把'寻衣猎犬'服装店炸掉。要不然我们就可以——"

"我同意。我之前就建议他们千万不要操之过急。可惜,加拿大的眼目组织里尽是些血气方刚的年轻人,而且对爆炸情有独钟。但他们怎么会知道呢?"我停顿了一下,用我最有洞察力的眼神盯牢她。"你对妮可宝宝身份的猜测,没有对任何人谈起过吧?"

"没有。只跟您说了,丽迪亚嬷嬷。还有阿德丽安娜,在她那样之前……"

"那就让我们继续保守这秘密,好吗?"我说,"没必要来一场审讯。现在,好了,我认为你需要好好休息,恢复过来。我来安排,让你在瓦尔登那座迷人的玛格瑞·凯佩度假屋里住一段日子。你很快就会焕然一新的。半小时之内就会有车送你去。如果加拿大人针对公寓里那起不幸的意外有所动作——如果他们想要审问你,甚或控告你——我们这边会搪塞过去,就说你消失了。"我并不想让萨丽嬷嬷死:我只希望她失去理智,语无伦次,实际上也是如此。玛格瑞·凯佩度假屋里的员工行事滴水不漏。

萨丽嬷嬷越发感激涕零了。"别谢我,"我说,"是我要感谢你。"

"阿德丽安娜嬷嬷不会白白牺牲的,"贾德大主教还在说,"你们的珍珠女孩为我们指明了很有利的行动方向:我们还获得了别的情报。"

我的心一紧。"我很高兴我的姑娘们有所助益。"

"一如往常,感谢你的先见之明。根据你们珍珠女孩的情报,我们突袭了那家二手服装店,因而已能确定,这些年里'五月天'和他们在基列的秘密联系人是用什么方式传递消息的。"

"什么方式?"

"就用夜盗的手段——备有特殊装备的盗窃——我们找到了一只微点照相机,正在做测试。"

"微点?"我问,"那是什么?"

"一种老古董的科技产品,早就没人用了,但依然很好用。用微型照相机拍摄文件,把图像缩小到微粒尺寸。然后把文件打印在塑料微点上,那种微点几乎能用在任何一种材质表面。接收者只需用专门配备的阅读器就能读取，阅读器也很小，可以藏在——比方说，一支钢笔里。"

"难以置信，"我发出了感叹，"我们在阿杜瓦堂说'钢笔意味着妒忌'① 不是没道理的。"

他大笑起来。"没错，"他说，"我们这些'执笔者'可得小心点，免得挨骂。不过，'五月天'用这种手段可谓非常聪明：现如今没多少人会觉察到这种方法。就像他们说的：如果你不去看，你就看不到。"

"很巧妙。"我说。

"那只是线索的一端——'五月天'的那端。我刚才说了，基列这边也有一端——那些在这里接收微点情报、再把这边的消息回复过去的人。我们还无法确定是哪个人，或是哪些人。"

"我已经吩咐过阿杜瓦堂的同事们了，要眼观六路，耳听八方。"我说。

"还有谁比嬷嬷们更适合这种任务呢？"他说，"你们选中哪户人家，就能登堂入室，再加上女人的第六感，你们能听到我们这些迟钝的男人根本听不出来的弦外之音。"

"我们定能智取'五月天'。"我这么说的时候，攥紧了拳头，伸出了下巴。

"我欣赏你的斗志，丽迪亚嬷嬷，"他说，"我们组成了完美的团队！"

"真理必将显现。"我说。我在颤抖，我希望那会被当作义愤填膺的表现。

"愿主明察。"他答道。

我的读者，在这样的会面后我得缓一缓。我走到施拉夫利咖

---

① Pen is Envy 这句双关的玩笑话源于弗洛伊德精神分析学说中的典故： penis envy，即女孩无意识地羡妒男孩的阳具。

啡馆，喝了杯热牛奶。再到希尔德加德图书馆，继续我和你的旅程。把我当成你的向导吧。把你自己想成迷失在幽黑森林里的漂泊者。天色还将变得更黑。

上次写到的最后一页上，我已带领你去了体育馆，我就从那儿继续。时间悄然流逝，事情陷入了一种模式。如果你睡得着，晚上就睡觉。白天就忍耐。拥抱哭泣的人，哪怕我必须要说，哭泣变得乏味了。吼叫也一样。

前几个晚上的抗争用的是音乐——几个比别人更乐观、精力更充沛的女人自告奋勇担当领唱，尝试了《我们将克服万难》和早已消失在夏令营回忆中的类似的老歌。要想起所有歌词是有点难，但至少让歌声多姿多彩了。

没有哪个守卫叫停这番尝试。然而，三天过去后，充沛的体力和精神都渐渐衰退，只有极少数人还能加入合唱，也出现了另一种低语——"请安静！""看在上帝的分上，闭嘴吧！"——所以，女童子军的领袖们在几次令人痛心的抗议后——"我只是想帮忙"——停止并终止了歌唱。

我不是合唱者中的一员。为什么要浪费体力呢？我的心绪没有悦耳的旋律，更像是迷宫里的一只老鼠。有出路吗？出路在哪儿？为什么我在这里？这是一种测试吗？他们打算得出什么结果？

有些女人做噩梦，你肯定想象得出来。她们会呻吟，在梦中剧烈地抽搐身体，或是掩饰着尖叫打挺坐起来。这不是在评判她们，我自己也做噩梦。要我描述一个梦给你听吗？不，我不会说。事到如今，我已听过好多次这类梦的重述，因而非常明白：别人的噩梦可以多么轻易地把你搞得心力交瘁。到了万不得已的地步，只有你自己的噩梦才有意义，才最重要。

早上是警铃把人强行唤醒。有些人的手表没被强行取走——有的表被夺走了，有的并没有——她们说铃声是六点整响的。早餐是面包和水。面包简直好吃极了！有些人狼吞虎咽，但我吃得很慢，尽量吃得久一点。咀嚼和吞咽，可以打散周而复始的抽象思维。也能消磨时间。

早餐后，排队去污秽的厕所，如果你进的那间堵塞了，那就祝你好运，因为不会有人去通马桶。我的推断？为了让这种局面越来越糟，夜间巡逻的守卫们还会把各式各样的东西塞进马桶。有些爱干净的人曾试图打扫洗手间，但一旦发现那是多么徒劳无望，她们也就放弃了。放弃是新的常态，我不得不说那是有传染性的。

我有没有说过，里面没有厕纸？那怎么办？用你的手，再把弄脏的手指凑到水龙头下洗干净，水龙头有时能滴出水，有时不能。我敢肯定那也是他们故意设置的，就为了让我们喜忧无常。不管他们指派了哪个喜欢折磨小猫的白痴来干这事，我都能想象出来他随意拨弄水阀总闸时的表情，开开关关，一脸傻笑。

他们说过，不能喝那些水龙头里的水，但有些人很不明智地喝了。随之而来的是呕吐和腹泻，又给这场普天同乐平添了几分热闹。

没有纸巾。没有任何种类的毛巾。我们在自己的裙子上把手蹭干净，不管手有没有洗过。

我很抱歉把设施描述得这么详细，但你会惊讶于这些东西竟然变得如此重要——都是你认为理所应当存在的基础用品，直到把它们从你手边夺走，你才会想到它们的存在。在我的白日梦里——我们都会空想，因为被强迫着无所事事、内心愈加郁积就会导致空想，大脑必须让自己忙活起来——我常常幻见一间漂亮、洁净、雪白的洗手间。哦，还有附带的水槽，有源源不断、水量充足的纯净活水。

我们开始发臭，这是必然的。不仅要忍受厕所里的煎熬，我们还一直穿着职业套装睡觉，没有内衣可以更换。我们中的有些人已绝经了,但另一些人没有,所以,凝血也混杂在汗味、泪水、屎尿和呕吐物的气味中。连呼吸都让人恶心。

他们是在让我们退化为动物——被圈养的动物——退回到我们的动物本性。他们是在提醒我们记住那种本性。我们要把自己认定为次等人类。

每一天剩下的时间就像一朵有毒的花慢慢绽开,一瓣接着一瓣,慢得难以忍受。有时候我们会再次被铐上,也有时候不会,排成一列走出去,走进露天看台狭窄的座椅间,在刺眼的阳光下坐好,只有一次——真是太幸福了——是坐在凉爽的细雨里。那天晚上,我们全都散发出湿衣服的潮臭味,自身的气味倒是弱了点。

一个又一个小时过去,我们眼看着货车开来,卸下车厢里的女人,空车离去。新来的女人们发出同样的哭号声,守卫们也喊出同样的吼叫声。在剧烈挣扎中建立的暴政是多么乏味啊。永远是一个套路。

午餐还是三明治,但有一天——下雨的那天——是一些胡萝卜条。

"没有一顿是营养均衡的。"安妮塔说。大多数日子里,我们都设法坐在一起,睡觉时也离得很近。在这之前,我俩没有私交,顶多只是同行的同事,但仅仅和之前认识的人在一起就能让我有所慰藉;一个能映现我之前的成就、我之前的人生的人。你可以说,我们之间有纽带。

"你以前真他妈是个好法官。"第三天,她在我耳边轻声说道。

"谢谢你。你也是。"我也轻声回复。以前,这个时态让人心寒。

对于我们这个分区里的其他人,我所知甚少。有时候会知道她们的名字。她们所在律所的名字。有些律所专门处理家庭法律事务——离婚案、抚养权之类的——如果说现在女人就是敌人，那我可以理解为什么她们会成为被针对的对象；但在地产、诉讼、房地产法或公司法领域从业也没有任何庇护作用。必需条件只是一种致命的组合：一纸法律专业文凭和一个子宫。

下午被选定为处刑的时间段。同样的列队，走到体育场中央，被判处死刑的女人们都被蒙住了眼睛。随着时间推移，我注意到了更多细节：有些人几乎走不动路，有些人看似已失去知觉。她们经历了什么？为什么选定她们去死？

总是那个穿黑色制服的男人在麦克风里念出规劝的口号：上帝必胜！

接着就是射击，倒下，瘫软的尸体。随后就是清场。有一辆卡车是装尸体的。她们会被埋葬吗？会被火化吗？或是那样做都太麻烦了？也许只会把她们倒进垃圾场，留给乌鸦。

第四天出现了变化：开枪的人里面有三个女人。她们没有穿职业套装，而是换上了浴袍似的棕色长袍，下巴抵着围脖。那引起了我们的注意。

"恶魔！"我轻声对安妮塔说道。

"她们怎么可以这样？"她也轻声回我。

第五天，执行枪决的人里面有六个穿棕色长袍的女人。还有一场骚动，那六人之一没有瞄准蒙住眼睛的死刑犯，而是调转枪口，射中了一个穿黑制服的男人。她立刻被乱枪射中，倒在地上。看台上的人都倒吸一口冷气。

原来，我心想，是有一条出路的。

白天，新来的女人加入我们这个律师和法官的群体。但群体规模还是老样子，因为每天晚上都有些人会被带走。她们都是单独被两个守卫架走的。我们不知道她们被带去哪里，也不知道为什么。没有人回来。

第六天晚上，安妮塔也被偷偷地带走了。一切发生得悄无声息。有时候，被带走的人会大喊大叫地反抗，但安妮塔没有，我只能羞愧地说：她被清除的时候，我睡着了。清晨的警铃响起时我醒过来，她已经不在了。

"我为你的朋友感到难过。"站在人满为患的厕所前排队时，有个善良的人在我耳边低语。

"我也很难过。"我轻声回了一句。但我已经为了几乎必将到来的事硬下心肠了。难过，我对自己说，什么都解决不了。多年以后——这么多年啊——我已证实了这话是何其正确。

第七天晚上，轮到我了。安妮塔被带出去时没有发出响动——那种沉默本身就带有丧气的效果，好像一个人可以在无人注意，甚至悄无声息的情况下就彻底消失——但那不代表我也该走得安安静静。

我是被踢醒的，一只靴子踹在屁股上。"闭嘴，起来。"发话的是常常咆哮的那些人之一。我还没完全清醒过来，就被硬拽起来拖着走。到处都有轻声低语，有个声音说"不"，另一个声音说"操"，还有个声音说"上帝保佑"，还有个声音说"保重①"。

"我可以自己走！"我说道，但没什么用，那些手依然扣紧我的上臂，一边一只。就是这样吗，我心想：他们要枪毙我了。但不对，我纠正自己：那是下午的事。白痴，我又反驳自己：枪毙可以在任何时间、任何地点执行，更何况枪毙不是唯一的死法。

整个过程里我都很镇定，看起来似乎难以置信，而实际上我

---

① 原文为西班牙语。

也不信：我并不是很镇定，而是像个死人般寂定。只要我想着自己已经死了，未来会怎样都无所谓，一切对我来说就容易多了。

他们拽着我走过了几条长廊，然后走出后门，上了一辆车。这次不是厢式货车，而是一辆沃尔沃。后座的坐垫很软，但很皮实，空调的出风俨如天堂里的清风。不幸的是，这样新鲜的空气反而提醒我想起自身积存数日的臭味。无论如何，这种奢侈让我很享受，尽管我依然被扣在两个守卫之间，两人都很壮。谁都没有说话。我只是一个要转运的包裹。

车子停在一间警察局的门外。其实那已经不再是警察局了：招牌上的字被涂掉了，前门上多了一个图案：带着双翼的一只眼睛。我当时还不知道那就是眼目组织的标志。

我们走上前门的台阶，我的两位同伴大步流星，我走得跟跟跄跄。我的双脚很疼；我突然意识到它们很久没走动了，也猛然发现我的鞋子在雨淋、日晒、践踏了各种东西后是多么脏、多么破。

我们沿着走廊走。门后传来男人低沉的声音；和我身边的两人同样装扮的男人们匆匆走过，他们的眼光炯炯有神，他们的言语声轻快短促。那些制服、徽章、闪闪发亮的胸针让人觉得脊骨僵硬。这儿可没有懒散的家伙！

我们拐弯，进了一个房间。屋子里有一张大桌子，桌边坐着一个有点像圣诞老人的男人：胖乎乎，白胡子，玫瑰色的脸颊，樱桃红的鼻子。他冲着我笑。"你可以坐下来。"他说。

"谢谢。"我答道。说得好像我有选择似的：那两位旅伴把我塞进一把椅子，再用塑胶带把我捆在椅子上，绕着两只胳膊捆。接着，他们走出房间，轻轻地关上门。我总觉得他们是倒退着走出去的，好像在古代宫廷里面对神一般的国王那样，但我看不到身后的情形。

"我该介绍一下自己，"他说，"我是'雅各之子'的贾德大主教。"那是我们第一次见面。

"我估计你知道我是谁。"我答。

"说得没错,"他说,笑得更殷勤了,"对于你遭受的种种不便,我致以歉意。"

"那没什么。"我板着面孔说道。

和以强权控制你的人开玩笑是很愚蠢的。他们不喜欢那样;他们会认为你不认同他们无所不能的权力。我现在有自己的权力了,我也不鼓励我的下属们轻浮无礼。但那时候的我没在意。我是后来才有长进的。

他的笑容消失了。"你还活着,你为此感恩吗?"

"嗯,是的。"我说。

"上帝给了你女人的身体,你为此感恩吗?"

"我想是吧,"我说,"我从没想过这一点。"

"我不能肯定你足够感恩。"他说。

"什么叫足够感恩?"我说。

"足够感恩,因而与我们合作。"他说。

我有没有提及他戴椭圆形的半框小眼镜?他现在把眼镜摘下来了,仔细端详。没有了眼镜,他的眼睛就没那么亮了。

"你说'合作'是什么意思?"我说。

"答案只有是或否。"

"我学的是律师,"我说,"现在是个法官。我不签署空白合约。"

"你不是法官,"他说,"不再是了。"他按下了对讲机上的一个按钮,说道:"感恩牢。"然后,他对我说:"让我们期待你将学会更加感恩。我会为此祈祷的。"

就是这样,我眼看着自己进了感恩牢。那是警察局里改建过的单人牢房,大小约四步乘四步。有床板,但没有床垫。房间里还有只桶，我一眼就认定是装人类食物残渣的，因为里面还有些残余，更何况气味也能佐证。房间里以前是有一盏灯的，但现在没了：现在只有一个灯座，而且不通电。（我当然是用手指插进去试过了。换了你也会这样做。）光线只能透过长方形小槽，从外面的走廊漫射进来，用不了多久，万年不变的三明治也会从槽里塞进来。在黑暗中进食，这就是给我的安排。

我在昏暗中摸索了一圈，摸到了床板，坐了下来。我可以的，我心想。我能挺过去。

我想的没错，但也仅此而已。在没有旁人的环境里，神智会多么迅速地垮掉，那会让你震惊的。孤零零的一个人不算一个完整的人：我们存在于与他人的联系之中。我是一个人：我冒着变成非人的危险。

我在感恩牢里待了一段时间。我不知道有多久。每隔一会儿，就会有只眼睛在用于察看的滑门那边看看我。每隔一会儿，附近就会传来一声刺耳的尖叫或一连串尖叫：酷刑正在进行。有时候会有一阵绵延不断的呻吟；有时候是一连串哼哼不断的喘息，听起来像性事，或许就是。没有权利的人就是那么诱人。

我无法知道这些声音是真实发生的，或仅仅是放送的录音，只为让我的神经崩溃，以此消磨我的决心。不管我的决心是什么，那样过了几天后，我就不再肯定了。我的决心不再清晰。

我在幽暗的牢房里不知待了多久，但等我被带出牢房后，根据指甲的长度来判断，实际上可能没过太久。无论如何，当你被单独关在黑暗里，时间就会变得不一样了。变得更长。你也不知道你什么时候是睡着的，什么时候是醒着的。

有虫子吗？有，有一些昆虫。它们不咬我，所以我认为应该是蟑螂。我可以感觉到它们细小的腿脚爬过我的脸，很轻柔，试探性地，好像我的皮肤是一层薄冰。我没有拍死它们。过了一阵子后，任何一种接触都是你乐于接受的。

　　有一天，假设是白天，三个男人突然闯进我的牢房，用一盏明晃晃的灯照进我不停眨巴、快被晃瞎的眼睛，他们把我推到地板上，目标精准地踢了一顿，还有别的动作。我发出的声响是我所熟悉的：我听见附近传来过同样的声音。我不想多说细节，只想说明一点：那些别的动作和电击枪有关。

　　不，我没有被强奸。我猜想，对于那种目的而言，我未免是年老色衰了。也可能，他们是在炫耀自己有崇高的道德准则，但我对此非常怀疑。

　　这样的电击和踢打又重复了两轮。三是一个神奇的数字。

　　我哭了吗？是的：泪水从我两只看得见的眼睛里流淌出来，我那双泪湿的人类的眼睛。但我还有第三只眼，在前额的正中央。我可以感觉到它：它是冷的，像块石头。它不会流泪；它看。就在它后面，有个人在思考：我要让你们恶有恶报。我不在乎要用多久，也不在乎那期间我不得不忍辱负重，但我会办到的。

　　后来，过了不知多久，也没有预警，我的感恩牢门咣当一声打开了，光线涌了进来，两个穿黑制服的男人把我拖了出去。没有言语。我——那时的我俨然是个走不了路的废人，甚至比之前还难闻——被他们拖着或拉着，经过来时的走廊，从我进来的前门出去，然后进了一辆有空调的厢式货车。

　　接下来我所知道的就是我身在酒店里了——是的，酒店！不是那种豪华的大酒店，更像是连锁的假日旅店，假如你对这个店名有印象的话，但我认为你是不会知道的。昔日的品牌都去哪儿了？随风而逝。或者说，随着漆刷和清拆队而消失不复，因为就在我被拖进酒店大堂时，头顶上就有工人在把以前的字迹全部涂覆掉。

大堂里没有浅笑吟吟的前台服务员欢迎我。只有一个男人，手持一份名单。他和押送我的两个守卫交谈起来，我被推进电梯，然后是铺着地毯的走廊，地毯已开始泄露某些迹象：没有清洁女工了。一扇房门用房卡打开时，我乱成一团的脑子在想的是：再过一两个月，他们就会面临严重的霉菌问题了。

"祝你住得愉快。"我的守卫之一说。我相信他不是在说反话。

"三天休整假，"守卫之二说，"需要什么的话，打电话给前台。"

房门锁上了。小桌上的托盘里有一杯橙汁和一只香蕉，一碗蔬菜沙拉，还配了一块水煮三文鱼！有床单的床！好几条毛巾，好歹还是白的！淋浴！最不可思议的是，还有一只漂亮的白瓷马桶！我跪跌在地，口中念念有词，是的，诚心诚意的祷告，但我不能告诉你是向谁或什么祈祷的。

吃完所有食物后——食物让我喜出望外，根本不在乎它们会不会被下毒——我花了几小时洗澡。只淋浴一次是不够的：积攒了那么多层污垢，我必须把它们洗干净。我检查了结痂的擦伤、黄紫的淤青。我瘦了：我能看到自己的肋骨，它们竟然在用快餐当午饭的几十年后又再次浮现了。从事法律的这些年里，我的身体一直都仅仅是工具，推动我从一个成就到下一个成就，但现在，我对这具身体重新产生了别样的柔情。我的脚指甲竟是这样的粉红色！我手上的血管竟是这样错综交织！但在浴室镜子里，我不能确凿地认出自己的脸。那个人是谁？五官都好像模糊了。

然后，我睡了很久。一醒来就发现桌上摆好了另一餐美味，俄罗斯酸奶牛肉配芦笋，甜品是加野莓酱的蜜桃冰淇淋，还有，哦太好了！一杯咖啡！我很想来杯马提尼，但我猜，在这个新时代里，女人的菜单上是不会有酒了。

发臭的旧衣服已经被看不见的手取走了：看样子，我就得穿着酒店的白色毛巾浴袍过下去了。

我依然处在神志混乱的状态。我就像一把扔在地板上的拼图碎片。但到了第三天早上，或下午，我醒来时的状态好多了，有了连贯的意识。我好像又能思考了；我好像可以去想我这个词了。

不仅如此，还有一套干净的新衣服已经为我准备好了，好像是在认可我的想法。那不能说是连帽斗篷，也不能说是棕色粗麻布做的，但也差不多。我之前见过这种衣服，在体育馆里，女枪手穿的。我感到了一阵寒意。

我穿上了这套衣服。我还能怎么做呢？

第十章

春绿色

证人证言副本 369A

25

既然有人有兴趣了解基列人是如何操办婚事的，那我就来讲讲结婚前的准备工作。因为我生活中的一次巨变，所以能从两个视角——待字闺中的新娘，以及担负婚事预备工作的嬷嬷——体察婚事流程。

我自己的婚礼安排是按标准流程走的。在可供选择的人选中，对最终结果会有一定影响的因素是男方的性情，以及男方家庭在基列的社会地位。但每次择偶的目标都是一样的：不管是来自显赫的好人家还是不太受欢迎的平凡人家，各类女孩都要尽早成婚，不让她们有任何机会遇到不合适的男人，以免陷入前人所谓的爱河，或更糟的——失去童贞。后一种耻辱可能导致相当严重的后果，所以应当不惜一切加以规避。谁都不希望自己的孩子被乱石砸死，况且，那会让整个家庭蒙上几近不可磨灭的污点。

有天晚上，宝拉把我叫去客厅——用她的话来说，让罗莎把我从蜗牛壳里撬出来——叫我在她面前站好。我照她说的做了，不照做又能怎样呢。凯尔大主教也在，维达拉嬷嬷也在。还有一个我没见过的嬷嬷，她向我做了自我介绍，说她是盖帕纳嬷嬷。我说很高兴认识她，但语气想必不太客气，因为宝拉说："你明白我的意思了吧？"

"她这个年纪嘛,"盖帕纳嬷嬷说,"就连本来乖顺可爱的女孩也免不了这个阶段。"

"她显然够大了,"维达拉嬷嬷说,"我们已经把能教的都教给她了。把她们留在学校里太久,反而会添乱子。"

"她真的成年了?"盖帕纳嬷嬷问道,用刁钻的眼光打量着我。

"当然。"宝拉说。

"都不是垫出来的?"盖帕纳嬷嬷说着,朝我的胸脯努了努下巴。

"当然不是!"宝拉说。

"你可想不到有些家庭会使出什么招数。她有个漂亮的宽胯,不像有些姑娘的骨盆那么窄小。艾格尼丝,让我看看你的牙齿。"

我该怎么让她看?像在牙医诊所那样,把嘴张大?宝拉看出了我的困惑。"笑一笑,"她说,"就笑这么一次吧。"我挤出了一个露齿笑。

"一口完美的牙,"盖帕纳嬷嬷说,"非常健康。那好吧,我们这就开始张罗。"

"只限大主教家庭,"宝拉说,"不能低于这个等级。"

"明白。"盖帕纳嬷嬷说。她正在写字板上做什么记录。我用敬畏的眼神看着她的手指,指间夹着一支铅笔。她记下的是什么厉害的符号?

"她的年纪有点小。"凯尔大主教发话了,我已经不再把他当作我爸爸了。"有可能。"长久以来,我还是第一次对他产生感激之心。

"十三岁不算小。凡事都要看情况,"盖帕纳嬷嬷说,"如果我们能找到合适的人选,婚事会给她们带来奇迹。她们很快就能安定下来了。"她站起身来。"别担心,艾格尼丝,"她对我说,"至少会有三个候选人让你挑选。他们都会认为这是一种荣誉。"她又对凯尔大主教说道。

"要是有别的需要,请尽管告诉我们,"宝拉仪态万方地说道,"越快越好。"

"明白,"盖帕纳嬷嬷说,"等有了大家满意的结果,会有惯常的捐助给到阿杜瓦堂吧?"

"当然,"宝拉说,"我们会祈祷你们成功的。愿主开恩赐予。"

"愿主明察。"盖帕纳嬷嬷说。两位嬷嬷和我名义上的父母互相点头微笑后,告辞了。

"你可以走了,艾格尼丝,"宝拉说,"有进展了我们会告诉你的。迈入备受祝福的已婚女人的身份前,每一步都要小心再小心,我和你父亲会为你把关的。你是个享有特别优先权的女孩。我希望你为此感恩。"她不怀好意、假惺惺地朝我一笑:她当然知道那只是说得好听。事实是:我是个碍手碍脚的拖油瓶,必须要用冠冕堂皇的办法快点甩掉。

我上楼回到自己的房间。我早该预见到这件事的:比我大不了多少的女孩都经历过了。一直来上学的某个女生会在某一天突然不来了:嬷嬷们不喜欢大费周章地搞那种伤感泪流的欢送会。之后就会有订婚的传言,然后是婚礼的传言。我们都不可以参加婚礼,哪怕那个女生曾是我们的密友。一旦你开始准备结婚,就会从以前的生活中彻底消失。下一次出现在别人面前时,你已经是令人肃然起敬、一袭蓝裙的夫人了,所有未婚女孩都必须在门口让路,让你先进出。

这也即将成为我的现实。我要被赶出自己家了——赶出塔比莎的家,赶出有泽拉、薇拉和罗莎的家——只因宝拉受够我了。

"今天你不用去学校了。"有天早上,宝拉这样说,我只能不去了。之后的一星期没发生太多事，只不过我有点烦躁，百无聊赖，不过我始终在自己的房间里独自沉闷，所以也没影响到别人。

为了让自己有事可做，我就去绣早该完成的一组讨厌的点绣——绣的是水果碗，绣片适合用在我未来的丈夫的脚凳上，不管他是谁。我在方形脚凳盖布的一个边角上绣了一只小骷髅头：代表我继母宝拉的骷髅头，但如果有人问起，我打算说它寓意的是拉丁语 *memento mori*，提醒我们牢记凡人终有一死。

这种说法蕴含虔敬意味，谁也无法反驳：我们学校附近老墓园里的墓碑上就有这样的骷髅头图案。除非要出席葬礼，否则我们就不能进墓园：因为死者的姓名都刻在墓碑上，那可能会导致阅读，继而导致堕落。阅读不是女孩们该做的事：只有男人才够强悍，足以应对阅读的力量；当然还有嬷嬷们，因为她们和我们不一样。

我开始思考：一个女人是怎样变成嬷嬷的呢？埃斯蒂嬷嬷说过一次，你需要得到上天的召唤：告诉你上帝希望你帮助所有女性，而非仅仅一个家庭里的人；但是，嬷嬷们是怎样得到那种召唤的呢？她们是怎样获得力量的？她们有特殊的大脑吗：既不是女性的，也不是男性的？在她们的制服之下，她们还算女性吗？她们会不会是假扮女性的男人？这种事真让人没法往下想，哪怕只是一丝怀疑，但万一是那样，简直就是丑闻！我很想知道，如果你强迫嬷嬷们都穿粉色的衣服，她们会是什么样儿？

闲到第三天时，宝拉叫马大们抱了几只纸箱到我的房间。她说，是时候该扔掉孩子气的东西了。不久以后，我就不会住在这里了，现在就可以把我的东西收拾好。等我开始布置新家了，就能决定该把哪些旧东西捐给穷人。比方说，某个没什么特权的经济家庭的女孩会欢天喜地得到我的旧娃娃屋，虽然那并不是最高级的娃娃屋，质地也有点粗糙，但在这儿那儿补点油漆就能焕然一新。

娃娃屋已在我的窗前安放多年了。它依然留存着我和塔比莎共度的美好时光。夫人玩偶，坐在餐桌边；几个小女孩，乖乖地自己玩；马大们在厨房做着面包；还有大主教，安全地锁在他的书房里面。等宝拉走了，我把夫人玩偶从座椅里拔出来，扔到了房间的另一头。

26

用宝拉的话来说，盖帕纳嬷嬷的下一步举措是"带装饰团队上门"，因为她们都认为我没有能力选择自己在婚礼前、尤其在婚礼现场应该穿什么。你必须要理解，在任何事情上，我都没有自主决定的权利——哪怕身在特权阶层，我依然不过是个被婚约锁定的年轻姑娘：锁定，这个词一听就有金属味儿，俨如一扇铁门咣当一声关死了。

装饰团队负责的大概就是你们所说的舞台布景吧：服装，餐饮，饰品。这个团队里，没有一个人的性格是专横的，所以她们才被分配到这个相对而言比较卑微的职位；所以，即便嬷嬷们的地位更高，天性专横的宝拉还是能够做主——在有限的范围内，忙于筹备婚礼的这群嬷嬷都得听她的。

在宝拉的陪同下，三个嬷嬷上楼来到我的房间，我已经绣完了脚凳绣片，只能玩接龙纸牌，勉强自娱自乐。

我用的是基列司空见惯的纸牌，但考虑到外界未必了解，我先来描述一下。很显然，A、K、Q、J的牌面上是没有字母的，其余的数字牌面上也没有数字。A牌面上是一只从云后探出来的大眼睛。K牌面上是穿着制服的大主教，Q牌面上是大主教夫人们，J牌面上是嬷嬷们。有人头的是最大的牌。至于花色，黑桃是天使，梅花是护卫，方块是马大，红桃是使女。每张人头牌上都有一圈线条勾勒的小人影：天使的夫人牌就是一圈小黑人代表的天使围绕着蓝色的夫人，使女的大主教牌就会有一小圈使女。

后来，等我获准进入阿杜瓦堂的图书馆后，我研究过这些纸牌。历史上，红桃曾代表圣杯。也许这就是红桃是使女的原因：她们拥有珍贵的容器。

三位装饰团队的嬷嬷进了我的房间。宝拉说："把纸牌收起来，艾格尼丝，请你站起身。"这是用她最甜美的声调说的，也就是我最讨厌的，因为我知道那有多么虚伪。我照她说的做了，听她介绍了三位嬷嬷：圆脸蛋、笑眯眯的是罗娜嬷嬷，不苟言笑、含胸驼背的是萨拉莉嬷嬷，一脸犹豫又夹杂着歉意的是贝蒂嬷嬷。

"她们是来量尺寸的。"宝拉说。

"什么？"我说道。根本没人提前告诉我，她们什么都不说，好像不觉得有这个必要。

"别说什么，要说不好意思，"宝拉说，"试几套你参加婚前预备班要穿的衣服。"

宝拉指示我脱下粉色的校服，因为我没有别的衣服可穿，除了去教堂的白裙子，所以就一直穿着校服。我只穿着衬裙，站在房间的中央。房间里不是很冷，但在众目睽睽之下被上下打量，我还是起了一身鸡皮疙瘩。罗娜嬷嬷给我量了尺寸，贝蒂嬷嬷在小笔记本上记下数字。我用心地看着她：每当嬷嬷写下一些只有她们自己懂的记号时，我总会去留意。

然后，她们说我可以穿上校服了，我就穿了。

接着，她们讨论了我有没有必要在过渡阶段换穿新的内衣。罗娜嬷嬷认为新内衣挺好的，但宝拉说没必要，因为所谓的过渡阶段很短，我现在的内衣还挺合身的。宝拉赢了。

三个嬷嬷走了。几天后她们再次登门，带来了两套衣服，一套是春夏装,另一套是秋冬装。两套都是绿色系,春夏装是春绿色配白色点缀——口袋有白色花边,还有白色的衣领,秋冬装是春绿色配深绿色点缀。我见过同龄女孩穿这种衣裙,也知道这代表的含义:春绿色象征初生的新叶,寓意这女孩可以成婚了。不过,经济家庭是不允许穿这样奢侈的衣裙的。

嬷嬷们带来的衣裙是别人穿过的,但还没有穿旧,因为没有谁可以长期穿这种绿裙子。裙子按照我的尺寸改好了。裙边在脚踝以上五英寸①,衣袖长及手腕,腰围略微宽松,衣领很高。每条裙子都有配套的帽子,有帽檐和缎带。我讨厌这些衣物,但也不算太讨厌:假如我必须穿衣服,那穿这些还不算最糟心。我还从中发现了一线希望:这两身裙子够穿一年四季,也许我真的可以一路穿到秋冬,不用马上结婚。

我穿过的粉色、紫红色的衣裙都被收走了,清洗后将给别的小女孩用。基列处于战时;我们不喜欢白白扔掉东西。

---

① 前文提到五岁以上的女性裙边不能高于脚踝两英寸,或因准新娘服饰规则与其他女性不同。

27

我一拿到绿色衣裙,就去另一所学校报道了——红宝石婚前预备学校,好人家的年轻姑娘要在这里为结婚而学习。校训出自《圣经》:"才德的妇人谁能得着呢?她的价值胜过红宝石。"①

这所学校也是嬷嬷掌管的,但这里的嬷嬷们不知怎的更有格调,尽管她们也穿那种毫无生气的土褐色制服。她们要教我们怎样扮演高层家庭女主人的形象。我用"扮演"这个词是有双重含义的:在未来的家庭里,我们就将像舞台上的女演员那样。

维达拉学校的舒拉蜜和贝卡和我同班:维达拉学校的小学生们常常直升到红宝石。从我最后一次见到她俩并没有过去很久,但她们看上去都好像长大了很多。舒拉蜜把黑辫子盘在脑后,眉毛也修过了。你不会说她很美,但她的活泼一如往昔。我要在这里强调一下,夫人们不会用赞许的口吻说到活泼这个词,因为那意味着鲁莽。

舒拉蜜说她很期待结婚。事实上,她根本不谈别的事——嬷嬷们正在为她遴选什么类型的丈夫,她青睐什么样的丈夫,她是多么地迫不及待。她想要个四十岁上下、不怎么爱第一任夫人、膝下无子的鳏夫,他的官阶要高,他长得要帅。她不想要没有性经验、年纪轻轻的傻小子,因为那会让她不舒服——万一他不知

---

① 《圣经·箴言》第三十一章第十节。

道该把他的家伙放进哪儿呢？她以前就有一张没把门的嘴，现在更是没轻没重了。她大概是从某个马大那儿学到这些闻所未闻的粗俗用语的。

贝卡比以前更瘦了。一直在她脸上十分突出的那双绿褐色瞳孔好像比以前更大了。她告诉我，她很高兴能和我同班，但对身在这个班上却一点儿都高兴不起来。她苦苦哀求过家里人，不要这么快把她嫁出去——她太小了，还没准备好——但她的家人得到了极好的求婚请求："雅各之子"某个大主教的大儿子，这个儿子自己也即将成为大主教。她母亲对她说，别傻了，她再也得不到更好的求婚者了，要是她不抓住这个机会，以后的求婚者只会越来越差劲，而她的年纪会越来越大。如果她年满十八还没出嫁，就不再算妙龄少女，那就别想抢到大主教了，就连嫁个护卫都要算她运气好。她父亲，牙医格鲁夫，说大主教会考虑她这样出身低阶层的女孩是很不寻常的，要是拒绝，无异于侮辱大主教，难道她想毁了他吗？

"但我不想要啊！"等丽丝嬷嬷走出教室后，她就会对我们哀号，"让那些男人整个儿趴到你身上，就像，就像虫子一样！我恨死了！"

我突然想到一点：她说到恨的时候用的不是将来时态，她当时已经痛恨这事儿了。在那之前，她经历过什么事吗？某些让她难以启齿的事？我想起她听到"把妾的尸身切成十二块"的故事时是多么难以自控。但我不想去问她：如果离得太近，另一个女孩的耻辱会蹭到你身上的。

"不会太疼的，"舒拉蜜说，"而且，想想你会拥有的一切啊！你自己的房子，你自己的车子和护卫，还有你自己的马大们！要是你没法生孩子，她们还会发你一个使女，要多少有多少！"

"我不在乎车子和马大，甚至也不在乎使女，"贝卡说，

"是那种恐怖的感受。湿哒哒的感受。"

"什么样儿的感受？"舒拉蜜咯咯地笑着说，"你是说他们的舌头吗？顶多就像狗狗的那样！"

"才不是呢！"贝卡说，"狗狗都很友好的。"

对于即将结婚有何感想，我什么都没说。我不能跟她们说自己在格鲁夫牙医诊所里的遭遇：他仍然是贝卡的父亲，贝卡依然是我的朋友。无论如何，我那时的反应更像是恶心和厌恶，但在贝卡发自肺腑的恐惧感面前，反而显得微不足道了。她真的坚信婚姻会毁了她。她会被压垮，被废弃，像雪花一样被融化，化到了无痕迹，她就不存在了。

趁舒拉蜜不在的时候，我问她，她母亲为什么不肯帮她呢。我这一问，她的眼泪就下来了：她母亲不是她的亲生母亲，这是她从她们家马大那儿发现的。令人羞耻的是，她的亲生母亲是个使女——"和你的一样，艾格尼丝。"她说。她名义上的母亲还利用这一点来打击她：为什么她那么害怕和男人性交呢，毕竟，她那个荡妇使女亲妈可没有这种恐惧呀？怎么有其母没有其女呢？

听完这话，我拥抱了她，说我明白了。

28

丽丝嬷嬷教我们礼仪和惯例：怎样使用刀叉，怎样沏茶，怎样亲切但严格地对待马大，假如事实证明必需使女，怎样避免和使女们产生情感上的纠葛。丽丝嬷嬷说，每个人在基列都要各司其职，每个人都为大家贡献一份力，所有人在上帝眼中都是平等的，但有些人的天赋和别人的有所不同。如果每个人都以为自己是全能的，把各种天赋混为一谈，那结果只能是混乱和损耗。谁也不该指望一头牛像鸟一样高飞！

她也教我们最基本的园艺技巧，重点放在种植玫瑰上——对夫人们来说，摆弄花草是合宜的爱好；她还教我们如何判定食物的好坏——吃食都是马大为我们烹饪并端上我们的餐桌的。现在是国家物资紧缺的特殊时期，珍惜并善用食物是头等大事。动物为我们而亡，丽丝嬷嬷提醒我们记住这一点，还用慈悲的口吻补充了一句：植物也一样。我们要为此感恩，感谢上帝的慷慨恩赐。把食材煮坏、不吃就扔掉，这些都是对天意的不敬，甚至可以说是罪恶的。

因此，我们学习了如何正确地煮鸡蛋，如何掐准温度端上乳蛋饼，海鲜奶油浓汤和蔬菜奶油浓汤的区别。我得承认我现在对这些课程记不大清楚了，因为我始终没机会实践这些知识。

她还教了我们如何进行合乎时宜的餐前祷告。假如我们和丈夫一起进餐，就该由他们默诵祷文，因为他们是一家之主，但如果他们不与我们一起进餐——这将是常有的情况，因为他们不得不加班，而我们决不该对他们的晚归有任何异议——那代表孩子们默诵祷文就是我们的责任，言下之意，她希望我们都有一大群孩子。说到这儿时，丽丝嬷嬷挤出了一丝生硬的笑容。

在我脑海中挥之不去的却是我和舒拉蜜开玩笑时用的假祷文，那时候我们还是维达拉学校里的好朋友：

> 祝福我的杯中物满溢，
> 溢流到地，
> 因为我吐了个干净，
> 主啊我又回头再多要些。

我们咯咯的笑声已渐渐消逝。那时候我们觉得自己多坏呀！但在如今预备结婚的我看来，这类小小的叛逆是多么天真，却也多么无用啊。

夏天来了，丽丝嬷嬷开始教我们室内装饰的基本知识，当然，我们的居家风格最终是由我们的丈夫们定夺的。她还教我们插花，日式的、法式的都有。

我们学到法式插花的时候，贝卡的情绪跌到了谷底。她的婚礼定在了十一月。为她挑选的男人已经去她家拜访过一次了。她的家人们在客厅里招待了他，她父亲和他闲聊时，她就安静地坐在一边——这是标准礼仪，轮到我的时候我也要这样做——她说，他让她浑身战栗。他满脸疙瘩，留着一小撮稀疏的胡子，舌苔白乎乎的。

舒拉蜜哈哈大笑，说那大概是牙膏，他准是出门前刷了牙，因为他想给她留下好印象，这不是很甜蜜吗？但贝卡说她宁愿自己生病，生很重的病：非但旷日持久，还最好有传染性，因为只有那样，订好的婚礼才会被迫取消。

法式插花课程的第四天，我们正在学习用花色对比强烈，但质感互补的花材做正式场合用的对称式花瓶插花时，贝卡用修枝剪划破了左手腕，被送进了医院。伤口不太深，不至于致命，但流了好多血。白色大滨菊被血毁了。

我眼看着她割的。我无法忘记她的神情：我以前从没见过她有那种恶狠狠的表情，那让我非常不安。好像她变成了另一个人——更狂野的人——哪怕只是转瞬即逝。急救人员赶到并把她带走时，她显得很平静。

"再见，艾格尼丝。"她对我说，但我不知道如何回答。

"那姑娘还不太成熟。"丽丝嬷嬷说。她的头发盘成了非常优雅的发髻。她侧身望着我们，放低贵族气派的长鼻梁，又补了一句："和你们这些姑娘不一样。"

舒拉蜜神采飞扬——她是彻头彻尾成熟的——而我勉强地笑了笑。我心想，我正在学习如何表演，或者说，如何当好女演员。再确切点说：如何让自己的演技比以前更高超。

第十一章

粗布衣

阿杜瓦堂手记

29

昨晚我做了个噩梦。以前也做过一次。

我之前写到过，我说我不会复述自己的梦去挑战你的耐心。但这个梦和我即将告诉你的事关联甚深，我就破例一次。当然，你可以全权决定你要看什么，直接跳过我的这个梦也没关系。

我站在体育馆里，穿着棕色裙袍，像是把我从感恩牢中放出来、去用途已变更的酒店恢复体力时他们发给我穿的那种衣物。和我并排站立的其他几个女人都穿着这种表明悔改的装束，还有几个穿黑制服的男人。我们每个人手中都有一把来复枪。我们知道，有些枪里有空弹，有些没有；但不管怎样，我们都将成为杀手，因为只有这个念头才有意义。

面对我们的是两排女人：一排站着，一排跪着。她们都没有蒙眼罩。我可以看到她们的脸。我认出了她们，一个接一个。以前的朋友，以前的客户，以前的同事；还有些是更近期的、经由我手的女人和女孩们。夫人们，女儿们，使女们。有些人缺了手指，有些人只有一只脚。有些人只有一只眼。有些人的脖子上套着绳索。我审判过她们，宣读过判决：一朝为法官，一世为法官。但她们都在笑。我在她们眼中看到了什么？恐惧，蔑视，挑衅？怜悯？没法说清。

我们的来复枪举起来了。我们扣下了扳机。有东西进入了我的肺腑。我无法呼吸。我窒息了,我倒下了。

我醒来时一身冷汗,心脏狂跳。人们都说噩梦能把人吓死,心脏真的会骤停。在这样的某一夜,这个噩梦会杀死我吗?显然光靠做梦还不够。

之前我跟你说过,我被囚禁在感恩牢里,之后被送进酒店客房过了一把奢侈的瘾。那就好像菜谱上写的:如何处理很硬的牛排——要用锤子去敲打,然后腌制,让牛排变软。

我套上发给我的那件悔悟袍后一小时,有人敲了敲门;两人一组的守卫已在等待。沿着走廊走下去,我被押送到了另一个房间。之前与我谈过话的白胡子男人已在房间里,但这次不是坐在桌边了,而是舒舒服服地坐在扶手椅上。

"你可以坐下。"贾德大主教说。这一次我不是被绑到座位上的:我是自主自愿坐下的。

"我希望我们的小小疗养没让你觉得太难熬,"他说,"你得到的只是第一级待遇罢了。"对此没什么好说的,所以我一言不发。"这对你有启示吗?"

"你指的是什么?"

"你看到光明了吗?神圣的光?"这个问题的标准答案是什么?如果我撒谎,他肯定会觉察到的。

"有所启示。"我说。这样说似乎就够了吧。

"五十三?"

"你在问我的年龄吗?是的。"我说。

"你有过几个情人。"他说。我思忖着他是怎么知道的,他竟会费神去了解这一点倒让我有点受宠若惊呢。

"交往时间很短,"我说,"有几个。都不是长期稳定的关系。"我真的恋爱过吗?我不这样认为。我和自家男性成员的关系没法让我对恋爱充满热望和信赖。但身体自有它的渴求,服从渴求可能会带来羞辱,也可能得到回报。我没有受到任何一种持久的伤害,我可以从他人那儿得到愉悦,也可以给予他人愉悦,而且,那些人从我生活中迅速消失也都不是对我本人的冒犯。还要奢望什么呢?

"你有过一次流产。"他说。也就是说,他们查阅过资料了。

"只有一次,"我愚蠢而不自知地说道,"那时我很年轻。"

他咕哝了一声,表示不予赞同。"你知道这种谋杀形式现在可以被判死刑吗?这项法令有追溯力。"

"这个我不知道。"我感到一阵寒意。但如果他们已打算枪毙我,何必还要这样审讯一番?

"结过一次婚?"

"很短暂。那是一个错误。"

"离婚现在也是一项罪名。"他说。我一言不发。

"没福气要孩子吗?"

"没。"

"就这么把你的女性身体白白浪费了?剥夺它的天然功能?"

"只是没怀上。"我努力克制,尽量不要透露出抵触的语气。

"真遗憾,"他说,"在我们的统治下,每个有才德的女人都可以有个孩子,按照上帝的旨意,用各种办法都行。但我估计你是全身心地投入你的——唉——所谓的事业。"

对于那种轻蔑的口吻,我置若罔闻。"是的,我的工作安排得很满。"

"当过两个学期的老师?"

"是的。但我回到了法律业界。"

"家事案件?性骚扰?女性罪犯?性工作者诉求加强保护措

施？离婚财产分割权？针对妇科医生的医疗事故渎职罪？把孩子从不适合的母亲手里夺走？"他取出了一份清单，照着读。

"在必要的情况下，是的。"我说。

"在强奸案紧急救助中心当过一段时间的志愿者？"

"我上学的时候。"我说。

"南街救助站吗？为什么没做下去？"

"我太忙了。"我说。然后又补充了一个事实，反正也没必要隐瞒，"而且，志愿者工作把我累垮了。"

"是的，"他说着，露出欣喜的眼神，"把你累垮了。所有那些女性的痛苦都是没必要的。我们打算消灭所有苦难。我敢说你会赞同的。"他停顿了一下，好像在给我时间领会这句话。接着他又露出微笑。"所以，选哪个？"

过去那个我会说"什么哪个"，或类似的随口一问。但那时的我说，"你的意思是：是或否？"

"正确。你已经体验过'否'的后果了，至少体验了一部分吧。至于'是'……我这么说吧：不与我们为伍，就是与我们为敌。"

"我明白了，"我说，"那就是：是。"

"你还得证明，"他说，"你能说到做到。你准备好了吗？"

"是的，"我再确认了一次，"怎么证明？"

有过一场严酷的考验。你可能已经猜到是什么样的考验了。俨如我的噩梦，只不过，女人们蒙着眼罩，而我开枪的时候没有倒下。这就是贾德大主教的检验方法：你失败了，你效忠一方的承诺就立刻作废。你通过了，你的手上也沾染了鲜血。就像某个人说过的：我们必须拧成一股绳，否则都会被一个一个地吊死[①]。

[①] We must all hang together or we will all hang separately. 语出富兰克林。

但我暴露了自己的软弱：开枪后我吐了。

安妮塔就在枪击的目标之列。为什么挑中她去送死？熬过感恩牢之后，她肯定选了"否"，没有选择"是"。她肯定选择了速战速决。但事实上我根本不知道答案。也许答案非常简单：当局认为她没有利用价值，而我有。

今天早上，我比平时早起了一小时，偷到了早餐前的片刻时光与你共度，我的读者。这好像已成为我的一种执念了——我唯一的知己，我唯一的朋友——除了你，我还能把真相告诉谁？我还能信任谁？

其实我也未必能信任你。谁更有可能在最后关头出卖我？我倒在布满蛛网的墙角或死在床下却无人知晓的时候，你可能正在野餐或跳舞——是的，跳舞会再现的，永远压制舞蹈是太难了——或是和一具温暖的身体缠绵，那绝对比我有吸引力——到那时候我已成了皱巴巴的一团破纸。但我提前原谅你了。我也曾像你那样：对人生迷恋得要死。

我为什么觉得你必定存在呢？也许你将永不现身：你只是一个愿望，一种可能，一个幻影。我敢说有希望吗？当然，我可以有希望。我人生的暗夜还没到来，丧钟尚未敲响，梅菲斯特还没冒出来索取我必须为我们的交易付出的代价。

因为确实有过交易。当然有。只不过我不是和魔鬼交易的，而是和贾德大主教。

我和伊丽莎白、海伦娜和维达拉的第一次会面就在我通过了体育馆枪决检验后的那一天。我们四人被带入酒店的一间会议室。那时候，我们四人的模样都和现在不一样：更年轻，更苗条，关节上也没什么突起。伊丽莎白、海伦娜和我都是棕色麻布袋式的装束，如我之前描述过的那样，但维达拉已经穿上了合身的制服：不是后来专门为嬷嬷设计的制服，而是一身黑色的制服。

贾德大主教在等我们。他当然是独占会议桌的一头，面前的托盘上摆着一个咖啡壶和几只杯子。他很有仪式感地倒起咖啡，面带微笑。

"恭喜各位，"他开口了，"你们通过了检验。你们都是从火中抽出的柴①。"他给自己倒了一杯咖啡，加上奶油，抿了一口。"你们可能会纳闷，为什么像我这样在以前的腐败体制中如鱼得水的人现在会如此行事。别以为我不明白自己这样做会有多么严重的后果。有些人或许会把推翻不合理的政府称之为叛国；毫无疑问，很多人就是这样看待我的。既然你们现在已经与我们为伍，别人也将这样看待你们。但是，忠于更高的真理并非叛国，因为上帝的行事方式并非凡人的行事方式，尤其不是女人的行事方式。"

维达拉挂着一丝不易察觉的微笑，在一旁看着我们受训：不管他要用什么信条给我们洗脑，她已然全盘接受了。

我保持谨慎，不作表态。这是一种技巧，并非我做出的反应。他的视线掠过我们面无表情的脸孔。"你们可以喝咖啡了，"他说，"这是一种越来越难搞到的贵重物资。拒绝上帝慷慨赐予他偏爱的子民的东西可是一种罪过啊。"听了这话，我们都端起自己的咖啡杯，如在圣餐仪式中那样。

他继续说道："太多的放纵，对物质奢侈的太多渴求，缺失能够导向平衡稳定的社会的有意义的体系——我们已见识了这一切所带来的恶果。我们的生育率直线下降——有各种原因，但最主要的原因在于女性的自私选择。你们都赞同吧，处在混乱中的人类是最不幸的？要有规则和界限促进稳定，继而催生幸福？说

---

① 比喻从罪恶中被拯救的人。

到这儿,你们都同意我的话吧?"

我们点点头。

"这是'是'的意思吗?"他指了指伊丽莎白。

"是。"她短促尖细的声音里透出恐惧。那时她还挺年轻的,没有放任自己发胖,依然很迷人。从那时开始,我注意到有几种男人喜欢欺负美丽的女人。

"是,贾德大主教。"他作出告诫,"头衔必须得到尊重。"

"是,贾德大主教。"我隔着会议桌都能嗅出她的惧怕;我想知道,她是不是也能嗅出我的惧怕。恐惧,有一种酸溜溜的味道。有腐蚀性。

她也曾独自在黑暗里,我心想。她也经历了体育馆里的检验。她也曾内观自问,窥见到了空无。

"社会最好由男性和女性分立共侍,"贾德大主教用更坚决的口吻说下去,"混同两类的尝试带来的灾难性后果已是我们有目共睹的。说到这儿,有什么问题吗?"

"是的,贾德大主教,"我说,"我有个问题。"

他笑了,但不是很热情的那种笑。"但说无妨。"

"你想要什么?"

他又笑了笑。"谢谢你。我们特别想从你们这里得到什么?我们正在建构一个与神圣秩序相统一的社会——山巅之城,万国之光①——我们这么做是出于仁慈的关爱。我们相信,受过高等教育的你们有资格协助我们减缓女性的大部分苦难,那正是由我们摧毁的那个颓废腐败的社会所造成的。"他停顿了一下,"你愿意助我们一臂之力吗?"这次他伸出的手指指向了海伦娜。

"是,贾德大主教。"回答近乎呢喃。

"很好。你们都是知识女性。鉴于你们以往的……"他不想

---

① A city upon a hill:语出《圣经·马太福音》第五章第十四节。

说出职业这个词,"以往的经验,你们非常熟悉女性的生活状况。你们知道她们会怎样想,或者让我重新表述一下——知道她们对于刺激会做出怎样的反应,包括积极的和不那么积极的刺激。因而,你们可以提供服务——日后将回馈你们某些特权的服务。我们期待你能在你们那半边的女性圈子里成为灵魂导师——换言之,领袖人物。还要添点咖啡吗?"他倒了咖啡。我们搅动,喝下去,等待。

"简而言之,"他继续说道,"我们希望你们帮助我们架构出分立的领域——女界——女性的领域。终极目标是打造出最理想的和谐感:城邦内部和家庭内部都要和谐,并带来最大数量的后代繁衍。还有问题吗?"伊丽莎白举起了手。

"什么?"他说。

"我们是不是必须……祈祷之类的?"她问道。

"祈祷是日积月累的事,"他说,"你们会慢慢明白:有那么多理由让你们不得不感恩比你们自身更伟大的那种力量。我的,嗯,同事"——他指的是维达拉——"从这场运动伊始就是我们中的一员,她已主动要求担当你们的精神指导员。"

伊丽莎白、海伦娜和我玩味着这些讯息的时候有一段短暂的空白。比我们更伟大的力量,他是指他自己吗?"我可以确定我们帮得上忙,"我终于开口了,"但这需要做大量的工作。长久以来,大家都说女性同样可以在专业领域和公共领域有所建树。她们不太会接受这种……"我斟字酌句,揪出一个词,"这种隔离。"

"承诺她们有平权一向都很残忍。"他说,"因为从天资上说,她们就决不可能和男性一样有建树。我们已启动了这项仁慈而艰巨的任务:降低她们的期许。"

我不想深究这项任务都用上了哪些手段。是不是类似于用在我身上的那一套?他给自己添咖啡的时候,我们就静静等待。

"当然，你们需要创建法律及相关的一切。"他说，"你们会得到一笔经费，一个办公基地，还有一套宿舍。我们给你们预留了一栋围墙内的学生宿舍楼，就在我们征用的一所以前的大学园区的封闭院落里。那地方不需要太多改建。我相信那儿应该够舒服了。"

这时，我冒了一次险。"如果女界理应是单独分立出来的，"我说，"那就必须是彻底地各自为政。女界之内，必由女性统管。除非有极端情况所需，决不允许男人跨进分派给我们的领域，也不能质疑我们所用的方法。只能用我们的成果来评判我们。不过，如有必要，我们当然会向当局报告。"

他用揣度的目光看了看我，然后摊开双手，掌心向上。"全权委任，"他说，"合理范围内，预算范围内。当然，要得到我的最终批准。"

我看向伊丽莎白和海伦娜，看出了勉为其难的赞许。她们不敢要求的权力，我铤而走险地去要了，甚至要了更多更大的权力，而且我争到了。"当然。"我说。

"我不敢肯定，"维达拉说，"听任她们自治到那种程度是明智之举。女性是软弱的容器。哪怕是最强大的女人，也不应该允许她们……"

贾德大主教打断了她的话。"男人有更好的事情去忙，总不能亲力亲为地关心女界里的鸡毛蒜皮。肯定有能干的女人能胜任。"他朝我点点头，维达拉恶狠狠地瞪了我一眼。"基列的女人会有机会感谢你的，"他接着说道，"那么多政权都在这些事上搞砸了。多么让人不痛快！多么浪费！如果你失败了，你就是让所有女人失败了[①]。和夏娃一样。现在，我就让你们集体讨论吧。"

就这样，我们开始了。

[①] 失败（fail）也有让人失望的意思。

在前期的这几次会议中,我观察了这几位创建者同僚——因为贾德大主教承诺过,我们将被基列敬奉为"创建者"。如果你了解学校操场上、封闭围栏内或任何类似的那种有小小奖赏但竞争却很激烈的竞技游戏,你就会了解我们如何在工作中斗智斗勇。虽然表面上很友好,真正地共同决策,其实貌合神离,敌对意识如潜流汇聚。如果有羊圈的封闭围栏,我心想,我就一定要当上领头羊。为了达成这一点,我务必树立高于其它羊只的置喙权。

在维达拉眼里,我已然是敌人了。她一直自诩为天生的领导人,但这一执念受到了挑战。她会想尽各种办法反对我——但我有一种优势:我没有被意识形态所蒙蔽。在我们漫长的竞争中,这让我有了灵活性,而这正是她欠缺的。

另外两人中,海伦娜比较好驾驭,因为她最不自信。那时候她很丰满,不过后来就瘦下去了;她告诉我们,她以前是在一家高利润的瘦身公司工作的;后来她换了跑道,为一家高端时尚女性内衣公司做公关,还攒下了许多好看的鞋。"那么漂亮的鞋子啊。"她刚哀叹,维达拉就皱起眉头,她就不吱声了。海伦娜是那种见风使舵的人,我心下了然,只要我能兴风作浪,她就会为我效劳。

伊丽莎白来自更高的社会阶层,我的意思是,显然比我的社会地位要高。这会让她低估我。她毕业于瓦萨学院①,曾在华盛顿某位强势的女参议员手下担任行政助理,她向我们坦言,那位参议员有参选总统的潜力。但感恩牢毁了她内心的一部分;她天生的优势、后天所受的教育都没能拯救她,她变得犹疑不定。

我可以一个一个地搞定她们,但如果她们结成三人帮,我就会有麻烦。我的信条就是各个击破。

我告诫自己,务必稳扎稳打。不要跟她们袒露太多自己的实

---

① 瓦萨学院,是美国乃至世界顶尖的文理学院,成立于 1861 年,是全美最早授予女性本科学位的学院。

情：那会被当作把柄，转而用来对付我。要留心去听。记取一切线索。不要暴露自己的恐惧。

一周又一周过去，我们从无到有地制定了法规、制服、口号、圣歌、名号。一周又一周过去，我们向贾德大主教报告，他视我为这个女性小团体的发言人。那些想法一经他批准，就成了他功不可没的业绩。其他大主教们都对他赞不绝口。瞧他干得多棒啊！

我痛恨我们一手炮制的体制吗？在某些层面上，是的；它背叛了我们在往昔生活中受教的一切，以及我们亲手创建的一切。虽有种种限制，我们却成功建起了一套新制度，我为此骄傲吗？同样，在某些层面上，是的。世事历来都不简单。

有一阵子，我几乎真信了那些我理应坚信不疑的东西。我之所以把自己归入信徒之列，其理由和许多基列国民是一样的：因为危险会小一点。把自己扔到压路机面前，任由道德规则把你碾压成被扯下的空瘪的袜子，那又有什么好处呢？最好是融入人群：虔信赞颂上帝、谄媚逢迎、煽动敌对情绪的人群。扔石头总比被别人扔要好。或者这么说吧，最好尽你的一切力量活下去。

基列的建筑者们太明白这一套了。他们那类人一直都很明白。

我要在这里记一笔，多年后——在我强化了对阿杜瓦堂的全面掌控，并以此为基点，坐拥如今沉默的幕后大权之后——贾德大主教意识到权力的天平倾斜了，试图拉拢我。"我希望你已经原谅我了，丽迪亚嬷嬷。"他说。

"有什么要原谅的，贾德大主教？"我用上了最和善的语气。有没有可能他已经有点怕我了？

"在我们联手之前，我被迫无奈用了些严酷的手段，"他说，"为了去芜存菁。"

"噢，"我说道，"我可以确定您的意图是崇高的。"

"我相信是这样的。但实话实说,手段是狠了点。"我笑着说那没什么。"打从一开始,我一眼就认出你是精英。"我保持微笑。"你的来复枪里是一枚空弹,"他说,"我想,你知道这一点应该会欣慰的。"

"您真是好心,特意把这件事告诉我。"我说。我脸上的肌肉开始疼了。在某些情况下,微笑也会让人精疲力竭。

"那就是原谅我了?"他问道。要不是我已非常了解他偏好未成年的女孩,我倒有可能以为他在跟我调情。我从消逝在往昔的旧包裹里抽出一团碎屑:"恰如某个人曾说过的:犯错在人,谅错在神。①"

"你真是博闻强记啊。"

昨晚,我写完后就把手记塞进了红衣主教纽曼那本砖头书的空洞里,然后走去施拉夫利咖啡馆,半路上,维达拉嬷嬷叫住了我。"丽迪亚嬷嬷,能和您谈谈吗?"她说道。对于这种请求,回答必须永远是肯定的。我便邀请她陪我一起去咖啡馆。

院落的另一边,眼目组织基地那栋立柱林立的白色大厦灯火通明:忠于他们所冠之名,上帝凝视凡间的天眼,这些人从不睡觉。三个眼目站在主楼门外的白色石阶上,轮流抽着一根烟。他们没有朝我们的方向眺望。在他们眼里,嬷嬷就像影子——他们自己的影子,对别人来说很吓人,对他们却完全不可怕。

我们走过我的雕像时,我看了一眼供品:鸡蛋和橘子都比平常少。我的人气下降了吗?我克制住了把一只橘子揣进兜里的冲动:我可以晚点再回来拿。

维达拉嬷嬷打了个喷嚏,这通常都是一通重要讲话的前奏。果然,她清了清嗓子。"我要借这个机会说一下,关于您的雕

---

① 出自18世纪美国诗人亚历山大·蒲柏(Alexander Pope)的《批评论》。

像,最近有些令人不安的言论。"她说。

"真的吗?"我说,"怎么个令人不安?"

"供品。橘子。鸡蛋。伊丽莎白嬷嬷觉得,这种近乎邪教崇拜的过度关注是很危险的。会成为偶像崇拜,"她说,"罪大恶极。"

"确实如此,"我说,"极富先见之明的洞察。"

"这也浪费了宝贵的粮食。她说这实质上是在搞破坏。"

"我完全赞同,"我说,"没人比我更想避免个人崇拜,哪怕只是形式上的也不行。你是知道的,在营养摄取方面,我一向支持严格规定。我们作为本堂领导,必须树立榜样,尤其在辅食零食这类事情上,特别是白煮蛋。"我在此停顿了一下:我看过食堂里的录影带,伊丽莎白嬷嬷把这类方便携带的食物偷偷藏在袖笼里,但现在还不是说这事的最好时机。"至于供品,旁人的这种表白不由我控制。我不能阻止陌生人在我的雕像脚下留下表达爱戴和敬重、忠诚和感谢的信物,诸如烘焙的点心和水果这些东西。不过,我本人是受之有愧的,这是无需多言的。"

"是没办法提前预知并阻拦她们,"维达拉嬷嬷说,"但可以监视到她们是谁,再加以惩戒。"

"我们没有针对这种行为的法规,"我说,"到目前为止,她们尚未违规。"

"那我们就该制定相应的法规。"维达拉嬷嬷说。

"我肯定会考虑的,"我说,"还有适宜的惩戒方式。这类事要处理得比较巧妙。"放弃橘子实在太可惜了,我暗自盘算了一下:橘子时有时无,因为供应链不是很稳定。"但我相信,您肯定会有所补充的?"

这时我们已走到施拉夫利咖啡馆了。我们在一张粉红色的桌边双双坐下。"来杯热牛奶吗?"我问道,"我请客。"

"我不能喝牛奶,"她气恼地说,"牛奶滋生黏液。"

我总是自掏腰包请维达拉嬷嬷喝热牛奶,以显示我的慷

187

慨——牛奶不在分发给所有人的口粮配给范围内，而是用代币支付的自选项，代币是根据我们的社会地位发放的。她总是气急败坏地拒绝我的好意。

"哦，对不起，"我说，"我忘了。那就来点薄荷茶？"

我们的饮品被端来后，她立刻继续讲她的正事。"事实上，我亲眼目睹过伊丽莎白嬷嬷把几样吃食放在您的雕像下。尤其是白煮蛋。"

"太让人吃惊了，"我说，"她为什么要那么做？"

"制造反对您的证物，"她说，"这是我的看法。"

"证物？"我还以为伊丽莎白只是要吃那些蛋呢。这可是白煮蛋的创意用法：我简直为她骄傲。

"我相信，她在准备公开告发您。为了把大家的注意力从她自己以及她那些不忠行径中引开。她可能是潜伏在我们之中的内奸，就在阿杜瓦堂里，和'五月天'恐怖分子里应外合。我早就怀疑她是异教徒了。"维达拉嬷嬷说。

我感到兴奋了。我真没预料到有这么一出好戏：维达拉竟打起了伊丽莎白的小报告——而且是向我告密，她一直以来都深恶痛绝的我！出人意料的奇事永不消停。

"如果此事当真，那就太惊人了。谢谢你告诉我，"我说，"你应该得到嘉奖。虽然目前还没有证据，但我会把你的疑虑汇报给贾德大主教，以防万一，提早打算。"

"谢谢您，"维达拉嬷嬷回道，"我坦承，我曾一度怀疑您不适合当我们在阿杜瓦堂的领导人，但我为此祈祷了。我错了，不该有那样的怀疑。我道歉。"

"谁都会犯错，"我大度地说道，"我们只是凡人。"

"愿主明察。"她说着，低下了她的头。

你要亲近朋友，更要亲近敌人。我没有朋友，所以必须这样对待敌人们。

第十二章

舒毯

证人证言副本 369B

30

之前说到以利亚告诉我,我的身份和我自以为的不一样。我不太想去回忆那个时刻的感受。就好像眼看着污水口越张越大,把你吞进去——不只是你,还有你家,你的房间,你的过去,你所知的关于自己的一切,甚至你的长相——那一刹那的感觉是坍塌,窒息,黑暗,全都混在一起。

我准是在那儿干坐了起码一分钟,什么都没说。我觉得自己要大口呼吸才能喘上气。我觉得浑身战栗。

妮可宝宝,圆脸蛋,不谙世事的双眼。每一次我看到那张出了名的照片,我都是在看自己。照片上,那个让很多人陷入很多麻烦的宝宝刚出世没多久。我怎么可能是那个人?我在心里否认,在自己的脑瓜里大喊不是的。但没有一丝声音流露出来。

"我不喜欢这事。"最终,我轻声说道。

"我们谁都不喜欢,"以利亚和气地说道,"我们都希望现实不是这样的。"

"我希望没有基列这个地方。"我说。

"那就是我们的目标。消灭基列。"埃达用她特有的语气说出这句话,好像消灭基列就跟修好漏水的水龙头一样简单。"你要咖啡吗?"

我摇摇头。我还在努力接受现实。也就是说,我是难民,和我在圣怀会看到的那些担惊受怕的女人们一样；和大家一直争论不休的其他难民一样。我的保健卡，也就是我唯一的身份证明是伪造的。从头到尾，我在加拿大就是非法人口，随时随地都可能被驱逐出境。我妈妈是个使女？而我爸爸……"所以我爸是那些人中的一个？"我说，"大主教？"想到他的一部分成了我的一部分——就在我真实的血肉之躯里——我就不寒而栗。

"幸好不是，"以利亚说，"或者该说：根据你母亲所说，并不是大主教，但如果公开这么说，就会让你的亲生父亲落入险境，她不想那样，因为他可能还在基列。但基列坚称，你的法定父亲就是大主教。基于这种立场，他们才一直想把你要回去。妮可宝宝回归。"他把话讲明白了。

基列从未放弃，一直不依不饶地想找到我，以利亚对我说。他们从未停止寻找；非常顽强。按照他们的想法，我属于他们，他们有权利追踪我的下落，有权把我拖过国境线，不管什么手段，不管合法还是不合法。尽管那个特定的大主教已消失在大众视野里——很可能是在肃清运动中被干掉——但根据他们的法律，未成年的我从属于他。他还有在世的家属，所以，如果诉诸法庭，他们也可能获得我的监护权。"五月天"不能保护我，因为它在国际上已被列为恐怖组织。"五月天"只能存在于地下。

"这些年来，我们部署了一些误导性的线索，"埃达说，"有人告密说你在蒙特利尔，还有温尼伯。然后有人说你在加利福尼亚，之后又在墨西哥发现了你。我们把你移来移去的。"

"这是不是梅兰妮和尼尔不让我去抗议游行的真正原因？"

"部分原因。"埃达说。

"结果我去了。这是我的错，"我说，"是不是？"

"你这话是什么意思？"埃达问。

"他们不想让我被人看到，"我说，"因为他们想把我藏好，所以才被杀了。"

"不完全是这样的，"以利亚说，"他们不希望你的照片流传出去，不希望你出现在电视镜头里。不难想象，基列也会在游行示威的影像里搜查，试着比对资料照片。他们有你婴儿时期的照片，肯定对你现在的长相有过大致的评估。但事实上，他们只是怀疑梅兰妮和尼尔是'五月天'成员，和你没关系。"

"他们可能也在跟踪我，"埃达说，"他们很可能把我和圣怀会联系在一起，然后盯上了梅兰妮。他们以前曾在'五月天'内部安插过眼线——至少有过一个，假扮成了逃跑的使女——也许还有更多眼线。"

"甚至可能在圣怀会内部。"以利亚说道。我想起了去我家开会的那些人。其中的某个人可能参与了杀害梅兰妮和尼尔的计划，甚至就在他们吃着葡萄、嚼着奶酪的时候，这个念头让我作呕。

"所以，'五月天'的事和你无关。"埃达说。我怀疑她这么说只不过想让我舒坦些。

"我讨厌当妮可宝宝，"我说，"我没有这种愿望。"

"说到底就是：人生很操蛋。"埃达说，"现在我们必须琢磨一下，从这儿出发再去哪儿。"

以利亚起身要走，说他个把钟头就回来。"别出去，别往窗外看，"他说，"别用电话。我会再安排一辆车过来。"

埃达开了一只鸡汤罐头；她说我需要吃点东西，所以我努力吃了一点。"万一他们来了怎么办？"我问，"他们到底什么样儿？"

"他们看起来就是普通人。"埃达说。

那天下午，以利亚回来了。跟他一起来的还有乔治：我曾以为跟踪梅兰妮的那位街友。"情况比我们预料的还糟，"以利亚说，"乔治看到了。"

"看到什么了?"埃达问。

"店里挂上了**停止营业**的牌子。那家店白天从来不关门,所以我就纳闷了,"乔治说,"接着就出来三个人,把梅兰妮和尼尔塞进车里。他们走路摇摇晃晃的,像是喝醉了。那三个人还在交谈,看上去就是普通交际,好像聊完了,正要道别。梅兰妮和尼尔就这样坐进了车里。回头去想——他们的头都耷拉着,好像睡着了。"

"或是死了。"埃达说。

"是的,有可能。"乔治说,"那三个家伙就走了。大概一分钟后,汽车就爆炸了。"

"这比我们之前猜想的更糟,"埃达说,"比方说,他们之前泄露了什么,还在店里的时候?"

"他们不会泄密的。"以利亚说。

"我们不能肯定,"埃达说,"这取决于对方用了什么招数。眼目可不会手下留情。"

"我们得尽快从这儿撤走,"乔治说,"我不知道他们有没有看到我。我不想来这儿的,但我不知道该怎么办,所以给圣怀会打了电话,以利亚就来接我了。可是,万一他们窃听了我的电话呢?"

"把电话给我们销毁吧。"埃达说。

"那几个人什么样儿?"以利亚问。

"西装。生意人打扮。看上去挺正派,"乔治说,"他们提着手提箱。"

"我就知道他们会带箱子,"埃达说,"而且把一只箱子留在车里。"

"我为此深表遗憾,"乔治对我说,"尼尔和梅兰妮都是好人。"

"我走开一下。"我这么说是因为我要哭了;所以我进了自己的卧室，关上了房门。

我也没哭多久。十分钟后，响了一记敲门声，埃达直接打开了我房间的门，说道："我们该走了，立刻马上。"

我窝在床上，被子直拉到鼻子底下。"去哪儿？"我问。

"好奇心害死猫。起来吧。"

我们从阔气的大楼梯走下去，但没有走到门外，而是进了一间楼下的公寓房。埃达有钥匙。

这间公寓房和楼上的房间类似：家具都是崭新的，没什么特色。房间看似有人住过，但也没住多久。床上有被子，和楼上的那条一模一样。卧室里摆着一只黑色背包。浴室里有一把牙刷，但橱柜里空无一物。我知道，因为我打开看过了。梅兰妮曾说过，百分之九十的人都会看别人家浴室橱柜里有什么，所以你千万别把自己的秘密藏在那里头。现在我却想知道，她把她的秘密都藏在哪儿了，因为她肯定藏了很多秘密。

"谁在这儿住？"我问埃达。

"盖斯，"她说，"他会负责运送我们。现在，要安静得像只老鼠。"

"我们在等什么？"我问，"什么时候会有事发生？"

"等的时间够长，你就不会失望，"埃达说，"会有事情发生的。只不过你未必会喜欢。"

31

我醒来时天色已黑，公寓里有个男人。他大概二十五岁，又高又瘦。他穿着黑色牛仔裤、黑色T恤，衣服上没有任何标志。"盖斯，这是黛西。"埃达做了介绍，我说了声嗨。

他饶有兴趣地看着我，说道："妮可宝宝？"

我说："请不要那样叫我。"

他说："没错。我不应该说出这个名字。"

"我们可以走了吗？"埃达问。

"据我所知可以了，"盖斯说，"她应该掩饰一下。你也一样。"

"怎么掩饰？"埃达说，"我又没戴着我在基列的面纱。我们从后门出去。只能做到这个地步了。"

我们来时开的那辆车不见了，现在有了另外一辆车——车身上写着**奇效速通水管**的厢式货车，还画着一条可爱的小蛇从水管里探出头的卡通画。埃达和我钻进了后车厢，里面摆了些通水管的工具，还有一张床垫，我们就坐在那上面。车厢内又暗又闷，但我感觉得到，我们车行的速度很快。

"我是怎么被偷运出基列的？"过了一会儿，我问起埃达，"我还是妮可宝宝那会儿。"

"告诉你也无妨,"她说,"那条线路多年前就作废了,被基列封锁了;现在已全面覆盖了巡查犬。"

"因为我?"我说。

"不是每一件事都是因为你。反正结果就是这样。你母亲把你托付给了几个她信赖的朋友;她们带着你北上,从公路穿过森林,到了佛蒙特州。"

"你是她信赖的朋友之一吗?"

"我们都说自己是猎鹿人。我以前是那一带的向导,认识很多人。我们把你藏在背包里;喂你吃片药,那样你就不会哭闹了。"

"你们给婴儿下药啊。那可能会把我毒死呢。"我愤慨地说道。

"但我们没有把你毒死,"埃达说,"我们带你翻过了群山,然后在三河地带进入加拿大领地。那是早年最常用的一条偷渡路线。"

"早到多早?"

"哦,大概一七四〇年吧,"她说,"他们曾在新英格兰拐带年轻姑娘,把她们当成人质卖钱,或是把她们嫁掉。等她们生下孩子,就不会想回家了。我就是这样得来的混血气质。"

"什么混什么?"

"一半是贼,一半是被掠夺的人,"她说,"我是二元对立体。"

听了这话,我坐在通水管的工具堆里,在黑暗中思忖了片刻。"那她现在在哪里?我的亲生母亲。"

"机密,"埃达说,"知道的人越少越好。"

"她就那样离我而去,不要我了?"

"她自己都难保,"埃达说,"你能活下来实在很幸运。她也很幸运,据我们所知,他们两次想干掉她都没成功。他们永远不会忘记，在妮可宝宝这件事上，她比他们智高一筹。"

"那我父亲呢？"

"一样。他潜伏得很深，从没出头露面。"

"我猜想她不会记得我，"我悲苦地说道，"她根本不在乎。"

"谁也不能断言别人在不在乎，"埃达说，"她和你保持距离是为了你好。她不想让你有危险。但即便在这种情形下，她还是尽可能地关心你的动态。"

我听了这话有点欣慰，但还不想就此平息怒气。"怎么关心？她来过我们家吗？"

"没有，"埃达说，"把你置于靶心？她可不会冒这种险。但是梅兰妮和尼尔把你的照片寄给过她。"

"他们从没给我拍过照，"我说，"这是他们的特点——没有照片。"

"他们拍了很多照片，"埃达说，"在晚上。等你睡着了以后。"那感觉太诡异了，我脱口而出。

"诡异就诡异呗。"埃达说。

"他们把照片寄给她？怎么寄？这是重大机密的话，难道他们不怕——"

"快递。"埃达说。

"人人都知道那些快递服务跟筛子一样漏洞百出。"

"我说的不是快递服务，而是由情报员亲自快递。"

我想了足有一分钟。"噢，"我说，"你把照片亲手给她？"

"不是亲手，没那么直接。我负责把照片送到她手里。你母亲真的非常喜欢那些照片，"她说，"当妈的都喜欢自己孩子的照片。她会好好看，然后烧毁，所以，无论如何，基列的人没机会看到那些照片。"

差不多一小时后，我们到了怡陶碧谷的地毯批发市场。这个市场叫作"舒毯"，标志是一块飞毯的图案。

从外面看，"舒毯"是地地道道的地毯大卖场，有个陈列了许多地毯的展示间，但在店铺后头——穿到仓库区后面——有个狭小的房间，沿着墙分隔成五六个小间。有些隔间里有睡袋或被褥。其中一个隔间里有个穿短裤的男人正四仰八叉地熟睡着。

房间的中央有些办公桌椅和电脑，还有只破沙发靠墙放着。墙上贴着几张地图：北美的，新英格兰区的，加利福尼亚的。几个人正在电脑前忙活，有男有女；看穿着打扮，他们和你在夏天街头看到的喝冰拿铁的普通人没啥两样。他们朝我们这边看了看，又回头忙自己的去了。

以利亚坐在那张沙发上。他起身迎过来，问我还好吗。我说我挺好，可以喝杯水吗，因为我突然觉得非常渴。

埃达说："我们之前没怎么吃东西。我去倒水。"

"你们俩都该待在这儿。"

盖斯说着，出门往前楼走去。

"这儿没人知道你是谁，除了盖斯，"以利亚压低了声音对我说，"他们都不知道你是妮可宝宝。"

"就那样最好，"埃达说，"言多必失。"

盖斯给我们带来一只纸袋，里面有些软趴趴的早餐羊角三明治，还有四杯很难喝的外卖咖啡。我们走进一个小隔间，在一些陈旧的办公椅上落座，以利亚打开了隔间里的小平板电视，好让我们边吃东西边看新闻。

电视里仍在播报"寻衣猎犬"的相关新闻，但尚未有嫌犯被捕。有个专家声称这是恐怖分子干的，但说得很含糊，因为恐怖分子也分好多类别。还有个专家提到了"外国特工"。加拿大政府表示，他们正多方寻证，埃达说他们最喜欢在垃圾桶里找。基列作出了官方表态，声称对此次爆炸案一无所知。多伦多的基列领事馆外面有一场抗议活动，但参与者不太多：毕竟，梅兰妮和尼尔不是名人，也不是政客。

我不知道该悲伤还是愤怒。梅兰妮和尼尔被杀害让我怒不可遏，想到他们生前的各种善行更让我悲愤。然而，理应让我义愤的事情却让我悲哀，比如：为什么基列竟然能够置身事外。

新闻里还重提旧事——担负传教任务的珍珠女孩被发现吊死在公寓门把手上——关于阿德丽安娜嬷嬷有了后续报道。警方表示已排除自杀的可能性，此案涉嫌谋杀。位于渥太华的基列大使馆发表了一份官方声明，正式控告"五月天"恐怖组织应对这起谋杀案负责，指责加拿大政府故意包庇，并强调现在正是铲除整个"五月天"非法组织、将其绳之以法的好时机。

新闻里压根儿没提到我的失踪。难道我的学校还没上报？我问道。

"以利亚搞定学校那边了，"埃达说，"他认识校方的人，最早也是靠这个人脉把你送进去的。得确保你在公众视线之外。更安全些。"

32

那天晚上我是在一张床垫上和衣而睡的。早上,以利亚召集了我们四人开会。

"局面是可以扭转的,"以利亚说,"我们可能要尽快离开这里。基列正在向加拿大政府施压,催促他们镇压'五月天'。基列扩建了军队,巴不得伺机开火。"

"加拿大人,洞穴人,"埃达说,"一个喷嚏就能把他们吹倒。"

"更糟的是,我们刚刚听说基列会把'舒毯'作为下一个目标。"

"我们是怎么知道的?"

"我们的内线,"以利亚说,"但我们得到这个消息的时候,'寻衣猎犬'还没在夜里被洗劫。我们已和他或她失去了联系,也和我们潜伏在基列内部的大部分救助人员失联了。我们不知道他们目前怎样了。"

"那我们该把她安置在哪里?"盖斯说着,朝我一点头,"没人找得到的地方?"

"我妈妈在的地方怎么样?"我问,"你们说过,他们想杀她但没成功,所以她肯定很安全,或者说比这儿安全一点。我可以去她那儿。"

"她那儿就算比这里安全一点,也不是长久之计。"以利亚说。

"那么,去另一个国家怎么样?"

"要是几年前,我们还能从圣皮埃尔岛把你送出去,"以利亚说,"但法国人把那儿的通道关了。而且,难民暴乱后,英国也去不成了,意大利、德国,还有欧洲的小国家也都一样。谁都不想惹基列。更别说他们本国国民的公愤了,都惹不起。就连新西兰也不许进了。"

"有些国家说他们欢迎从基列逃出来的女性,但你在那种地方活不过一天就会被当作性奴转手卖掉,"埃达说,"南非也甭提了,太多独裁者。加利福尼亚很难进,因为在打仗,还有得州共和国的局势也很紧张,他们和基列的战事陷入了僵局,但决不会给基列入侵的理由。他们都在避免各种挑衅之举。"

"反正他们早晚都要把我弄死,我不如放弃吧?"这并不是我的真实想法,但那时就想这么说。

"噢,不,"埃达说,"他们可不想让你死。"

"杀死妮可宝宝会让他们的嘴脸变得很难看。他们想要你在基列本土,活着并微笑,"以利亚说,"不过我们现在没有切实的途径了解他们有什么打算了。"

我想了想。"你们以前有途径?"

"我们在基列有线人。"埃达说。

"有人在基列帮你们?"我问。

"我们不知道那是谁。他们会警告我们有突袭,告诉我们哪条线路被封了,给我们送来地图。他们的消息一向很准确。"

"但他们没有警告梅兰妮和尼尔。"我说。

"看起来,他们没办法通晓眼目组织的内情,"以利亚说,"所以,不管他们是什么人,都不在食物链的顶端。根据我们的揣测,应该是权限较低的公职人员。但他们是冒了生命危险在帮我们。"

"他们为什么这么做?"我问。

"不清楚,但不是为了钱。"以利亚说。

照以利亚的说法,线人用的是微点照相机,这技术很老旧——老到基列根本想不到去搜查。情报是用一种特殊的照相机拍摄的,非常非常小,肉眼几乎看不到:尼尔是用安置在钢笔里的读取器接收情报的。对于过境物资,基列的搜查非常彻底,但"五月天"借助了珍珠女孩的宣传册作为情报传递的媒介。"这个办法一度很安全,"以利亚说,"我们的线人会把文件拍好,粘在妮可宝宝的宣传册上,再给到'五月天'。可以放心地让珍珠女孩去'寻衣猎犬':梅兰妮在她们的有望教化的名单上,因为她总会收下那些小册子。尼尔有一部微点照相机,可以把这边的情报粘在那些宣传册上,再让梅兰妮把它们还给珍珠女孩。她们是按照命令这样做的:任何多余的宣传册都要带回去,以便到别的国家再次利用。"

"但微点这招不能再用了,"埃达说,"尼尔和梅兰妮死了,基列发现了他们的照相机。所以,他们已经逮捕了纽约上州逃亡路线上的每一个成员。很多贵格派教徒,几个走私犯,两个猎人向导。一大批人将被悬尸示众。"

我觉得越来越无望了。基列的势力太强大了。他们已经杀害了梅兰妮和尼尔,还会追踪到我不知名也不知在何处的母亲,把她也杀了,还要把"五月天"斩草除根。不管用什么办法,他们会逮住我,把我拖去基列:那儿的女人们活得像家猫,每个人都是宗教狂热分子。

"我们还能怎么办?"我问,"听上去无计可施了。"

"我就要说到对策了,"以利亚说,"现在看来似乎还有一线希望。当然,你可以说只是很微弱的希望。"

"再微弱也比没有强。"埃达说。

以利亚说，基列的线人曾许诺用存储器的方式给"五月天"送一大批情报。不管这批情报里面有什么机密，都足以让基列灰飞烟灭，至少线人是这样说的。但他或她还没能把情报搜集全，"寻衣猎犬"就被端了，这条通路就此断绝。

不过，不论是他还是她，线人在以前的数次微点交流过程中曾和"五月天"商讨过一个应急计划。因珍珠女孩的传教而皈依基列的年轻女性可以轻松进入基列，有很多女性就是这样入境的。而传递这个存储器的最佳人选——事实上，也是唯一能够接近线人的年轻女性——正是妮可宝宝。这名线人毫不怀疑"五月天"知道她在哪里。

线人说得很明白：没有妮可宝宝，就没有机密情报存储器；没有机密情报存储器，基列就将继续作威作福。"五月天"没有多少时间了，梅兰妮和尼尔也将白白牺牲。更不用说我母亲的性命也将不保。但是，只要基列瓦解了，一切将都不同。

"为什么只能是我？"

"线人在这一点上非常坚决。说你成功的机会最大。首先，就算他们抓到你，也不敢杀了你。他们为了把妮可宝宝塑造成标志性人物已煞费苦心。"

"我不可能摧毁基列，"我说，"我只是一个人。"

"不是你一个人，当然不是，"以利亚说，"但你要负责运送弹药。"

"我觉得我做不到，"我说，"我不可能皈依。他们决不会相信我的。"

"我们会培训你，"以利亚说，"训练你祷告和自我防御。"听上去简直是某种电视真人秀。

"自我防御？"我说，"防谁？"

"还记得死在公寓里的那个珍珠女孩吗？"埃达说，"她是为我们的线人工作的。"

"不是'五月天'杀死她的,"以利亚说,"是另一个珍珠女孩,她的搭档。阿德丽安娜嬷嬷的搭档肯定猜到了妮可宝宝的下落,所以她试图制止她。肯定有过一场争斗。可惜阿德丽安娜输了。"

"死了那么多人,"我说,"贵格派的,尼尔和梅兰妮,还有那个珍珠女孩。"

"基列杀起人来毫不手软,也不加遮掩,"埃达说,"他们是狂热的盲信者。"她说,信徒本该投入有德性的宗教生活,但如果你是极端的狂热信徒,就会相信你在有德性地生活的同时还能杀人。狂热的信徒认为杀人也是有德性的,或者说,杀死某些特定的人。我知道这一点,因为我们在学校里学过何谓狂热信徒。

33

不知道为什么，我没有明确同意就答应去基列了。我说我会考虑一下，但第二天清早每个人的表现都好像我答应了，以利亚夸我多么勇敢，说我带来了新的生机，即将给许多受困的人带去希望；所以我多少有点骑虎难下，不好意思改口了。不管怎么说，我觉得自己是欠尼尔和梅兰妮的，还有那些死去的人们。如果所谓的线人只肯接受我，那我只能搏一下了。

埃达和以利亚说他们会尽力帮我，在短时间里让我准备就绪。他们在一个隔间里拼凑出了小型健身房，放进了拳击用的沙袋、跳绳和一只实心皮球。盖斯负责体能培训。一开始，他不太跟我多话，只说我们要做什么：跳绳、拳击、来回扔球。但后来就热络起来了。他告诉我，他是从得州共和国来的。得州人在基列刚刚建国时就宣布独立，让基列气急败坏；双方打过一场战争，以和解并划定新国界线告终。

所以，按照官方说法，得州目前是中立国，其国民抵抗基列的任何行动都算非法。加拿大并不算中立，他说，但其实就是用不太起劲的消极态度保持中立。不太起劲是他的用词，不是我说的，一开始我觉得这么说有点侮辱加拿大人，但后来他说加拿大的消极有消极的好处。所以，他和几个朋友就来到加拿大，加入了"五月天"的林肯组：由外籍自由战士组成的分队。基列和得州打仗的时候他还小,只有七岁。但他的两个哥哥都在那场战争中阵亡了,还有个表姐被掠走后带去了基列,从此音信杳无。

我默默算了算他现在几岁。比我大,但也大不了多少。我在他眼里不会只是个任务吧?为什么我会在这种琐事上浪费时间?我需要集中精力啊,要去应付我应该完成的事情。

刚开始的时候,我每天训练两次,每次两小时,主要是为了增强耐力。盖斯说我的体能素质不错,这话不假——我在学校里的体育成绩一向很好,但那感觉已是很久以前的事了。后来他教了我几招防御和踢打的动作:如何用膝关节踢中对方的腹股沟,如何挥拳打出致命一击——握拳时要把大拇指包在中指和食指的第二个关节下面,出拳时要伸直手臂。我们练了很多次挥拳动作,他说,只要有机会,你就该抢先出拳,因为攻其不备你就占了先机。

"打我。"他说。然后他会把我拨到一边,出拳打中我的肚子——不是很用力,但足以让我感觉到。"你的肌肉要绷紧,"他说,"难不成你想让脾脏被打破?"就算我哭出来——要么是因为疼,要么是因为挫败——他也不会可怜我,只会嫌恶地说:"你到底想不想练好?"

埃达拿来一个硬塑料的假人头,有凝胶做的假眼珠,盖斯教我怎样把人眼抠出来;但用我的大拇指把湿乎乎、黏答答的眼球挤出来——这个念头让我浑身发抖,好比让你光脚踩死虫子。

"妈的。那真能把人疼死吧,"我说,"大拇指戳进眼睛里。"

"你就是要让他们疼,"盖斯说,"你必须想要伤害他们。我敢打赌,他们绝对想让你痛不欲生。"

"好恶心。"盖斯叫我练习抠眼珠的时候,我这样说过。我把那些眼球想象得太逼真了,过于逼真。像剥了皮的葡萄。

"你是要开个研讨会吗？关于你该不该死？"坐镇训练场的埃达说道，"这不是真人的头。别磨蹭，戳进去！"

"恶心。"

"光喊一声恶心改变不了世界。你得亲手干脏活儿。再加点胆量。好了，再试一次。像这样。"她动起手来毫无顾忌。

"别放弃。你是有潜力的。"盖斯说。

"多谢你了。"我用的是讽刺的语调，但我也是认真的：我确实希望他认为我有潜力。我喜欢上他了，一种无可救药的青涩的爱。但无论怎样幻想，我都不能在脑海中看到一丝现实的、未来的可能性。一旦我去了基列，我大概再也没机会看到他了。

"进展如何？"每天我们训练完，埃达都会问盖斯。

"有进步。"

"她能用拇指杀敌了吗？"

"快到那一步了。"

他们训练的另一组内容是祷告。埃达试着来教我。我心想，她倒是挺擅长这事儿。我可没戏。

"你怎么会懂这些的？"我问她。

"我长大的地方，人人都懂。"她说。

"哪儿？"

"基列。在那儿变成基列以前，"她说，"眼看着要爆发政变，我就赶紧离开了那里。我认识的很多人都没来得及走。"

"所以你才帮'五月天'做事？"我问，"因为私人原因？"

"深究的话，你会发现每件事都有私人原因。"

"以利亚呢？"我问，"他也是出于私人原因吗？"

"他以前在法律学院教书，"她说，"他上了黑名单。有人给他通风报信。除了身上的衣服，他什么都没带就逃出了边境。好了，我们再试一次。天上的父啊，宽恕我的罪，祝福……请你别再笑了。"

"对不起。尼尔总说上帝是个幻想出来的朋友,你还不如信该死的牙仙呢。不过他没有说该死的。"

"你必须严肃对待这件事,"埃达说,"因为基列肯定会严肃对待的。还有:别再爆粗口了。"

"我平常不爆粗口的。"我说。

他们告诉我,我接下去要做的是打扮成街头的流浪汉,在珍珠女孩能看到我的地方乞讨。等她们和我攀谈起来,我就要让她们说服我,带我走。

"你们怎么知道珍珠女孩肯带我走?"我问。

"有这个可能,"盖斯说,"因为那就是她们的工作。"

"我当不了乞丐啊,我不知道怎样去演。"我说。

"举止自然就行了。"埃达说。

"别的流浪汉会看出来我是假冒的——万一他们问我,我怎么会在那儿的,我父母在哪儿——我该怎么说?"

"盖斯会和你在一起。他会说你受到精神刺激,所以不太说话,"埃达说,"就说家庭暴力。大家都会懂的。"我想象了一下梅兰妮和尼尔施暴的画面:太荒谬了。

"如果他们不喜欢我呢?别的流浪汉。"

"如果?"埃达说,"捡到烂香蕉就自认倒霉呗。你的人生里,不可能每个人都喜欢你。"

烂香蕉。她是从哪儿学到这种俗语的?"可是,有些流浪汉不是……难道不就是罪犯吗?"

"贩毒的,吸粉的,酗酒的,"埃达说,"都有。但盖斯会罩着你的。他会说他是你男朋友,要是有人想找你麻烦,他就会出手干涉。他会一直跟在你身边,直到珍珠女孩接手。"

"那要用多久?"我问。

"我猜想不会太久，"埃达说，"珍珠女孩把你捞走之后，盖斯就不能陪你了。但她们会把你当成一颗蛋精心保护，捧在手里怕摔了。你将是她们手中最宝贵的珍珠。"

"但等你去到基列，情况就会大不一样，"以利亚说，"她们叫你穿什么，你就必须穿什么，谨言慎行，留神她们约定俗成的做法。"

"但是，如果你一开始就表现得无所不知，"埃达说，"她们又会怀疑我们训练过你。所以，你要自己权衡。"

我思考了一下：我够聪明吗？

"我不知道我能不能做到。"

"只要有疑虑，你就装糊涂。"埃达说。

"你们以前有没有把假冒的信徒送到那边去？"

"有过几个，"以利亚说，"什么样的结果都有。但她们不像你有人保护。"

"你是说有线人的保护？"线人——我只能想象出用纸袋套住头的人。他们究竟是什么人？我听的越多，越觉得他们古怪。

"纯粹是猜测，但我们觉得线人应该是个嬷嬷，"埃达说。"五月天"对嬷嬷群体所知甚少：她们不会出现在新闻里，甚至在基列国内的新闻里都不会露面；发号施令、制定法律、对外宣言的都是大主教。嬷嬷们在幕后工作。学校里的老师只对我们说过这些。

"据说嬷嬷的势力非常强大，"以利亚说，"但也是道听途说的。我们不了解内情。"

埃达有几张嬷嬷的照片，但只有那么几张。丽迪亚嬷嬷，伊丽莎白嬷嬷，维达拉嬷嬷，海伦娜嬷嬷：这四个人就是基列所称的创建者。"一群邪恶的老妖婆。"她说。

"太棒了，"我说，"听上去很好玩。"

盖斯说，我们一旦到了街头，我就要一切听他指挥，因为我俩之中，只有他有街头智慧。我不该说"去年你的奴隶是谁？"①"你又不是我老板"之类的蠢话，以免挑唆某些人和盖斯打起来。

"我八岁以后就没再说过这种话了。"我说。

"这两句话都是你昨天说的。"盖斯说。他还说我该挑个新名字。别人可能在寻找黛西，我也绝对不可能叫妮可。我就说，那我就叫杰德吧。我想要比花朵更强硬的东西②。

"线人说，她得在左上臂纹个图案，"埃达说，"这种要求总是没得商量的。"

我十三岁那年想去纹身，但梅兰妮和尼尔强烈反对。"很酷，但为什么？"我现在倒是会这样问了："全基列都看不到裸露的胳膊，纹了给谁看？"

"我们认为那是给珍珠女孩看的，"埃达说，"在她们招募你的时候。她们会得到特殊指令，专门寻找这个纹身。"

"她们会知道我是谁吗？像是我和妮可有关？"我问。

"她们只是奉令行事，"埃达说，"不问也不说。"

"我该纹个什么呢，蝴蝶？"这是一句玩笑，但没人笑。

"线人说应该像这样。"埃达说着，描绘出一个图形：

$$\begin{matrix} & L & \\ G & O & D \\ & V & \\ & E & \end{matrix}$$

"我不能在自己手臂上纹这个，"我说，"和我太不搭了。"

---

① 在某人提出专横要求时表示挑衅的反击之辞。
② 黛西（Daisy）原意为雏菊，杰德（Jade）原意为玉石，故有此说。

这也太伪善了：尼尔准会吓傻的。

"也许和你是不搭，"埃达说，"但符合眼下的形势所需。"

埃达找来一个相熟的女人帮我纹了身，还设计了全套街头打扮。她的头发是淡绿色的，她做的第一件事就是把我的头发也染成了淡绿色。我很开心：我觉得自己看起来就像电子游戏里的那种危险系数很高的人物。

"这是个开始。"埃达说着，打量着纹好的地方。

纹身不只是纹个图案，还是疤痕纹身：字迹要有浮凸效果。痛得我死去活来。但我努力装作不痛，因为我想让盖斯知道我忍得住。

那天半夜里，我突然有了个糟糕的念头。如果那个线人只是个诱饵，想钓"五月天"上钩呢？如果根本没有什么机要情报存储器呢？如果所谓的线人就是坏人呢？如果整件事就是下套——把我骗去基列的聪明的圈套？我进得去，但出不来。然后又会有很多人游行，举旗帜，喊口号，唱祷歌，聚成我们在电视上看过的人山人海，而我又会成为焦点。妮可宝宝，回到了属于她的国度，哈利路亚。来，给基列电视台笑一个。

清早，我和埃达、以利亚和盖斯一起吃着油腻腻的早餐时，把这种担忧告诉他们了。

"我们也考虑过这种可能性，"以利亚说，"这就是在博弈。"

"你每天早上起床都会陷入这种赌局。"埃达说。

"这是很严肃的赌局。"以利亚说。

"我把赌注押在你身上，"盖斯说，"你赢了，那就太好了。"

第十三章

修枝剪

阿杜瓦堂手记

34

我的读者，我要给你个惊喜。对我也是个惊喜。

在夜幕的遮掩下，借助一台石钻、钳子和灰泥抹刀，我在自己的雕像基座上安装了两台电池供电的监控摄像头。我一向很擅长使用工具。我小心地把苔藓覆回去时意识到，真该好好清洗一下我的雕像了。苔藓增添的庄严感只能点到为止，而我现在看上去简直是毛茸茸的。

等待成果期间我有点不耐烦。如果伊丽莎白嬷嬷在我的石雕像脚边搁下白煮蛋和橘子是想让我身败名裂，那要是能有一些无可辩驳的证据就好了。即便我本人没有做出这种偶像崇拜的举动，但别人这样做也会对我有负面影响：人们会说我容忍这种做法，甚至还在鼓励她们这样做。伊丽莎白有可能用这种诽谤来攻击我，巧妙地逼我下台。至于贾德大主教会不会力保我，我丝毫不抱幻想：但凡能找到一种安全的办法——对他而言是安全的——他就会毫不犹豫地转而抨击我。他在告发别人这类事上很有经验。

但惊喜出现了。之前好几天都没什么动静——或者说没什么值得一提的，因为我没把三个流着眼泪的年轻夫人算进去，她们能获准到这里来是因为她们嫁给了身居高位的眼目官员，她们献供的是一整只马芬蛋糕、一小条玉米粉面包和两只柠檬——现在的柠檬堪比黄金，因为佛罗里达正闹天灾，我们又没办法在加利福尼亚取得进展。得到柠檬让我很高兴，还打算好好利用它们：如果生活给了你柠檬，那就做柠檬水吧。我还要打探一下这些柠檬是怎么入境的。取缔一切灰市交易的企图只是徒劳——大主教们必须保有他们的小特权——但我当然很想知道谁在卖什么，又是通过什么途径走私入境的。女人只是被改头换面、转移再贩卖的众多商品中的一个品种——该不该把她们称为商品让我犹豫，但只要牵涉到金钱，对象就是商品。有柠檬进来，是因为交换女人出去了吗？我会向我的灰市卖家们咨询一下：他们可不喜欢有竞争对手。

这些泪水涟涟的夫人们希望借助于我的神秘力量求得子嗣，可怜的人啊。月循苦旅，生生不息，她们口中念念有词，好像拉丁文比英文更有法力似的。我会看看能帮她们做点什么，毋宁说是找到什么人——她们那些丈夫的生育力显见是弱到极点了。

说回我的惊喜吧。等到第四天，天蒙蒙亮的时候，维达拉嬷嬷红通通的大鼻子突然凑到了摄像机镜头前，接着是她的眼睛和嘴巴。第二个摄像头拍到的影像比较完整：她在戴手套——她就是这么狡猾——然后从口袋里掏出了一只鸡蛋，接着是一只橘子。四顾查看，确保没人看到她之后，她把这两样代表祈愿的供品以及一只塑料婴儿玩具放在了我脚下。然后，她在雕像旁的地面上放了一条绣有丁香花的手帕：众所周知，绣有丁香花的手帕是我的，几年前，维达拉嬷嬷学校的绣花课程的内容之一就是为高级嬷嬷们绣手帕，手帕上的花卉匹配嬷嬷的名字。我是丁香，伊丽莎白是紫雏菊，海伦娜是风信子，维达拉是紫罗兰；我们每人要五条——刺绣的工作量可想而知。不过，后来有人认为这个主意很危险，过于接近看图写字，因而被叫停了。

现在可好，之前口口声声说伊丽莎白打算毁谤我的维达拉却在亲手嫁祸毁谤我的物证：就用这块无辜的手帕。她从哪儿搞到我的手帕的？我估摸着是从洗衣袋里偷走的。我亲自助长对自己的异端崇拜。多么惊人的控诉！你可以想象得出我的喜悦。我的劲敌的任何一步错招都如同命运给我的一份厚礼。我把这些照片都存下来，以备日后所需——不管在厨房还是别处，把你手边的鸡零狗碎都囤起来总是可取的做法——待观事态发展。

必须尽快告知我的同僚——同为广受尊崇的创建者伊丽莎白——维达拉指控她变节。我应该捎带上海伦娜吗？如果必须牺牲一个，谁更可以被牺牲掉？如果事态紧迫，谁更容易被笼络？我该利用她们三人想要推翻我的欲望让她们彼此互斗，还是最好一个一个地消灭她们的敌意？与我作对的话，海伦娜到底站在什么立场呢？不管时代潮流奔向何方，她都会随大流。这三个人里面，她总是最软弱的那一个。

我已接近转折点了。命运之轮转动着，如月相般日益变化。被压在下面的人要起来了。当然，高高在上的人也要走下坡路了。

我要向贾德大主教报告，妮可宝宝——现在已是大姑娘了——终于快要落入我手，很快就会被诱返回基列。我会用快要、就会这样的说法勾起他的兴趣。他必定兴奋不已，因为他早已领略到了宣传"遣送归国的妮可宝宝"这个形象所带来的种种好处。我会说，一切都在按照我的计划进行，但目前还不能全盘透露：这事的分寸很难拿捏，在错误的地点无心泄露一个字都有可能导致全盘皆输。珍珠女孩们承担了部分任务，她们都在我的直接监管之下；因为她们归属于特殊的女界，笨手笨脚的男人不应该在那个领域捣乱，我会这样说，还会冲着他调皮地摇摇食指。"功劳和奖赏很快就会是您的囊中之物。在这件事上请信任我。"我会用轻柔婉转的声调对他这么说。

"丽迪亚嬷嬷，你真是太好了。"他会喜不自胜。

而我会心想，太好就不像真的了。好到不像这世间的现实。

好，已成为我的恶。

为了让你明白目前的局势是如何发展的，我要稍微跟你讲讲历史：一起当时几乎无人注意就悄然过去的事件。

大概九年前——也就是我的雕像揭幕的那一年，但不是同一个季节——我在自己的办公室里，为了一门婚事追查血缘谱系，但丽丝嬷嬷的出现打断了我的工作，她的眼睫毛忽闪忽闪的，发型也有点浮夸——改良版的法式盘发。她被领进我的办公室时紧张地绞着手；看到她这么扭捏作态，我都有点替她害臊。

"丽迪亚嬷嬷，我非常抱歉要占用您的宝贵时间。"她开口说道。她们都这么说，但从来没人因此不来打扰我。我笑起来，但愿不会让人噤若寒蝉。

"有什么问题吗？"我说。我们有一套例行的问题列表：夫人和夫人不和，女儿们进入叛逆期，大主教们对我们建议的夫人人选不满意，使女们逃跑，生产出了问题。偶尔会有强暴案，如果我们决定公布于众就会严加惩处。也会有谋杀案：男人杀了女人，女人杀了男人，女人杀了女人，偶尔也会有男人杀了男人。经济阶层的人被嫉妒和愤怒冲昏头脑后就会动刀，但在精英阶层，男人与男人之间的谋杀是隐喻性的：背后捅刀。

有些日子来找我的人不多，我发现自己会渴望某些真正算得上特殊的案件——比方说：食人——但随后就会自我检讨：许愿要千万小心。过去，我期许过很多很多事物，都如愿以偿了。如果你想逗上帝发笑，那就像老话说的那样：把你的心愿告诉他；但在当下这个时代，想一想上帝发笑就已近似亵渎天主。现在的上帝是个极端严肃的家伙。

"我们红宝石婚前预备学校里又发生了一起学生自杀未遂的事件。"丽丝嬷嬷说着，捋好一丝松脱的散发。她已经摘掉了难看的头巾式头罩，那是我们在公众场合必须戴好、以免煽动男性欲望的装束，但无论是被五官精致可人、皱纹也很惊人的丽丝嬷嬷煽起欲火，还是被有茅草老屋般的体形、套着土豆袋的我挑起欲念，都是荒谬透顶的想法，简直不值一提。

千万别自杀；别再多一起了，我心想。但丽丝嬷嬷刚才说的是自杀未遂，也就是说没有死。如果自杀者死亡，总要有一番审查，阿杜瓦堂就会被人指摘。通常是指责我们的婚配选择不当——因为阿杜瓦堂掌管所有血缘信息，所以第一波筛选是由我们负责的。不过，要说怎样的选择才算得当，各方意见是不会统一的。

"这次是什么情况？抗焦虑药物过量引起的？我真希望夫人们不要把那些药片随便放在谁都拿得到的地方。除了那些药，还有鸦片酊：那也太诱惑人了。还是说，她打算上吊？"

"不是上吊，"丽丝嬷嬷说，"她试图用修枝剪割破手腕。我用来教插花的那种剪刀。"

"那倒是够直截了当的，"我说，"然后呢？"

"哦，她划得不是很深。但留了很多血，也确实引来……不少骚动。"

"哦。"她说的骚动就是尖叫：太不像淑女了。"后来呢？"

"我叫来了医务人员，她们给了她镇定剂，然后送她去了医院。之后我就通报了有关机构。"

"做得非常正确。天使还是眼目？"

"两边都说了。"

我点点头。"看来你已经处理得无懈可击了。那还有什么要跟我说的呢？"丽丝嬷嬷看上去挺高兴的，因为我表扬了她，但她的神色很快又变了回去，再次流露出深切的担忧。

"她说她会再试一次，如果……除非计划有变。"

"计划有变？"我清楚她的言下之意，但最好问个明白。

"除非取消婚礼。"丽丝嬷嬷说。

"我们有顾问,"我说,"她们完成自己的分内事了吗?"

"所有常规手段,她们都试过了,但说不通。"

"你们用终极考验威胁她了吗?"

"她说她不怕死。她是不肯活——在这种情况下活下去。"

"她是不肯和这个特定的婚约候选人活下去,还是根本就不肯结婚?"

"不肯结婚,"丽丝嬷嬷说,"哪怕有各种权益。"

"插花没有帮助吗?"我略带讽刺地问道。丽丝嬷嬷非常看重这种教养。

"没有。"

"是不是怕生养?"我可以理解这一点,死亡率是明摆着的:主要是新生儿,但也有母亲难产。还有各种并发症,尤其是婴儿先天畸形的情况下。有一次,有个婴儿生下来就没有双臂,大家普遍认为那表明上帝在指责母亲。

"不,不是因为生养,"丽丝嬷嬷说,"她说她喜欢孩子。"

"那又是为什么呢?"我希望她能直言不讳:偶尔让丽丝嬷嬷正视现实也是有好处的。她花了太多时间流连于花草了。

她又捋了捋散发。"我不太想说。"她低头看着地板。

"说吧,"我说,"你不会吓到我的。"

她顿了顿,脸红了,清了清嗓子。"好吧。是因为阳具。好像有恐惧症。"

"阳具,"我若有所思地说下去,"又来了。"我心想,也许我们需要调整一下教程:少宣扬一点令人害怕的内容,别老是灌输半人半马掠夺者、男性生殖器如烈火爆发的形象。但如果我们太强调理论上的性愉悦,其结果几乎必然是引发好奇、跃跃欲试,随之而来的就将是道德败坏、公开石刑。"让她亲眼看看问题所涉及的实物,有没有可能彻底解决问题?就当是要孩子的前奏?"

"怎样都没用，"丽丝嬷嬷语气坚决，"那种办法也试过了。"

"派过建国初始就委任的女性长辈吗？"

"我们能想到的一切办法都试过了。"

"试过睡眠剥夺法、轮流督导的二十四小时祈祷了吗？"

"她非常坚决。她还说，她得到了更高层次的使命召唤，虽然我们知道她们经常用这种借口。但我还是希望我们……希望您……"

我叹了口气。"毫无理由地毁掉一个年轻女性的人生是没有意义的，"我说，"她有能力学会读写吗？够聪慧吗？"

"噢，是的。都有点聪明过头了，"丽丝嬷嬷说，"想象力太丰富了。我相信就是因为……对那些东西太有想象力了。"

"是的，想象实验中的阳具有可能失控，"我说，"它们会自行引发联想。"我说完停顿了一下；丽丝嬷嬷坐立不安。

"我们会允许她来实习，"我终于说出来了，"给她六个月，看看她能不能学点什么。如你所知，我们阿杜瓦堂需要补充新鲜血液。我们这些老一辈不可能永远活下去。但我们必须谨慎地进行。只要有一个环节薄弱……"我太了解这些特别神经质的女孩了。强迫她们是没有用的：她们无法接受生理上的现实。就算熬过了新婚之夜，用不了多久，人们还是会发现她们悬吊在灯架上晃荡或昏倒在玫瑰花丛下，因为她们把家里所有的药片都吞下肚了。

"谢谢您，"丽丝嬷嬷说，"实在太可惜了。"

"你是说，失去她？"

"是的。"丽丝嬷嬷说。她心肠很软；所以才会被派到花艺部门。她的前半生是个专攻十八世纪法国大革命前文学的教授。对她来说，在红宝石婚前预备学校教书算是最接近举办艺术沙龙的事吧。

我一向会按照个人资质安排职位。这样做更好，我始终支持更好的选择。在没有最好的选择的前提下。

我们现在就是这样生活的。

就这样，我接手了这个叫贝卡的姑娘。我一直建议，要从一开始就亲自关心这些企图自杀并声称愿意加入我们的女孩。

丽丝嬷嬷把她领进我的办公室：瘦削的女孩，漂亮得很精巧，炯炯有神的大眼睛，左手腕绑着绷带。她还穿着绿色的准新娘装。"进来吧，"我对她说，"我不咬人的。"

她畏缩了一下，好像不太相信我的话。"你可以坐下来，"我说，"丽丝嬷嬷就在你身后。"她犹疑地落座，膝盖矜持地并拢，双手叠放在膝头。她用一种不信任的眼神盯着我看。

"你想当嬷嬷？"我问。她点点头。"这是一种特权，不是所有人都能有的权利。我相信你明白这一点。这也不是对你愚蠢地企图自我终结的一种奖赏。那是过错，也是对上帝的冒犯。既然我们接纳了你，我相信那种事应该不会再发生了。"

摇了摇头，一滴眼泪，她没有把泪抹去。这是故意流给我看的眼泪吗？她打算以此感动我？

我叫丽丝嬷嬷到门外去等，然后开始我那长篇大论的说教：贝卡获得了人生中的第二次机会，她也好，我们也好，都需要百分百确定这是她应该走的正确道路，因为嬷嬷的人生并非所有人都能承受的。她必须保证服从上级的命令，必须投入艰苦的学习，同时还要承担分配给她的各种杂务，她必须每天早晚祷告，以求指引；另外，六个月后，如果这确实是她的真心抉择，如果阿杜瓦堂对她的进步也表示满意，她就要发终生愿：永远侍奉阿杜瓦堂，从此弃绝其他所有可能的人生道路，即便如此，她也只能是个恳请嬷嬷，直到完成她作为珍珠女孩的海外传教使命，那可能需要很多年。她愿意做到这一切吗？

噢，愿意，贝卡说。她将无比感恩！只要阿杜瓦堂让她做的，她都愿意做。我们已经把她从……拯救出来了。她说着说着就说不下去了，脸涨得通红。

"我的孩子，在你之前的生活里，发生过什么不幸的事吗？"我问，"和男人有关的事？"

"我不想说那个。"她说。她的脸色比刚才更苍白了。

"你是担心会受到惩罚吗？"她点了点头。"你可以跟我说，"我说，"我听过很多让人厌恶的经历。我确实明白你可能经历了某些事情。"但她还是不肯说，所以我也不勉强她了。"神的磨盘转得很慢，"我说，"但磨得很细。"

"请您再说一遍？"

"我是说，不管那是谁，他的行为早晚都会有报应的。你不要再记着那件事了。你在我们这里将会很安全。你再也不会被他骚扰了。"我们嬷嬷不会公开处理这类事，但我们会做工作，"好了，我希望你能好好表现，不要辜负我对你的信任。"我说。

"噢！是！"她说，"我一定不会辜负您！"这些女孩一开始都这样：如释重负地松懈下来，卑躬屈膝，唯唯诺诺。但假以时日，这些表现就会变样：我们有过变节的人，有过溜出后门和缺心眼的罗密欧幽会的人，也有人不顺从地逃之夭夭。这种事的结局并不总是让人愉快的。

"丽丝嬷嬷会带你去领制服，"我说，"明天开始你就上初级阅读课，还要开始学习本堂法规。不过，现在你该选个新名字了。这儿有一份可供选择的名字清单。你可以走了。今天就是你余生的第一天。"我尽量用欢快的语气这么说。

"我真不知道该如何感激您，丽迪亚嬷嬷！"贝卡说。她的眼睛亮闪闪的。"太谢谢您了！"

我笑了笑，冷淡的笑容。"听你这么说，我很高兴。"我确实很高兴。对我来说,感激之情是很宝贵的:我愿意攒下恩情给无情的日子用。你永远猜不到它什么时候会派上用场。

我心想,很多人领受了天命之召,但天意只会选中极少数人。当然,在阿杜瓦堂并非如此:领受召唤的所有人里面,只有屈指可数的人不得不被舍弃。显然,这个叫贝卡的女孩会成为我们的守护者之一。她就像一株被损毁的盆栽,但只要精心呵护,她就会盛放。

"记得把门带上。"我说。她几乎是连蹦带跳地出去的。她们是多么年轻,多么轻盈啊!我心想,天真无邪得令人动容!我以前也曾这样吗?我都记不起来了。

第十四章

阿杜瓦堂

证人证言副本 369A

35

鲜血染红了大滨菊，贝卡用修枝剪割腕并被送进医院后，我非常担心她：她会康复吗，会受惩罚吗？但秋去冬来，冬去春来，始终没有消息。就连我们家的马大们都没有听闻她的近况。

舒拉蜜说贝卡只是想博得大家的关注。我不同意这种说法，但恐怕我们班上别的女生对此都挺冷漠的。

入春后，盖帕纳嬷嬷通知我们，嬷嬷们已经选定了三名候选人，可供宝拉和凯尔大主教参考。她上门拜访我们，展示了他们的照片，还照着她的笔记本念诵了他们的身世和资质，宝拉和凯尔大主教边听边点头。他们希望我也看看照片，听听介绍，但不能当场说什么。我有一周的时间斟酌。最终的决定当然会考虑到我本人的意愿，盖帕纳嬷嬷这么说。宝拉听了这话只是一笑。

"那是当然的。"她说。我什么也没说。

第一名候选人是身居高位的大主教，比凯尔大主教的年纪还要大。他的鼻头是红的，眼睛有点凸——盖帕纳嬷嬷说，那是个性很强的标志，夫人们尽可仰仗这种人的保护和供养。他还有把白胡子，胡须遮掩了下颌，也可能是垂肉：褶皱的皮肤下垂了。他是第一代"雅各之子智囊团"的成员，因而格外虔诚，在基列共和国的建国初期立下了汗马功劳。事实上，有传言说他是当年攻打道德败坏的前美利坚共和国国会的团队里的首脑人物。他已经有过好几任夫人了——不幸的是，都过世了——被分派过五任使女，但至今仍没有一儿半女的福分。

他叫贾德大主教，但是，假定你们想确证他的真实身份，我相信这个名字对你们没什么用处，因为"雅各之子"的首脑们在秘密谋划基列国策的不同阶段里经常改名换姓。当时我完全不知道这些变动，是后来在阿杜瓦堂的血缘谱系档案馆里翻阅时才知道。但即便在档案馆里，贾德的本名也已被抹除。

第二名候选人更年轻，更瘦。他的脑袋尖尖的，耳朵大得出奇。盖帕纳嬷嬷说，他很擅长数学，非常聪明，聪明并非大家始终渴望拥有的优点——尤其对女人来说——但要是丈夫聪明，姑且还能容忍。他和前一任夫人有一个孩子，但夫人饱受精神痛苦，死于精神病院，那个可怜的婴儿不满周岁也夭折了。

不，盖帕纳嬷嬷说，那不算非正常婴儿。生下来的时候没有任何问题。死因是青少年癌症，这类疾病的比例正在惊人地攀升。

第三名候选人只有二十五岁，是低级别大主教的幼子。他的头发茂密，但脖子很粗，两只眼睛离得太近。盖帕纳嬷嬷说，他不像前两位那样出色，潜力欠佳，但他们全家都对这次婚配热情高涨，也就是说，婆家会很喜欢我。这一点不可小觑，因为婆家的敌意会让一个女孩的人生凄惨无比：他们会不停地数落你，永远站在丈夫那边。

"别急着决定，艾格尼丝，"盖帕纳嬷嬷说，"慢慢来。你的父母希望你幸福。"这是出于好心，可惜是个谎言：他们不希望我幸福，他们只想把我打发走。

那天晚上，我躺在床上，三个合宜待选的男人的影像浮现在眼前。我一个一个地去想，想象他们在我身上——因为他们必将出现在那个位置——试图将他们那令人厌恶的凸伸物推入我石头般冰冷的体内。

为什么我认为自己的身体会像石头般冰冷？我思忖着。然后我明白了：石头般冰冷是因为我将死去。我会像可怜的奥芙凯尔那样血色气力全无——被剖膛开肚，取出胎儿，然后一动不动地躺在那儿，被裹进一条床单里，用她沉寂的双眼瞪着我。沉寂和静止，蕴含着某种力量。

36

我考虑过离家出走，但我怎么才能逃离，又能逃去哪儿呢？我根本没有地理概念：我们在学校里不学这个，因为身为夫人还需要了解什么呢？认得自己生活的街区就足够了。我甚至不知道基列这个国家有多大。基列的边境在哪里，离这儿有多远？还有更实际的问题：我能搭乘什么交通工具呢，我能吃什么，能在哪儿睡觉呢？假如我真的逃脱了，上帝会为此厌恶我吗？我肯定会被追缉吧？我的举动会导致许多不相干的人受苦吗，像那个被切成十二块的妾？

必定有一些男人会被游离在规则之外的女孩们吸引：这个世界充满了这样的男人，而这种女孩会被视为道德沦丧。大概还没等我跑出下一个街区，我就会被撕碎，被玷污，零落成一堆枯萎的绿色花瓣。

可以让我斟酌选择哪个丈夫的那一周时间正在缓缓流逝。宝拉和凯尔大主教最青睐贾德大主教：他有至高无上的大权。为了说服我，他们使出了浑身解数，因为新娘心甘情愿才好。关于高级别的婚礼有过很夸张的风传，有些进行得很糟糕——哀号，昏倒，新娘的母亲对她们大打出手。我偷听到马大们说，有些婚礼前会用到镇静剂，用针管打。他们在剂量方面很谨慎：轻微的蹒跚、口齿不清可以归结于情绪激动，在一个女孩的生命里，婚礼是相当重要的时刻,但新娘不省人事的婚礼是不能算数的。

事情明摆着,不管我愿不愿意,我都要嫁给贾德大主教。不管我讨厌与否。但我把憎恶掩藏起来,假装要做出决定。就像我之前说的,我已经学过该如何表演了。

"想想你以后的地位啊,"宝拉会这么说,"你不可能求到更好的结果了。"贾德大主教不年轻了,也不会永远活下去,尽管和她的期望不太一样,但我很可能活得比他久,她说,等他死了,我就会成为寡妇,选择下一任丈夫时就有了更多余地。想想看啊,那是多大的福利!当然,在我选择第二任丈夫的时候,任何男性亲属,包括婚后婆家的男性亲属都能左右我的选择。

然后,宝拉会一一数落另外两名候选人的条件,贬低他们的长相、性格和社会地位。其实她没必要费那个劲儿:那两个人我也都很讨厌。

这段时间里,我一直在考虑我可以采取的其他行动。我们家有法式花艺修枝剪,就是贝卡用的那种——宝拉有好几把——但它们都在花园工具棚里,棚是锁上的。我听说过有个女孩用浴袍腰带上吊,从而逃脱了婚礼。薇拉前年讲过这件事,另外两个马大都露出哀伤的表情,摇了摇头。

"自杀是一种信仰上的失败。"泽拉说。

"真是搞得一团糟。"罗莎说。

"害一家人都蒙羞。"薇拉说。

还有漂白剂,但和刀具一样,都收在厨房里;马大们可不傻,脑袋后头都长眼睛,她们对我的绝望已有所警觉。她们引用格言,诸如"每一朵乌云都有道金边""果壳越硬,果子越甜"甚至"钻石是女孩最好的朋友"。罗莎更直接,像是自言自语那样,斜睨着我说道:"一旦你死了,你就是永永远远地死了。"

叫马大们帮我逃走是不可能的,就连泽拉都不可能。她们或许真的为我感到遗憾,或许也真的希望我好,但她们没有权能,无法决定最终的结果。

那一周结束的时候,我的婚约公布于众:我将嫁给贾德大主教,一如往常,他总是首选的对象。他亲自登门拜访时穿着全套制服,别满了勋章,他和凯尔大主教握手,向宝拉鞠躬致敬,对着我的头顶上方微笑。宝拉走过来,站在我身边,一把揽住我的后背,把手轻轻搭在我的腰间:在此之前,她从未有过这种动作。难道她认为我会当场落跑?

"晚上好,艾格尼丝,我亲爱的。"贾德大主教说道。我把眼神落在他的奖章上:看着它们比看着他容易多了。

"你可以说晚上好。"宝拉轻声说道,用搭在我背后的那只手轻轻拧我。"晚上好,先生。"

"晚上好,"我终于嗫嚅着说出来,"先生。"

贾德大主教向前一步,摆出一个笑容,挤出了双下巴,将他的嘴唇黏在我的前额,落下一个不带性意味的亲吻。他的双唇暖烘烘的,让人不舒服,抽离的时候发出咂的一声。我想象自己大脑的一小块被吸了出去,穿透前额的皮肤,被吸进他的嘴里。从此往后还会有一千个这样的吻,我的大脑就会被吸光,脑壳里空空如也。

"我想让你非常幸福,我亲爱的。"他说。

我可以闻到他的口气,混合着酒精、牙医诊所里的那种薄荷味漱口水和烂牙的味道。我不由自主地幻想出新婚之夜的画面:一团难以名状、浑浊又庞然的白色东西穿透陌生房间里的昏暗,直奔我而来。那东西有一个头,但没有脸:只有一个活像水蛭的嘴那样的孔洞。在其中段部位的第三条触手在半空中挥舞。它触及了床沿,而我躺在床上,吓得动弹不得,全身赤裸——你必须是赤裸的,或至少裸露得够多,舒拉蜜这样说过。接下去呢?我闭起眼睛,努力驱逐浮现在内心的这个画面,然后再睁开眼睛。

贾德大主教退回去了,用精明的眼神端详我。他亲吻我的时候,我发抖了吗?我已经尽力不表现出来了。宝拉捏我腰的力道加大了。我知道我应该说点什么,像是谢谢您或我也如此祈愿或我相信您会让我幸福的,但我什么都说不出来。我觉得五脏六腑翻江倒海:如果我吐出来,此时此地,吐在地毯上,那可怎么办?太丢人了。

"她特别谦逊。"宝拉紧绷的嘴里挤出这句话,从眼角恶狠狠地斜睨着我。

"那可是很迷人的特质啊。"贾德大主教说。

"你可以走了,艾格尼丝·耶米玛,"宝拉说,"你父亲和大主教有事情要商议。"于是我朝门口走去。我觉得有点头晕。

"她看上去很顺从。"我走出客厅时听到贾德大主教这样说。

"噢,是的,"宝拉说,"她一直是个恭敬有礼的孩子。"

她真是撒谎不眨眼啊。她很清楚我是多么怒火中烧。

罗娜嬷嬷,萨拉莉嬷嬷,贝蒂嬷嬷,这三位婚礼筹备人员上门回访了,这次要为我的婚服量定尺寸,还带了些草图。她们征询我的意见,问我最喜欢哪套衣裙。我随便指了一套。

"她还好吗?"贝蒂嬷嬷轻声细语地问宝拉,"她看起来挺乏累的。"

"她们在这种时候都有情绪波动。"宝拉答道。

"噢,没错,"贝蒂嬷嬷说,"非常情绪化!"

"你应该让马大给她做杯舒缓身心的饮品,"罗娜嬷嬷说,"含有甘菊的。或某种镇定成分。"

除了婚纱,我还要做一套新内衣,一件新婚夜穿的特定夜袍,前襟是一排丝缎做的蝴蝶结——非常容易解开,就像扯开礼物的包装纸。

"我不太明白,为什么我们要在这些褶边上费工夫,"宝拉越过我,直接对嬷嬷们说道,"她不会喜欢的。"

"看这些褶边的又不是她本人。"萨拉莉嬷嬷唐突地回道,有点出人意料。罗娜嬷嬷轻笑一声,但显然克制过了。

至于婚服,必须是"经典款",萨拉莉嬷嬷说。在她看来,经典款是最好的样式:简洁的线条会显得格外高雅。面纱配的简朴花冠上有布做的雪花莲和勿忘我。提倡经济太太们精专的手工艺里就有人造布花这一项。

关于蕾丝褶边有一番争执,双方都有所克制:贝蒂嬷嬷建议加上花边,因为那能让婚服更吸引人;宝拉认为省掉花边也无妨,因为最主要的目的不是吸引人。言下之意:最重要的是完成交接,把我彻底抛在她的过去,只有被塞进往事里,我才会像铅块般死寂,再也惹不出火花。也没人敢说她没有尽到大主教夫人和谨遵法规的基列公民的职责。

只要婚服做好,就能举办婚礼——因此,保险起见,可以暂定在那天之后的两星期。萨拉莉嬷嬷问宝拉拟好要邀请的贵宾名单了吗?她俩便下楼商议去了:宝拉说名字,萨拉莉嬷嬷会一一记下。嬷嬷们会做好准备,亲自送达口头邀请函:传达有害的消息,这也是她们担当的一种角色。

"你是不是很激动?"我把衣服重新穿好的时候,和罗娜嬷嬷一起收拾草图的贝蒂嬷嬷这样问我,"再有两星期,你就有自己的家了!"

她的话里流露出期冀的语气——她自己永远都不可能拥有一个家——但我没有理会。两星期,我心想,这世间留给我的生命只有区区十四天了。我该怎样度过这十四天?

37

时间一点一滴地过去，我变得越来越绝望。出路在哪里？我没有枪，没有能送命的药。我想起舒拉蜜在学校里到处讲的一个故事：某户人家的使女吞下了水管疏通剂。

"她的整个儿下半张脸都不见了，"舒拉蜜窃喜地轻声说道，"就……融化了！就好像，嘶嘶地冒着气泡不见了！"我那时不相信她，但现在信了。

浴缸注满水？但我肯定会喘息、呛到咳嗽再起身吸气的，我也不可能在自己身上绑块石头进浴缸，毕竟那不像是在湖里、河里或海里。但我没有办法去到湖里、河里或海里。

也许我不得不熬过婚礼，然后在新婚之夜把贾德大主教杀掉。偷一把刀子，捅进他的脖子，然后再捅自己的脖子。会有很多很多血流到床单上。但洗床单的人不会是我。我想象宝拉走进屠杀发生后的卧室时会有怎样沮丧的表情。简直是屠宰场。她的社会地位将因此改变。

当然，这些场景都是空想。织网般的想象背后，我明白自己决不可能下得了手，无论是自杀还是杀死别人。我想起贝卡割腕时的决绝表情：她是认真的，真的做好了赴死的准备。她的那种强悍是我所不能及的。我决不会有她那样的决心。

夜里快睡着时，我又会幻想各种奇迹般的逃脱，但都需要他人的协助,可谁会来帮我呢?必须是我不认识的某个人:一个拯救者,隐蔽门户的看守者,秘密口令的保管者。但等我清晨醒来,这一切全都成了泡影。我在心里一遍又一遍地问:该怎么办,到底要怎么办?我几乎无法思考了,也几乎吃不下任何东西。

"婚前焦虑,保佑她的灵魂。"泽拉说。我真的希望有人来保佑我的灵魂,但实在看不到希望。

眼看着只剩三天了,有位不速之客来拜访我。泽拉上楼到我的房间,叫我下去。"丽迪亚嬷嬷来了,要见你,"她压低了声音说道,"祝你好运。我们都希望你好好的。"

丽迪亚嬷嬷!首要的创建者,挂在每间教室后墙上的金色相框里的照片,那位级别最高的嬷嬷——要来见我?我做了什么?我下楼的时候浑身抖得像个筛子。

宝拉出门了,不在家,算我走运;但后来我更了解丽迪亚嬷嬷了,才明白这种巧合和运气毫无关系。丽迪亚嬷嬷端坐在客厅的沙发上。和我在奥芙凯尔的葬礼上见过的她相比,她现在的个头好像小了一圈,或许是因为我长大了一点。她居然在对我微笑,笑得皱纹横生,露出了黄牙。

"艾格尼丝,我亲爱的,"她说,"我想你大概很想知道你的朋友贝卡的近况。"我太敬畏她了,简直开不了口。

"她死了吗?"我的心一沉,耳语般问了一句。

"完全不是。她很安全,很幸福。"

"她在哪儿?"我都有点结巴了。

"她在阿杜瓦堂,和我们在一起。她希望成为嬷嬷,已经被录用为恳请者了。"

"哦。"我说。一线光亮破晓而出,一扇门正缓缓敞开。

"不是每个女孩都适合婚姻,"她继续说道,"对有些人来说,那只会浪费才华。一个女孩或女人可以通过别的途径为上帝的伟业效力。有只小鸟告诉我,你可能赞同这种说法。"谁告诉她的?泽拉?她早就发现我是多么、多么不开心了。

"是的。"我说。也许我许久以前对丽迪亚嬷嬷许的愿终于得到了回应,尽管和我当时期盼的回应方式不一样。

"贝卡得到了更高层次的使命召唤。如果你也得到了那样一种天启,"她说,"你还有时间来告诉我们。"

"可是我要怎么……我不知道怎么……"

"不能把我本人视作直接发起这种行动的始作俑者,"她说,"那会触犯为女儿安排婚事的至高无上的父权。使命召唤可以凌驾于父母之上,但必须首先求助于我们。我猜想,埃斯蒂嬷嬷会愿意聆听的。如果你得到的召唤够强烈,你就会想出一个联络她的办法。"

"可是,贾德大主教怎么办?"我怯怯地问道。他太有权有势了,我心想,要是我把婚事搅黄,他肯定会勃然大怒。

"噢,贾德大主教一直都有很多选择的。"她说这话时的表情让我很难猜透。

所以,我接下去的任务就是找到联络埃斯蒂嬷嬷的办法。我不能口无遮拦地公开自己的意图:宝拉肯定会阻止我的。她会把我锁在我的房间里,还会动用药物。她在这门婚事上是铁了心的。我是故意用铁了心这种比喻的:她拼了老命想达成目的,但后来我更清楚地看到,她的心就像被地狱之火烧红的铁。

丽迪亚嬷嬷来访后的那天,我向宝拉提出一个要求。我想和罗娜嬷嬷面谈,我的婚服已经试穿过两次了,一直在修改。我说,我希望自己在此生最重要的大日子里完美无憾。我笑了笑。我觉得那条裙子看上去活像个灯罩,但按照我的计划,我需要装出欢喜、欣赏的样子。

宝拉犀利地瞪了我一眼。我怀疑她不太相信我那笑容可掬的表情；但如果我能这样出色地表演，只要我按照她想要的脚本去演就好了。

"我很高兴你开始有兴趣了，"她冷淡地说道，"幸好丽迪亚嬷嬷来看望你了。"她自然会听说那件事，但她没法知道我俩之间究竟说了什么。

不过，让罗娜嬷嬷专程来我家太费周章了，宝拉说。现在不太方便，我应该知道的呀——又要采购食物，又要插花，宝拉一时半会儿应付不了这种浪费时间的来访。

"罗娜嬷嬷在舒拉蜜家。"我说。我是听泽拉说的：舒拉蜜的婚礼也将很快举行。宝拉，既然如此，可以让我们家的护卫开车送我去。我感到心跳加快，半是因为如释重负，半是因为恐惧：现在我必须把独自冒险的计划坚持到底了。

马大们是怎么知道谁在哪里的？不允许她们用电子通话器，也不允许她们收信件。她们肯定是从别的马大那儿听说的，当然，也可能是听嬷嬷们和某些夫人们说的。嬷嬷，马大，夫人：虽然她们之间常有嫉妒怨怼，甚至彼此仇恨，但消息就在她们之间流通，如同顺着隐形的蛛网传来传去。

我们家负责开车的护卫被叫到宝拉面前，听候了吩咐。我料定她巴不得把我送出家门：我的不悦肯定散发出沉郁的气息，早就让她忍无可忍了。舒拉蜜说过，她们会把快乐药加到热牛奶里，让即将结婚的女孩们喝下去，但没有人在我的牛奶里加过快乐药。

司机护卫护着门，我钻进了我们家私车的后车座。我深吸了一口气，半是爽快，半是忧惧。万一我骗人的小把戏被戳穿了呢？万一成功了呢？无论怎样，我正奔向未知的结局。

我确实征询了罗娜嬷嬷的意见，她也确实在舒拉蜜家。舒拉蜜说见到我特别开心，等我俩都成婚了，还可以经常串门呢！她急不可耐地把我拉进屋，给我看她的婚服，把她即将拥有的丈夫的事情都讲给我听，（她咯咯笑着，压低了声音说）他长得像鲤鱼，下巴往里缩，瞪圆的眼睛往外鼓，但在大主教里位居中高层。

我说，真是令人激动呀。我还对舒拉蜜说，我很喜欢她的裙子，比我的美多了。舒拉蜜笑声连连，说她已经听说了，我差不多是要嫁给上帝本人，我的丈夫太重要了，我怎么那么幸运呀；我垂下眼帘说，反正她的裙子比我的好看。她听了这话很满足，又说她敢打包票，我俩都会顺利熬过性事，没什么好大惊小怪的。我们会听从丽丝嬷嬷的教导，在那件事发生的时候去想如何在花瓶里插好一束花，然后一眨眼就结束了，我们甚至可能真的怀上小孩——自己怀上，不用使女。她问我想不想吃燕麦饼干，还让马大端一些出来。我不觉得饿，但还是拿起饼干咬了一口。

我说，我不能久留，因为还有很多事要做，但我能见见罗娜嬷嬷吗？我们在走廊对面一个空房间里找到了她，她正聚精会神地看笔记本上的记录。我问她能不能在我的婚服上加点东西——白色蝴蝶结或白色花边，我现在记不清了。我和舒拉蜜道别，谢谢她的燕麦饼干，又夸了一遍她的裙子有多好看。我走出前门，像普通女孩那样开开心心地挥挥手，然后走向我家的车。

这时，心狂跳着，我问司机是否介意在我以前的学校门口停一下，我想顺路见见以前的恩师埃斯蒂嬷嬷，感谢她对我的栽培。

他还站在车边，为我挡着敞开的后车门。他有点疑虑地冲我皱眉头。"我得到的指令不是这样的。"他说。

我笑了，我希望那是一种迷人的笑。我感觉脸很僵硬，好像涂了一层正在变硬的胶水。"这事绝对安全，"我说，"凯尔大主教夫人不会介意的。埃斯蒂嬷嬷是个嬷嬷！照顾我是她的职责！"

"这个嘛，我不清楚。"他很犹豫。

我抬起脸庞看着他。在这之前，我从没正眼看过他，因为通常我只能看到他的背影。他头小，身形瘦高，腰部壮实。他的胡子刮得有点潦草，看得到一些胡茬，还发了一块皮疹。

"我很快就要成婚了，"我说，"要嫁给一个非常有权势的大主教。比宝拉——凯尔大主教夫人——更有权势。"我停顿一下，让他有时间琢磨，我还要羞耻地承认，随后，我把手轻轻搭在他护着车门的手背上。"我可以保证，你会得到奖赏的。"我说。

他稍有躲闪，脸也有点红。"哦，那好吧。"他这样说，但没有笑。

原来如此，我心想，女人就是这样达成目的的。只要她们准备好甜言蜜语，说出谎言，还能出尔反尔。我厌恶这样的自己，但你注意到了吧，这种厌恶并没有阻止我。我又笑了笑，把裙子稍稍拉高一点，就那么一丁点儿，在我扭转双腿收进车厢时露出了脚踝。"谢谢你，"我说，"你不会后悔的。"

他按照我要求的，把车开到了我以前的学校，和门口的护卫说了几句，双扇大门就敞开了，我们开了进去。我让司机等我：不会耽搁太久的。然后，我镇定地走进教学楼，这栋楼看起来似乎比我离校时低矮了一点。

那时已经放学了，看到埃斯蒂嬷嬷还在，我觉得很走运——还是那句话，其实那种巧合和运气毫无关系。在她平常负责的教室里，她端坐桌边，在笔记本上写着什么。我走进去时她抬起头看。

"哎呀，艾格尼丝，"她说，"你都长这么大了！"

我的计划就到此为止，丝毫不知道接着该怎么办。我只想瘫倒在地，在她面前痛哭一场。她一向对我很好。

"他们要我嫁给一个又吓人又恶心的男人！"我说，"我想自我了断！"说完，我的眼泪果真奔涌滚落，人也俯倒在她的书桌上。从某种角度说，那是一种表演，或许还很拙劣，但感情是发自肺腑的，但愿你明白我的意思。

埃斯蒂嬷嬷把我拉起来，扶着我落座。"先坐下，我亲爱的，"她说，"跟我说说。"

她问我的问题都是她职责范围内应该问的。我有没有从积极的一面想过：这门婚事对我的将来很有好处？我告诉她，所有的好处我都清楚，但我全都不在乎，因为我不会有将来了，不会有那样的将来。那其他选择呢？她问。你是不是更喜欢别的对象？我说，他们也都好不到哪儿去，反正宝拉心意已决，就是要我嫁给贾德大主教。我是真心地、迫切地想要自我了断吗？我说是的，如果我在婚前没法办到，也势必会在婚后了断，只要贾德大主教碰我，我就连他也一起杀掉。我会用刀，我说。我会割断他的喉咙。

我是相当坚决地说出这些的，好让她明白我说得到也做得到，在那个时刻，我真的坚信自己做得到。我几乎可以感觉到鲜血从他喉管里喷出来。然后涌出来的将是我的血。我几乎可以看到那些血：鲜红的氤氲一团。

埃斯蒂嬷嬷没有说我太邪恶了，维达拉嬷嬷肯定会那样说；但埃斯蒂嬷嬷说她很理解我的痛苦。"可是，有没有另一种途径，会让你觉得能够做出更伟大的贡献？也许你得到了召唤？"

我都忘了还有召唤这件事，但现在想起来了。"噢，是的，"我说，"是的，我听到了。天启召唤我作出更高层次的侍奉。"

埃斯蒂嬷嬷审视着我，眼神悠远，像是在探究。然后，她问我能否让她静默地祷告：她需要指引，告诉她该怎么做。于是，我看着她交叉双手、闭起双眼、低头祈祷。我屏住呼吸，同时发起了自己的祷告：求你了，上帝，给她送去正确的旨意。

终于，她睁开了眼睛，笑着对我说："我会和你的父母说的，"她说，"还有丽迪亚嬷嬷。"

"谢谢您。"我说。我又开始哭了，但这一次是因为释怀。

"你想跟我一起去吗？"她说，"跟你父母谈谈？"

"我不能去，"我说，"他们会扣住我，把我锁在屋里，然后给我下药。你知道他们会的。"

她没有否认。"有时候那是最好的办法，"她说，"但对你来说，我认为不是。无论如何，你不能待在学校里。我不能阻止眼目们进来，把你带走，让你改主意。你决不会希望眼目插手这件事的。你最好还是跟我走。"

她肯定考虑过宝拉了，评估之后判定她没能力做任何事。当时我不知道埃斯蒂嬷嬷怎么会知晓宝拉的情况，现在我都明白了。嬷嬷们有一套自己得到信息的手段：对她们来说，没有不透风的墙，没有不能开的门。

我们走出教学楼，她对我家的司机说，请告知大主教夫人：她很抱歉耽搁了艾格尼丝·耶米玛这么久，惟愿不要引起不必要的忧虑。他还应该说，她，埃斯蒂嬷嬷，有要事商议，即将登门拜访凯尔大主教夫人。

"那她呢？"他指的是我。

埃斯蒂嬷嬷说，我由她本人负责，他就不用操心了。他冲我摆出一副臭脸——其实是气坏了的表情：他已经明白我把他耍了，现在他有麻烦了。但他钻进车里，驶出了校门。这儿的护卫是维达拉学校的护卫：他们听从埃斯蒂嬷嬷的指令。

随后，埃斯蒂嬷嬷用传呼机叫来她自己的司机护卫，我们上了她的车。"我要把你送到一个安全的地方，"她说，"我和你父母商谈的时候，你必须待在那儿。你必须向我保证，等我们到了那儿，你会吃点东西的。好吗？"

"我不会饿的。"我说道,仍然忍着眼泪。

"你会的,只要安顿下来就想吃东西了,"她说,"至少要喝杯热牛奶。"她拉起我的手,捏了一下。"一切都会好起来的,"她说,"所有事情都会好起来的。"然后她松开我的手,轻轻拍了拍。

这样的举动抚慰了我,但我又忍不住要哭出来了。慈悲常有催泪的效果。"怎么好起来?"我说,"还能好起来吗?"

"我不知道,"埃斯蒂嬷嬷说,"但终将会的。我有信念。"她叹了口气,"有时候,保有信念是艰巨的苦差事。"

38

夕阳西下。春天的空气里充盈着这个时节常会出现的金色光晕，来自尘埃或花粉。树叶泛着亮闪闪的光泽，刚刚展露的新叶是那么新鲜；它们好像都是礼物，每一片都是，舒卷绽放，初次披露自己。好像上帝刚刚把它们造好，埃斯蒂嬷嬷曾在自然欣赏课上配合一张图画对我们说过，画上的上帝正在死气沉沉的冬季树林上方挥动手掌，唤醒它们，发芽，招展。埃斯蒂嬷嬷会加上一句：每一片叶子都是独一无二的，和你们一样！那种想法真是太美妙了。

埃斯蒂嬷嬷和我坐在车里，驶过金光闪闪的街道。以后，我还能再看到这些房屋、这些树木、这些人行道吗？空荡荡的人行道，安静的街道。灯光一盏盏点亮屋舍；屋子里肯定有些幸福的人，知道自己的归宿何在的人们。我已经感到自己身在局外了；但把我抛出这世界的正是我自己，所以我没有资格为自己遗憾或难受。

"我们要去哪里？"我问埃斯蒂嬷嬷。

"阿杜瓦堂，"她说，"我拜访你父母的时候你可以留在那里。"

我听别人提到过阿杜瓦堂，都是窃窃私语，因为那是嬷嬷们待的殊胜之所。泽拉说过，不管我们看不到的时候嬷嬷们干了什么，都和我们没关系。她们的事不与外人道，我们也不应当太好奇。"但我不想成为她们。"泽拉还会加上一句。

"为什么不想？"我问过她一次。

"脏活儿，"薇拉说道，为了做一只派，她正在把猪肉塞进绞肉机。"她们的手都不干净。"

"所以我们才不用弄脏我们的手啊。"泽拉温和地说道，揉着派的饼皮。

"她们把思想也搞脏了，"罗莎说，"不管她们想不想。"她正用一把很大的切肉刀剁洋葱末。"看书！"她故意用力砍下一刀，"我从来就没喜欢过。"

"我也不喜欢，"薇拉说，"谁知道她们被迫调查什么鬼东西！尽是脏活儿和垃圾。"

"总比我们好。"泽拉说。

"她们永远不能有丈夫，"罗莎说，"倒不是说我想要一个，但事实就是事实。也不能有宝宝。她们两样都不能有。"

"反正她们都七老八十了，"薇拉说，"都干巴透了。"

"饼皮好了，"泽拉说，"我们今天有芹菜吗？"

虽然她们对嬷嬷很有成见，但阿杜瓦堂的一切让我很感兴趣。自从得知塔比莎不是我的亲生母亲之后，任何秘密都会吸引我。小时候，我会在头脑里把阿杜瓦堂设想得美轮美奂、大得无边无际，想象那个地方充满魔法：那么隐秘却常被误解的权能所在之地肯定是一栋雄伟堂皇的建筑吧。那是一座巨大的城堡？还是更像监狱？和我们的学校像吗？很可能门上挂着许多黄铜大锁吧，只有嬷嬷才能打开。

只要有空白，思想就会殷切地去填补。不管什么样的缺口，恐惧都能随时侵占，好奇也是。对于这两者，我可谓经验丰富。

"你住在那儿吗？"我问埃斯蒂嬷嬷，"阿杜瓦堂？"

245

"这个城里所有的嬷嬷都住在那儿,"她说,"不过我们都进进出出的。"

街灯亮起来,把空气染成昏暗的橘色,我们抵达了红砖高墙下的一个入口。铁栅栏门闭合着。我们的车停了一下,大门就敞开了。很亮的泛光灯;还有些树。远远的,一群穿着深色制服的眼目正站在宽阔的阶梯上,阶梯顶上是一栋用灯光照得雪亮的砖石宫殿,或者说很像宫殿的一栋大楼,楼前有一排立柱林立。用不了多久,我就会知道那曾是个图书馆。

我们的车驶入门洞,停了下来,司机下车帮我们开门,先是埃斯蒂嬷嬷,再是我。

"谢谢,"埃斯蒂嬷嬷对他说,"请你等在这儿。我很快就回来。"

她挽着我的胳膊,我们沿着一栋巨大的石砖灰楼往前走,然后经过一座雕像:被其他女人围绕的一个女人。在基列,你不太能看到女人的雕像,只能看到男人的。

"那是丽迪亚嬷嬷,"埃斯蒂嬷嬷说,"或者说是她的雕像。"莫非是我的错觉?还是埃斯蒂嬷嬷真的偷偷行了个屈膝礼?

"和她本人不太像。"我说。我不知道丽迪亚嬷嬷亲自来看我算不算机密,所以赶忙补了一句,"我在葬礼上见过她。她没有那么高大。"一时间,埃斯蒂嬷嬷没有答话。如今我回首再想就明白了,那是一个很难回答的问题:谁也不想因为评说一位伟人个子小而被抓住把柄。

"不像,"她说,"但雕塑本来就不是真人。"

我们拐上一条铺砌的过道。过道的一边是三层楼高的红砖小楼,底楼有许多一模一样、间距相等的门廊,每个门廊前都有几步台阶,楼顶是白色的大三角形。大三角里有些文字,但我还不识字。无论如何,在这种公众场所里看见文字终究是令我惊诧的。

"这就是阿杜瓦堂。"埃斯蒂嬷嬷说。我有点失望：我还以为会更宏伟呢。"进来吧。你在这儿很安全。"

"安全？"我说。

"就眼下来说，"她说，"而且，我希望在一段时间里都是安全的。"她微微一笑，"没有嬷嬷的准许，任何男人都不许进入厅堂。这是法律。你可以在这里好好休息，等我回来。"我也许能安全地避开男人了，我心想，但女人们呢？宝拉可以闯进来、把我拖回去，回到那个有丈夫的世界。

埃斯蒂嬷嬷领着我走进一个不大不小的房间，里面有张沙发。"这是公共休息区。那扇门进去是洗手间。"她带我走上一段楼梯，进了一个小房间，里面有单人床和书桌。"别的嬷嬷会给你送杯热牛奶来。你喝完牛奶该小睡一会儿。请不要担心。上帝告诉我了，一切都会好的。"我并不像她那样对此充满信心，但听她再三保证我就放心了。

她陪我等到热牛奶送上来，那是一个沉默的嬷嬷端上来的。"谢谢你，西卢埃特嬷嬷。"她说。那个嬷嬷点点头，悄无声息地出去了。埃斯蒂嬷嬷拍了拍我的胳膊就走了，离开时关上了房门。

我只喝了一口：我不信任这杯牛奶。嬷嬷们会给我下药，然后绑架我，把我送回宝拉的手里吗？我不认为埃斯蒂嬷嬷会这么做，但西卢埃特嬷嬷看起来像是会那样做的人。嬷嬷们都是站在夫人们那边的，反正学校里的女生们都是这么说的。

我在那个小房间里来回踱步；然后躺倒在窄窄的小床上。但我太紧张了，根本没法睡，所以又起来了。墙上挂了一张像：丽迪亚嬷嬷，带着深不可测的微笑。对面的墙上是一张妮可宝宝的照片。两张照片都和维达拉学校的教室里挂的照片差不多，我发现，它们都有某种奇特的安抚力。

书桌上有一本书。

那天，我已经想过又做了那么多禁忌的事情，完全可以再做一件。我走到桌边，盯着那本书看。书里有什么，让书对我这样的女孩成为危险物品？就那么易燃易爆吗？就那么有破坏力吗？

39

我伸出手。我拿起了那本书。

我翻开封面。没有火焰从里面蹿出来。

书里有很多张白色纸页,上面有许多符号,看起来都像小昆虫,各有残缺的黑色小虫排列成行,像一列蚂蚁。我好像有点明白,那些符号各有自己的读音和意义,但我想不起来自己怎么会知道这一点的。

"一开始真的很难。"我身后响起一个声音。

我没听到开门的动静,吓了一跳,转过身去。"贝卡!"我喊出声来。上一次看到她还是在丽丝嬷嬷的花艺课上,看到她割腕后鲜血四溅。那时候她的脸色极其苍白,也极其坚毅、绝望。现在的她气色好多了。她穿着一条棕色长裙,上身很宽松,系着腰带,她的头发变成了中分,在脑后扎成一束。

"我不叫贝卡了,"她说,"现在我叫英茉特嬷嬷;我是恳请者。但没有别人在场的时候,你还是可以叫我贝卡。"

"所以,你到底是没结成婚!"我说,"丽迪亚嬷嬷告诉我,你得到了更高层次的召唤。"

"是的,"她说,"我不用嫁给男人了,再也不用了。但你是怎么回事儿?我听说你就要嫁给某个位高权重的要人了。"

"是这样安排的。"我说着,哭了起来,"但我做不到。就是不行!"我用袖口抹了抹鼻子。

"我明白,"她说,"我对她们说,我宁可去死。你肯定也说了类似的话吧。"我点点头。"你说你得到召唤了吗?要当个嬷嬷?"我又点点头。"你真的听到呼唤了?"

"我不知道。"我说。

"我也没有,"贝卡说,"但我通过了六个月的测试阶段。再过九年——等我年纪够大了——我就可以申请执行珍珠女孩的传教使命,只要我完成任务,就能成为地地道道的嬷嬷。那时候,我大概会获得真正的召唤。我一直为此祈祷。"

我不再哭了。"我要怎么做?才能通过测试?"

"一开始,你必须洗盘子、擦地板、刷马桶、帮忙洗衣服、做饭,就像马大那样干活,"贝卡说,"你还要学习怎样读写。学会读书远比刷马桶难多了。但我现在可以读一些书了。"

我把那本书递给她。"快让我看看怎么读!"我说,"这本书邪恶吗?是不是像维达拉嬷嬷说的那样,里面尽是禁忌的东西?"

"这本?"贝卡问道,笑了,"这本不算,只是《阿杜瓦堂守则》,写的是这里的历史、誓言和圣歌。还有每周洗衣排班表。"

"快来!读给我听!"我想看看她是不是真能把黑色小虫似的符号翻译成大白话。不过,我根本不识字,怎么才能知道她念得对不对呢?

她翻开了那本书。"好吧,第一页上写的是'阿杜瓦堂。理论与实践,条例与规程,月循苦旅,生生不息'。"她用指尖点中一个字母,给我看,"看到这个吗?这是A。"

"A是什么?"

她叹了一声。"今天没法好好教你,因为我必须去希尔德加德图书馆。今天我值夜班。但我保证以后会帮你的,只要她们让你留下来。我们可以去问问丽迪亚嬷嬷你能不能在这儿住下来,和我一起。还有两间卧室是空的。"

"你觉得她会同意吗?"

"我没把握,"贝卡说着,压低了嗓音,"不过,千万别说她的任何坏话,哪怕你相信自己在这里是安全的。她有很多办法,什么都知道。"她悄声说道,"在所有嬷嬷里,真的是她最吓人!"

"比维达拉嬷嬷还吓人?"我也悄声问道。

"维达拉嬷嬷总是巴望你犯错,"贝卡说,"但丽迪亚嬷嬷……很难形容。你会觉得,她好像希望你比现在更优秀。"

"这听上去挺励志的呀。"我说。励志,是丽丝嬷嬷在花艺课上最喜欢用的词汇之一。

"她看着你的样子,就好像她能清清楚楚地看透你。"

以前只有很多人对我视而不见。"我觉得我会喜欢的。"我说。

"不,"贝卡说,"那正是她吓人的原因。"

40

宝拉来阿杜瓦堂了,想说服我回心转意。丽迪亚嬷嬷说,体面的做法是我去见她,当面展现我的决心是正义而神圣的,从而让她心悦诚服,我照做了。

宝拉在施拉夫利咖啡馆的粉色桌边等我,我们在阿杜瓦堂的人都可以在那儿接待访客。她气得火冒三丈。

"你知不知道你给你父亲和我招惹了什么样的麻烦?这下我们要怎样维护和贾德大主教的关系?"她说,"你把你父亲的脸都丢光了。"

"成为嬷嬷决不是丢脸的事,"我用虔敬的口吻说道,"我得到了召唤,在更高的层次做出贡献。我不能拒绝。"

"你在撒谎,"宝拉说,"你根本不是上帝会选中的那种女孩。我要求你立刻回家。"

我突然站起身,把我的茶杯摔在地上。"你怎么胆敢质疑神的意愿?"我几乎是在竭力吼叫了,"你会罪有应得的!"我不知道我说的是什么罪,但每个人都有这样或那样的罪过。

"举止要疯癫,"贝卡曾告诫过我,"那样一来,他们就不想把你嫁给任何人了;因为,如果你干出什么暴力的事,要负责的人将是他们。"

宝拉大吃一惊。她张口结舌,好半天才说道:"嬷嬷们需要凯尔大主教的同意,而他决不会同意的。所以你赶紧收拾去吧,因为你要跟我回去,立刻,马上。"

然而,就在那时,丽迪亚嬷嬷走进了咖啡馆。"我能借一步和您说句话吗?"她对宝拉说。她俩移到另一张咖啡桌边,和我有些距离。我很想听到丽迪亚嬷嬷在说什么,但支起了耳朵也听不见。不过,宝拉站起身时,她的脸色很差。她没有再跟我说一个字,就走出了咖啡馆,后来,就在那天下午,凯尔大主教签署了正式许可书,认可将我全权托付给嬷嬷们。很多年后我才知道丽迪亚嬷嬷对宝拉说了什么,迫使她放弃对我的控制权。

接下去,我必须通过四位创建者的面试。贝卡建议我在每位嬷嬷面前有相应的表现:伊丽莎白嬷嬷推崇大爱,欣赏牺牲小我的人;海伦娜嬷嬷只想快点了事;但维达拉嬷嬷喜欢卑躬屈膝、不惜贬损自己的人;我就是按此准备的。

第一场是伊丽莎白嬷嬷的面试。她问我是反对婚姻,还是仅仅不愿意和贾德大主教结婚?我说,总体而言,我反对婚姻本身,她似乎挺满意这回答。我有否考虑过,自己这样一意孤行会伤害贾德大主教——伤害他的感情?我差点儿要说贾德大主教看上去好像没什么感情,但贝卡警告过我不要口出妄言,因为嬷嬷们不会容忍无礼的言行。

我说,我会为贾德大主教的情感幸福而祈祷的,他理应得到所有快乐,我很肯定,会有别的夫人给他幸福的,但神的指引召唤了我,所以我不能侍奉他,事实上,也不能为任何男人提供那种幸福了,与其为一个男人或为一个家庭做奉献,我更渴望为基列的所有女性贡献绵薄之力,一心一意地奉献自我。

"如果你所言不虚,都是发自真心,那你在精神上是契合阿杜瓦堂的,适得其所,"她说,"我赞成在满足各方条件的前提下接纳你。六个月后,我们再来看看这种生活是否适合你,是否真的是你决意追随的道路。"我再三谢过她,说我是多么感谢她们,她看上去挺满意的。

海伦娜嬷嬷对我的面试乏善可陈。她在笔记本上写了什么,都没有抬头看我一眼。她说,丽迪亚嬷嬷已经决定了,所以她当然会同意。她暗示我很无趣,无异于浪费她的时间。

维达拉嬷嬷的面试是最难的。她曾经教过我,那时就不喜欢我。她说我在推卸责任,说任何被赋予女性形体的女孩都有义务将女体献祭给上帝,要为了基列和全人类的荣耀,充分实现从创世之初就沿袭下来的女性身体的功能,那是自然法则。

我说,上帝也赐予了女性别的天赋,比如赐予她的那些才华。她问她有什么才华?我说,能够阅读的才华,因为所有嬷嬷都被赋予了这种才能。她说嬷嬷们读的都是神圣的书,有这种能力是为了更好地侍奉她以前说过的那些职责——她又说了一遍——莫非我凭一己之力就能认定自己够圣洁吗?

我说,我愿意担负任何苦差,刀山火海都不怕,就为了成为她那样的嬷嬷,因为她是光辉的榜样,我还不够圣洁,但也许借由恩典和祷告,我终能获得足够的神圣感,虽然我无法想象自己能企及她已达到的那种圣洁的高度。

维达拉嬷嬷说我表现出了适宜的谦恭,那预示我能成功融入阿杜瓦堂的公共服务共同体。在我走前,她甚至赏了我一个笑容:她那种五官挤作一堆的招牌笑容。

最后一场面试是在丽迪亚嬷嬷那儿。前三位的考察结果让我忐忑不安,但当我站在丽迪亚嬷嬷办公室门外的时候,我变得恐慌。万一她三思之后改主意了呢?她不仅令人心怀畏惧,还素以不可捉摸而闻名。我抬手要敲门时,听到她在门内说道:"别在那儿站一整天啦。进来。"

她是通过迷你隐蔽摄像头看到我的吗?贝卡告诉我,她安置了很多摄像监视设备，反正谣言是这样说的。用不了多久，我就会发现阿杜瓦堂犹如回音室：谣言在一个又一个人身上流转，以至于你根本不可能确定谁是始作俑者。

我走进办公室。丽迪亚嬷嬷坐在办公桌后面，桌上的文件夹堆得高高的。"艾格尼丝，"她说，"我必须祝贺你。虽然有那么多障碍，你还是成功地来到这里，响应了天启的召唤，成为我们中的一员。"我点点头。我很怕她问我天启的召唤究竟是什么样儿的？是听到了某种声音吗？但她没问。

"你非常肯定吗？你不希望嫁给贾德大主教？"我摇摇头，表示不愿意。

"明智的选择。"她说。

"什么？"我太惊讶了：我还以为她要给我上一堂道德课，好好说教一番女人的真正职责或诸如此类的东西。"我是说，您能再说一遍吗？"

"我有十足的把握说，你不会成为最般配他的夫人。"

我长舒了一口气。"不，丽迪亚嬷嬷，"我说，"我肯定不是。但愿他不要太失望。"

"我已经为他物色了一位更合适的新娘，"她说，"你以前的同学，舒拉蜜。"

"舒拉蜜？"我说，"可是她马上要嫁给别人了呀！"

"这些安排都是可以更改的。你觉得，舒拉蜜会接受这次丈夫人选的变更吗？"

我想起舒拉蜜几乎无法掩饰对我的嫉妒，还有结婚会带来的种种好处让她那么激动难耐。若是换成贾德大主教，她的激动大概会翻十倍吧。"我肯定她会非常感恩的。"我说。

"我赞同。"她笑着说道。好像一根老胡萝卜在笑：我们家的马大会放在汤里炖的那种干巴巴的胡萝卜。"欢迎你加入阿杜瓦堂，"她继续说道，"我们接受你了。我希望你感恩这次机会，并感恩我给予你的帮助。"

"是的，丽迪亚嬷嬷，"我终于说出来了，"我真心感激。"

"很高兴听你这么说，"她说，"也许未来会有那么一天，你也可以帮助我，就像你自己曾被帮助过那样。善意应该用善意偿还。这是我们在阿杜瓦堂用经验换来的一条准则。"

第十五章

狐狸和猫

阿杜瓦堂手记

41

万事万物，惟等待者得偿所愿。恶行终有恶报。耐心是一种美德。雪恨之时，我终将等到。

这些被人嚼烂的老话并不总是对的，但有时候是。有一句就永远正确：凡事都要讲求时机。讲笑话也一样。

这倒不是说我们这儿有很多笑话好讲。我们不希望被任何人指控品位低俗、举止轻浮。在一个靠权力等级统治的地方，只有最高层的人有资格开玩笑，而他们只在私下里开玩笑。

还是回到主题吧。

我要保有特权，这对我自己的心态发展来说始终至关重要：我要始终做一只墙上的苍蝇①——或更确切地说，墙壁里的耳朵。当年轻女性确信没有外人听到的时候，她们之间流通的秘密是多么有启迪性啊。经过这么多年，我已强化了用以聆听的麦克风的敏感度，哪怕耳语都听得到，我屏住呼吸去观察新招募的女孩中有谁可以提供我所渴求、并不断累积的那种可耻的秘闻。慢慢的，我的档案被填满了，俨如一只热气球做好了腾空飞起的准备。

就贝卡而言，这件事耗费数年。她对自身伤痛的起因始终讳莫如深，哪怕对她的同班同学艾格尼丝都守口如瓶。我不得不等

---

① 指不被人察觉的观察者。

待,等我们之间培养出足够的信任再说。

最终是艾格尼丝率先抛出了这个问题。我在这里用的是她们以前的名字——艾格尼丝,贝卡——因为她们私下还是这样称呼彼此的。要把她们彻底改造成尽善尽美的嬷嬷还早着呢,这倒是正中我的下怀。不过,不到生死攸关时,谁的改造都不算真正完成。

"贝卡,你到底经历了什么事?"有一天,她俩在研读《圣经》的时候,艾格尼丝问道,"让你这么反对婚嫁。"沉默。"我知道肯定有什么事。求你了,你不愿意让我帮你分担一点吗?"

"我不能说。"

"你可以信任我。我不会说出去的。"

接着,一词一句地,原委浮出水面。卑鄙的格鲁夫医生一直在猥亵坐在牙医椅上的年轻女病人,多年来从没停过。我知道这件事已有一段时日了。我甚至搜集到了可作证供的照片,但我放了他一马,因为年轻姑娘们的证言——如果能从她们嘴里套出什么的话,我对此深表怀疑——并没有太大的杀伤力,甚至可以说没什么用。就连年长一点的成熟女性也势单力薄,因为在基列,四个女性证人才约等于一个男性证人。

格鲁夫吃定了这一点。而且,这个男人颇受大主教们的信赖:对于那些有本事缓解他们痛苦的专业人士,大主教们不吝宽容,而他刚好是个出类拔萃的牙医。医生、牙医、律师、会计:开天辟地的基列在这一点上和旧世界一个样儿,这些人的罪过常常得到宽容。

但在我看来,格鲁夫对年轻的贝卡——一开始是年幼的贝卡,后来是大一点但仍然年轻的贝卡——所做的事应该得到惩罚。

但没法指望贝卡自己出面。我非常肯定,她不会指证格鲁夫。她和艾格尼丝的对话已证实了这一点。

艾格尼丝：我们必须上报给谁。

贝卡：　　不行，谁都不行。

艾格尼丝：我们可以告诉丽迪亚嬷嬷。

贝卡：　　她会说，他是我父亲，我们应该服从父旨，这是上帝规定的。我父亲也是这样亲口对我说的。

艾格尼丝：但他根本不算你父亲。都做出那种事了，没法算。你是从亲生母亲身边被夺走，还是个婴儿时就被送到了他家……

贝卡：　　他说上帝赋予了他支配我的权力。

艾格尼丝：你那个所谓的母亲呢？

贝卡：　　她不会相信我的。就算信了，她也会说是我主动的。他们都会那么说的。

艾格尼丝：可是你当时才四岁啊！

贝卡：　　他们还是会那样说的。你知道他们一定会的。他们不可能把……我这样人的话当真。如果他们信了，他就会被处死，被使女们在众决大会上分尸，而那将是我的错。我不可能背负着那样的罪名活下去。那和谋杀没两样。

　　我没有在上文加注流泪、艾格尼丝安慰她、发誓友谊长存、祷告等内容。但对话期间确实有过这些插曲。那足以融化最硬的心肠。连我的心肠也差点儿软下来。

　　说到最后，贝卡决定把自己这段沉默的受难当作祭品献给上帝。我不确定上帝对这件事有何高见，但这样没法糊弄我。一日是法官，终生是法官。我作出了裁决，念出了判决书。但该如何执行呢？

　　我思忖了一段时间，上周，我决定采取行动。我邀请伊丽莎白嬷嬷去施拉夫利咖啡馆喝杯薄荷茶。

她满脸堆笑：显然，我是在单独宠幸她。"丽迪亚嬷嬷，"她说，"真让人喜出望外！"每当她决定以礼待人时，礼数准保到位。每当目睹她在红色感化中心把顽强不屈的使女打得痛不欲生时，我时常暗自讥讪她，一日是瓦萨女生，终生是瓦萨女生。

"我认为我们早该私下谈谈机密了。"我说，她立刻倾身向前，等着听八卦。

"洗耳恭听。"她说。妄言——她的耳朵洗干净了也不会恭敬聆听——但我只当没听到。

"我时常琢磨，"我说，"如果让你挑，你想当什么动物？"

她的身子往后靠，一脸困惑。"我从没想过这个问题，"她说，"因为上帝没有把我造成动物的样子。"

"就当陪我瞎想一下，"我说，"比方说，你更想当狐狸还是猫？"

对了，我的读者，我该提前跟你解释一下的。小时候我读过一本书，叫作《伊索寓言》。我是在学校图书馆里发现它的：我们家从没在书本上花过一毛钱。那本书里有个小故事，时常让我陷入沉思。故事是这样的：

狐狸和猫在讨论各自用什么办法躲开猎人和猎犬。狐狸说，它有好多好多办法，如果猎人带着猎狗追来，它可以使出一个又一个招数甩掉他们——来回跑动，伪造出两条踪迹，或是从水塘里跑过去，消除自己的气味，或是钻到有很多个出口的地洞里。狐狸的狡诈会让猎人筋疲力尽，就此放弃，任由狐狸继续去偷、去扫荡农场的仓院。"亲爱的小猫，你呢？"它问，"你有什么招儿呀？"

"我只有一招，"猫回答，"被逼急了，我知道怎么爬树。"

狐狸为了这场愉快的餐前闲聊而感谢小猫，然后宣布进入大餐时间，菜单上有猫。狐狸的利齿咬下去，猫毛纷飞。一块名牌被吐了出来。寻找走失爱猫的启事被贴在了电线杆上,字里行间尽是忧愁的孩子们令人心碎的哀求。

对不起。我说岔了。这则寓言的后半部分应该是这样的:

猎人们带着猎犬来到现场。狐狸使尽了看家本领,但终于技穷,被杀死了。与此同时,猫爬上了树,镇定自若地看完了追杀的全程。"说了半天,也没那么聪明嘛!"它奚落了一句,或类似的冷嘲热讽。

基列刚建国那会儿,我曾问过自己是狐狸还是猫。我该极尽手腕、用我掌握的秘密去操控别人呢,还是应该闭紧嘴巴,等别人机关算尽再拍手叫好?显然,我双管齐下了,因为我依然在这里,不像很多人已消失不再。我还有很多招数。而且,我依然高高地待在树上。

但是,伊丽莎白嬷嬷对我私下消遣的故事一无所知。"我真的不知道,"她说,"也许是猫吧。"

"是的,"我说,"我也把你归在猫类了。但现在你可能必须召唤出潜在你心里的狐狸。"我停顿了一下。

"维达拉嬷嬷正在密谋暗算你,"我继续说下去,"她声称,你在我的雕像下供奉鸡蛋和橘子,为了指控我有异端倾向、搞偶像崇拜。"

伊丽莎白嬷嬷大惊失色。"那决不属实!维达拉嬷嬷为什么要那么说?我从没伤害过她!"

"谁能探明人类灵魂的奥秘?"我说,"我们都有罪,谁都不能豁免。维达拉嬷嬷有野心。她可能觉察到你实际上已是我的副手。"话说到此,伊丽莎白的脸色亮堂起来,因为她以前从没听说过这种讲法。"她会据此推断,你将是继任阿杜瓦堂领导人的不二人选。她肯定恨死了这件事,因为她自认比你资历深,实际上比我还资深,是基列国内最早的信徒。我年纪不小了,健康状态也不理想;她肯定想到了,为了确立她该有的地位,必须先除掉你。因此就不难理解,她迫切地想要立下新规,宣布在我雕像下放置供品属于违法行为。作为惩处,"我补了一句,"她肯定会想方设法把我从嬷嬷队伍里驱逐出去,还有你。"

这时,伊丽莎白已流下泪来。"她的报复心怎么可以这么恶毒?"她抽噎着,"我还以为我们是朋友。"

"友谊,唉,就是如此肤浅。别担心。我会保护你。"

"我的感激之情难以言表,丽迪亚嬷嬷。您太仗义了!"

"谢谢你,"我说,"但还有一件小事,我反而想要你帮忙。"

"噢,好的!"她说,"什么事?"

"我想让你作伪证。"我说。

这可不是个小要求:伊丽莎白要冒很大的风险。在基列,作伪证被视为重罪,但话说回来,大家都经常作伪证。

第十六章
珍珠女孩

证人证言副本 369B

42

作为离家出走的杰德,我度过的第一天是星期四。梅兰妮说过,我是星期四出生的,也就是说我的前途漫漫——根据一首古老的童谣,星期三出生的孩子生来悲愁,所以每当我情绪暴躁时,我就会说她搞错了日子,肯定是星期三,她就会否认,当然不是,她清清楚楚地记得我是何时出生的,她怎么会忘了这事儿呢?

反正,那天是星期四。盖斯在我身边,我盘腿坐在人行道上,腿上穿着有裂缝的黑色紧身裤袜——裤袜是埃达给我的,裂缝是我自己撕的——裤袜外面套了洋红色的短裤,还有一双破旧不堪的银色胶鞋,像是从浣熊的消化系统里完整地走过一遭。我穿的是又黑又脏的粉色上装——没有袖子,因为埃达说我应该露出新纹身。我的腰间还绑着一件灰色连帽外套,头戴黑色棒球帽。没有任何一件衣物是合身的,都像是从垃圾桶里翻出来的。我把新染的绿头发搞得油腻脏乱,好让别人觉得我一直随处乱睡。绿色已经开始褪色了。

"你看上去棒极了。"看到我如此装束、准备出发时,盖斯这样说过。

"棒成牛屎。"我说。

"但是把好屎。"盖斯说。我心想,他这么说只是因为想对我好点,其实反而会让我讨厌。我希望他真心对我好。"但你一旦进了基列,讲真,务必要戒掉脏话。甚至可以让他们帮你戒。"

要牢记的规矩太多了。我觉得很紧张——我有十足的把握说,我会搞砸的——但盖斯说只要装傻就行了。为了这个"装"字,我该感谢他。

要论调情,我实在不在行。我从没干过这事儿。

我们俩蹲守在一间银行外面,盖斯说,如果你想搞到现金,那儿就是风水宝地:从银行出来的人施舍零钱的可能性更高。通常占据这个宝地的是另一个人——坐轮椅的妇人,但"五月天"用钱买通了她,在我们需要这地方的期间让她去另一个地方。因为珍珠女孩有其固定的游街路线,必定会经过这块风水宝地。

太阳很晒,所以我们紧贴墙根,猫在一小条阴影里。我的面前摆着一顶旧草帽,还有一块纸板,上面用荧光笔写着:**无家可归,求好心施舍**。帽子里有几枚分币,因为盖斯说有些人看到别人给过钱了,多半也会给。按照计划,我应该装出失魂落魄的无助表情,倒是不太难,因为那确实是我的真实感受。

往东隔着一个街区的地方,乔治也占据了一个墙角。只要有任何麻烦出现,不管来找麻烦的是珍珠女孩还是警察,他都会给埃达和以利亚打电话。他俩在一辆货车里,绕着这个地区不停地开。

盖斯不太讲话。我已经明白了,他的身份介于看孩子的保姆和保镖之间,他不是在那儿陪我闲聊的,也没有哪条规矩说他必须对我好。他穿了件黑色无袖汗衫,也露出了他的纹身:一条手臂的二头肌上有只乌贼,另一条手臂的二头肌上有只蝙蝠,两个纹身都是黑的。他戴了一顶针织帽,也是黑色的。

"有人丢钱,你要朝他们微笑。"有个白头发的老女人给了我钱，但我笑不出来，所以盖斯提醒我："说点什么。"

"比如？"我问。

"有些人会说'上帝保佑你'。"

要是听到我说出这种话，尼尔肯定会惊得目瞪口呆。"那不就是撒谎嘛。我又不信上帝。"

"那好吧。'多谢'也行，"他耐心地说道，"或是'祝你今天愉快'。"

"我都说不出口，"我说，"都太伪善了。我不觉得有什么要谢的，我也不在乎他们今天会过成什么鸟样儿。"

他笑出声来。"现在，不说真话倒让你烦心了？那你干吗不把名字改回妮可呀？"

"名字又不是我选的。你知道的，那是该死的最后的选择。"我把手臂叠放在膝头，转身背对他。我越来越孩子气了，都怪他，硬生生把我逼成了熊孩子。

"别把你的怒气浪费在我身上，"盖斯说，"我只是个摆设。攒够了都丢给基列吧。"

"你们每个人都说我要有点态度。那好，这就是我的态度。"

"珍珠女孩过来了，"他说，"别盯着她们看。就当压根儿没看见她们。装出嗑药嗑晕的样儿。"

她们还在大街的另一头呢，但他好像不用张望就知道她们过来了，我不知道他是怎么做到的。但她们很快就会走到我们跟前：两人并排，裙摆很长的银灰色裙子，白衣领、白帽子。一个是红发，因为从她的白帽子里跳脱出来的几缕散发是红色的，还有一个，从眉毛来看，发色应该是深褐色。她们微笑着低头看向坐在墙边的我。

"早上好，亲爱的，"红头发的说，"你叫什么名字？"

"我们可以帮你，"深褐色头发的说，"基列没有无家可归的人。"我抬头盯着她看,但愿我的样子和内心的感受一样凄楚。她们是那么整洁,修饰得一丝不苟,越发让我觉得自己邋遢到了极点。

盖斯把手搭在我的右臂上,用力地攥着。"她不想跟你们讲话。"他说。

"这难道不该由她自己决定吗?"红头发的说道。我瞥了一眼盖斯,好像在征求他的同意。

"你胳膊上的是什么?"高个子、深褐色头发的问道。她俯身凑过来看。

"亲爱的,他有没有虐待你?"红头发的问道。

另一个笑了。"他是不是要把你卖掉?我们可以做好安排,让你过上更好的日子。"

"滚他妈的蛋,基列的臭婊子。"盖斯破口大骂,那种粗鲁真让人大开眼界。我仰头看着她们俩,还有那洁净齐整的珍珠色长裙、珍珠白项链;信不信由你,反正有一颗泪珠滚落到我的脸颊上。我知道她们有她们的任务,并不是真的关心我——她们只想带走我,完成新的指标——但她们的亲切友善让我有点动摇。我希望有人拉我起来,还会帮我掖好被子。

"噢,天啊,"红头发的说道,"真是个英雄好汉。至少让她收下这个吧。"她把一本宣传册强塞给我。册子上写着"基列给你一个家园!"。她俩走的时候说"上帝保佑!",还回头看了一眼。

"我不是应该让她们把我带走吗?"我说,"我要不要跟上去?"

"第一次不行。我们不能这么便宜了她们,"盖斯说,"如果真有人在基列观察这儿的动态——那就未免太可疑了。别担心,她们会再来的。"

270

43

那天夜里,我们睡在一个桥洞里。这座桥跨在峡谷上,下面有条小溪。夜雾渐渐弥漫:白昼的炎热散去后,雾气又湿又凉。泥土闻起来有猫尿的臭味,也可能是臭鼬。我穿上灰色连帽衫,遮起裸露的胳膊上纹身的疤痕。还是有点疼。

桥下还有四五个人和我们在一起,我觉得是三男两女,尽管桥洞里很黑,很难看清。三男之一就是乔治;他装出不认识我们的样子。有个女人拿出香烟给我们,但我知道最好还是别抽——我肯定会呛到咳嗽,一下子就会穿帮。还有只瓶子在我们之间传了一遍。盖斯之前就嘱咐我,不要抽烟,也不要喝任何饮料,谁知道瓶子里是什么呢?

他还叮嘱我不要和任何人讲话:这些人里面,随便哪一个都可能是基列的密探,如果他们试图套出我的身世,而我不小心说漏嘴,他们立刻就能觉察到,再去提醒珍珠女孩们。他负责讲话,大多数都是糊里糊涂的咕哝。他似乎认得其中的一两个人。有个人说:"她是怎么回事儿,智障吗?她怎么不说话?"盖斯说:"她只和我说。"另一个人又说:"干得漂亮,你有什么绝活儿?"

我们铺了几只绿色塑料垃圾袋当铺盖,就睡在上面。盖斯伸出双臂搂住我,还挺暖和的。一开始我把他搁在我身上的胳膊推开，但他在我耳边轻轻说道："记住，你是我女朋友。"我就不再扭动了。我知道他的拥抱是假装的，但在那个时刻我一点儿都不介意。我真心觉得他好像就是我的初恋男友。没那么夸张，但确实有那种感觉。

第二天夜里，盖斯和桥洞里的某个男人打了一架。三拳两下速战速决，盖斯赢了。我没看清是怎么打赢的——就一眨眼的工夫，几个飞快的动作。后来他说我们应该换个地方，于是，后一天晚上我们是在城里的一座教堂过夜的。他有一把钥匙；我不知道他是从哪儿搞到的。我们也不是唯一在那儿睡觉的人，一看座椅下的垃圾就知道了：几只被丢弃的背包，几只空瓶子，还有模样古怪的针头。

我们吃饭都是在快餐店解决的，可算治愈了我对垃圾食物的饥渴。我以前觉得快餐挺馋人的，也许是因为梅兰妮不让我吃，但如果你每天每顿都吃，很快就吃腻了。白天，我上厕所也是去快餐店解决的，要不然就得窝在桥洞里往河里高空掷物了。

第四晚是在墓园。盖斯说墓园挺好的，就是人太杂。有些人觉得从墓碑后面跳出来、蹦到你面前特别好玩，但那些不过是周末逃家的小屁孩。流浪街头的人都明白，你要是在夜里那样吓唬人，搞不好会被捅死的，因为不是每个游荡在墓园的人都是精神稳定的。

"比如你。"我说。他没作答。我大概把他惹毛了。

我应该在这里提一下，盖斯没有占我便宜，哪怕他肯定早就发现我像条小狗一样喜欢他了。他的职责是保护我，他完成了任务，包括不让我受到他的伤害。这对他来说也是很难的，我愿意这样想。

44

"珍珠女孩什么时候再来?"第五天早上,我问道,"我可能不入她们的眼。"

"耐心点,"盖斯说,"埃达说过了,我们以前就用这种办法往基列输送自己人。有些人成功潜入了,但也有个别人沉不住气,在第一道关卡就被识破了。她们甚至还没过边境就被涮掉了。"

"多谢,"我阴郁地说道,"这下我有信心了。我会把这件事搞砸的,我知道。"

"镇定,你会没事的,"盖斯说,"你做得到。我们都指望着你呢。"

"别给压力,行吗?"我说,"你说跳,我就问跳多高?①"我真的挺讨人厌的,但我控制不了自己。

就是那天晚些时候,珍珠女孩又走到我们跟前了。她们在附近信步游走,从我们面前走过去,过了街往反方向走,看看商铺的橱窗。后来,盖斯去给我们买汉堡包了,她们就走过来,和我攀谈起来。

她们问我叫什么,我说杰德。接着她们做了自我介绍:深褐

---

① 意为无条件地服从指令。

色头发的叫作比阿特丽丝嬷嬷，红头发的雀斑脸叫作达芙嬷嬷。

她们问我开心吗，我摇摇头。接着她们看向我的纹身，说我是个非常特别的人，为了上帝经受了一切磨难，而我知道上帝是爱我的，这让她们甚感欣慰。基列也会珍爱我，因为我是珍稀的花朵，每个女人都是一朵珍稀的花，尤其是我这个年纪的女孩，如果我去基列，就会得到特殊女孩的特殊待遇，得到保护，决不会有人——男人——可以伤害我。和你在一起的那个男人打过你吗？

我讨厌把盖斯说成那样，纯粹胡说，但我还是点了点头。

"他有没有强迫你做什么坏事？"

我露出傻乎乎的表情，比阿特丽丝嬷嬷——个子高的那个——索性直说："他强迫你发生性关系吗？"我稍稍点了点头，好像那种事让我很羞耻。

"他有没有把你转送给别的男人？"

这么说就太过分了——我无法想象盖斯做出那种事——所以我摇了摇头。比阿特丽丝嬷嬷说，也许他还没开始那么做，但如果我和他这样待下去，他早晚都会的，因为像他那样的男人都会那么做——占有年轻姑娘，假装爱她们，但很快就会把她们卖掉，谁愿意付钱就卖给谁。

"自由恋爱，"比阿特丽丝嬷嬷轻蔑地说，"听上去也像是免费的恋爱，但从来都不自由也不免费。永远有代价。"

"甚至从头到尾也谈不上爱，"达芙嬷嬷说，"你为什么跟他在一起？"

"我不知道还能去哪儿，"我说着说着，眼泪涌了上来，"有家暴！"

"我们基列决不会有家暴。"比阿特丽丝嬷嬷说。

这时盖斯回来了，做出怒气冲冲的样子。他抓住我的胳膊——有十字形纹身的左臂——把我从地上拽起来，我尖叫起来，因为被他拉得很痛。他叫我闭嘴，说我们这就走。

比阿特丽丝嬷嬷说："我能和你谈谈吗？"她和盖斯走开了，听不到他们在讲什么，达芙嬷嬷递给我一张纸巾，因为我在哭，她说："我能以上帝之名抱抱你吗？"我点头。

比阿特丽丝嬷嬷回来时："我们可以走了。"达芙嬷嬷说："宜应称颂。"盖斯走远了。他甚至没有回头看一眼。我没机会和他说再见，这让我哭得更凶了。

"好了好了，你现在安全了，"达芙嬷嬷说，"坚强点。"圣怀会的人对逃出基列的女难民们也是这样说的，只不过，她们和我要去的方向恰好相反。

比阿特丽丝嬷嬷和达芙嬷嬷一左一右，紧挨着我往前走，她们说，这样就不会有人来烦我了。

"那个年轻人把你卖了。"达芙嬷嬷轻蔑地说道。

"是吗？"我问。盖斯没告诉我他打算卖了我。

"我只要开口问就行了。他就是这么看重你的。你很幸运，他把你卖给了我们，而不是那种卖淫组织，"比阿特丽丝嬷嬷说，"他想要一大笔钱，但我把价钱砍下来了。到最后，他等于半价就卖了。"

"肮脏的异教徒。"达芙嬷嬷说。

"他说你是处女，所以要价高，"比阿特丽丝嬷嬷说，"但这和你跟我们说的不一样，对不对？"

我赶紧动脑子想。"我想让你们可怜我，"我轻声说道，"好让你们带我走。"

她俩的眼神绕过我，对视了一眼。"我们理解，"达芙嬷嬷说，"但从现在开始你必须说实话。"

我点点头，答应了。

她们把我带回她们住的公寓。我很想知道这是不是出过珍珠女孩命案的那间公寓？但那时候，我的计划是尽量少讲话；我不想露出马脚。我更不想自己被人发现吊死在门把手上。

那套公寓很时髦。有两个卫生间，每一间都有浴缸和淋浴，大大的玻璃窗，还有一个大露台，水泥花圃里栽种着货真价实的树。我很快就发现，通往露台的门锁上了。

我恨不得立刻冲进浴室，我已经臭气熏天了：身上的皮屑和汗水脏兮兮地攒了一层又一层，穿着旧袜子的脚也臭，还有桥下的臭泥味，快餐店的油腻味。而这间公寓特别干净，闻上去尽是柑橘类空气清新剂的气息，所以我想自己身上的味道一定很突兀。

比阿特丽丝嬷嬷问我要不要洗澡时，我立刻点了头。但达芙嬷嬷说我应该小心点，因为我不该让胳膊上的伤疤沾到水，否则结痂会掉。我必须承认她们的体贴让我挺感动的，哪怕是假惺惺的：她们可不想带个伤口溃烂的病号回去，人家要的是一颗珍珠。

我迈出淋浴间时裹上了雪白蓬松的浴巾，我的旧衣服都不见了——太脏了，比阿特丽丝嬷嬷说，洗都没必要洗——她们摆出一条银灰色的长裙，和她们身上的一模一样。

"我是要穿这个吗？"我说，"但我不是珍珠女孩。我以为你们才是珍珠女孩。"

"采集珍珠的人、被采集到的人都是珍珠，"达芙嬷嬷说，"你是一颗珍贵的珍珠。一颗无价的名珠。"

"所以我们才冒了这么大风险把你带回来，"比阿特丽丝嬷嬷说，"我们在这里的敌人太多了。但不用担心，杰德，我们会保证你的安全。"

无论如何，她说，即便我不是正式的珍珠女孩，我也需要穿上这种裙子才能离开加拿大，因为加拿大政府正在严控出口未成年皈依者。加拿大人将其等同于贩卖人口,她补上一句,其实他们大错特错了。

这时,达芙嬷嬷提醒她不该用出口这个词,因为女孩不是商品;比阿特丽丝嬷嬷当即道歉,说她应该说"促进跨境行动"。她们两人都笑了。

"我不是未成年者,"我说,"我满十六岁了。"

"你有什么证件吗?"比阿特丽丝嬷嬷问。我摇摇头。

"我们猜想你也没有,"达芙嬷嬷说,"所以,我们会帮你安排好的。"

"但为了避免各种麻烦,你用的证件将表明你是达芙嬷嬷,"比阿特丽丝嬷嬷说,"加拿大人知道她入境了,所以,等你离境时,他们会认为你就是她。"

"但我年轻多了,"我说,"我长得也不像她。"

"你的证件上会是你的照片。"比阿特丽丝嬷嬷说,真正的达芙嬷嬷,将留在加拿大,和下一个采集到的女孩一起走,用下一个入境的珍珠女孩的身份。她们已经习惯这样彼此顶替了。

"加拿大人分辨不出我们,"达芙嬷嬷说,"在他们看来,我们都一个样儿。"她俩齐声笑起来,好像这种恶作剧让她们很欢乐。

达芙嬷嬷说,穿这种银灰色长裙还有一个最重要的原因:它能让我顺利地进入基列,因为那儿的女人不穿男装。我说紧身裤袜不算男装,但她们说——冷静但坚决地——是的,算男装,这是写在《圣经》里的,是令人憎恶的东西,如果我想在基列生活就必须接受这一点。

我提醒自己别和她们争执,所以当即套上裙子;还有珍珠项链,假的,梅兰妮说得没错。还有一顶白色遮阳帽,但她们说,那个只需要在户外戴。在室内可以把头发放下来,除非有男人在场,因为头发会让男人有感觉,她们说,会让他们失控。而且我的头发格外有煽动性,因为是绿色的。

"只是染的,以后会褪色的。"我带着歉意说道,好让她们知道我已经不想要自己轻率选择的发色了。

"没关系,亲爱的,"达芙嬷嬷说,"没人会看到的。"

穿过那些脏兮兮的旧衣服后,这条裙子还真让我感觉不错。冰凉,丝滑。

比阿特丽丝嬷嬷叫了披萨当午餐,我们还吃了她们冰箱里的冰淇淋。我说,看到她们吃垃圾食品真的让我好惊讶:基列不是反对这些东西吗,尤其对女人来说?

"这也是珍珠女孩要经受的一种考验,"达芙嬷嬷说,"为了充分理解外部世界大杂烩式的种种诱惑,我们应该每样都尝一下,然后发自内心地拒绝它们。"她又拿起了一块披萨。

"不管怎样,这将是我最后一次品尝披萨了。"比阿特丽丝嬷嬷说,她已经吃完了披萨,正在吃冰淇淋,"说真的,我实在看不出来冰淇淋有什么不好,只要没有化学添加剂就行。"达芙嬷嬷用责备的眼光看了她一眼。比阿特丽丝嬷嬷舔了舔勺子。

我没吃冰淇淋。我太紧张了。而且我也不再喜欢冰淇淋了。冰淇淋会让我很想念梅兰妮。

那天夜里上床之前,我在浴室镜子里好好看了看自己。虽已洗过澡、吃过东西了,但我还是憔悴不堪。眼睛下面有黑眼圈,人整个儿瘦了一圈。我看上去真的像个流浪街头、急需拯救的小孩。

又能在真正的床上睡觉了,而不是桥洞里,实在太好了。但我很想念盖斯。

每天夜里,我一进卧室,她们就会把我的房门锁上。我醒了以后她们也很当心,始终不让我独自一人待着。

后来的几天都在准备我作为达芙嬷嬷的证件。我拍了照片,采集了指纹，好让她们给我做一本护照。护照由渥太华的基列大使馆认证，再由快递专员送回领事馆。她们在护照上用的身份号码是达芙嬷嬷的，但照片和生物特征数据都是我的，她们甚至还搞定了加拿大移民局数据库，暂时移除了真的达芙嬷嬷的入境资料，输入我的资料，包括我的虹膜扫描、大拇指指纹。

"我们在加拿大政府的基层部门有很多朋友，"比阿特丽丝嬷嬷说，"你准会大吃一惊的。"

"那么多好心的善人。"达芙嬷嬷说。然后她俩异口同声地说："宜应称颂。"

标明珍珠女孩的那页上盖了钢印。也就是说，我可以凭此直接进入基列，无须审查：比阿特丽丝嬷嬷说，和外交官的待遇差不多。

于是，我就成了达芙嬷嬷，但是另一个达芙嬷嬷。我有了一本珍珠女孩传教专用的加拿大临时签证，离境时，我得把它还给边境的海关人员。那就简单了，比阿特丽丝嬷嬷说。

"我们通关时你就把头低着，"达芙嬷嬷说，"低头就能遮住五官。不管怎么说，低头总是谦逊之举。"

比阿特丽丝嬷嬷带着我去机场，我们坐的是一辆属于基列政府的黑色轿车，我毫无困难地过了边境安检，甚至没被搜身。

飞机是私人的，不属于哪个航空公司。机身上画了一只有翅膀的大眼睛。飞机是银色的，但在我看来很阴沉——像只巨大的黑鸟，就等着捎上我，但要飞去哪儿呢？飞进一片空白。埃达和以利亚尽心尽力，想把基列的一切都教给我；我看过纪录片和电视上的新闻片段；但我仍然想象不出来那儿是什么样，等待我的将是什么。我觉得自己完全没有做好准备。

我想起了圣怀会救助中心，还有那些逃难来的女人们。我看到了她们，却根本没有看懂。我不曾深思过——离开一个你熟稔的地方、失去一切、前往陌生的国度——那到底是怎样的情形。那感觉该是多么空落，多么消沉啊！或许只有一星希望之光：你可以抓住的一次机会。

很快，我也会有那种感觉了。我将在一个黑暗的地方，持着一星火光，试着去摸索我的道路。

45

我们起飞晚点了,我担忧自己被发现了,终将前功尽弃。但等我们腾空而起了,我顿时觉得轻松了。我还没坐过飞机呢!一开始真的很兴奋。但飞进云层后,眼见的景致就很单调了。我肯定睡过去了,因为没过多久比阿特丽丝嬷嬷就轻轻推我,说"我们快到了"。

我朝小窗外看。飞机正在下降,我可以看到下方有些漂亮的建筑物,有尖顶和塔楼,一条蜿蜒的河流,还有大海。

飞机降落了。我们走下几级从舱门边放下去的阶梯。天很热,很干燥,有风;银色长裙被吹得吸在我们腿上。柏油碎石路上站着两列身穿黑制服的男人,我们从他们之间走过,手挽着手。"别去看他们的脸。"她轻声对我说。

所以我把眼光放在他们的制服上,但我感觉得到他们的眼睛、眼神、眼光,像手一样游走在我身上。我从未有过那种感觉——哪怕是和盖斯在桥洞里,在陌生人中间——觉得自己身在险境。

这时,所有男人一齐敬礼。"这是干吗?"我含糊地问比阿特丽丝嬷嬷,"他们干吗要敬礼?"

"因为我的使命圆满达成了,"比阿特丽丝嬷嬷说,"我带回了一颗珍贵的珍珠。你。"

我们被领到一辆黑色轿车上，驶向市区。街上没什么人，女人都穿着那种长裙，裙子和纪录片里一样，有不同的颜色。我甚至看到一些使女双双并排走着。店铺门面都不见文字——招牌上只有图片。一只靴子，一条鱼，一颗牙。

车在一道砖墙下的铁门前停了停。两个门卫摆摆手，放我们进去了。车继续开，然后停下，他们为我们打开车门。我们下了车，比阿特丽丝嬷嬷伸手挽住我的手臂，说："没时间带你去看寝室了，飞机晚点得太厉害了。我们要直接去教堂，参加感恩庆典。你只要照我说的做就行。"

我知道那是和珍珠女孩有关的某种仪式——埃达提醒过我，达芙嬷嬷也跟我解释过——但我没仔细听，所以压根儿不知道会看到怎样的情形。

我们走进教堂。已经坐满了人：年长的女人都是身穿棕色制服的嬷嬷，年轻的女人都穿着珍珠女孩的长裙。每个珍珠女孩身边都有个和我年纪相仿的姑娘，也都和我一样穿着临时的银色长裙。最前面的墙上高挂着一张妮可宝宝的大照片，那完全无法让我开心起来。

比阿特丽丝嬷嬷领着我走上过道时，所有人都在唱诵：

收获珍珠，
收获珍珠，
我们欢欣喜悦，
因为收获了珍珠。

她们纷纷微笑，朝我点头示意：她们看起来真的很快乐。我心想，也许这事儿不至于太糟糕吧。

我们都落座了。接着，有个年纪大的女人走向最前面的讲台。

"丽迪亚嬷嬷，"比阿特丽丝嬷嬷对我耳语，"我们基列最重要的创建者。"我认出了她，因为埃达给我看过她的照片，不过她本人比照片老多了，至少在我看来是那样。

"我们相聚在此，是为了感谢珍珠女孩们达成使命，安全归来，无论她们去了哪儿，无论她们奔波在世上的哪个角落，都为基列做出了伟大贡献。我们要向她们致以衷心感谢，赞赏她们的英勇气概，并有胆魄身体力行。现在，我宣布：回归的珍珠女孩们正式结束恳请，成为真正的嬷嬷，拥有嬷嬷的一切权力和相应的福利。我们已明了：无论使命以何方式召唤她们前往何方，她们都将恪尽职守。"所有人都说道："阿门。"

"珍珠女孩们，请献上你们采集到的珍珠，"丽迪亚嬷嬷说，"第一位，加拿大使者。"

"站起来。"比阿特丽丝嬷嬷轻声唤我。她挽着我的左臂，领着我往前走。她的手指刚好压在爱/上帝的纹身上，很疼。

她取下自己脖颈上的珍珠项链，摆放在丽迪亚嬷嬷面前的一只大浅盘里，说道："我在此归还珍珠，一如我接受时那样纯洁无瑕，愿这些珍珠赐福下一位珍珠女孩在达成使命的期间骄傲地佩戴它们。感恩神圣意志助力，容我带回新的无价珠玉，为基列的宝藏添光加彩。请允许我献上一颗珍贵的珍珠，杰德，幸而得救，免于暴殄。请祝愿她从世俗的污浊中得净化，摆脱不贞之欲，从罪孽中淬炼虔信，无论基列指派她作出何种奉献，她都将献身于基列的伟业。"她把双手搭在我的双肩，将我往下推成跪下的姿势。我可没料到有这一出——差点儿侧身翻倒。"你在干吗？"我轻声说道。

"嘘，"比阿特丽丝嬷嬷说，"安静。"

接着，丽迪亚嬷嬷开口了，"欢迎来到阿杜瓦堂，杰德，愿你因做出这个选择而得赐福，愿主明察，月循苦旅，生生不息。"她将手掌搭在我头顶，然后又拿走了，朝我点点头，挤出一个干巴巴的微笑。

所有人都开始重复念诵:"欢迎加入宝贵珍珠堂,月循苦旅,生生不息,阿门。"

我究竟在这儿干什么呢?我心想。这鬼地方太他妈操蛋了。

第十七章

完美的牙齿

阿杜瓦堂手记

46

我的蓝色绘图墨水、我的钢笔、我的笔记本都能刚好嵌入藏手稿的凹洞，为此，笔记本的纸页边缘被裁剪过了。就是靠这些东西，我才能将自己要说的话托付给你，我的读者。但要传递的究竟是什么样的讯息呢？有些日子里，我觉得自己就像专司记录天下大事和每个信徒的祈祷的天使，把发生在基列的一切恶形恶状都记了下来，包括我自己的；还有些日子里，我只想耸耸肩，把这种道德高调甩在身后。实际上，我不就是个坐拥卑鄙流言的庄家吗？恐怕，我本人永远无法得知你对此有何论断。

我更怕的是我所有的努力付之东流，全是徒劳，而基列的统治将持续一千年。大多数时间里，就好比此时此刻，人们觉得自己远离战争，就像身在龙卷风的风眼里。大街小巷都如此平静；如此安宁，井井有条；但在极具欺骗性的平静表象之下有一种震动，就像靠近高压电线下面的那种颤动。我们疲于奔命，所有人都紧张过度；我们震颤；我们发抖，我们要时刻保持警惕。以前有人这么说过，恐怖统治并不是靠恐怖本身来统治的，而是靠恐怖让人产生的麻木。因而才会有这种不自然的安静。

但也会有些小恩惠。昨天，我在贾德大主教办公室的闭路电视上看到了伊丽莎白嬷嬷主持的众决大会。贾德大主教订购了一些咖啡——通常根本搞不到这种上好的咖啡；我故意不去问他是怎么搞到的。他在他的咖啡里加了一小份朗姆酒，还问我要不要。我婉拒了。接着，他说起自己心肠太软，神经衰弱，需要让自己振作一点，因为目睹这些嗜血的奇观让他身心俱疲。

"我非常理解，"我说，"但我们有责任看到正义得到伸张。"他叹了口气，喝光了那杯咖啡，又给自己倒了一小杯酒。

被众决的是两个被判死刑的男人：一个是天使军士，因在灰市贩卖从缅因走私进来的柠檬而被捕。另一个是牙医格鲁夫。其实，天使军士的真正罪行并非倒卖柠檬，而是因为收取"五月天"的贿赂、协助数名使女从不同的边境区域逃离基列而被指控。但是，大主教们不想公开这一事实：那会让国民产生各种想法。官方口径是一致的：基列没有腐败堕落的天使军士，当然也没有逃离的使女；因为——为什么会有人舍弃上帝的王国，宁愿跳进火坑呢？

在处决格鲁夫的整个过程里，伊丽莎白嬷嬷的表现非常出色。她曾是大学剧团里的演员，出演过《特洛伊女人》中的赫卡柏①——这是我和她、海伦娜、维达拉为了规划基列建国初期女界形制而一直开会的那段时间里她无心提及的，但我有心记住了。在那种情况下，我们之间培养出了同志情谊，互相讲述过自己过往的生活。但我当时就留了个心眼儿，没说太多自己的往事。

伊丽莎白的舞台经验果然有用。按照我的吩咐，她和格鲁夫医生约好了门诊时间。然后，她掐准了时间点，慌乱地从牙医专用椅里跳下来，撕开自己的衣服，尖声高喊，说格鲁夫企图强暴她。接着，她发狂般地抽泣，跌跌撞撞地走进候诊室，牙医助理威廉姆先生可以作证：她当时衣冠不整，精神濒于崩溃。

---

① 《特洛伊女人》是古希腊剧作家欧里庇得斯的悲剧作品，讲述了特洛伊被攻陷后的故事。赫卡柏是特洛伊的王后。

嬷嬷的人身理应是神圣不可侵犯的。因而不难想象，民众普遍认同这种暴行足以让伊丽莎白嬷嬷那么震怒。这个男人肯定是个危险的疯子。

我得到了一组连续拍摄的照片，那是用我嵌入牙齿图解挂画里的微型照相机拍到的。如果伊丽莎白想反咬我一口，企图摆脱我的掌控，我还可以用这些照片作为证据，指控她说谎。

审判过程中，威廉姆先生是控方证人。他可不傻，一眼就看出来他的老板这次难逃厄运。他当庭描述了格鲁夫被抓现行时是如何大发雷霆的。他声称，穷凶极恶的格鲁夫用该死的婊子这个名头称呼伊丽莎白嬷嬷。当时并没有出现这种用语——事实上，格鲁夫说的是，"你为什么要这样做？"——但是威廉姆的证词对判决起到了决定性的作用。听众们倒吸一口冷气，要知道，阿杜瓦堂的所有成员都列席旁听了：用如此低俗的言语称呼一位嬷嬷几乎等同于亵渎神明！在接受盘问的环节里，威廉姆勉强承认他有理由怀疑其雇主在过往营业期间有违规行为。麻药，他遗憾地说道，若落入不法分子之手，就可能成为极大的诱惑。

格鲁夫可以怎样辩护自己是清白无罪的呢，引用《圣经》里众所周知的那位被波提乏之妻污蔑为强暴犯的人？清白的男人否认自身有罪，这听起来恰恰像个罪人，我敢说你肯定注意到了，我的读者。听众们倾向于一概不信。

格鲁夫根本没法承认他绝无可能染指伊丽莎白嬷嬷，因为只有未成年的少女才会让他性奋。

鉴于伊丽莎白嬷嬷的出色表演，我认为让她在体育馆主持这次众决大会是再公平不过的事了。格鲁夫是第二个被处刑的罪犯。他不得不目睹那个天使军士被活活踢死，然后被尖叫狂喊的使女们撕成碎片——如字面意义所示的碎片。

他双手被缚，被领到赛场中央时还在呼喊："我没干那事!"伊丽莎白嬷嬷无情地吹响了口哨,俨如义愤美德的化身。不到两分钟,世上就没有格鲁夫医生了。无数的拳头高举起来,连根揪下一团团血淋淋的头发。

所有嬷嬷和恳请者都在场,以示全力支持阿杜瓦堂这位德高望重的创建者所做出的这次判决。站在另一边的是新近招募的珍珠女孩:她们都是前一天刚到的,所以,这个场面对她们来说好比接受洗礼。我的目光从她们年轻的脸庞上扫视过去,但距离很远,看不清她们的表情。惊恐而嫌恶?津津有味?强烈反感?能看清就好了。最珍贵的珍珠就在她们之中;在我们即将观赏的"体育赛事"之后,我会把她安置在我们的宿舍里,那对我的计划来说是最好的安排。

格鲁夫在使女们手下渐渐变成一摊烂泥时,英茉特嬷嬷昏倒了,这也是预料中的事:她一直都很敏感。我猜想,她现在会以某种方式自责:不管格鲁夫做出了怎样卑劣的事,他仍然担负着她父亲的角色。

贾德大主教关掉电视,叹了一声。"可惜啊,"他说,"他是个好牙医。"

"是的,"我说,"但不能因为罪人有一技傍身就轻易姑息其罪行。"

"他真的有罪吗?"他似有兴趣地问道。

"是的,"我说,"但不是因为那件事。他没能力强暴伊丽莎白嬷嬷。他是恋童癖。"

贾德大主教又叹了一声。"可怜人,"他说,"那可太折磨人了。我们必须为他的灵魂祈祷。"

"没错,"我说,"但他毁掉了太多本该结婚的少女。那些珍稀的花朵都不愿意接受婚约,逃到我们这儿当嬷嬷了。"

"唉,"他说,"那个叫艾格尼丝的姑娘也是因为这个吗?我想到过,肯定是因为这类事情。"

他希望我予以肯定，因为那样的话，她的憎恶就显然不是针对他本人的了。"我不能肯定。"我说。他的脸色一沉。"但我相信就是这么回事儿。"也没必要把他逼到死角。

"你的判断总是能让人放心，丽迪亚嬷嬷，"他说，"在格鲁夫这件事上，你已为基列做出了最好的选择。"

"谢谢您。我祈祷上帝的指引，"我说，"不过，我们何不换个话题呢：我很高兴地通知您，妮可宝宝已被安全护送到了基列境内。"

"这步棋太棒了！干得漂亮！"他说。

"我的珍珠女孩们非常得力，"我说，"她们服从我的指挥，将她作为新的皈依者带回来，全程悉心呵护，并说服了她加入我们的阵营。之前，她被迫受制于一个年轻男人，但珍珠女孩们用钱买通了他。比阿特丽丝嬷嬷还砍了价，当然，她并不知道妮可宝宝的真实身份。"

"但你知道，亲爱的丽迪亚嬷嬷，"他说，"你是怎么确认她的身份的？我手下的眼目们找了她好多年了。"我是否听出了一丝嫉妒——甚至更糟——或怀疑？我只当没有。

"我有我的小伎俩。还有些很有用的线报，"我在撒谎，"一加一有时大于二。我们女人，头发长见识短，常常去注意眼界宽广、高人一等的男人们不会留意的那些微小细节。但比阿特丽丝嬷嬷和达芙嬷嬷只得到了一条指令：要她们留意寻找一个特定的纹身图案，那是那个可怜的孩子给自己纹的。结果很幸运，她们找到她了。"

"自残的纹身？太堕落了，和那些姑娘一样。纹在哪儿？"他好奇地问道。

"就在胳膊上。她的脸是完好无损的。"

"要在所有场合里遮住她的双臂。"他说。

"她用的名字是杰德；她很可能相信那就是她的本名。我不希望在与您商议之前就贸然让她知道她的真实身份。"

"英明的决定,"他说,"容我细究一下——她和那个年轻男子是什么关系?她最好是……处子之身,但她是特例,我们可以忽略常规。要是让她去做使女,未免大材小用了。"

"她的贞操还有待鉴定,但我相信她在这方面是纯洁无瑕的。我安排她跟着两位年轻的嬷嬷,她们都很亲善,富有同情心。毫无疑问,她会把自己的希望和恐惧分享给她们;以及她的信念,我有把握把她改造成符合我们标准的信徒。"

"再次重申,太棒了,丽迪亚嬷嬷。你是当之无愧的宝石。我们什么时候能向基列和全世界公开妮可宝宝的消息?有多快?"

"我们必须先确保她是真心虔信皈依的信徒,"我说,"信念要坚定。那需要动点脑筋,花点工夫。这些皈依的新人被一股热情冲昏了头脑,会有些不切实际的期待。我们必须让她回到现实,稳扎稳打,我们必须让她明白,有哪些职责在等待她:在这儿,并不只是唱唱圣歌、欢欣喜悦。除此之外,她还必须充分了解自己的身世:发现自己是那么著名、那么广受爱戴的妮可宝宝会让她非常震惊的。"

"能者多劳,那我就把这些工作都托付给这么能干的你了,"他说,"你真的不要在咖啡里加一滴朗姆酒吗?促进血液循环的。"

"那就来一勺吧。"我说。他便倒了点酒。我们举起各自的马克杯,碰杯致敬。

"愿我们的努力得到天赐的祝福,"他说,"如我坚信的那样。"

"拭目以待时机成熟的那一天。"我微笑着应声附和。

在牙医诊所、庭审和众决大会中倾尽全力后,伊丽莎白嬷嬷的精神险些崩溃。她去阿杜瓦堂所属的一家度假屋休养,我和维达拉嬷嬷、海伦娜嬷嬷一起去探望她。她满含热泪地来迎接我们。

"我不知道自己是怎么了,"她说,"只觉得筋疲力尽。"

"毕竟经历了这么多事,难免的。"海伦娜说。

"你现在已是阿杜瓦堂公认的圣人了。"我说。我知道真正让她心神不安的是什么:她做了伪证,这已成不可逆转的事实;换言之,一旦被发现,必将标志她的末日已近。

"我衷心感恩您的指点,丽迪亚嬷嬷。"她这样对我说的时候,用眼角瞥了一眼维达拉。既然我已是她坚定的盟友——毕竟,她满足了我不合常情的请求——她肯定觉得维达拉嬷嬷已经拿她没办法了。

"我很高兴能对你有所助益。"我说。

第十八章

阅览室

证人证言副本 369A

47

在欢迎归国的珍珠女孩和她们带回来的新皈依者的感恩庆典上，贝卡和我第一次见到了杰德。她是个高挑的姑娘，感觉有点别扭，但也说不清是哪儿别扭，她会直截了当地到处张望，那种看法简直有点胆大妄为的意思。我那时就有一种感觉：她不会适应阿杜瓦堂的，更别说基列了。但我的心思没怎么留在她身上，因为我很快就沉浸在感人的美好典礼中了。

我心想，很快就会轮到我们了。贝卡和我作为恳请者的培训课程就快结束了；我们差不多已做好了各方面的准备，可以当嬷嬷了。很快，我们就会收到珍珠女孩的银色长裙，比我们平日里穿的棕色裙子好看多了。我们还会得到上一任传下来的珍珠项链；我们将启程，去达成我们的使命；我和她都将带回一个皈依的新珍珠。

在阿杜瓦堂的前几年里，这个愿景曾让我朝思暮想。那时我还是个彻彻底底、真心真意的信徒——就算不信基列的一切，至少是真的相信嬷嬷们在做无私贡献。但现在我没那么确定了。

第二天，我们再次见到杰德。就像所有新珍珠一样，她也要在教堂里参加通宵守夜，潜心静默冥想和祷告。守夜过后，她就要换下银色长裙，换上我们都穿的棕色长裙。这倒不是说她注定要当嬷嬷——对于新来的珍珠们,要经过一番谨慎的观察才能决定把她们指派为有前途的夫人、经济太太或恳请者,也有过一些不幸的例子,会被分派去做使女——但和我们在一起时,她们的穿着也和我们一样,只是会加一枚人造珍珠做的新月形大胸针。

对杰德来说,基列展现真实面貌的方式有点严酷,因为守夜之后的次日她就列席众决大会了。亲眼目睹了两个男人被使女们活生生地撕碎,她肯定震惊到无以复加;即便是我,已经在这些年里见过很多次了,依然觉得那场面很骇人。使女们通常都是百依百顺的,但她们在这种场合展现出的狂暴和愤怒会让人惊恐。

这套法规是四位创建者嬷嬷创立的。换作贝卡和我,可能会采取不那么极端的方式。

那天的众决大会上,被处刑的第二个罪人是格鲁夫医生,就是贝卡以前的法定父亲,那个牙医,罪名是强暴伊丽莎白嬷嬷。或者说是强暴未遂。想到我自己在他那里的遭遇,他是得逞还是未遂我都无所谓。很遗憾地说,我很高兴看到他罪有应得。

贝卡的态度却完全不同。在她的童年时代,格鲁夫医生对她做出了可耻之极的恶事,虽然她本人愿意谅解,但我实在找不出理由去宽恕他。她比我仁慈;我赞赏她这一点,但我不能像她那样。

格鲁夫医生在众决中被撕碎时,贝卡晕倒了。有些嬷嬷把她的这种反应当成孝女之爱——格鲁夫医生是个恶棍,但他依然是个男人,一个地位很高的男人。他也为人之父,女儿应该以顺从表现对他的尊重。然而,我知道她们不知道的事:贝卡觉得对他的死负有责任。她认为自己不该把他的罪行讲给我听。我向她保证,我绝对没有把她的秘密讲给任何人听,她说她信赖我,但丽迪亚嬷嬷肯定用什么办法知晓了。嬷嬷就是这样获取权力的:把秘密都挖出来。绝对不能说出来的秘密。

众决大会之后，我陪贝卡回来。我给她泡了一杯茶，劝她躺会儿——她的脸色依然很苍白——但她说她已稳住情绪了，没事了。我们正要开始晚间的《圣经》阅读时，有人敲响了房门。我们惊讶地发现站在门外的竟是丽迪亚嬷嬷；和她在一起的是新珍珠，杰德。

"维多利亚嬷嬷，英茉特嬷嬷，你们被选中执行一项特殊的工作，"她说，"刚刚加入我们的珍珠女孩，杰德，就此分派给你们了。第三间卧室就作为她的寝室，我知道那间屋子还空着。你们的任务是在方方面面帮助她，在每个细节上辅导她开始我们在基列的侍奉事业。你们的床单和毛巾够用吗？要是不够，我会安排送一些过来。"

"是，丽迪亚嬷嬷，宜应称颂。"我答道。贝卡也这样回答了。杰德朝我们笑了笑，笑得既倨头倨脑，又战战兢兢。她不像平常那些来自国外的新皈依者：要么很凄惨，要么热情满溢。

"欢迎你，"我对杰德说，"请进。"

"好的。"她说着，迈过我们的门槛。我的心一沉：当时我就意识到自己和贝卡在阿杜瓦堂度过的看似波澜不惊的生活就此结束——变化已然发生——但我还不知道那将是让人多么痛苦的巨变。

我刚才说我们的日子波澜不惊，但也许用词不太准确。不管从哪个角度看，日子都是井井有条的，尽管有些单调。每一天都很充实，但有种奇特的感觉：好像时间并没有流逝。阿杜瓦堂收我做恳请者那年我十四岁，现在虽然年纪上去了，但在我看来，自己并没有长大多少。贝卡也一样：我们好像被冻结了，就像在冰块里封存着。

创建者们和年长的嬷嬷们各有锋芒。她们是在前基列的年代里长成的，经历过我们有幸避免的磨难，而那些磨难消磨了本该

299

存在于她们心中的柔软。但我们无需被迫经历那样的折磨。我们是被庇佑的,不需要应对普世的艰难困苦。在前辈的牺牲的荫庇下,我们成为坐享其成的得益者。她们始终提醒我们记住这一点,教我们有感恩之心。但若不知详情,就很难有发自肺腑的感恩。我们恐怕根本无法透彻地领会丽迪亚嬷嬷那一代前辈在烈火中淬炼到了什么程度。她们的那种冷酷无情是我们这一代人所没有的。

48

虽有时间停滞的感觉,但我其实已经变了。我不再是初入阿杜瓦堂时的那个我。那时我还是个孩子;现在的我已是成年女性,哪怕没有多少女性的经验。

"我很高兴嬷嬷们让你留下来。"第一天,贝卡这样对我说道,用羞涩的眼神注视我。

"我也很高兴。"我说。

"我在学校里就一直仰慕你。不只是因为你身在大主教之家、家有三个马大,"她说,"你不像其他人那样说那么多谎话。而且你对我很友善。"

"我没那么好啦。"

"你比其他人友善。"她说。

丽迪亚嬷嬷允许我和贝卡同住一套寝室。阿杜瓦堂的宿舍区分隔了很多套公寓;我们住的是C套房,房门上写着字母C和阿杜瓦堂的训言:月循苦旅,生生不息。

"这句话的意思是:在女性的生育周期里要不断地生养孩子。"

"这么几个词,讲了这么多意思?"

"原文是拉丁文。用拉丁文说听上去更好。"

我问:"拉丁文是什么?"

贝卡说，那是一种很久很久以前的语言，现在已经没人用了，但大家会用拉丁文写训言、箴言类的东西。比方说，高墙里以前写着万物箴言：Veritas，就是拉丁文的"真理"。但他们已把那个词凿去并重新粉刷过了。

"如果那个词已经不见了，"我问，"你是怎么知道的？"

"在希尔德加德图书馆看到的，"她说，"只有我们嬷嬷能去图书馆。"

"图书馆是什么？"

"是人们存放书本的地方。有好多好多个房间，都摆着书。"

"都很邪恶吗？"我问，"那些书？"在我的幻想里，堆在房间里的书就像易燃易爆物品。

"我一直在看的那些书都不是坏书。最危险的那些书都保存在阅览室里。你必须得到特殊许可才能进去。但别的书你都能看。"

"她们让你进吗？"我感到很惊奇，"你就直接进去看书吗？"

"如果你得到许可的话。除了阅览室都能进。如果你没有许可就进去，就要被关一次纠正禁闭，在地下室的一间屋子里。"阿杜瓦堂公寓下面的地下室是隔音的，她说，以前是钢琴房之类的地方。但现在 R 地下室是维达拉嬷嬷用作纠正禁闭的地方。纠正禁闭是一种惩罚手段，劝导那些违反法规的人。

"可是，惩戒都是公开进行的呀，"我说，"惩罚罪犯用的。你知道的，像是众决大会，还有在高墙上悬尸示众。"

"是的，我知道，"贝卡说，"我真希望他们别把那些人吊在上面那么久。那味道会钻进我们卧室，让我直反胃。不过，地下室的纠正禁闭性质不同，那是为我们好。好了，我们去取你的衣装吧，然后你就能选名字了。"

阿杜瓦堂有一份经过批准的名字列表,是由丽迪亚嬷嬷和其他资深嬷嬷们攒出来的。贝卡说,那些名字都取自于女性一度钟爱的物件的名称,并经过再三斟酌,因而都是令人放心的好名字,但她本人并不知道那些物件都是什么。我们这个年纪的人都不知道,她说。

她把列表上的名字读给我听,因为我那时候还不识字。"美宝莲怎么样?"她说,"听起来很可爱。美宝莲嬷嬷。"

"不要,"我说,"太花哨了。"

"爱芙莉嬷嬷怎么样?"

"太冷傲了。"

"那这个呢:维多利亚?我记得以前有过一位维多利亚女王。你可以叫维多利亚嬷嬷:即便我们还在恳请阶段,也可以用嬷嬷的称谓。但要等我们去国外完成珍珠女孩的传教使命,才能正式被封为嬷嬷。"在维达拉学校,我们没学过太多珍珠女孩的内容——只知道她们很勇敢,冒着生命危险为基列做出了巨大贡献,我们应该尊敬她们。

"我们要去国外吗?去那么远的地方会不会很吓人?难道基列并不很辽阔吗?"那感觉就像坠跌出了世界本身,因为基列显然是无边无际的。

"基列比你想象的要小,"贝卡说,"周围还有别的国家。我会在地图上指给你看的。"

我肯定露出了困惑的表情,因为她笑了。"地图就像一幅画。我们在这儿会学习怎样读懂地图。"

"读图?"我说,"你要怎么读?图又不是书。"

"你会明白的。我一开始也不会看地图呀,"她又笑了,"有你在这儿,我再也不会孤单了。"

六个月后会怎样?我很忧虑。阿杜瓦堂会允许我留下来吗?

嬷嬷们看我的眼神就像在察看一株植物，让人浑身不自在。她们要求我低头看地板，那是很难做到的：眼神稍微抬高一点，就等于盯着她们的身体看，那不礼貌；要是直视她们的眼睛，那就算放肆了。除非高级别的嬷嬷先对我说话，否则我决不能开口，这也很难做到。顺服，卑屈，俯首听命：这些美德是必需的。

接着是识字，我觉得很挫败。我心想，也许我不年轻了，已经学不会了。也许这就像绣花一样：你必须从很小的年纪就开始学，否则就永远笨手笨脚的。但我一字一句地学会了。"你天生就有这本事，"贝卡说，"你比我刚学时好多了！"

给我练习阅读的几本图书讲的是男孩迪克和女孩简的故事。那些书都很旧，书里的图片都被阿杜瓦堂修正过了。简穿的是长袖长裙，但你可以从很多涂色的细节上看出来，她的裙子本来是短的，裙边在膝盖上面，袖子本来也是短的，袖口只到手肘。她的头发以前是散着的，没有被遮起来。

书里最让我吃惊的是：迪克、简和宝宝萨莉所住的小房子周围空无一物，只有一道白色的木栅栏，栅栏那么细，木板那么薄、那么低，任何人都能轻易跨过去。没有天使军士，没有信念护卫。迪克、简和宝宝萨莉在户外做游戏，任何人都看得到。宝宝萨莉随时都可能被恐怖分子劫走，就像妮可宝宝和其他被劫走的无辜孩子那样，当作走私品被卖去加拿大。虽然现在简的其他部位都已被涂上了，只有脸裸露着，但你依然想象得到，她原本裸露的膝盖随时可能激起任何路过的男人的冲动。贝卡说，给这些图书的插画补色是一项工作，以后也会让我去涂的，因为这种工作是指派给恳请者做的。她已经涂过好多本书了。

她说我不一定会被准许留下来：不是每个人都适合当嬷嬷的。在我来阿杜瓦堂之前，她认识两个被接纳的女孩，但其中一个只待了三个月就改主意了，她的家人把她接回去了，原本为她安排好的婚约终究还是执行到底了。

"那另一个呢?"我问。

"发生了一些不好的事情,"贝卡说,"她叫丽丽嬷嬷。一开始,她看起来没什么不对劲的。每个人都说她适应得不错,但后来因为顶嘴受了一次纠正禁闭。我认为那不算是最厉害的一次纠正:维达拉嬷嬷要是发脾气,肯定纠正得更厉害。她在这么做的时候会问:'你喜欢这样吗?'但你怎么回答都是错的。"

"那丽丽嬷嬷呢?"

"那次纠正之后,她就像变了一个人似的。她想离开阿杜瓦堂——说她不适合这地方——但嬷嬷们说如果她要走,她就必须按照原计划成婚;但她也不想结婚。"

"她想怎么样?"我问。我突然对丽丽嬷嬷很感兴趣了。

"她想独自生活,在农场里干活。伊丽莎白嬷嬷和维达拉嬷嬷说,那就是太早读书的结果:她的思想还没有强大到可以抵制负面影响,却已在希尔德加德图书馆里受到了错误观念的侵蚀,有很多有问题的书都该被销毁。她们还说,她应当接受一次更严厉的纠正,以便帮助她集中心智,不要胡思乱想。"

"怎样的纠正?"我很想知道自己的思想是否足够强大了,我会不会也要经历好几次纠正呢?

"在地下室关一个月禁闭,就她一个人,只给她面包和水。她被放出来后就不和别人说话了,只回答是或否。维达拉嬷嬷说她的意志太薄弱了,当不了嬷嬷,终将只有一条路可走:结婚。

"就在指定她离堂的前一天,她没有来吃早餐,也没有来吃午餐。没人知道她去哪儿了。伊丽莎白嬷嬷和维达拉嬷嬷说她肯定逃跑了,钻了安保系统的空子,接着就开始了一场大搜索。但她们没找到她。后来,洗澡水的气味开始变得很奇怪。所以她们又找了一番,这一次,她们打开了我们洗澡用水的屋顶贮雨水箱,结果发现她在里面。"

"噢,太可怕了!"我说,"她是——有人杀了她吗?"

"嬷嬷们一开始是这么说的。海伦娜嬷嬷都快疯了,她们甚至特批一些眼目进入阿杜瓦堂搜寻线索,但没什么发现。我们恳请者中有些人上楼去看了看水箱。她不可能是失足掉进去的:那儿有一把梯子,还有一扇小门。"

"你看到她了吗?"我问。

"棺材是封起来的,"贝卡说,"但她肯定是故意这么做的。她在口袋里装了几块石头——谣言是这么说的。她没有留下遗言,就算有,大概也被维达拉嬷嬷撕掉了。她们在葬礼上说她死于脑瘤。她们不希望外人知道有个恳请者的下场是这么可怕。我们都为她祷告了;我相信上帝已经原谅她了。"

"可是,她为什么要那样做呢?"我问,"她想死吗?"

"没有人想死,"贝卡说,"但有些人不想用任何一种被准许的方式活下去。"

"可那是把自己淹死啊!"我说。

"会很平静的,"贝卡说,"你会听到钟声和歌唱声。天使们唱的那种。海伦娜嬷嬷是这样跟我们说的,好让我们感觉好一点。"

我学完了"迪克和简"的那套书后,又得到了一本《给年轻女孩的十个故事》:由维达拉嬷嬷撰写的小诗集。我还记得这首:

> 看看朵雅吧!她坐在那儿,
> 披散着缕缕长发,
> 看她怎样在人行道上大步流星,
> 高昂着头,骄傲得很。
> 看她怎样吸引了护卫的眼光,
> 诱惑他沦入罪孽的情境。

她从不改变她的做派,
她从不跪下祈祷!
她很快就会堕入罪恶,
接着就被吊上高墙。

维达拉嬷嬷写的都是女孩们不该做的事,以及如果做了不该做的事会有什么恐怖的后果降临在她们身上。我现在意识到了,那些都不算什么好诗,但即便在当时,我也不喜欢听闻那些可怜的姑娘犯了错就受到严厉惩罚,甚或被处死的事情;但不管怎么说,我终于可以看懂些什么了,这让我非常激动。

有一天,我正对着贝卡大声朗读朵雅的故事,好让她纠正我的错误,她突然说道:"那决不可能发生在我身上。"

"不可能发生什么?"我问。

"我决不会对任何护卫做出那种举动,决不会吸引他们的眼光。我都不想看他们一眼,"贝卡说,"任何男人。他们太恐怖了。包括基列版的上帝。"

"贝卡!"我说,"你为什么这么说?基列版?这是什么意思?"

"他们想把上帝简化成一个样子,"她说,"他们清除了很多内容。《圣经》里用白纸黑字写着:我们是按上帝的形象被造出来的,男人女人都是。等嬷嬷们让你看了,你就会看到的。"

"别说这种话,贝卡,"我说,"维达拉嬷嬷——她会认为这是异端邪说。"

"我可以对你这么说,艾格尼丝,"她说,"我以性命发誓,我完全信赖你。"

"别,"我说,"我没那么好,不像你那么好。"

我在阿杜瓦堂的第二个月里,舒拉蜜来看我。我在施拉夫利

307

咖啡馆见到了她。她穿着蓝色长裙：正式的夫人装。

"艾格尼丝！"她叫出声来，伸出双手，"见到你我真是太高兴了！你还好吗？"

"我当然很好，"我说，"现在我是维多利亚嬷嬷了。你想来杯薄荷茶吗？"

"只是宝拉暗戳戳地说你可能……有点……脑子——"

"说我疯了吧。"我说着，笑了。我注意到舒拉蜜提到宝拉时俨然在说熟稔的朋友。舒拉蜜现在的地位比她高，可想而知，那准会让宝拉郁闷——竟然把这么年轻的姑娘提拔得比她还高级。"我知道她是这么想的。对了，我该祝贺你完婚了。"

"你不生我的气吗？"她说，语气又回到了我们在学校里讲话那样。

"我为什么要生你的气呢？"

"这个嘛，我抢走了你的丈夫呀。"她是这么想的吗？她以为自己赢得了一场比赛？我怎么能在不侮辱贾德大主教的前提下提出异议呢？

"我得到了召唤，要在更高层次侍奉上帝。"我只能这样拘谨地应答。

她咯咯笑起来。"你真的听到了？好吧，我得到的召唤是低级层次的。我有四个马大了！我真希望你能看到我家的大房子啊！"

"我敢说肯定很漂亮。"我说。

"但你真的还好吗？"她焦虑地替我着想，有一部分是发自真心的。"这地方不会把你累垮吗？这么暗淡凄凉。"

"我很好，"我说，"我祝愿你万事如意。"

"贝卡也在这间地牢里，是吗？"

"这儿不是地牢，"我说，"她在。我们同住一套宿舍。"

"你就不怕她用修枝剪攻击你吗？她还是那么疯癫吗？"

"她从来就没疯癫过，"我说，"只是不快乐。见到你太好了，舒拉蜜，但我必须回去做自己的事了。"

"你不喜欢我了。"她有点认真地说道。

"我会被培养成一个嬷嬷，"我说，"说真的，我不该喜欢任何人了。"

49

我的阅读能力提升得很慢,老是磕磕绊绊的。贝卡对我的帮助很大。我们用《圣经》原文作阅读材料,用来练习的都是经过批准、可以让恳请者阅读的段落。我终于亲眼看到了之前只能听讲的经文。我一直念念不忘的是塔比莎去世前我常常想到的那段,多亏贝卡帮我找出来了:

在你看来,千年如已过的昨日,又如夜间的一更。
你叫他们如水冲去;他们如睡一觉;早晨,他们如生长的草。
早晨发芽生长;晚上割下枯干。

我拼写单词也很吃力。单词落在纸页上感觉就好像变了样:不再像我在脑海中默记时那样连贯、清晰,而是变得更扁平、更枯燥。

贝卡说拼写和阅读不同:阅读的时候,词句就像歌,你能听得见。

"我大概永远也学不会了。"我说。

"你会的,"贝卡说,"我们再试试读些真正的歌。"

她去了图书馆——那时我还没有获得准许——带回来一本阿

杜瓦堂自己编撰的圣歌集。那本集子里有塔比莎用银铃般的歌声给我唱过的睡前安眠曲：

> 此刻我躺下，想要安睡，
> 我向上帝祈祷，让我的灵魂安在……

我把这首歌唱给贝卡听，过了一会儿，我就能读给她听了。"太值得期待了，"她说，"我愿意这么想：有两位天使一直等着我，终将和我一起飞翔。"接着又说："从来没有人在我睡觉前给我唱歌。你真幸运啊。"

除了阅读，我还要学会书写。从某些方面看，书写更难，但总比别的事容易些。我们用的是绘图墨水和金属笔尖的直液笔，有时也用铅笔。用什么要取决于库房最近分发给阿杜瓦堂什么进口物资。

书写工具是大主教们和嬷嬷们享有的特权物资。除了他们，在整个基列境内都不太能搞到笔墨；女人们要笔墨没用，而大多数男人也用不到，只有写报告和写物品清单时才有用。除此之外，大多数人还有什么要写的呢？

我们在维达拉学校里学了刺绣和画画，贝卡说写字也差不多——每个字母都像一幅画，或一行针脚，一个音符；你只要学会如何写出字母，再学会拼接连缀就行了，就像串起一串珍珠。

她的手写体很漂亮，经常耐心十足地手把手地教我；后来，等我会写了，尽管写得歪七扭八的，她就挑了几句《圣经》上的箴言让我抄写。

> 如今常存的有信，有望，有爱这三样，其中最大的是爱。

爱如死之坚强。

空中的鸟必传扬这声音，有翅膀的也必述说这事。

我一遍又一遍地抄写这些句子。贝卡说，通过比较前后所写的同一个句子，我就能看出来自己的进步。

我写下的句子也让我产生疑问。爱，真的比信更重要吗？我有爱，或有信吗？爱和死一样强大吗？小鸟要传扬的声音是谁的？

学会读写并不能提供所有问题的答案，而是引发出新的问题，然后是更多的问题。

头几个月里，除了读写，我也顺利地完成了其他分派给我的任务。有些任务并不繁重：我很喜欢给"迪克和简"那些图画书里的小女孩的裙子、袖子、头巾涂色，我也不介意在厨房干活，帮厨师切萝卜和洋葱，洗盘子。阿杜瓦堂的每个人都要为群体的福祉贡献一份力，不可以轻视体力劳动。没有哪个嬷嬷被看作是高高在上的，尽管实际上大部分重活都是恳请者们做的。但是为什么不呢？我们更年轻。

但刷马桶并不是令人愉悦的事，尤其当你第一遍已刷得很干净，却不得不再刷一遍，接着刷第三遍的时候。贝卡提醒过我，嬷嬷会要求你一刷再刷——这和马桶的洁净程度毫无关系，她说，那是在考验你的服从力。

"可是，硬要我们把一个马桶刷三遍——也太不合情理了，"我说，"浪费宝贵的国家资源。"

"洁厕灵不算宝贵的国家资源，"她说，"和有生育力的女性完全不能比。但要说不合情理——是的，所以才称其为考验。她们想看看你能不能毫无怨言地服从不合情理的指令。"

为了增加考验的难度，她们还会指派大部分初级嬷嬷担任督导。让一个和你年纪相仿的人下达愚蠢的指令，那要比一个长辈级的人发号施令更让人气恼。

"恨死了！"一连刷了四星期马桶后，我说道，"我真的太讨厌艾比嬷嬷了！她是那么刻薄，那么傲慢，那么……"

"那是考验，"贝卡提醒我，"想想约伯，他被上帝那样考验过呢。"

"艾比嬷嬷又不是上帝。她只是自以为是。"我说。

"我们要尽量宽宏大量，"贝卡说，"你应该祈祷，祈求你的恨意消散。你只需要想象呼吸，把恨意随着鼻息呼出去。"

贝卡有很多类似的自控技巧。我试着去练习。有时候还挺管用的。

我通过前六个月的考核后就获准成为永久有效的恳请者，也被准许进入希尔德加德图书馆了。很难形容这件事带给我的冲击。我第一次走进图书馆的大门时，感觉就像获得了一把金钥匙——即将开启一扇又一扇秘门的钥匙，门里的宝藏都将在我眼前一览无遗。

一开始，她们只准我进入外室，但过了一阵子，我就获准进入阅览室了。我在阅览室里有一张属于我的书桌。分派给我的一项任务是录入演说稿——也许，我该说是布道词——都是丽迪亚嬷嬷在特殊场合里当众演说所用的。她会反复使用一些底稿，但每次都要做些更改，我们要把她手写的修改部分打成清晰的打印稿。那时候，我已经学会打字了，但打得很慢。

我在书桌边工作的时候，丽迪亚嬷嬷有时会从我身边走过，她要穿过整个阅览室才能走到她的专用房间，据说，她在那里进行重要的研究工作，为了让基列尽善尽美：那是丽迪亚嬷嬷毕生的使命，资深的嬷嬷们都这么说。高级嬷嬷们精心保管的珍贵的血缘谱系档案、《圣经》、神学论文、危险的世界文学著作——全都收藏在那扇上锁的门里。只有当我们的思想足够坚定之后,我们才会获准进入那扇门。

就这样,几个月、几年过去了,我和贝卡成了亲密的朋友,互相倾诉从未和任何人讲过的家事,还有自己的事。我向她坦承了自己曾多么痛恨继母宝拉,哪怕我试过克服那种情绪。我描述了我们家的使女克丽丝特尔是如何悲惨地死去,以及我当时的心境何其不安。她跟我讲了格鲁夫医生的所作所为,我也把自己在他的牙医诊所里的经历告诉了她,那让她感同身受,气愤不已。我们谈到了各自的亲生母亲,讲到我们多么盼望知道她们是谁。也许我们不应该互相倾诉那么多,但那真的能够令人释怀。

"我真希望我有个姐妹,"有一天,她对我说,"如果我有,那就一定是你了。"

50

之前，我用波澜不惊来形容我们的生活，在外人看来确实是那样的；但在那些希求把自己奉献给更崇高的事业的人中间，我从那时开始领悟到的内心的震颤和波动并不罕见。我内心的第一次大震动出现在我能够阅读简单文本后的第四年，我终于获准能阅读《圣经》全文了。我们的《圣经》都收在上锁的柜子里，和基列境内的任何地方一样：只有意志坚定、性格稳重的人才能获准接近这部经典，并且，除了嬷嬷，不许任何女人看。

贝卡开始读《圣经》比我早——她一直领先于我：比我早得到获准，也比我更精通经文——但本堂规定不允许那些开始研读这些神秘书籍的人谈论自己神圣的阅读体验，所以我们没有谈过她学到了什么。

等到那一天，为我预留的那本带锁的《圣经》书箱将被带出阅览室，我终于可以翻开一切书本中禁令最严的这一本了。我非常兴奋，但贝卡在那天早上对我说："我得提醒你一下。"

"提醒我什么？"我说，"但可是圣书啊。"

"书上写的不是他们说的那样。"

"你这话是什么意思？"我说。

"我不想看到你太失望，"她顿了顿，"我可以很肯定地说，埃斯蒂嬷嬷的本意是好的。"接着又说："《士师记》第十九章到第二十章。"

她只肯点到为止，不再多说。但我去了阅览室，打开木箱，翻开《圣经》，我要做的第一件事就是找到那一章节。那是讲述妾的尸身被切成十二块的章节，正是多年前维达拉嬷嬷在学校里讲给我们听的故事——让幼时的贝卡惊慌失措的那个故事。

我记得很清楚，也记得埃斯蒂嬷嬷后来给我们做的解读。她说那个妾被杀死，真正的原因是她很抱歉自己违逆不从，所以牺牲了自己，以免让她的主人被邪恶的便雅悯人强暴。埃斯蒂嬷嬷说，那个妾是勇敢而高贵的。她说那个妾做出了自己的选择。

但我终于亲眼读到了这故事。我想找到勇敢而高贵的那部分，也想找出选择的时刻，但都没有找到。那个姑娘就是被推到门外、再被强奸致死的；像宰切一头牛似的把她切成十二块的男人在她生前就像对待一匹买来的牲口那样对待她。难怪她一开始就想逃跑。

随之而来的震惊是令人痛苦的：好心要帮忙的埃斯蒂嬷嬷对我们撒了谎。真相毫无高贵可言，就是那么恐怖。嬷嬷说女人的意志太弱，因而不适合阅读，其实是这个意思。我们会在强烈的矛盾中分崩离析，无法坚定意念。

在那之前，我并没有严肃地怀疑过基列神学的正确性，更别说怀疑其真实性了。如果我做不到尽善尽美，我只会得出一个结论：错的是我自己。但当我发现基列更改了什么、添加了什么、省略了什么之后，我担心我可能彻底失去信念。

如果你从来都没有信仰，也就无法理解那种感受。你会觉得自己最要好的朋友快死了；能够定义你的一切都将灰飞烟灭；你将被孤零零地留下来。你会觉得自己被放逐了，好像迷失在黑暗的森林里。有点像塔比莎去世时我的感受：整个世界失去了意义。万事万物都是空洞的。万事万物都萎靡了。

我把内心的种种感受讲给贝卡听。

"我懂,"她说,"我也经历过。基列高层的每一个人都对我们撒谎了。"

"你要说什么?"

"上帝不是他们说的那样。"她说,你要么信基列,要么信上帝,没法两样都信。当时,她就是这样捱过自己的信念危机的。

我说我还不能确定自己有没有能力做出抉择。我暗自担心自己会两样都不信。但我依然想有信念;真的渴盼有所信仰;可到头来,有多少信念是源自渴盼的呢?

51

三年后，又发生了一件更让人震惊的事。我之前说了，我在希尔德加德图书馆的职责之一是录入丽迪亚嬷嬷的演说稿。要打印的稿纸会在当天留在我书桌上的一只银色文件夹里。有天早上，我发现在银色文件夹后面还塞进了一只蓝色文件夹。是谁放在那儿的？是有人搞错了吗？

我打开蓝色文件夹。第一页上就跳出了我继母宝拉的名字。后面的文件记录的是她的第一任丈夫，也就是她嫁给我所谓的父亲凯尔大主教之前的那一任。我跟你说过，她的前夫桑德斯大主教是在自己的书房里被他们家的使女杀死的。坊间传言是这样的。

宝拉曾说那个姑娘很危险，精神很不稳定，从厨房里偷走了一根烤肉叉，在毫无来由的情况下突然冲过去，刺死了桑德斯大主教。那个使女逃跑了，但后来被抓住并处以绞刑，尸体悬在高墙上示众。但是，舒拉蜜说她家的马大曾说过，那实际上是暗通款曲——使女和丈夫非法私通，在他的书房里幽会。所以使女才有机会、有理由杀死他：他一直对她有所要求，最后逼得她快失去理智了。除此之外，舒拉蜜的版本和宝拉的版本一样：宝拉发现了尸体，使女被追捕，被吊死。舒拉蜜还多说了一个细节：为了挽回颜面，宝拉给大主教的尸体穿上裤子，结果弄了她自己一身血。

然而，蓝色文件夹的说法却大相径庭。还有一些照片、多次秘密录制的谈话转录的文本作为证据。桑德斯大主教和他家的使女之间没有私情——只有合乎法规操作的授精仪式。然而，宝拉和凯尔大主教——我以前的父亲——早有婚外情了，甚至在我母亲塔比莎去世前就开始了。

宝拉和那个使女交上了朋友，知道那姑娘过得很不幸福，便主动帮她逃出基列。她甚至给了她一张地图和路线，指示了一路上可以联络的几个"五月天"成员的名字。使女出逃后，宝拉自己用烤肉叉刺死了桑德斯大主教。所以，她的身上才有那么多血迹，并不是帮他穿裤子时沾上的。实际上，他根本没有脱下裤子，至少那天晚上没有。

她还威逼利诱，贿赂了她家的马大统一口径，做出使女杀人的假供词。然后，她叫来了天使军士，指控使女，接下去的事情就是众所周知的了。天使军找到那个不幸的姑娘时，她正绝望地在街头逡巡，因为地图不准确，"五月天"联络人也根本不存在。

使女遭受了审讯。（审讯笔录的副本也附在其后，但不忍卒读。）她承认自己企图逃跑，供认了宝拉涉及逃跑计划，但她坚称自己没有杀人——事实上，她对谋杀案一无所知——但审讯越来越折磨人，最终屈打成招。

她显然是无辜的。但她还是被吊死了。

嬷嬷们都知道真相。至少有一个嬷嬷知道。证据就在我眼前，就在这个文件夹里。但宝拉没事。明明是她犯下的罪，却把一个使女吊死了。

我惊呆了，就像被闪电击中。不只是因为这件事让我惊骇，也因为我很疑惑：为什么这个文件夹会出现在我的案头？怎么会有神秘人把这么危险的机密消息透露给我？

一旦你认为千真万确的事被证明是假的，你就会开始怀疑所有的事。这是不是在试图策反我抵制基列？这些证据是伪造的吗？这就是丽迪亚嬷嬷让我的继母立刻放弃把我嫁给贾德大主教的企图所用的手段吗：威胁宝拉要揭露她的罪行？我作为嬷嬷在阿杜瓦堂有一席之地，就是用这么骇人的故事换来的吗？这是在委婉地告诉我，我的母亲塔比莎并不是因病而亡，而是被宝拉，甚至可能是凯尔大主教用某种不为人知的方式害死的吗？我不知道该信什么了。

没有人能让我倾吐这番心事，就连贝卡也不行：我不想让她知道，是因为不想危及她。对那些不该知晓此事的人来说，这种真相会引出大麻烦的。

我完成了那天的工作，把蓝色文件夹留在原位。第二天有一篇新的演说稿要我打，而前一天的蓝色文件夹已经不见了。

之后的两年里，我在书桌上发现了很多类似的文件夹，都在静候我的关注。文件夹里有大量罪行的证据。包含夫人们的罪行的文件夹都是蓝色的，大主教们的是黑色的，专业人士——比如医生们的——是灰色的，经济人群的是条纹的，马大们的是暗绿色的。没有收录使女罪行的文件夹，也没有嬷嬷们的。

留给我看的文件夹大都是蓝色和黑色的，详述的罪行各式各样。使女们被迫参与非法活动，然后又归咎于她们；"雅各之子智囊团"内部的勾心斗角，彼此暗算；高层内部的贿赂和利益交换；夫人们之间的勾心斗角，彼此暗算；马大们靠偷听搜集信息，再出价贩卖情报；神秘的食物中毒案件发生，丑闻风传夫人们掉包婴儿，但谣言根本就是捕风捉影；夫人们因偷情罪名而被处以绞刑，但根本没有偷情的事实，只是因为某位大主教想换个年轻的夫人。公开审判——本该是为了肃清叛徒、净化领导力——已沦为酷刑后的屈打成招。

纵容证人作伪证不是个别现象,而是司空见惯。在对外展现的美德、圣洁的表象之下,基列已烂到骨子里去了。

除了宝拉的文件夹之外,和我有最密切关系的就是贾德大主教的了。那是一只很厚的文件夹。在其收录的许多不法不端行为之中,还有证据指明他诸多前妻的命运,她们都是在我短命的婚约之前嫁给他的。

他把她们全部处理掉了。第一个是被推下楼梯的,摔断了脖子。公开的说法是她绊了一跤,摔下去的。从我看过的其它文件内容可知,要制造出事故的假象并不难。他有两任夫人据说是死于分娩,或是生产后不久死亡;两个孩子都是非正常婴儿,但两位夫人的死因涉及故意引发的败血症或休克。在其中一例里,双头连体非正常婴儿卡在产道里时,贾德大主教拒绝施行手术。什么都不能做,他一脸虔诚地说道,因为胎儿还有心跳。

第四任夫人听从了贾德大主教的建议,以花卉绘画为爱好,他还回到地为她买了些颜料。后来她出现了一些症状,可以归因为镉中毒。文件资料里写明了,镉是众所周知的致癌物质,之后没多久,这第四任夫人就死于胃癌。

看起来,我侥幸逃脱了一次死刑。我自己也尽了一份力。那天晚上,我念了一段感恩祷文——纵有种种疑虑,我仍然继续祈祷。谢谢您,我说。我信不足①。我又加了一句:帮帮舒拉蜜吧,因为她肯定会需要的。

刚开始看这些文件时,我胆战心惊,并且憎恶。有人故意想让我痛苦吗?还是说,这些文件也是我应该接受的一种学习?我

---

① 语出《圣经·马可福音》,全句为"我信,但我信不足"。

的思想被磨砺得更强硬了吗?我是在为日后作为嬷嬷所要负担的重任做准备吗?

这就是嬷嬷们所做的事,我学到了。她们做记录。她们等待。她们用其掌握的信息去达成只有她们才知道的目标。她们的武器是强大却也肮脏的秘密,正如马大们一贯所说的那样。秘密,谎言,诡计,欺骗——但这其中不只有别人的秘密、谎言、诡计和欺骗,也有她们自己的。

如果我继续待在阿杜瓦堂——执行珍珠女孩的传教使命,归国后晋升为正式的嬷嬷——我就会变成这样。我获知的所有秘密——无疑还有别的数不胜数的秘密——都将变成我的武器,在我觉得合适的时机下随取随用。所有这一切权力啊。这种默默判决恶人、并以恶人无法预见的方式惩处他们的暗中势力。所有这一切复仇的力量啊。

就像我之前说的,我曾一度遗憾自己的内心有复仇的冲动。遗憾,但从没有被抹煞掉。

假如说我没有受到诱惑,那就是没讲真话。

第十九章

书房

阿杜瓦堂手记

52

昨晚,我的读者啊,我受了一点惊吓,感觉很不愉快。当时我在静谧无人的图书馆里,为了透气,房门留了一条缝,正当我用钢笔和蓝墨水奋笔疾书时,冷不丁瞄见维达拉嬷嬷在我专用的小书房外探头探脑。我没有表现出惊慌——我的神经很顽固,就像那种经过塑化的尸身上固化了的神经束——但我咳嗽了一下,一种条件反射,同时把《为人生辩护》的封面盖下,遮住我刚刚写完的纸页。

"啊,丽迪亚嬷嬷,"维达拉嬷嬷说,"但愿您没感冒。您不该上床休息了吗?"应该是永远安息吧,我心想,那才是你对我的真心所愿。

"只是有点过敏,"我说,"这个时节,很多人都会过敏。"她无法否认,因为她自己就是个严重的过敏患者。

"很抱歉打扰了您。"她违心地说道,眼神却移向红衣主教纽曼的巨著。"总是在做研究,我明白,"她说,"他可真是个臭名昭著的异教徒。"

"知己知彼,"我说道,"有什么要我帮忙的吗?"

"我有些要紧事想和您商量。我能请您去施拉夫利咖啡馆喝杯热牛奶吗?"她说。

"你太客气了。"我答道。我把红衣主教纽曼的大部头放回我的书架，以便背对着她，把我用蓝墨水写的手稿塞进去。

没过多久，我们就坐在咖啡馆的小桌边了，我喝热牛奶，维达拉嬷嬷喝薄荷茶。"珍珠女孩感恩庆典上有些事情不对劲儿。"她开始说了。

"什么事儿？我觉得那天挺好的，和平常差不多。"

"那个新来的姑娘，杰德。我觉得她不太可靠，"维达拉嬷嬷说，"她不太像是皈依者。"

"她们一开始看上去都不像，"我说，"但她们想要一个安全的避风港，免受贫穷、剥削和所谓现代生活的败坏之苦。她们想要安定、秩序，想要明确的指引。总要费一点时间让她融入这里。"

"比阿特丽丝嬷嬷跟我说了，她胳膊上有个荒唐的纹身。我猜想她也告诉你了。那都是什么呀！上帝和爱！难道那种直白的求宠方式能骗取我们的好感吗！那么异教徒的伪神学口号！散发着骗局的恶臭。你怎么知道她不是'五月天'派来的内奸呢？"

"一直以来，我们都能成功地揪出奸细，"我说，"至于身体上的自残，那只是加拿大年轻人没有信仰的表现；他们会在自己身上留下各种各样野蛮的符号化的烙印。我相信这暗示出一种有利于我们的倾向：至少，她纹的不是蜻蜓、骷髅头或类似的东西。不过，我们当然会密切关注她的。"

"我们应该把那个纹身洗掉。那是亵渎神明的。上帝这个词是神圣的，决不能出现在一条胳膊上。"

"现在就清除纹身对她来说太痛苦了。这事可以缓一缓。我们并不希望挫败年轻恳请者的士气。"

"假如她真是皈依者的话——我对此非常怀疑。这是'五月天'善用的典型伎俩。我认为，我们应该审讯她。"由她亲自审问，她其实是这个意思。她确实有点太享受那种审讯了。

"欲速则不达，"我说，"我倾向于用温婉的手段。"

"早期的你可不推崇温婉派，"维达拉说，"你喜欢直来直去，不走中间路线。你也不介意见点血。"她打了个喷嚏。我心想，我们可能要处理一下咖啡馆里发霉的角落了。但还是那句话，也可能不处理。

我给贾德大主教府上打电话的时候已经很晚了，但我要求面见，开个紧急会议，他同意了。我让司机等在外面。

来开门的是贾德夫人，舒拉蜜。她的脸色不太好：很瘦，苍白，眼窝下陷。就贾德夫人而言，她撑下来的时间还算比较长的；但至少她生了个孩子，可惜是个非正常婴儿。不过，现在看来，她的命数也快到头了。我很想知道贾德在她的汤里加了什么。"噢，丽迪亚嬷嬷，"她说，"请进。大主教在等您。"

为什么是她亲自来开门？开大门是马大的分内事。她肯定有求于我。我压低了声音。"舒拉蜜，我亲爱的，"我笑了笑，"你病了吗？"她曾是那么活泼的少女啊，尽管咋咋呼呼的让人烦躁，但现在的她俨如病恹恹的活死人。

"我不该说的，"她轻声说道，"大主教对我说这不算什么。他说我的抱怨都是空想出来的。但我知道自己的身体出了点问题。"

"我可以让我们阿杜瓦堂的诊所做一次评估，"我说，"做几项测试。"

"必须得到他的允许，我才能去，"她说，"他不会让我去的。"

"我会帮你得到他的许可，"我说，"别怕。"接着便是眼泪和感谢。要是在别的年纪，她可能就会跪下来亲吻我的手背了。

贾德在他的书房里等我。我以前去过，他在和不在的时候都去过。那是个内涵格外丰富的空间。他真不该把眼目大楼办公室里的文件带回家到处乱放，太没心机了。

右墙上有一幅十九世纪的古画——从门口看不到这面墙，因为谁也不该惊吓这栋宅邸里的女囚们——画面上有个几乎全裸的女孩，不着一衫。背上那对蜻蜓般的透明翅膀为她平添了仙气，那个年代的人都知道，仙女不爱穿衣服。她盘旋在一丛蘑菇上，像不食人间烟火的精灵那样笑着。那就是贾德的偏爱——含苞欲放的少女，不算完整意义上的人类，保留着淘气的童心。那足以解释他为何那样对待历任夫人。

书房里摆放着好多书籍，和所有大主教的书房一个样儿。他们都喜欢囤积，因有所得而欣喜若狂，要是偷到了什么好货色还会向其他人炫耀。贾德收藏了数量可观、品相高雅的传记和历史书籍——拿破仑、斯大林、齐奥塞斯库以及众多男性领导人和统治者。他有好几本价值连城的绘本经典让我羡妒：古斯塔夫·多雷描绘但丁笔下的《神曲·地狱》，达利的《爱丽丝梦游仙境》，毕加索的蚀刻版画《利西翠妲》。他的藏书里还有一个相对而言不那么高雅的种类：中古色情画，我知道，是因为我翻看过了。那类画作整体而言是很乏味的。虐待人类身体的手段其实很有限。

"你来了，丽迪亚嬷嬷，"他说着，从座椅里略微挺身，那是很久以前被视为绅士礼仪的些许遗留。"快坐下跟我说说，什么事让你这么晚赶来？"笑容是灿烂的，但和他眼神里透露的惊惧与冷峻的情绪不相吻合。

"有情况。"我说着，在他对面的座椅里坐下。

他的笑容消失了。"但愿不是要人命的坏情况。"

"没到无法控制的地步。维达拉嬷嬷对冒名的杰德起了疑心，觉得她是敌方派来窃取我方情报的奸细，必将置我方于险境。她迫切希望审讯那个姑娘。无论妮可宝宝以后会派上什么用处，那都会带来致命的打击。"

"我同意,"他说,"我们以后就不能让她上电视了。我能帮到你什么?"

"是帮我们。"我说道。要时刻提醒他:我们是一条船上的。"下达指令,让眼目暗中保护这个姑娘不受干扰,直到我们确定她可以作为妮可宝宝亮相,并被普遍认可。维达拉嬷嬷不知道杰德的真实身份。"我又补充了一句,"而且,也不该提前告诉她。我们已经不能完全信赖她了。"

"你能解释一下吗?"他说。

"眼下,你只能信任我,"我说,"还有一件事。您的夫人,舒拉蜜,您应该送她去阿杜瓦堂的舒缓诊所做些诊疗。"

我们隔着书桌互相凝视对方的眼睛时,沉默延续了很久。"丽迪亚嬷嬷,知我莫若你,"他开口了,"确实,让您照料她显然比我更可靠。以防万一……万一她得了绝症呢。"

我要提醒你一下:在我们基列是不允许离婚的。

"英明的决定,"我说,"您决不能有一丝一毫的疑虑。"

"我信赖你的判断力。我把一切都交在你手里了,亲爱的丽迪亚嬷嬷。"他说着,从书桌边站起身。这个说法多么形象啊,我心想。一只手要变成拳头又是多么容易啊。

我的读者,现在的我犹如立于刀刃之上。我有两个选择:我可以继续风险很高、甚至可以说是鲁莽的计划,试着让年轻的妮可把我那些爆炸性的情报传送出去,如果成功,就能一举推翻贾德和基列,让他们万劫不复。不成功则成仁,我势必要背负叛国贼的罪名,身败名裂地活下去,更可能是身败名裂地死去。

要不然,我也可以选择更安全的做法。我可以把妮可宝宝交给贾德大主教,她会在他那儿名噪一时,然后就会像根烫手的蜡烛被摁灭,因为让她逆来顺受地接受自己在基列的境遇的可能性就是零。到那时候,我就能收获奖赏,基列想必不会亏待我。维达拉嬷嬷将被一笔勾销，我甚至可以把她发配到精神病院去。我会全面掌控阿杜瓦堂，老年生活必将在世人的尊崇中安枕无忧。

我将不得不放弃对贾德报仇雪恨的念头，因为那时候，我们的利益将永远捆绑在一起。贾德夫人舒拉蜜将成为附带伤亡人员。我把杰德安置在英茉特嬷嬷和维多利亚嬷嬷合住的那套公寓里了，所以，一旦她被清除了，她俩也将面临生死未卜的命运：如在其他任何地方一样，基列会认为她们与之有牵连而被定罪。

我能做到如此奸诈吗？我可以背叛到这么彻底的程度吗？我攒下这么多无烟无声的炸弹，在基列的根基下埋下如此深远的伏笔，会不会终将让自己举步维艰？因为我是人，这种事完全有可能发生。

如果事情走到那个地步，我将销毁这些辛辛苦苦写下的手稿；我未来的读者啊，那等于也把你一起毁掉了。擦亮一根火柴，你就将消失——就像从未存在、也永不会出现那样无影无踪。我将否认你的存在。那种感受恐怕只有神才有吧？虽然是个灭绝之神。

我在动摇，在动摇。

但明天又将是新的一天。

第二十章

血缘

证人证言副本 369B

53

我潜入基列了。之前，我还以为自己对这地方了解得够多了，但亲身经历的感觉很不一样，在基列生活和想象中截然不同。在基列就是如履薄冰，每一步都踩不稳；我每时每刻都觉得自己要撑不下去了。我看不懂别人的表情，无法察言观色，常常不知道她们在说什么。我听得见她们讲的话，也明白那些词句分别是什么意思，但我没本事把她们的话转化成我能搞懂的意思。

第一天在教堂里参加庆典，我们跪下来唱歌后，比阿特丽丝嬷嬷把我拉到长凳上坐下，我借机往后看了一眼满屋子的女人。每个人都盯着我笑，那种笑又像是友善的，又像是饥饿的，就像恐怖电影里的镜头——你知道村民马上就要露出吸血鬼原形的那种场面。

接着是一场新珍珠们参加的通宵守夜活动：我们应该跪着沉默地冥想。没有人跟我提过这档子事：有什么规矩？你要去厕所的话得举手吗？要是你想知道的话，答案是：要举手。这样冥想了好几个小时后——我的两条腿都抽筋了——有个新珍珠哭了，我想她应该是从墨西哥来的，哭得歇斯底里的，哭完了还大叫大嚷。两个嬷嬷把她架起来，带出去了。后来我听说她们把她改造成使女了，幸好我一声没吭。

第二天，我们都领到了那种丑到爆的棕色袍子，再接下去，我只知道我们被赶着往前走，去了一个体育馆，她们让我们在一整排位子上坐好。没有人说过基列有体育比赛——我还以为她们根本没有运动呢——谁知道那根本不是体育比赛，而是一场众决大会。老师们在学校里跟我们说过有这种事，但没有讲得很详细，我猜想是因为他们不想让我们留下心理阴影。现在我能明白了。

处刑了两个人：两个男人活生生地被一群疯女人徒手撕碎。她们尖叫着，用脚踹，用牙咬，到处都是血，尤其是使女们的身上：浑身上下都是血。有些使女会把残块举起来——看起来像根手指的一把头发——别的人就会吼起来，给她们叫好。

太恶心了；太恐怖了。这让我对使女的想象上升到一个全新的层面。也许，我的母亲也曾是这样的，我心想：野性难驯。

证人证言副本 369A

54

按照丽迪亚嬷嬷的指示,我和贝卡尽了最大努力指导新来的珍珠,杰德;但那就好比对牛弹琴。她不知道怎样心静如水地坐好:背要挺直,双手交叠在膝头;她总是扭来扭去,烦躁不安地挪动双脚。"女人是这么坐的。"贝卡会亲自演示,一边教她。

"是,英莱特嬷嬷。"她会这样应答,也会做出努力坐好的样子。但这种样子摆不了多久,很快,她又会懒散下来,跷起二郎腿。

杰德第一次在阿杜瓦堂吃晚餐时,我俩一左一右坐在她两旁,那是为了照顾她,因为她太不当心了。不管怎么说,她的表现都堪称愚钝至极。那天吃的是面包和杂炖汤——每逢周一,厨师们常常把剩菜炖成一锅汤,加点洋葱——还有一份豌豆苗和白萝卜做的沙拉。"这汤,"她说,"就像发了霉的洗碗水。我不要吃。"

"嘘……要为你得到的东西感恩,"我轻轻对她说,"我保证这汤是有营养的。"

甜品是用木薯粉做的,一如往常。"我吃不下去,"她当啷一声搁下勺子,"糨糊拌鱼眼。"

"不吃完是不礼貌的,"贝卡说,"除非你在斋戒。"

"你可以把我这份也吃了。"杰德说。

"别人都在看呢。"我说。

她刚来的时候,头发是绿色的——看起来,那也是她们在加拿大的自毁行径之一——但只要走出公寓,她就必须把头发遮起来,所以外人都没有注意到。后来,她开始拔后脖颈的头发。她说那样做有助于她思考。

"你要是一直这么拔,会变秃的。"贝卡对她说。埃斯蒂嬷嬷在红宝石婚前预备学校里教过我们:如果你太频繁地拔掉头发,头发就不会再长出来了。眉毛和睫毛也一样。

"我知道,"杰德答道,"但在这儿,反正也没有人会看到你的头发。"她煞有介事地朝我们一笑,"早晚有一天,我要把头发剃光。"

"你不可以那样做!女人的长发是荣耀所在,"贝卡说,"那是天赐给女人的盖头。《哥林多前书》里有写的。"

"只是一种荣耀?头发?"杰德说道。她的语气很莽撞,但我认为她不是故意要显得粗鲁。

"你为什么要剃光头发来羞辱自己呢?"我尽可能温和地问她。如果你是女人,没有头发就是耻辱的象征:偶尔,有些丈夫会投诉经济太太不够顺从,或是喜欢责备人,嬷嬷们会先把她们的头发剪掉,再把她们关进众牢狱里。

"看看自己光头是什么样,"杰德说,"这条在我桶里的清单上。"

"你必须很当心自己对别人讲了什么话,"我对她说,"贝卡——英茉特嬷嬷和我都会原谅你,因为我们明白,你刚从腐化的文化中来到这里;我们正在尽力帮助你。但是别的嬷嬷——尤其是像维达拉嬷嬷那样的老一辈——时时刻刻都在找茬儿。"

"是的,你说得对,"杰德说,"我是说:是,维多利亚嬷嬷。"

"'桶里的清单'是什么?"贝卡问道。

"人死前的遗愿清单。"

"为什么叫桶里的?"

"因为有'踢掉桶'这个动作,"杰德说,"老话就是这么说的。"她看到我们一脸困惑不解的表情,就继续解释,"我觉得,这个说法源自古代吊死人的做法:他们把绳子吊在树上,叫人站在桶上,然后把绳子拉起来,人的脚就会开始乱踢,显然就会把桶踢翻。这只是我的猜测。"

"那和我们这儿吊死人的做法不一样。"贝卡说。

证人证言副本 369B

55

我很快就明白了，住在 C 套公寓的两个年轻嬷嬷不是很认可我；但我只认得她们，因为我不可以和其他任何人讲话。在多伦多，比阿特丽丝嬷嬷劝我归化时是很亲善的，但现在我已经到基列了，就不再是她关心的对象了。路上遇到时，她会远远地朝我笑笑，但也仅此而已。

等我能喘口气、好好想想这件事了，我就感到害怕了，但我努力不让自己被恐惧制服。我还觉得非常孤单。我在这儿没有一个朋友，也不能联系加拿大的任何人。埃达和以利亚都是遥不可及的。没有一个人可以让我去求教指点；我是单枪匹马，连本指导手册都没有。我真的很想念盖斯。我会做白日梦，怀念我们一起做过的事：睡在墓园里，在街头乞讨。我甚至怀念我们一起吃过的垃圾食品。我还能回到那儿去吗，如果我真能回去，又会发生什么事？盖斯大概都有女朋友了。他怎么可能没有呢？我从没问过他，因为我不想听到答案。

不过，我最大的焦虑在于埃达和以利亚所说的"线人"——他们在基列国内的联络人。那个人什么时候才会出现在我的生活中呢？万一线人根本不存在呢？如果没有线人，我就会被困在基列，因为不会有谁来救我出去。

证人证言副本 369A

56

杰德非常邋遢。她把自己的东西留在我们公用的房间里——她的袜子、刚领到的恳请者制服上的腰带，有时甚至是她的鞋。她用完马桶也不是每次冲水。我们在洗手间地板上看到她梳下的头发飘得到处都是，水池里还有她的牙膏渍。她在不合规定的时间里冲澡，直到我们坚决制止才改正。我知道这些都是小事，但积少成多，问题就严重了。

还有她左臂上的纹身。纹的是**上帝**和**爱**，两个词呈十字排列。她声称那标志她皈依了真正的信念，但我很怀疑，因为有一次她不经意地说到她认为上帝是个"想象中的朋友"。

"上帝是真正的朋友，不是想象出来的。"贝卡说。听她的语气就知道，她在尽力表现出她很生气。

"抱歉，如果我对你们的文化信仰有所不敬。"杰德这样说，却丝毫没能抹去贝卡眼神里的指责：与其说上帝是想象中的朋友，说上帝是一种文化信仰甚至更恶劣。我们意识到，杰德认为我们都很蠢；显然，她认定我们都很迷信。

"你应该清除这纹身，"贝卡说，"这是亵渎神明的。"

"是吧，也许你说得对，"杰德说，"我是说：是，英茉特嬷嬷，谢谢你告诉我。反正也痒得要死。"

"死比痒厉害得多，"贝卡说，"我会为你祈求救赎的。"

杰德在楼上自己的房间里时，我们常会听到跺脚和闷闷的喊声。那是某种野蛮的祷告方式吗？我最终忍不住去问她到底在房间做什么。

"锻炼，"她说，"和做操差不多。你必须保持强健的体魄。"

"男人的身体是强健的，"贝卡说，"他们在心智上也很强健。女人的强健在于精神。不过，这里允许适度的运动，比如散步，只要到了可以生育的年纪就可以散步。"

"你为什么认为你需要保持身体强健？"我问她。我对她的异端信仰越来越好奇了。

"以免有人侵犯你呀。你得知道怎样把你的大拇指戳进他们的眼睛，怎样用膝盖顶撞他们的蛋蛋，怎样挥出一记让心脏停跳的重拳。我可以给你们示范。瞧，要这样握拳——弯曲手指，把你的大拇指包在指关节里面，手臂伸直。瞄准心脏。"她一拳砸进了沙发。

贝卡震惊得无以复加，不得不坐下。"女人不能打男人，"她说，"也不能打任何人，除非是法律规定的，比如在众决大会上。"

"好吧，这么一刀切倒是很方便！"杰德说，"所以，你们就该让他们为所欲为？"

"你不该怂恿男人们，"贝卡说，"否则，不管发生什么事，你也有错。"

杰德看看我，又看看她。"受害者有罪论？"她说，"当真？"

"你说什么？"贝卡说。

"算了。你们的意思就是谁也没法赢，"杰德说，"不管我们怎么做，我们都完蛋。"我俩一言不发地盯着她看；没有答案就是一种答案，丽丝嬷嬷曾这样说过。

"好吧,"她说,"但我无论如何都要锻炼。"

杰德来了四天后,丽迪亚嬷嬷把我和贝卡叫去她的办公室。"和新珍珠相处得如何?"她问。我正在犹豫,她又说道:"说话!"

"她不懂规矩。"我说。

丽迪亚嬷嬷露出老萝卜般皱纹横生的微笑。"记住,她刚从加拿大来,"她说,"所以她什么都不懂。外国皈依者刚来时总是那样的。眼下,你们的任务就是教会她在言行举止方面更保险一点。"

"我们一直在努力,丽迪亚嬷嬷,"贝卡说,"但她实在——"

"顽固,"丽迪亚嬷嬷说,"我不会觉得奇怪的。时间会治愈这一点。你们要尽力而为。好了,你们可以走了。"我们侧身后退出办公室,因为离开丽迪亚嬷嬷办公室时大家都用这种步法:背对着她就太失礼了。

罪行档案依然持续出现在希尔德加德图书馆的我的书桌上。我想不明白,不知道该怎么想才好:有时候,我觉得成为正式的嬷嬷是有福的——可以知道所有嬷嬷们精心维护和积攒的机密,行使隐秘的权力,分派奖惩。但隔上一天,我又会觉得,假如自己那么做,灵魂——我确实相信自己有灵魂——将变得何其扭曲、何其堕落啊。我那泥泞般绵软的头脑变坚硬了吗?我会变得铁石心肠、钢铁意志、冷酷无情吗?我要舍弃体贴、柔韧的女性特质,去模仿男性的锐利和残忍,把自己改造成一个不完美的翻版吗?我不想变成那样,但如果我渴望成为嬷嬷,又怎能避免那种改变呢?

后来又发生了一件事，彻底颠覆了我对自身在这个世界上的位置的看法，令我对上帝的神圣造化产生了崭新的感恩之情。

虽然我已经获准阅读《圣经》原文了，还有人给我看了不少危险的机密文件，但我还没获准查阅血缘谱系档案，那些资料都归置在一个上锁的房间里。进去过的人说，那间屋里有一排又一排的文件柜，文件都根据等级依次摆放在架，只有男性国民的资料：经济人，护卫，天使，眼目，大主教。在这些大类别里，血缘谱系是按地点索引的，姓氏是次级索引目录。女性的资料都在男性的资料夹里。嬷嬷们没有文件夹；她们的血缘关系没有被记录在册，因为她们不会有子嗣。这对我来说是种不可告人的悲伤：我喜欢孩子，一直都很想要，我只是不想要随着孩子而来的那一切。

关于血缘档案的保存及其目的，阿杜瓦堂会对所有恳请者做一番说明。档案的内容包括使女在担任使女之职以前是谁，她们的子女是谁，子女的父亲是谁：不仅要记录法定父亲，还要记录不合法的父亲，因为有很多女人急切地想要生育——无论是夫人还是使女——她们会不择手段地达到目的。但不管怎样，嬷嬷们会记下一切真的血缘关系：考虑到有那么多年长的男性娶了年轻女性，有可能发生父女乱伦的罪恶，但基列不能冒那种风险，所以不能没有追踪纪录。

但我要先完成珍珠女孩的传教使命，才能获准进入档案馆。我一直期待那一天的到来：可以去追索我母亲的下落——不是塔比莎，而是那个当过使女的亲生母亲。在那些秘不示人的档案里，我可以找出她的真实身份，或是曾用过的身份——她还活在人世吗？我知道那有风险——我可能不会喜欢最终发现的结果——但我无论如何都要试一试。我甚至可以追查出我的父亲是谁，尽管可能性很小，因为他没当过大主教。但只要我能找出生母，就能摸索出来龙去脉，而不是一无所知。哪怕这个未知的母亲未必会出现在我的未来，我也将有更完整的身世，我的过去将不限于自己的过往。

有天上午，我发现案头有一份档案馆的文件夹。封面上贴了一张手写的小纸条：艾格尼丝·耶米玛的血缘纪录。我屏住呼吸打开文件夹。里面有一份凯尔大主教的纪录。宝拉也在这个文件夹里，还有他们的儿子，马克。这个血缘谱系里没有我，所以我也没有被列为马克的姐姐。但顺着凯尔大主教的血缘谱系，我发现了那个可怜的奥芙凯尔的真名——克丽丝特尔，死于难产的使女——因为小马克也归属于她的血缘谱系。我想知道会不会有人跟马克提及她。照我的猜想，他们肯定能不说就不说。

最后，我找到了自己所属的血缘谱系——不在它应该被归置的地方，也就是凯尔大主教和他的第一任夫人塔比莎有关的资料里——而是在这份档案的最后，作为单独的附件存在。

里面有一张我母亲的照片。两张一组，就像我们在通缉使女逃犯的通告上看到的那种：正脸一张，侧脸一张。她的头发颜色很淡，拢在脑后；她很年轻。她正视前方，看进我的眼里：她想告诉我什么？她没有笑，但说到底，她为什么要笑呢？她的照片肯定是嬷嬷们拍的，要不然就是眼目拍的。

照片下的名字已用浓重的蓝墨水划去了。但有一条新写的注释：艾格尼丝·耶米玛，亦即维多利亚嬷嬷之母。已逃往加拿大。目前为"五月天"恐怖组织情报部门工作。遭两次清除行动（均告失败）。当前位置未知。

这段注释下面写着血亲父亲，但他的名字也被涂掉了。没有照片。注释写道：目前在加拿大。据说是"五月天"工作人员。地点不详。

我和我母亲长得像吗？我希望我可以这样想。

我记得她吗？我努力地回想。我知道我应该可以记起来，但过去的记忆太黑暗了。

记忆，那么残酷的东西。我们不能记住我们已经忘记的事。那些被迫让我们忘记的事。那些我们不得不忘却的事，只为了能在这儿、假装用任何一种正常的样子活下去。

我很抱歉，我轻声说道。我想不起来你的样子了。现在还不能。

我把手抚在母亲的照片上。感觉温暖吗？我希望是。我希望爱和温暖能从这张照片里发散出来——照片没有把她拍得很美，但那不要紧。我希望那种爱渗透到我的掌心里。孩子气的自说自话，我知道。但那终究是抚慰人心的。

我翻过那一页，后面还有一份文件。我母亲生了第二个孩子。那个孩子还在襁褓中时就被偷偷送去了加拿大。她的名字是妮可。有一张婴儿照。

妮可宝宝。

妮可宝宝，我们在阿杜瓦堂的每一个隆重场合都会为她祷告。妮可宝宝，她那阳光般灿烂无邪的小脸蛋经常出现在基列电视台里，作为国际社会不公正对待基列的象征。妮可宝宝，几乎就是世人公认的圣人、烈士，当然也是一个符号——那个妮可宝宝竟然是我的妹妹。

上面那段文字下面也有一行用蓝墨水写的注释，字迹略显飘忽：最高机密。妮可宝宝目前在基列。

这简直不可能。

喜悦之情涌上心头——我有个妹妹！但也感到害怕：如果妮可宝宝现在就在基列，为什么大家都不知道呢？应该有普天同庆的场面。为什么要特别告诉我？我感到很纠结，好像被看不见的线网束缚住了。我妹妹有危险吗？还有谁知道她在这儿，他们会对她做出什么样的事？

事到如今，我已明白给我留下这些卷宗的人只能是丽迪亚嬷嬷。可是，她为什么要这么做呢？而且，她希望我有什么样的反应呢？我母亲还活着，但背着死罪。她一直都被视为罪人；甚至更糟，是个恐怖分子。我有多像她？我在某些方面已被她的罪行玷污了吗？要传达的信息究竟是什么？基列已尝试过追杀我那叛国的母亲，但都失败了。我该庆幸？还是应该遗憾？我应该效忠何方？

后来，我在冲动之下做了一件特别危险的事。确保没人看到之后，我把贴有她们照片的那两页从血缘谱系档案文件夹里抽了出来，叠了几下，藏在我的袖筒里。说不清为什么，我只觉得自己无法忍受从此和她们分开。那样做很愚蠢、很任性，但并不是我做过的唯一一件愚蠢又任性的事。

证人证言副本 369B

57

那天是星期三,悲愁的日子。吃过和平常一样让人恶心的早餐后,我接到一个口信,叫我立刻去丽迪亚嬷嬷的办公室。"这是什么意思?"我问维多利亚嬷嬷。

"没人知道丽迪亚嬷嬷在想什么。"她说。

"我做了什么坏事吗?"要说坏事,可能性就太多了,那是肯定的。

"也不一定,"她说,"也可能是因为你做了什么好事。"

丽迪亚嬷嬷在办公室里等我。门是虚掩的,我还没敲门,她就叫我进去。"把门关好,坐下。"她说。

我坐下了。她看着我。我看着她。感觉很奇特,因为我知道她有权有势,堪称阿杜瓦堂里邪恶的老蜂后,但那个时候我没觉得她吓人。她的下巴上有一颗蛮大的黑痣:我克制自己别老盯着它看。我在想,她以前为什么不把痣去掉呢?

"杰德,你在这儿待得愉快吗?"她问道,"你能适应吗?"

我应该按照我学到的方式说是的,或挺好,或诸如此类的回答。但我脱口而出的是:"不太好。"

她笑了,露出发黄的牙齿。"很多人打一开始就后悔了,"她说,"你愿意回去吗?"

"回去,怎么回?"我说,"像猴子一样飞回去?"

"我奉劝你在公开场合里不要这样油嘴滑舌。那会带给你苦不堪言的后果。你有什么要给我看的吗?"

我一头雾水。"比方说?"我问道,"不,我没带——"

"比方说,在你的胳膊上。在你的袖子里面。"

"哦。"我说,"我的胳膊。"我撸起袖子:上面有上帝/爱的纹身,看起来不太养眼。

她端详了一会儿。"谢谢你照我的要求做。"她说。

她要求的?"你是那个线人?"我问。

"那个什么?"

我惹麻烦了吗?"你懂的,那个——我是说——"

她打断了我的话。"你必须学会整理你的想法。"她说,"不要瞎想。现在进行下一步。你是妮可宝宝,你在加拿大的时候应该已经知道了。"

"是啊,但我宁可不是,"我说,"这事儿并不让我高兴。"

"我相信你说的是真话,"她说,"不过,我们很多人都情愿不做自己。我们在这方面没有无穷尽的选择。那么,你准备好了吗?帮助你在加拿大的朋友们?"

"我要做什么?"我问。

"到这边来,把你的胳膊放在桌上,"她说,"不会疼的。"

她取出一把锋利的刀片,在我的纹身上切出一道小口子,就在上帝/爱的交界线的下面。然后,她用放大镜和一把很小的镊子,把一样非常微小的东西推到我的皮肤下面。她居然说不疼,真是睁眼说瞎话。

"不会有人想到往上帝里细看的。现在,你就是一只信鸽,我们只需要运送你就好了。这事儿比以前困难,但我们还是能办到的。噢,在你得到允许之前,不能告诉任何人。口风不紧战舰沉,船沉了就要死人。对吗?"

"对。"我说。现在我的胳膊里有一样致命武器了。

"要说是,丽迪亚嬷嬷。你不能在这里疏于礼仪,千万别。哪怕是这种无关紧要的口头语,你都可能被告发,乃至受到公开谴责。维达拉嬷嬷最爱她的纠正禁闭室了。"

证人证言副本 369A

58

看到自己的血缘资料后又过了两天，我一大早就被叫去丽迪亚嬷嬷的办公室。同时被叫去的还有贝卡，所以我俩同行。我们以为嬷嬷又要问我们和杰德相处如何、她和我们在一起是不是快乐、她是否做好了读写测试的准备、她的信念是否坚定。贝卡说她打算请求嬷嬷把杰德搬到别处去，因为我们实在没法教导她，什么都教不会。她就是不肯学。

可是，我们到丽迪亚嬷嬷办公室的时候，杰德已经在那儿了，坐在椅子里朝我们微笑。那个笑容透露着忧虑。

丽迪亚嬷嬷让我们进屋，关门前往走廊里看了看。"谢谢你们过来，"她对我俩说，"先坐下吧。"我们在空着的椅子里坐好，那两把椅子分立在杰德的左右。丽迪亚嬷嬷自己也落座了：她要先把双手撑在桌面上，稳住自己再坐下去。她的那双手在微微颤动。我发现自己在想，她已经老了。但那几乎像是不可能的：丽迪亚嬷嬷当然是不受年龄制约的。

"我有些消息要告诉你们，那将对基列的未来产生实质性的影响，"丽迪亚嬷嬷说，"你们三人将起到至关重要的作用。你们够勇敢吗？你们做好肩负重任的准备了吗？"

"是，丽迪亚嬷嬷。"我说道，贝卡也如此作答。嬷嬷们总是告诫我们，年轻的恳请者要勇敢，勇于担负重任。这么说通常意味着要放弃什么,比如时间,比如食物。

"很好。那我长话短说。第一点,我必须把另外两位嬷嬷已经知道的事实告知英茉特嬷嬷。妮可宝宝现在就在基列。"

我登时迷糊了:这么重要的消息为什么要告诉这个叫杰德的女孩?她可能根本不明白:那样一个标志性人物失而复得会给我们带来多么大的震动。

"真的吗?噢,宜应称颂,丽迪亚嬷嬷!"贝卡说,"真是天大的好消息。在我们这边?在基列?但为什么没有广而告之呢?这简直像个奇迹!"

"请你控制一下情绪,英茉特嬷嬷。现在,我必须再补充一句:妮可宝宝是维多利亚嬷嬷同母异父的妹妹。"

"瞎扯淡!"杰德喊出声来,"我可不信这个!"

"杰德,我什么都没听到,"丽迪亚嬷嬷说,"要懂得自尊,自知,自制。"

"抱歉。"杰德嘟囔了一句。

"艾格尼丝!我是说,维多利亚嬷嬷!"贝卡说,"你有个妹妹!这太让人开心了!!而且还是妮可宝宝!你太幸运了,妮可宝宝是那么讨人喜欢。"丽迪亚嬷嬷办公室的墙上就挂着那张妮可宝宝的标准照:她确实挺讨人喜欢的,但在那么小的时候,所有宝宝都是讨人喜欢的。"我可以拥抱你一下吗?"贝卡对我说。她要强烈克制自己,才能表现得这么积极。她肯定心有哀戚,因为我有了一个亲人,而她依然无亲无故:就连那个假装是她父亲的人也已可耻地死于处决。

"请你冷静一点,"丽迪亚嬷嬷说,"过去那么久了,妮可宝宝不再是宝宝了。她已经长大了。"

"当然,丽迪亚嬷嬷。"贝卡说。她坐了下来,把双手交叠放在膝头。

"可是,丽迪亚嬷嬷,如果她现在在基列,"我说道,"那她究竟在哪儿?"

杰德笑出声来。听着倒像一声狗叫。

"她在阿杜瓦堂。"丽迪亚嬷嬷微笑着回答。就像在玩猜谜游戏:她正自得其乐。我们肯定露出了困惑不解的神情。阿杜瓦堂里的每个人我们都认识,哪个才是妮可宝宝?

"她就在这间屋子里。"丽迪亚嬷嬷公布了答案。她摆了摆手。"坐在这儿的杰德就是妮可宝宝。"

"这不可能!"我说。杰德是妮可宝宝?也就是说,杰德是我的妹妹?

贝卡目瞪口呆地看着杰德。"不。"她轻轻说道。她露出遗憾的表情。

"很抱歉我已经不讨人喜欢了,"杰德说,"我尽力了,但真的装不来。"我相信她的本意是要开个玩笑,想要活跃一下气氛。

"噢——我没有那个意思……"我说,"只是……你看起来不像妮可宝宝。"

"对,是不像妮可宝宝,"丽迪亚嬷嬷说,"但她确实很像你。"没错,从某个角度看:眼睛很像,但鼻子不像。我偷偷瞥了一眼杰德的手,这会儿倒是规规矩矩地搁在膝头。我想要她伸长手指,好让我把我们的手掌对比一下,但我觉得那样太冒犯了。我不希望她认为我要找出更多证据才能验明她的真身,甚或拒绝承认她。

"我非常高兴自己有了个妹妹。"我客客气气地对她说道,因为我已经度过了震惊的阶段。这个让人难堪的女孩和我有同一个母亲。我必须倾尽自己的全力。

"你们俩都很幸运。"贝卡说着,声音里透着渴望。

"你和我情同姐妹,"我对她说,"所以杰德也等于是你的妹妹啊。"我不想让贝卡觉得自己被排除在外了。

"我可以拥抱你一下吗?"贝卡对杰德说;也许,我现在应该用真名称呼她了:妮可。

"我想应该行吧。"妮可说。于是,她得到了贝卡轻轻的拥抱。我也跟着拥抱了一下。"多谢了。"她说。

"谢谢你们,英茉特嬷嬷和维多利亚嬷嬷,"丽迪亚嬷嬷说,"你们展现了令人赞许的接纳力和包容力。现在,我要烦请你们集中精神。"

我们调转视线,正视她。"妮可不会在我们这儿待很久,"丽迪亚嬷嬷说,"她很快就要离开阿杜瓦堂,回加拿大去。她会携带一份重要的情报。我希望你们俩能够协助她。"

我震惊了。为什么丽迪亚嬷嬷要把她送回去?从来没有哪个皈依者是被送返的——那等于叛国——如果送返的人是妮可宝宝,那就等于犯下十遍叛国罪。

"可是,丽迪亚嬷嬷,"我说,"这样做是违背法律的啊,也违背了大主教们宣称的上帝的旨意。"

"没错,维多利亚嬷嬷。但正如你和英茉特嬷嬷读到的那么多机密文件所示——那都是我放在你们案头的——难道你们还没意识到,基列现在腐败到了多么恶劣的程度?"

"是,丽迪亚嬷嬷,但显然……"我还不能确定贝卡也看到了那些犯罪记录。我们俩都遵守了最高机密的保密原则;但更重要的是,我们两人都希望对方不要被卷进来。

"基列始建时的目标是纯洁而高尚的,我们都同意这一点,"她说,"但那已被自私自利、疯狂追求权力的人玷污了、颠倒了,一如历史进程中经常出现的状况。你们必定希望基列能够拨乱反正。"

"是的,"贝卡说着,点点头,"我们确实这么希望。"

"还要记住你们的誓言。你们发过誓,要为了帮助女人和女孩而奉献自我。我信赖你们能言出必行。"

"是，丽迪亚嬷嬷，"我说，"我们言出必行。"

"这件事就能帮到她们。好了，我不想强迫你们去做任何违背你们意愿的事情，但我必须强调一下各位的立场。既然我已把这个机密告诉了你们——妮可宝宝就在这里，还要为我担当信使——那么，你们时时刻刻都会被视为叛变者，除非你们向眼目泄露这个机密。但就算你们去告发，仍将遭到严厉的惩罚，甚至可能因为有所隐瞒——哪怕只是片刻的隐瞒——而被处以极刑。不用说，我本人也将被处死，妮可将被控制，比笼中的鹦鹉好不到哪儿去。如果她不肯就范，他们就会杀了她，不管用哪种手段。他们不会迟疑的：你们已经看过犯罪记录了，应该明白这一点。"

"你不能对她们这样！"妮可说话了，"这不公平，这是情感勒索！"

"我钦佩你的表态，妮可，"丽迪亚嬷嬷说，"但你那套幼稚的公平主张不适用于这里的情况。你可以保留你的意见，如果你还希望能回到加拿大，把我说的理解为命令或许更明智。"

她转向我们两人，继续说道："当然，你们尽可做出自己的选择。我会暂离一会儿；妮可，你跟我走。我们要给你姐姐和她的朋友一点单独思考的时间，以便全面权衡各种可能性。我们过五分钟回来。到时，我只需要你们给我简单的答复：是，或，否。关于你们要执行的任务的细节问题将择日再议。妮可，我们走吧。"她挽着妮可的胳膊，把她带出了房间。

贝卡的眼睛瞪得大大的，眼神惊恐，我肯定也一样。"我们必须做这件事，"贝卡说，"我们不能让她们去死啊。妮可是你亲妹妹，丽迪亚嬷嬷是……"

"做什么？"我说，"我们根本不知道她要我们做什么。"

"她要的是顺服和忠诚，"贝卡说，"还记得她救过我们吗——你和我？我们必须答应。"

离开丽迪亚嬷嬷办公室后,贝卡去图书馆值日班,我和妮可一起走回公寓。

"既然我们是姐妹了,"我说,"我们单独相处时,你可以叫我艾格尼丝。"

"行,我试试。"妮可说。

我们走进客厅。"我有样东西想给你看,"我说,"等我一下。"我上楼去。我一直把那两页血缘谱系档案藏在我的床垫下,折得很小。回到楼下后,我小心翼翼地把它们展开,摊平。等我把它们摊放在桌上后,妮可——和我那时候一样——也忍不住用手去抚我们母亲的照片。

"太神奇了。"她说。她把手拿开,再次仔细地凝视。"你觉得我和她像吗?"

"我也想过同样的问题。"我说。

"你对她还有印象吗?我那时肯定还太小了。"

"我不知道,"我说,"有时候觉得我可以想起来。我好像是记得什么。是不是有过另一栋房子?我是不是去过什么地方?但也可能都是我一厢情愿的空想。"

"你和我的父亲呢?"她说,"为什么她们要把名字涂掉?"

"也许是试图保护我们的某种办法。"我说。

"谢谢你给我看,"妮可说,"但我认为你不该把它们藏在这儿。万一被发现了呢?"

"我知道。我本想把它们放回去的,但那个文件夹已经不在我桌上了。"

商量到最后,我们决定把那两页纸撕成碎片,扔进马桶冲掉了。

丽迪亚嬷嬷对我们说,为了完成这项使命,我们必须保持坚强的意志。与此同时，我们还要保持如常的生活，不能做任何引起旁人注意妮可或任何引发怀疑的事。那很困难，因为我们都很紧张；我就整日战战兢兢的：要是妮可被发现了，贝卡和我也会被指控吗？

按照原计划，贝卡和我很快就会被派作珍珠女孩去执行传教使命。我们还去得成吗？还是说，丽迪亚嬷嬷已经另做打算？我们只能等待和观望。贝卡已经学过珍珠女孩前往加拿大的标准行为教程了，知道那里的流通货币、风俗习惯、购物方式，包括如何使用信用卡。她比我准备得充分多了。

下一次感恩庆典仪式将在一周内举办，直到那时，丽迪亚嬷嬷才又把我们叫去办公室。"你们必须这样做，"她说，"我在度假屋给妮可安排了一个房间。文件都准备好了。但你，英茉特嬷嬷，将代替妮可去度假屋。她会顶替你的位置，作为珍珠女孩被派往加拿大。"

"那我就去不成了？"贝卡说着，一脸沮丧。

"你可以晚一点再去。"丽迪亚嬷嬷说。

我怀疑那是个谎言，甚至在当时就觉察到了。

第二十一章

狂跳

阿杜瓦堂手记

59

我自认为把每一个环节都安排好了，但百密就算没一疏，也总有枝节横生。我这一天累坏了，现在匆忙写下这篇。我的办公室简直就像人们接踵而至的中央车站——可惜那栋庄严的建筑在曼哈顿之战中被夷为了平地。

第一个现身的是维达拉嬷嬷，我刚吃完早餐，她就冒出来了。维达拉和尚未消化的稀粥是一对让人吃不消的组合：我发誓等她一走就去喝点薄荷茶。

"丽迪亚嬷嬷，有一件急事我想提请您的密切关注。"她说。

我把叹气咽下肚去。"当然可以，维达拉嬷嬷。请坐下说。"

"我不会耽误您很长时间的。"她说着，一屁股坐进为访客预备好的椅子里，"是关于维多利亚嬷嬷。"

"哦？她和英茉特嬷嬷马上要出发去加拿大执行珍珠女孩的传教使命了。"

"我正想和您商议这事儿。您肯定她们够格吗？她们年纪还很轻——甚至比她们那一代的其他恳请者更年轻。她们两人都没有任何见识大世界的经验，但还有别的候选者至少有她们两个所欠缺的坚定个性。她们，您可以说她们有可塑性；但她们也极有可能在加拿大受到物质诱惑。还有，依我之见，维多利亚嬷嬷有变节之嫌。她一直在看某些可疑的资料。"

"我相信你不是在说《圣经》是可疑的。"我说。

"当然不是。我说的资料是她本人的血缘纪录，从谱系档案馆里弄出来的。那会让她产生有害的想法。"

"她没有获得进入血缘谱系档案馆的许可。"我说。

"肯定有人帮她把档案弄出来了。我碰巧路过，看到了她的书桌。"

"没有我的授权，谁会做出那种事呢？"我说，"我必须去搞清楚；我不能容许有人违背我的命令。但我可以肯定，到目前为止，维多利亚嬷嬷对有害的思想是有抵抗力的。虽然你提到她很年轻，但我相信她已经培养出了相当成熟、坚定的思想。"

"面子功夫罢了，"维达拉说，"她的神学素养非常薄弱。她的祷告观念也很愚昧。她从小就很轻狂，在学校做功课时就很糊弄，不听话，尤其是在手工艺课上。还有，她的母亲——"

"我知道她的母亲是谁，"我说，"这种说法适用于我们大部分值得尊敬的年轻夫人，她们的生母都是使女。但那种堕落的属性未必会遗传给下一代。而她的养母在正直和忍辱负重的方面则可堪典范。"

"这样评价塔比莎倒是恰如其分的，"维达拉说，"但我们都知道，维多利亚嬷嬷的生母是臭名昭著的坏分子。她不仅辱没了使女的本分，弃绝指派给她的职务，公然反抗神权赋予她的职责，而且，她还是把妮可宝宝从基列偷走的第一主犯。"

"维达拉，那都是多少年前的事了，"我说，"我们的使命在于救赎，而非仅仅因为其他因素就去谴责。"

"当然，就维多利亚而言这话是没错；她的母亲真该被切成十二块。"

"毫无疑问。"我说。

"有种风传很可信：除了她以前的那些叛国重罪之外，她现在还在为'五月天'情报部门卖命，在加拿大。"

"我们有赢就有输。"我说。

"这么说可有点古怪，"维达拉嬷嬷说，"这又不是体育比赛。"

"你能与我分享这番诤言洞见真是太好了。"我说，"至于你对维多利亚嬷嬷的观察，只能靠事实见分晓了。我有把握，她将圆满完成珍珠女孩的传教使命。"

"那我们就拭目以待吧，"维达拉嬷嬷皮笑肉不笑地说，"但要是她出了纰漏，请您务必有心，记得我警告过您了。"

随后登场的是海伦娜嬷嬷，从图书馆里一瘸一拐地快步走来。她的腿脚越来越不便了。

"丽迪亚嬷嬷，"她说，"我认为您应该知晓：维多利亚嬷嬷没有经过允许就看过自己在谱系档案馆的血统资料了。鉴于她的生母是谁，我相信这绝非明智之选。"

"维达拉嬷嬷刚刚跟我讲过这件事，"我说，"她和你的想法一致，认为维多利亚嬷嬷的道德品质较为薄弱。但是维多利亚嬷嬷是在正确的教养中成长起来的，在我们最好的维达拉学校里接受了最好的教育。你是认定先天的遗传终将战胜后天的培养吗？照这个理论说，不管我们付出多么艰辛的努力，都无法摒弃亚当的原罪在我们所有人身上打下的烙印，如此说来，恐怕我们的基列大业终将溃败。"

"噢，当然不是！我没有这种影射的意思。"海伦娜说着，变得警惕了。

"你自己看过艾格尼丝·耶米玛的血统资料了吗？"我问道。

"看过，很多年前。那时候，那份资料仅限于创建者嬷嬷们看。"

"我们做出的决策是正确的。如果消息走漏,让更多人知道妮可宝宝是维多利亚嬷嬷同母异父的妹妹,那必然会从童年开始就毁掉她的前程。现在我相信,假设基列国内有些寡廉鲜耻的人知道了这层亲缘关系,势必会利用她去换回妮可宝宝,把她当作谈判桌上的筹码。"

"我没想过这一点,"海伦娜嬷嬷说,"您说得显然很对。"

"你可能有兴趣了解一下,"我说,"'五月天'知道这对姐妹的关系;妮可宝宝在他们的掌控下已有一段日子了。可以想见,他们可能希望让妮可宝宝和她那堕落的生母团聚,因为她的养父母突然双双去世了。死于一次爆炸。"我补上了最后这句。

海伦娜嬷嬷扭动着鸟爪般的小手。"'五月天'很无情,他们不会认为把她交给她母亲那样的道德罪人照顾有什么不妥,甚至于,牺牲一个无辜的年轻人的生命对他们来说也不值一提。"

"妮可宝宝现在非常安全。"我说。

"宜应称颂!"海伦娜嬷嬷说。

"只不过,她现在还完全不知道自己就是妮可宝宝,"我说,"但我们希望能够很快把她接回基列,让她名正言顺。现在有这么个机会。"

"听到这个消息我真是太高兴了。不过,她真的回到我们中间后,我们务必十万分地小心处理她的真实身份,"海伦娜嬷嬷说,"我们只能慢慢地披露给她。揭示如此重大的事实可能会让脆弱的心智崩溃。"

"和我的想法一样。但在这个期间,我希望你仔细观察维达拉嬷嬷的动态。我担心,是她把血统谱系档案交给维多利亚嬷嬷的,至于其目的,我想不出来。也许,她希望维多利亚嬷嬷看到自己亲生父母是那样堕落后会绝望到无以复加,乃至陷入不稳定的精神状态,犯下某些轻率的过错。"

"维达拉从来就没喜欢过她,"海伦娜说,"甚至在她上学的时候就是。"

她一瘸一拐地走了,乐得揽到一份差事。

下午晚些时候,我坐在施拉夫利咖啡馆喝薄荷茶的时候,伊丽莎白嬷嬷又慌慌忙忙地走进来。"丽迪亚嬷嬷!"她悲号了一声,"眼目和天使军闯进了阿杜瓦堂!简直是入侵!您有批准这次行动吗?"

"冷静,"我嘴上这么说,但心在狂跳,"去哪儿了,他们到底在哪里?"

"印制所。他们没收了我们所有珍珠女孩用的宣传册。温迪嬷嬷提出了抗议,但很遗憾地告诉您,她被捕了。他们竟然真的对她下手了!"她浑身颤抖。

"这种事前所未有,"我说着,站起身来,"我要立刻去见贾德大主教。"

我直奔自己的办公室,打算用红色直线电话,但没有那种必要:贾德就在我面前。他肯定托辞事态紧急,就那样闯进来的。我们曾达成共识:男女两界神圣不可互犯,看来协议已到此为止。"丽迪亚嬷嬷。我明白,我应该为我的行动作出合理的解释。"他说道。他脸上没有笑容。

"我敢说您一定有无懈可击的理由。"我说着,刻意让语气略微冷淡一点。"眼目和天使军已严重逾越礼仪的界限,更不用说习俗和法律了。"

"一切都是为了保护您的好名声,丽迪亚嬷嬷。我可以坐下说吗?"我摆手示意座椅。我们都坐下了。

"我们查了很多线索都一无所获后,最终得出结论:我跟你提过的微点情报是以珍珠女孩发放的宣传册为媒介,神不知鬼不觉地在'五月天'和阿杜瓦堂里的一个尚不知名的联络人之间往来传送的。"他停顿一下，注意我的反应。

"您真是吓到我了！"我说，"简直厚颜无耻！"其实我在心里琢磨，他们怎么用了那么久才发现这件事呢。但话说回来，微点情报非常小，谁又会怀疑到我们那些吸引眼球、正规编制的招募材料？眼目组织浪费了那么多时间去搜查鞋子和内衣也不足为奇。"你们找到证据了吗？"我问道，"如果铁证在手，那就快告诉我，我们这个桶里的烂苹果是谁？"

"我们搜查了阿杜瓦堂的印制所，扣押了温迪嬷嬷进行审问。看起来，这是尽快得到真相的最佳捷径。"

"我无法相信温迪嬷嬷与此事有牵连，"我说，"那个女人没有能力策划这种诡计。她笨得像条孔雀鱼。我建议你们立刻释放她。"

"和我们的结论一致。她可以去舒缓诊所，以便从惊吓中恢复过来。"他说。

那让我长舒一口气。若没有必要，就不该让人受苦，但如果有必要，那就受吧。温迪嬷嬷是个有用的白痴，也像一颗豌豆一样人畜无伤。"你们还有什么发现？"我说，"找到那种微点了吗，如您所说的——在最近印制的宣传册上？"

"没有，不过我们在最近一批从加拿大返还的宣传册里查到了一些微点情报，内含地图和其它信息，必定都是'五月天'发过来的情报。'寻衣猎犬'的据点被消灭后，我们国内那个尚不知名的叛徒肯定已经意识到了：必须弃用那条情报传输路线，所以珍珠女孩的宣传册里也就不再有发自基列的机密情报了。"

"长久以来，我对维达拉嬷嬷都有怀疑，"我说，"海伦娜嬷嬷和伊丽莎白嬷嬷也有自由进出印制所的资格，我总是亲手把新印好的宣传册交到即将出发的珍珠女孩们手里，所以我也应该有嫌疑。"

贾德大主教听到这话笑了。"丽迪亚嬷嬷,你又来了,"他说,"哪怕在这种时刻也不忘开玩笑。还有一些人能够进出印制所:负责印务的学徒。但没有证据显示是她们在捣鬼,在这个案子里,找替罪羊也没用。我们决不能放走真凶。"

"也就是说,我们仍然在黑暗中摸索。"

"很不幸。对我来说很不幸,所以对你来说也很不幸,丽迪亚嬷嬷。我在国会的声望正在迅速下滑:我承诺过,会给他们一个交代。我发现自己正在受到冷遇,还有突如其来的问候。我觉察到了新的肃清行动即将到来的些许迹象;你和我都会被指控渎职,乃至叛国,竟会让'五月天'得逞,竟然就在我们眼皮底下的阿杜瓦堂里捣鬼。"

"情势很危急。"我说。

"只有一个办法能让我们保住一条生路,"他说,"必须立即公开妮可宝宝的消息,向全世界公开展示。电视,海报,大型公众集会。"

"我可以理解那样做的好处。"我说。

"如果我能宣布和她订婚,那就更保险了,随后的婚礼进行公开播送。那时候,你和我的地位就不可动摇了。"

"英明,一如往常,"我说,"但您现在是已婚状态。"

"我妻子的身体如何?"他问道,用挑起的眉毛以示责备。

"比之前好,"我说,"但没有预想的好。"他怎么可以那么明目张胆地用老鼠药呢?哪怕用量很少,老鼠药都是很容易检测出来的。虽然上学时代的舒拉蜜不讨人喜欢,但我不希望把她送进蓝胡子贾德的新娘藏尸房。实际上,她正在恢复;但一想到即将回到深爱她的贾德的怀中,恐惧就阻碍了她的痊愈。"我担心她会故态萌发的。"我说。

他叹了口气,说道:"我会为她脱离苦海而祈祷的。"

"我相信您的祷告很快就会得到应验。"我们隔着办公桌对看了一眼。

"多快?"他还是没忍住这么问。

"够快。"我说。

第二十二章

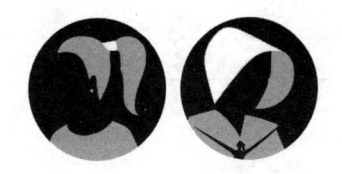

当胸一拳

证人证言副本 369A

60

我和贝卡本该收到珍珠项链前的两天,丽迪亚嬷嬷突然不宣而来,就在我们晚间的个人祷告时。是贝卡开的门。

"哦,丽迪亚嬷嬷,"她的语气里透着一点沮丧,"宜应称颂。"

"轻轻往后退,让我进去后把门关上,"丽迪亚嬷嬷说,"我的时间很紧。妮可在哪儿?"

"在楼上,丽迪亚嬷嬷。"我说。贝卡和我做着各自的祷告时,妮可通常会离开客厅,去进行她的体能锻炼。

"请把她叫下来。事出紧急。"丽迪亚嬷嬷说。她的呼吸比平时快。

"丽迪亚嬷嬷,您还好吗?"贝卡焦虑地问道,"您要喝杯水吗?"

"不用麻烦了。"她说。妮可走进了客厅。

"都好吗?"她问。

"实际上,并不好,"丽迪亚嬷嬷说,"我们被逼到绝境了。贾德大主教刚刚突击扫荡了我们的印制所,想要搜出叛国罪证。虽然他让温迪嬷嬷吃了苦头,但他没有找到什么罪证;很不幸的是,他已经知道杰德不是妮可的真名了。他发现了她就是妮可宝宝,还决意尽快和她成婚,以便提升他自己的声望。他希望婚礼能在基列电视台上直播。"

"太他妈操蛋了!"妮可说。

"拜托,注意用语。"丽迪亚嬷嬷说。

"他们不能强迫我嫁给他!"妮可说。

"他们会有办法的。"贝卡说。她的脸色已变得刷白。

"这太糟糕了。"我说。从我读到的贾德大主教的档案资料来看,这比糟糕还可怕:那无异于判了妮可死刑。

"我们能怎么做?"

"你和妮可必须明天就走,"丽迪亚嬷嬷对我说道,"越早越好。现在没法调用基列的外交专用飞机了;贾德会知道,而且立刻加以制止。你们不得不走另一条路线。"

"可是我们还没准备好呢,"我说,"我们没有珍珠项链,没有制服,也没有加拿大的钱,没有宣传册,没有银色的背包。"

"我今晚晚一点会把必要的东西给你们送来,"丽迪亚嬷嬷说,"我已经安排好了妮可用的通行证,可以证明她是英茉特嬷嬷。不幸的是,我来不及重新安排让英茉特嬷嬷去度假屋待一阵子了。无论如何,这种掉包顶替的做法可能撑不了足够长的时间。"

"海伦娜嬷嬷会注意到妮可不见了,"我说,"她一直点名的。她们也会奇怪,为什么贝卡——英茉特嬷嬷——还在阿杜瓦堂。"

"确实如此,"丽迪亚嬷嬷说,"因此,我必须请求你做出一番特别的贡献,英茉特嬷嬷。请你把自己藏起来,至少在她们两人离开后的四十八个小时内。也许可以躲在图书馆里?"

"那儿不行,"贝卡说,"那儿的书太多了。没地方藏下一个人。"

"我相信你会想出办法的,"丽迪亚嬷嬷说,"我们整个计划都要仰仗你,更不用说维多利亚嬷嬷和妮可的人身安全了。这是极其重大的责任——成败在此一举,可能只有经由你的付出,基列才能焕然一新;你也不希望别人被抓住,被吊死吧。"

"不希望,丽迪亚嬷嬷。"贝卡轻声说道。

"开动脑筋吧!"丽迪亚嬷嬷用欢喜鼓舞的语气说道,"运用你的智慧!"

"你给她的压力太大了,"妮可对丽迪亚嬷嬷说,"为什么我不能一个人走呢?那样的话,英茉特嬷嬷和艾格尼丝——维多利亚嬷嬷——就可以照正常计划一起出发了。"

"别傻了,"我说,"你不能一个人走。你一出去就会立刻被逮捕的。珍珠女孩总是两两成行,而且,就算你不穿制服,像你这个年纪的女孩根本不可能在无人陪伴的情况下远行。"

"我们应该制造一种假象,好像妮可已经翻墙而去了,"贝卡说,"那样的话,他们就不会在阿杜瓦堂里找她了。我不得不躲在堂里的什么地方。"

"这是个绝妙的主意,英茉特嬷嬷,"丽迪亚嬷嬷说,"也许,妮可可以写一张字条,给我们制造出那种效果。她可以说她意识到自己不适合当嬷嬷:这个并不难让人信服。然后,她可以宣称自己和一个经济人私奔了——某些为我们厅堂做修缮工作的低阶工人——他答应娶她,组建家庭。这种意向至少能展现出一种值得称许的生育渴望。"

"挺像那么回事。但没问题。"妮可说。

"没问题之后呢?"丽迪亚嬷嬷干脆地追问道。

"没问题,丽迪亚嬷嬷,"妮可说,"这个字条我可以写。"

十点,夜色尽黑,丽迪亚嬷嬷又上门来了,这次带了一只黑布包。贝卡给她开门,说道:"祈神保佑,丽迪亚嬷嬷。"

丽迪亚嬷嬷没有心思用正式用语应答。"我把你们会用到的东西都带来了。你们早上六点半从东门出去，要准时。会有一辆黑色轿车在门口等你们。车子会把你们送出城，一直开到新罕布什尔州的朴茨茅斯，你们到那儿换乘巴士。这是地图，路线已经标好了。你们在 X 地点下车。那儿的口令是五月的天和六月的月。和你们接头的联络员会带你们去下一个目的地。妮可，只要你成功达成这次任务，谋杀你养父母的凶手们就会曝光于天下，哪怕无法立刻追究他们的罪责。我可以告诉你们两人，尽管有各种阻碍，但只要你们抵达加拿大境内，就有可能和你们的亲生母亲团聚——我强调一下：这个可能性并不小。她知道有这个机会已有一阵子了。"

"噢，艾格尼丝。宜应称颂——那真是太好了，"贝卡小声说道，又补上一句，"对你们俩来说。"

"我真的非常感激您，丽迪亚嬷嬷，"我说，"为了盼到这个结果，我祈祷了很久。"

"我说的是如果你们成功。如果，这事儿很难说，"丽迪亚嬷嬷说，"没有百分百的把握会成功。抱歉。"她朝四周看了看，继而乏累地坐在沙发上。"现在我要麻烦你帮我倒杯水了。"贝卡立刻去倒水。

"您还好吗，丽迪亚嬷嬷？"我问道。

"上了年纪总有点小毛病，"她说，"我希望你们能活得够久，久到亲身体验一下老年病。还有一件事，维达拉嬷嬷有一大早在我雕像附近散步的习惯。如果她看到你们——你们会是一身珍珠女孩的装扮——她就会试图阻止你们。你们的行动要快，别等她折腾出事端。"

"但是，我们该怎么做呢？"我问。

"你很强壮，"丽迪亚嬷嬷说着，看向妮可，"力量是一种天赋。天赋就该得以善用。"

"你是说，我该把她打趴下？"妮可说。

"这样说倒是挺直接的。"丽迪亚嬷嬷说。

丽迪亚嬷嬷走后,我们打开黑色布包。里面有两套裙子,两串珍珠项链,两顶白帽,两只银色背包。还有一包宣传册,一只装有基列食品代币的信封,一叠加拿大现钞和两张信用卡。还有两张通行证,能让我们出入大门和各检查站。还有两张车票。

"我想我该去写那张字条,然后就去睡觉,"妮可说,"早上见。"她表现得很勇敢,好像没什么顾虑,但我看得出来她很紧张。

她走出客厅后,贝卡说:"我真的好希望能和你一起走。"

"我也好希望你能一起走,"我说,"但你要帮助我们。你会保护我们的。以后我会找出办法把你带出去,我保证。"

"我觉得没有那种办法,"贝卡说,"但我会祈祷,但愿你说得对。"

"丽迪亚嬷嬷说了,四十八小时。就是两天。如果你可以躲藏那么久……"

"我知道去哪儿,"贝卡说,"屋顶。在水箱里。"

"不行,贝卡!那儿太危险了。"

"噢,我会先把水放出来的,"她说,"我会把水从C栋公寓楼的浴缸里排出去。"

"她们会发现的,贝卡,"我说,"要是停水了,住在A栋和B栋的人会发现的。她们和我们共用一个水箱。"

"她们一开始不会上心的。我们早上本来就不该冲澡或泡澡。"

"别那么做,"我说,"要不,我索性不去了?"

"你别无选择。要是你留在这儿,妮可怎么办?丽迪亚嬷嬷不会希望他们审讯你、逼你说出她的全盘计划。如果不是他们,换作维达拉嬷嬷也会想要亲自审问你,那一切都完了。"

"你是说,她会杀了我吗?"

"最终将是那个结果。或是让别的人动手,"贝卡说,"他们就是这样行事的。"

"肯定有什么办法,我们可以带你一起走,"我说,"我们可以把你藏在车里,或是……"

"珍珠女孩只能成双结对出行,"她说,"我们走不了多远的。我会在精神上与你同在。"

"谢谢你,贝卡,"我说,"在我心里,你就是我的姐妹。"

"我会把你们想象成两只小鸟,飞走了,"她说,"空中的鸟必传扬这声音。"

"我会为你祷告的。"我说。但这样说似乎还不够。

"我也会为你祷告,"她轻柔地微笑着,"除了你,我从没爱过任何人。"

"我也爱你。"我说。我们拥抱彼此,哭了一会儿。

"去睡会儿吧,"贝卡说,"你明天需要有体力。"

"你也是。"我说。

"我不睡了,"她说,"我会为你们守夜。"她走进自己的房间,轻轻关上房门。

61

第二天清晨,我和妮可悄悄地溜出C栋公寓门。东边的朝霞绯红,透着金色,鸟儿在叽叽喳喳地欢叫,早晨的空气还很清新。周围不见人影。我们沿着阿杜瓦堂前的人行道朝丽迪亚嬷嬷的雕像走去,我们走得很快,但没发出声响。我们刚到雕像那儿,维达拉嬷嬷就从旁边一栋楼的拐角处现身了,决然地朝我们走来。

"维多利亚嬷嬷!"她说,"你为什么穿着那套裙子?下一场感恩庆典得到礼拜日呢!"她瞥了一眼妮可,"瞧瞧谁和你在一起呀?这不是新来的姑娘吗?杰德!她不应该——"她伸出手,揪住了妮可的珍珠项链,串绳被扯断了。

妮可使出了她的拳头。动作非常快,我几乎没看清,但她打中了维达拉嬷嬷的胸口。维达拉嬷嬷蜷缩倒地。她的脸色刷白,双眼紧闭。

"噢,不——"我刚开口。

"帮我。"妮可说道。她抓住维达拉嬷嬷的双脚,把她拖到雕像基座的后面。"老天保佑,"她说,"我们走吧。"她拽住我的胳膊。

地上有一只橘子。妮可把它捡起来,塞进珍珠女孩裙袍的口袋里。

"她死了吗?"我呢喃问道。

"不知道,"妮可说,"走吧,我们得快点儿。"

我们走到大门口,出示了通行证,天使军士放我们出行。

妮可捂紧了斗篷,所以没人能看到她的珍珠项链不见了。正如丽迪亚嬷嬷所说,右侧的街边尽头有一辆黑色轿车。我们上车时,司机没有转头看。

"可以出发了吗,女士们?"他说。

我说:"是的,谢谢。"但妮可说:"我们不是女士。"我用胳膊肘撞了她一下。

"别这么跟他说话。"我轻声说道。

"他不是真正的护卫,"她说,"丽迪亚嬷嬷又不是傻瓜。"她从衣袋里掏出那只橘子,开始剥皮。浓烈的清香散溢到空气里。"吃吗?"她问我,"可以给你半只。"

"不,谢谢你,"我说,"吃了它是不对的。"毕竟,它刚才还是神圣的供品呢。她把整只橘子都吃了。

我心想,她肯定会有什么闪失的。会有人注意到。她会害我们俩都被捕。

证人证言副本 369B

62

当胸给了维达拉嬷嬷一拳后我觉得很抱歉,但也不是非常抱歉:如果我不动手,她就会大喊大叫,我们就走不了了。话是这么说,我的心却跳得很凶。万一我真的把她打死了呢?但是,一旦她们发现了她,不管是死是活,就会四处追寻我们。要是埃达在,她就会说我们是泥菩萨过河了。

这时候,艾格尼丝一言不发,那种沉默像是被惹恼了,紧紧抿着嘴,嬷嬷们让你知道你惹她们生气就是那样的。最大的可能是那只橘子。也许我不该拿。后来我想到一个可怕的念头:狗。橘子的气味真的很重。我开始担忧:该怎么处置橘子皮呢。

我的左臂又发痒了,在上帝/爱的交界处。为什么隔了这么久还没好透?

丽迪亚嬷嬷把微点情报植入我的胳膊时,我认为她的计划很绝妙,但现在我觉得那未必是个好主意。如果我的身体和情报合二为一,那万一我的身体没办法抵达加拿大呢?我又不能把胳膊切下来、寄回去。

我们的车经过了几个检查站——检查护照,天使军士朝车窗里瞥了一眼,确定我们和证件上的照片相符——但艾格尼丝交代过我,让司机说话就好,他确实说了一通:珍珠女孩这个,珍珠女孩那个,我们是多么高尚,我们做出了多少牺牲。在某个检查站,有个天使军士说:"祝你们顺利完成使命。"在另一个检查站——出城后很远的地方——他们自顾自地开玩笑。

"希望她们带回来的别是丑八怪或是贱人。"

"不是丑就是贱。"那个检查站的两个天使军士放声大笑。

艾格尼丝摁住我的胳膊。"别回嘴。"她说。

等我们进入乡村,上了高速公路,司机递给我们两只三明治:基列假芝士三明治。"这大概就是我们的早餐了,"我对艾格尼丝说,"脚茧配白皮。"

"我们应该感恩。"艾格尼丝用嬷嬷那种虔敬的口吻说道,所以,我猜想她的气还没消。把她想成我姐姐实在太奇怪了;我们是如此不同。但我真的没时间把这件事好好想明白。

"我很高兴有个姐姐。"我说道,想要示好。

"我也很高兴,"艾格尼丝说,"而且我很感恩。"但她听上去没什么恩情。

"我也感恩的。"我说。谈话到此为止。我想问问她,我们还要把这种基列的谈话方式维持多久——既然我们已在逃亡的路上了,就不能不这么说话吗?就不能有自然的言谈举止吗?不过,也许对她来说这就是自然的。也许她根本不知道还有别的言谈举止的方式。

到了新罕布什尔州的朴茨茅斯,那个司机让我们在巴士站下车。"姑娘们,祝你们好运,"他说,"让他们见鬼去吧。"

"瞧见没?他不是真正的护卫。"我说道,想逗艾格尼丝重新开口。

"当然不是,"她说,"真正的护卫决不会说'见鬼'。"

巴士站又破又旧,女厕所就是个细菌工厂,没地方让我们用基列食品代币换到任何人类想要的东西。我觉得之前吃了那只橘子真是赚到了。不过，艾格尼丝没那么挑剔，她早就习惯阿杜瓦堂里那些冒充食物的垃圾了，所以就用两个代币换了几个貌似甜甜圈的面疙瘩。

时间一分一秒的过去，我开始坐立难安。我们等啊等啊，总算来了一辆巴士。车上的一些乘客朝我们点头示意，就像看到军人一样：点头以示敬礼。有个上了年纪的经济太太甚至说了一句："上帝保佑你们。"

大约十英里之外还有一个检查站，但那儿的天使军士们对我们超有礼貌的。有一个军士说："你们非常勇敢，敢向索多玛之城进发。"要不是因为太害怕了，我很可能笑出来——想到加拿大的大多数地方都那么无聊平庸，就觉得索多玛之称实在太搞笑了。那儿并没有终年无休、全国范围的狂欢啊。

艾格尼丝使劲捏了捏我的手，暗示要让她讲话。她有阿杜瓦堂特有的窍门：镇定地保持面无表情。"我们只愿为基列奉献一己之力。"她用嬷嬷特有的机器人般不抑不扬的腔调说道。那个天使军士应道："宜应称颂。"

路越来越颠簸了。他们肯定把修路经费省下来，用在交通更频繁的路上了：如今基列和加拿大的贸易往来实际上已告终止，谁还愿意去基列北部呢？除非你是本地人。

这辆巴士没有坐满，所有乘客都属于经济阶层。我们走的是有风景的路线，沿着海岸线蜿蜒前行，但目之所及也不都是好景致。沿途有许多歇业关张的汽车旅馆、路边餐厅，还有不止一只微笑的、巨大的、快散架的红色龙虾招牌。

我们的车越往北开，友善的迹象就越少：有乘客开始露出愤怒的表情，我感觉得到，我们珍珠女孩的使命，乃至整个儿基列大业在这儿越来越不受待见了。没人朝我们吐唾沫，但他们都皱着眉头，好像很想啐一口。

我很想知道我们走了多远。丽迪亚嬷嬷标好路线的地图在艾格尼丝那儿,但我不想让她拿出来:我们俩凑一块儿看地图肯定惹人生疑。巴士开得很慢,我越来越焦虑:还有多久,她们就会发现我们不在阿杜瓦堂了?我胡编乱造的字条会让她们信服吗?她们会先打电话通知下去吗:设置路障,叫停巴士?我们实在太显眼了。

接着我们要绕一段路,因为那是单行路段,艾格尼丝开始绞手了。我用胳膊肘推了她一下。"我们要保持仪态平和,记得吗?"她虚弱地朝我微微一笑,把双手叠放在膝头;我感受得到她开始深吸气,再慢慢地呼出气息。她们在阿杜瓦堂确实教了一点有用的东西,自制就是其中之一。无法自制的女人在尽责的长途中必将无法把握方向。不要抵抗愤怒的阵阵波动,化怒气为推动力。吸气。呼出。闪避。绕行。转向。

我决不可能成为真正的嬷嬷。

下午五点左右,艾格尼丝说:"我们在这儿下车。"

"这儿是边境吗?"我问。她说不是,我们要在这儿搭乘下一辆车。我们从行李架上取下各自的背包,走下巴士。那个小镇上,店铺的门面都用木板封起来了,玻璃大都被打破了,但还有个加油站和一间凋敝的便利店。

"令人鼓舞。"我郁闷地说了一句。

"跟着我走,什么都别说。"艾格尼丝说。

走进便利店后,闻到了烤焦的吐司和臭脚丫的味道。货架上几乎没什么东西,只有一排可以久放的食物,用黑色粗字体标明类别:罐头食品,饼干,曲奇。艾格尼丝走向卖咖啡的柜台——柜台边摆着酒吧里常见的红色高脚凳——她坐下后,我也坐下了。在柜台里工作的是个敦实的经济阶层中年男子。如果在加拿大,就会是个敦实的中年女子。

"要什么?"那男人问道。很显然,他对我们的珍珠女孩装束无动于衷。

"请给我们两杯咖啡。"艾格尼丝说。

他从咖啡壶里倒出咖啡,隔着柜台把杯子推向我们。那咖啡肯定泡了一整天了,绝对是我这辈子喝过的最难喝的咖啡,甚至比"舒毯"的咖啡还难喝。但我怕不喝会惹怒那个男人,所以我加了整整一包糖进去。结果可好,更难喝了。

"这种五月的天可够暖和的。"艾格尼丝说。

"现在不是五月。"他说。

"当然不是,"她说,"我说错了。但有六月的月。"

那个男人这才露出微笑。"你们要用一下洗手间,"他说,"两个人都需要。从那个门进去。我去开锁。"

我们走进了那扇门。里面不是洗手间,而是直接通到户外木棚,棚子里有些老旧的渔网、一把断斧、一堆铁桶,还有一扇后门。"怎么搞的,你们怎么这么久才到?"那男人说,"该死的巴士总是晚点。这是给你们的新装备。有手电筒。把你们的裙子塞进背包里,我等会儿会处理的。我等在外面。我们这就出发。"

给我们的是牛仔裤、长袖T恤、羊毛袜和高帮徒步靴、格子花呢外套、绒线帽、防水外套。我穿T恤的时候有点小麻烦:左边的袖管在上帝/爱那儿勾住了。我脱口而出"真他妈烦人",接着又说"对不起"。我觉得自己有生以来从没那么快地换过衣服,把银色长裙脱下再穿上那些衣裤后,我开始有种回归自我的感觉了。

证人证言副本 369A

63

给我们的那身衣物让我极其不悦。内衣和我们在阿杜瓦堂穿的简朴、结实的内衣非常不同,我只觉滑溜溜的,简直是伤风败俗。而穿在外面的根本就是男装。没有衬裙,一想到那么粗糙的面料紧贴在我双腿的皮肤上我就心烦意乱。穿这种衣裤是对性别的背叛,有违上帝的律法:去年,有个男人被吊死在高墙上,就是因为他偷穿夫人的内衣。夫人发现后告发了他,因为那也是她的职责所在。

"我必须把这些脱掉,"我对妮可说,"都是男人穿的。"

"不,不是的,"她说,"都是女生穿的牛仔裤。和男裤的剪裁不一样,你看那个银色的小丘比特刺绣。肯定是女裤。"

"在基列绝对没人信,"我说,"我会被鞭打,甚至更惨。"

"基列,"妮可说,"不是我们要去的地方。我们还有两分钟就要和外面的大叔一起出发了。所以你赶紧,别叽叽歪歪的。"

"你说什么?"有时候我完全听不懂我妹妹在说什么。

她笑了一声。"意思是:要勇敢。"

我们要去一个她听得懂这些话的地方,我心想。而我听不懂。

那个男人有辆破破烂烂的皮卡。我们三人都挤在前座。天下起了毛毛雨。

"谢谢你为我们所做的一切。"我说。那男人含含糊糊地应了一声。

"我收了钱，"他说，"就得把脑袋伸进绳索里。我太老了，折腾不起了。"

我们换衣服的时候，这个司机肯定喝了酒：我可以闻到酒味儿。我记得小时候在凯尔大主教举办的晚宴上闻到过这种味道。罗莎和薇拉有时会把杯中剩下的酒喝光。泽拉不太喝。

我即将永远地离开基列，此刻只觉得想念泽拉、罗莎和薇拉，还有我以前的家，还有塔比莎。早些年里，我并不缺母爱，但现在我觉得自己没有母亲了。丽迪亚嬷嬷的角色有点像母亲，尽管很严厉，但我再也见不到她了。丽迪亚嬷嬷对我和妮可说过，我们的亲生母亲还活着，正在加拿大等待我们，但我在想，我会不会死在路上呢？要是我死了，这辈子也见不到她了。那她只能是一张被撕成碎片的照片。她是我心中的空缺，一道裂痕。

虽然喝了酒，那男人的车却开得又稳又快。路很绕，但因为下了雨，感觉却很顺滑。我们驶过了几英里；月亮在云层间升起，为树梢的黑色剪影裹上了银色的光晕。偶尔能看到一栋房子，要么暗着，要么只亮了一两盏灯。我努力平息自己的焦虑；后来就睡着了。

我梦到了贝卡。她就在我身边，在皮卡的前座。我看不见她，但知道她在。我在梦里对她说："你到底还是跟我们一起走了。我太开心了。"但她没有回应我。

证人证言副本 369B

64

夜色悄悄降临。艾格尼丝睡着了，开车的大叔不是那种健谈的人。我猜想，他只是把我们当作要运送的货物，谁会和货物交谈呢？

过了一阵子，我们拐上了一条狭窄的支路；前方出现了波动的水光。我们的车停靠在一个看似私人码头的地方。那儿有一条摩托艇，里面坐了一个人。

"叫醒她，"司机说，"带上你们的东西，那是你们的船。"

我戳了戳艾格尼丝的肚子，她一下子惊醒过来。

"天亮了，起床了。"我说。

"几点了？"

"上船的点儿。走吧。"

"一路平安。"司机说道。艾格尼丝又开始说感谢的话，但被他打断了。他把皮卡车厢里的两只背包扔给我们，我们走向摩托艇，刚走了一半他就把车开走了。我打开手电筒为我俩照路。

"把光灭了。"船上的人轻轻喊了一声。那是个男人，穿着连帽防水服，帽子罩在头上，但声音听起来很年轻。"你们看得见路。慢慢走就好。坐当中一排。"

"这是海吗？"艾格尼丝问道。

他笑了一声。"还不是，"他说，"这是皮纳布斯河。你们很快就能入海。"

马达是电动的，非常安静。小船驶到河的中央；天上悬着新月，倒映在河水里。

"看啊，"艾格尼丝悄声说道，"我从没见过这么美的景象！像是月光留下的一串脚印！"那个时刻，我觉得自己更像是她的姐姐。现在，我们即将离开基列境内，规则正在改变。她要去一个新地方，完全不了解那儿的状况，对我来说却是回家。

"我们现在完全暴露在户外。万一有人看到我们怎么办？"我问那个人，"万一他们说出去呢？向眼目那些人报告？"

"这儿的居民不和眼目往来，"他说，"我们不喜欢窥探秘密。"

"你是走私贩吗？"我想起了埃达曾跟我说过的事儿。我姐姐又用胳膊肘捅我了：我又不守规矩了。你在基列不能这样鲁莽地提问。

他笑了。"边境——只不过是地图上的一根线。东西来来往往，人也一样。我只是个送货的伙计。"

河面变得越来越宽了。雾气泛起；两岸变得模糊不清。

"那就是了。"那人终于说道。我可以看到水面之上有片暗影。"内莉·J. 班克斯号。你们去天堂的门票。"

第二十三章
高墙

阿杜瓦堂手记

65

老态龙钟的克劳馥嬷嬷和她麾下的两位年逾七旬的花艺师在我的雕像后面发现了昏迷不醒的维达拉嬷嬷。医护人员赶来后，断定维达拉嬷嬷中风了，我们本堂的医生确认了这一诊断。阿杜瓦堂里谣言四起，大家见面时纷纷哀伤地摇头，彼此许诺要为维达拉嬷嬷身体康复做祷告。在附近还发现了一条断裂的珍珠女孩的项链：肯定有人不小心遗落了，这种疏忽未免太浪费了。我将发布一则备忘录，提醒大家注意：保管好这类财物是我们的分内事。珍珠不会从树上长出来，我会如此强调，哪怕人造珍珠也不会；也不应该把珍珠随便丢弃在猪的跟前，换言之，不能暴殄天物。我会含蓄地补上一句：这倒不是说阿杜瓦堂里有猪。

我去重症照护病区探望维达拉嬷嬷。她平躺在床上，两眼紧闭，鼻子里插着一根管子，还有一根管子接在她的手臂上。"我们亲爱的维达拉嬷嬷情况如何？"我问当班的护士。

"我一直在为她祈祷。"那个嬷嬷答道。我从来都记不住护士们的名字，她们就是这种命。"她陷入昏迷了：这可能对恢复有好处。有些部位可能会瘫痪。他们担心她的言语功能会受到影响。"

"假如她能恢复的话。"我说。

"等她恢复的时候，"护士的口吻有点责备的意思，"我们不喜欢在病人能听到的时候做任何消极表态。她们看起来好像是睡着了，但神志时常是清醒的。"

我在维达拉床边坐了一会儿，等到那个护士离开后，我迅速检查了一下手边备用的医药设施。我该把麻药剂量调高吗？在接入她手臂的管子上做些手脚？关掉她的氧气阀门？这些动作我都没有做。我信赖努力，但不信没必要的努力：维达拉嬷嬷应该正在为离开这个世界做单方面的讨价还价。离开重症照护病区前，我把一小瓶吗啡揣进了兜里，有预见力是一种重要的美德。

午餐时段，我们都在食堂里时，海伦娜嬷嬷提到维多利亚嬷嬷和英茉特嬷嬷缺席了。"我相信她们是在斋戒，"我说，"昨天我瞥见她们在希尔德加德图书馆阅览室里研读《圣经》。为了即将到来的使命，她们在寻求指引。"

"值得表扬。"海伦娜嬷嬷说。她继续一丝不苟的点名工作。"我们新来的皈依者杰德在哪儿呢？"

"大概病了吧，"我说，"某种女性症状。"

"我要去看看，"海伦娜嬷嬷说，"也许她需要一只热水袋。C栋，对吗？"

"你真好，"我说，"是的。我记得她的房间在三楼的阁楼上。"我希望妮可把写有私奔消息的字条留在某个显眼的地方了。

海伦娜嬷嬷很快就带着重大发现从C栋公寓急匆匆返回了，兴奋得头晕眼花：杰德那姑娘私奔了。"跟一个叫盖斯的水管工，"海伦娜嬷嬷还补了一句，"她声称自己恋爱了。"

"太不幸了，"我说，"我们必须找到那一对儿，好好训诫一番，还要确保举办体面的婚礼。不过，杰德很粗野，她不太可能成为一个无可指摘的嬷嬷。往好处想：这样的结合会提升基列的人口总数。"

"可是,她怎么能碰上这么个水管工呢?"伊丽莎白嬷嬷问道。

"今天早上 A 栋有人投诉说浴室没水了,"我说,"肯定是她们把水管工叫来的。那显然是一见钟情。年轻人就是冲动。"

"阿杜瓦堂的人都不该在早上洗澡,"伊丽莎白嬷嬷说,"除非有人破了规矩。"

"不幸的是,那并非不可能啊,"我说,"新来的人意志都很薄弱。"

"噢,是的,太薄弱了,"海伦娜嬷嬷赞同道,"但她是怎么出大门的呢?她没有通行证,门口不会放行的。"

"那个年纪的姑娘都很敏捷,"我说,"我估计,她是翻过了高墙。"

我们继续吃饭——干巴巴的三明治、用番茄做的烂乎乎的玩意儿和甜品:太稀的牛奶冻——吃完这顿简陋的午餐前,我们几人已达成共识:叫杰德的姑娘幼稚地出走了,她身手矫健地翻过高墙,毅然投奔到一个上进的经济阶层水管工的怀抱里,圆满她的女性宿命。

第二十四章
内莉·J. 班克斯

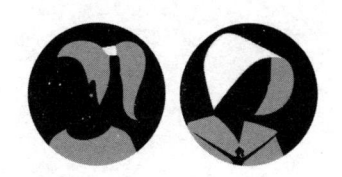

证人证言副本 369B

66

我们停靠在大船边上。甲板上有三个人影；一只手电筒短暂地亮了一下。我们爬上了绳梯。

"你们坐在栏杆上转身，把脚转到这边来。"有人说道。有人抓住了我的胳膊。接着，我们就站在甲板上了。

"我是密西门戈船长，"那人说道，"请跟我们进去吧。"这时响起了低沉的嗡鸣声，我感到大船开始移动了。

我们走进了一间小舱房，窗户都用遮光窗帘遮住了，有些控制设备，还有一台看似船用雷达的机器，但我没机会凑近了细看。

"很高兴你们成功上船了。"密西门戈船长说着，和我们两人握了握手。他的手少了两根指头。他很健壮，大约六十岁，皮肤晒成了古铜色，留着很短的黑胡子。"我先说说我们的情况，以免有人问到你们：这是一条捕鳕鱼的纵帆船，太阳能动力，有备用燃料。黎巴嫩方便旗船①。我们刚送完一批有特殊许可证的鳕鱼和柠檬，也就是灰市用的货，现在是返航。白天，你们要藏起来，不能被人看到：我的联络人——也就是送你们上船的伯特——跟我说了，他们应该很快就开始搜查你们的下落了。船舱里有个地方给你们睡觉。如果遇到海岸警卫队的巡查也不要紧，

---

① 指商船为逃避税收而在登记宽松的国家进行登记，并悬挂该国国旗。

我们认识那些人,不会有彻底搜查的。"他用拇指指尖搓了搓食指指尖,我明白,他的意思是给警卫队塞过钱了。

"你们有吃的吗?"我问,"我们一整天都没吃东西。"

"有。"他说完,叫我们在原地等一会儿,端回了两只泡好茶的马克杯和几块三明治。夹的是芝士,但不是基列的那种假芝士,而是如假包换的真芝士:香葱山羊奶酪,梅兰妮喜欢的那种。

"谢谢你。"艾格尼丝说。我已经吃起来了,嘴里塞得满满的,还是嘟哝了一句感谢之词。

"你的朋友埃达要我代问好,她说,很快就能再见了。"密西门戈船长对我说道。

我把三明治囫囵吞下去。"你怎么认识埃达的?"

他笑出声来。"每个人都和别人沾亲带故。反正在这儿是。我们以前一起去新斯科舍猎鹿的,老早以前了。"

我们走下一段梯子,到了睡觉的地方。密西门戈船长走在最前头,打开了电灯。船舱里有些冰柜,还有些长方形的大金属箱。靠着这些箱子摆放了一只铰链翻盖的大箱子,里面有两只睡袋,看起来不太干净:我猜想我们不是第一批使用者。整个地方闻起来只有鱼腥味。

"只要没情况,你们就可以把箱盖开着,"船长说道,"好好睡,别被臭虫咬了。"我们听着他的脚步声渐渐消失。

"有点讨厌啊,"我轻声对艾格尼丝说,"这股子鱼腥味。还有这俩睡袋。我赌里面肯定有跳蚤。"

"我们应该感恩,"她说,"睡吧。"

上帝/爱的纹身那块儿一直不舒服,为了不压蹭到那儿,我只能朝右侧躺。我在想,我会不会得了败血症。要是那样,我的麻烦就大了,因为船上绝对没有正经医生。

我们醒来时天还没亮,但是船身在剧烈摇晃,把我们弄醒了。艾格尼丝爬出我们的铁箱子,登上梯子去看上面的情况。我也想去,但真的感觉不太舒服。

她爬下梯子,带回一保温杯的热茶和两只水煮蛋。我们进入海域了,她说,是海浪在撞击船身。她从没想过海浪会那么大,虽然密西门戈船长说这点风浪不算什么。

"啊上帝啊,"我说,"但愿海浪不要变得更大。我最讨厌呕吐了。"

"请你不要那么随便地把上帝之名用作脏话。"她说。

"不好意思,"我说,"但假设真有上帝,希望你不介意我这么说:他让我的人生彻底完蛋了。"

当时,我以为这么说一定会让她发火,但她只是说:"你在这个宇宙里并不是独一无二的。没有人能轻轻松松地活下去。但也许上帝让你的人生完蛋——用你的话来说——是有原因的。"

"可我他妈的快等不到找出原因的那一天了。"我说道。手臂很疼,让我变得非常易怒。我不该那么夹枪带棒地说话,也不该对她讲粗话。

"可我以为你已经很清楚我们这次的使命要达到什么目标了,"她说,"解放基列。净化。复兴。那就是我说的原因。"

"你认为那个烂透的屎坑还能复兴?"我说,"烧光了得了!"

"你为什么想去伤害那么多人呢?"她温和地反问我,"那是我的家园,是我长大的地方。那地方是被当权者毁掉的。我希望那儿变得更好。"

"也是,好吧,"我说,"我懂了。抱歉。我不是说你。你是我姐姐。"

"我接受你的道歉,"她说,"谢谢你能理解。"

我们沉默地在黑暗里枯坐了几分钟。我能听到她的呼吸声,

397

还有几声叹息。

"你觉得这样做会有用吗？"我终于问道，"我们能到那儿吗？"

"这不在我们的掌控之中。"她说。

证人证言副本 369A

67

到了第二天清晨，我已非常担心妮可了。她说她没有生病，但她发烧了。我回想起阿杜瓦堂教过我们怎样照顾病人，便试着让她多喝水。船上有柠檬，所以我能做点柠檬汁，用茶、盐和一点糖混合在一起。我要从睡觉的舱房顺着梯子上上下下，但现在感觉容易多了，我意识到，如果穿长裙会很麻烦。

雾很大。我们仍在基列的海域里，中午前后有过一次海岸警卫队的巡查。妮可和我从里面把金属箱的盖门扣紧了。她抓紧了我的手，我用力捏了捏，我们屏住呼吸，不发出一丁点儿声响。我们听到周围响起脚步声、说话声，但声音渐渐平息下去，我们的心才不那么狂跳。

那天晚些时候，引擎发生了故障，我上去倒柠檬汁的时候发现的。密西门戈船长看起来很烦恼：这片海域退潮时的浪又高又快，他说，要是没有动力，我们就会被推回到海里，或是随洋流灌进芬迪湾，在加拿大海岸触礁搁浅，这条船就会被扣押，所有船员都会被逮捕。这条船正在向南漂流；这是不是意味着，我们会被海流送回基列？

我心想，不知道密西门戈船长有没有后悔同意偷送我们。他对我说，如果他们追上并控制住这条船，就会发现我们，他会被指控走私女性。他的船会被扣押，因为他本人的祖籍在基列，后来穿过加拿大边境，逃出了基列本土，所以，他们会认为他依然是基列国民，并将他作为走私犯送交庭审，那将是他的末日。

"我们让你冒了这么大的风险，"我听完这些，说道，"你们不是和海岸警卫队有协议吗？关于灰市贸易？"

"他们会否认的，没有任何书面承诺，"他说，"谁想因为受贿被枪毙呢？"

晚餐是鸡肉三明治，但妮可不饿，只想睡觉。

"你很不舒服吗？我能摸摸你的额头吗？"她的皮肤好烫。"我很想告诉你，我的生命中有你，这让我心怀感恩，"我对她说，"我很高兴你是我妹妹。"

"我也是，"她说，过了一分钟又说，"你觉得我们还能见到母亲吗？"

"我有信念，我们一定能见到她。"

"你觉得她会喜欢我们吗？"

"她会爱我们的，"为了安抚她，我继续说道，"我们也会很爱她的。"

"你和别人仅仅有血缘关系，并不代表你会爱他们。"她喃喃说道。

"爱是一门修行，就像祷告，"我说，"我想为你祷告，好让你感觉舒服一点。你介意吗？"

"没用的。我的感觉不会好多少。"

"但我的感觉会好一点。"我说。她就同意了。

"亲爱的上帝，"我说，"愿我们能接纳过往的一切缺憾，愿我们在宽恕和慈爱中前进，迈入更美好的未来。愿我们俩都感恩拥有姐妹，愿我们俩都能再见到我们的母亲，以及我们各自的父亲。愿我们记住丽迪亚嬷嬷，愿她的罪孽和过失得到宽恕，一如我们祈愿自己的罪过也能被原谅。愿我们永远对我们的姐妹贝卡怀有恩情,不管她会在何处。请赐福她们。阿门。"

我做完祷告时,妮可已经睡着了。

我也想睡,但舱房里比平时更闷。后来,我听见脚步声,有人走下了金属梯。是密西门戈船长。"很抱歉,但我们只能把你们送下船了。"他说。

"现在?"我说,"可现在是晚上啊。"

"很抱歉,"密西门戈船长再次道歉,"我们让马达转起来了,但动力不够。我们现在是在加拿大海域,但距离我们应该把你们送往的目的地还很远。船开不到海港了,那对我们来说太危险。潮汐在和我们对着干。"

他说我们在芬迪湾海岸的东面。妮可和我只要上了那儿的海岸就安全了;但他不能搭上整条船和所有船员的命去那儿。

妮可睡得很沉;我只能使劲摇醒她。

"是我,"我说,"是你姐姐。"

密西门戈船长把同样的话又跟她说了一遍:我们必须现在就离开内莉·J. 班克斯号。

"所以,你指望我们游过去?"妮可问。

"我们会把你们放在充气救生筏里,"他说,"我已经下过命令了,他们准备好了,就等你们了。"

"她身体不舒服,"我说,"不能等到明天吗?"

"不行,"密西门戈船长说,"洋流会转向。错过这个窗口期,你们就会被推回公海。穿上最保暖的衣服,十分钟内上甲板。"

"最保暖的衣服?"妮可说,"说得好像我们买下了一整个北极人的衣橱。"

我们把手边所有的衣服都穿上身。靴子,绒线帽,防水外套。妮可先上梯子:她的脚步不太稳,而且只用右臂抓着扶栏。

密西门戈船长和另一个船员正在甲板上等我们。他们为我们准备了救生衣和一只保温杯。船左侧的浓雾像一堵墙似的向我们涌来。

"谢谢你,"我对密西门戈船长说,"感谢你为我们所做的一切。"

"很抱歉不能照原计划执行下去,"他说,"祝你们成功。"

"谢谢你。"我又谢了一遍。"也祝你们一切顺遂。"

"如果可以,你们要尽量避开浓雾。"

"太棒了,"妮可说,"大雾。真是求之不得呢。"

"可能是一种福祉。"我说。

我们坐在充气筏里,他们把我们放下水。小艇里有只太阳能小马达:操作起来非常简单,密西门戈船长说:启动,空转,向前,向后。还有两把桨。

"反推。"妮可说。

"什么?"

"把我们的船从内莉号旁边推开。不是用你的手!给——用这只桨顶它一下。"

我总算把小船推开了,不过推得不够远。我从没拿过桨,只觉得自己笨拙得要命。"再见,内莉·J. 班克斯号,"我说,"上帝保佑!"

"别费那个劲儿挥手啦,他们看不见你,"妮可说,"能把我们甩掉,他们肯定特别开心,我们是有毒的货品。"

"他们人很好。"我说。

"你以为他们没捞到一大笔钱吗?"

内莉·J. 班克斯号从我们旁边开走了。我希望他们会有好运。

我可以感受到海浪死死攥住了充气筏。要找好角度斜切上去,密西门戈船长教过我们:千万不要笔直迎着浪尖而上,那样非常危险,小艇会翻的。

"抓住我的手电筒。"妮可说。她在拨弄马达上的几个按钮,用的是右手。马达启动了。"这浪就像激流勇进。"我们真的跑得很快。左边的岸上有几点灯光,非常遥远。还很冷,那种冷能穿透你所有的衣服刺进你的骨头里。

"我们是要去那边吗?"过了一会儿我问道,"去岸上?"

"希望如此,"妮可说,"因为如果我们到不了那儿,很快就会飘回基列了。"

"我们可以跳下船。"我说。无论如何,我们都不能回基列:到了现在,她们肯定已经发现妮可不见了,而且不是和哪个经济阶层的小伙子私奔了。我们不能背叛贝卡,背叛她为我们做的一切。否则还不如死了。

"去他妈的,"妮可说,"马达转一下就不动了。"

"哦不,"我说,"你能不……"

"我在试呢。妈的真操蛋!"

"什么?你说什么?"我不得不扯着嗓子喊:我们被雾笼罩了,还有海浪的水声。

"短路吧,我觉得是,"妮可说,"要不就是没电了。"

"他们是故意的吗?"我说,"也许他们想让我们死。"

"不可能!"妮可说,"他们干吗要害死大客户?现在我们只能用手划了。"

"划?"我说。

"对,划桨,"妮可说,"我只能用好的右臂划,左胳膊已经肿得跟马勃球[①]似的,也别他妈问我马勃球是什么!"

"我不知道那些东西又不是我的错。"我说。

"现在?你想谈谈这档子事?真他妈抱歉,但我们正在水深火热的紧急状态!好了,紧紧抓住船桨。"

---

① 马勃菌,真菌类生物,成熟的马勃比成人的拳头略小。

"好的,"我说,"抓好了。"

"把它插到桨架上。桨架!这个有洞的架子!好,用两只手。好,现在看着我!我说划的时候,就把桨插进水里,往后拉。"妮可说道。她是在吼。

"我不知道怎么划。我觉得自己真没用啊。"

"别哭了,"妮可说,"我不在乎你觉得怎样!划就是了!好了!我说划,就把桨往自己这边拉!看到灯光了吗?近一点了!"

"我没觉得近了,"我说,"我们在好远的地方。我们会被浪卷走的。"

"不,我们不会的,"妮可说,"只要你拼命划就不会。好,划!再来,划!就是这样!划!划!划!"

第二十五章

醒来

阿杜瓦堂手记

68

维达拉嬷嬷睁开眼睛了。她还没有说出什么。她还有意识吗？她记得叫杰德的姑娘穿着珍珠女孩的银色长裙吗？她还记得把她打昏的那一拳吗？她会这么说吗？如果前一个问题的回答是肯定的，后一个问题的答案也会是一样的。她会根据记忆拼凑出事实——这种情况下，我还能指望谁帮我呢？不管对哪个护士，只要她控诉我，话就会直接传到眼目的耳朵里；那就会让时钟停摆。我必须采取一些预防手段。但要怎么做呢？能做什么呢？

阿杜瓦堂里谣言纷飞，说她这次中风不是自然发生的，而是受到某种惊吓，甚至是某种突袭的结果。从泥土里的鞋跟印来看，她显然是被拖到我的雕像背后去的。她已从重症照护病区移到了康复病房，伊丽莎白嬷嬷和海伦娜嬷嬷轮流去陪她，坐在她的床边，等她开口，每个人都对另一个人有所怀疑；所以，我不可能有机会和她独处。

很多推断都围绕着那张声明私奔的字条。水管工编得太逼真了：这个细节很能让人信服。妮可的天才发挥让我自豪，也相信这会在不久的未来帮她克服种种困难。能编造出让人信服的谎话的能力是一种被低估的天赋。

大家自然要来征询我的意见：该采取哪些适宜的举措？不该进行搜查吗？我说，这个女孩现在在哪里并不重要，只要能结婚、能生育，目标就算达成；但伊丽莎白嬷嬷说，那个男人可能是个好色之徒，甚至可能是乔装打扮、渗透到阿杜瓦堂的"五月天"特工；不管怎样，他都会占杰德姑娘的便宜，然后抛弃她，那之后，她只能去当使女过完一生；所以我们应当立刻找到她，逮捕那个男人，进行审讯。

要是真有那么个男人，倒是可以采取这种行动：有理智的基列女孩们不会私奔，好心的男人们也不会和女孩私奔。所以，我不得不勉强同意，派出了一队天使军士，在附近的房屋和街巷里展开地毯式搜寻。他们不太起劲儿：追寻受骗上当的年轻姑娘不在他们的英雄主义范畴内。不用说，名叫杰德的姑娘是找不到的；掘地三尺也找不出任何"五月天"派来的假水管工。

伊丽莎白嬷嬷提出了自己的观点：这起事件很可疑。我表示赞同，又说我和她一样百思不得其解。但我问她——还能怎么办呢？线索断了就是断了。我们只能等待事态发生转变。

贾德大主教不是这么轻易罢休的人。他叫我去他办公室开个紧急会议。"你竟然把妮可宝宝弄丢了。"他压抑着怒火，还有恐惧，整个人都在颤抖：妮可宝宝明明已落入他的掌控范围，却眼睁睁看她溜走了——国会怎能原谅这种过错。"还有谁知道她的真实身份？"

"没别人了，"我说，"你。我。还有妮可自己，这是当然了——我确实认为把这件事告诉她比较妥当，这是为了说服她接受更重大的命运安排。没有别人知道了。"

"决不能让他们发现！你怎么可以让这种事情发生？把她带回基列，结果又让她跑了……眼目组织会名誉扫地的，更不用说嬷嬷们了。"

看到贾德气得浑身发抖，我的喜悦难以言表，但还是摆出一副沮丧的神情。"我们已经采取了各种预防措施，"我说，"她可能真的私奔了，也可能被绑架了。如果是后者，那些绑架犯肯定是和'五月天'一条战线的。"

我在争取时间。人总是在用一样东西换取另一样东西。

她们走后，我一直在掐着表计算时间。几小时，几分钟，几秒钟。我有充分的理由期盼我的两位信使前途无阻，带着足以让基列垮台的种子库。那才不枉我这么多年来坚持把阿杜瓦堂的最高机密罪行纪录拍摄下来。

在佛蒙特州某条废弃的登山小道的入口处发现了两个珍珠女孩的背包。包里有两条珍珠女孩的长裙，一些橘子皮，还有一串珍珠项链。在当地发起了一次搜捕行动，搜寻犬也上了。没有结果。

金蝉脱壳，果然很能转移焦点。

维修部门在接到A栋和B栋的嬷嬷投诉停水后进行了调查，在水箱里发现了可怜的英茉特嬷嬷堵住了出水口。那个节俭的孩子脱下了外面的裙袍，显然是为了省下来给别人用；人们在最顶端的梯级上找到了叠得整整齐齐的裙袍。为了保有体面，她没有脱去内衣。她的表现一如我所期待的。我们失去了她，你不要以为我不悲伤；但我提醒自己记住，这是她自愿做出的牺牲。

这个消息引发了新一轮的猜想，风传英茉特嬷嬷是被谋杀的，而且，还有谁比杰德——刚从加拿大招募来、现已失踪的女孩——更有嫌疑呢？包括很多在感恩迎新庆典上欢欣、满意地迎接过杰德的嬷嬷们现在都口口声声地说：她们一直觉得杰德假惺惺的，很可疑。

"这是恶劣的丑闻，"伊丽莎白嬷嬷说，"对我们的影响太坏了！"

"我们要把这件事压下去，"我说，"我要公开表态，说英茉特嬷嬷只是想去看看水箱出了什么故障,不想在这种琐事上浪费宝贵的人力。她肯定是滑倒了,或是昏倒了。那是在她无私地尽职尽力时出的意外。我们现在就着手准备一场赞颂奉献的庄严葬礼,我会在葬礼上这么说的。"

"神来之笔啊。"海伦娜嬷嬷狐疑地说道。

"您觉得别人会信吗?"伊丽莎白嬷嬷问道。

"她们会相信对阿杜瓦堂最有利的说法,"我坚决地答道,"那也是对她们最好的说法。"

然而,猜疑有增无减。两名珍珠女孩出了大门——值班的天使军士信誓旦旦地这么说——她们的证件一应俱全。其中之一会是仍然没在食堂吃饭时露面的维多利亚嬷嬷吗?如果不是她,她又在哪儿呢?如果是她,她为什么要在感恩仪式之前提早出发去执行传教使命呢?与她结伴的不是英茉特嬷嬷,那第二个珍珠女孩是谁?维多利亚嬷嬷会不会是潜逃者的同伙?因为,那越看越像是潜逃了。由此得出的推断是:那张说明私奔的字条是潜逃计划里的障眼法,只是为了瞒天过海,拖延追踪。嬷嬷们窃窃私语:年轻的姑娘们会是多么狡猾、多么不正直啊——尤其是从外国来的那些姑娘。

随后,又有消息传来:有人在新罕布什尔州的朴茨茅斯巴士站看到两名珍珠女孩。贾德大主教下令搜捕:这些骗子——他把她们称为冒牌货——必须被绳之以法,带回来接受审讯。必须由他亲自审问,不许任何人和她们讲话。命令还包括:若有逃脱的嫌疑,可以当场射杀。

"这有点太狠了,"我说,"她们都是涉世未深的女孩,肯定是被误导了。"

"在这种局势下,死了的妮可宝宝也比活着的对我们更有用,"他说,"丽迪亚嬷嬷,你肯定能明白的。"

"我为我的愚蠢向您道歉,"我说,"我相信她是真心的;我是说,我竟然信了她真心想要加入我们。如果事情能那样发展,我们就能一举成功啊!"

"她显然是个间谍,假借妮可宝宝之名潜入基列。要是她活着,她可以把我们两人都拖垮。你还不明白吗?如果别人先抓到她,迫使她开口,我们将是多么不堪一击?没有人会再信任我。利刃即将出鞘,并不只有我会受到重创:你对阿杜瓦堂的统治也将告终,坦白说,你本人也将告终。"

他爱我,他不爱我:我不过就是一个用完即弃的工具。但这场游戏要两个人玩。

"所言极是,"我说,"很不幸,我们国家中有些人沉迷于报复性的反击。他们不相信您始终为了最高利益殚精竭虑,尤其在惩恶扬善的行动中。但在这件事上,您已做出了最明智的选择,一如既往。"

这话博得他一笑,尽管笑得很生硬。我产生了一种幻觉,而且不是第一次。我在肥大的棕色裙袍里端起一把枪,瞄准,扣动扳机。一颗子弹,或是没有子弹?

有子弹。

我又去探望维达拉嬷嬷了。伊丽莎白嬷嬷在陪房,一边织着给早产儿用的小帽子,如今很流行这种帽子。我依然衷心感恩:还好我从没学会织毛线。

维达拉的眼睛是闭着的。她的呼吸很平稳:运气不好。

"她说话了吗?"我问。

"没,一个字都没说,"伊丽莎白嬷嬷说,"我在这儿的期间里没开过口。"

"你真好,这么上心。"我说,"但你肯定累了吧。我要命令你休息一下。出去喝杯茶吧。"她犹疑地看了我一眼,但还是出去了。

她一出病房,我就俯身凑到维达拉的耳边大声喊道:"你给我醒过来!"

她的眼睛睁开了。她盯着我看。接着,她喃喃有声,话音毫不含糊。"是你干的,丽迪亚。你会被吊死的。"她的语气既恶毒又喜悦——带着胜利的狂喜,因为她终于抓住了我的把柄,只有一步之遥就能登上我的宝座了。

"你累了,"我说,"继续睡吧。"她又闭上了眼睛。

我在衣袋里摸索那一小瓶随身带着的吗啡时,伊丽莎白走了进来,说:"我忘了拿织物。"

"维达拉说话了。就在你出去的时候。"

"她说了什么?"

"她肯定有脑损伤了,"我说,"她指控你攻击她。她说你和'五月天'狼狈为奸。"

"可是没人会相信她啊。"伊丽莎白说着,脸色变得刷白,"如果有人攻击她,肯定是那个叫杰德的姑娘!"

"很难预测人们会相信什么,"我说,"有些人可能觉得谴责你更像是权宜之计。不是所有的大主教都赞许格鲁夫医生的耻辱下场。我听人说起过——说你不可信赖——如果你能指控格鲁夫有罪,那接下去,你还会指控谁呢?——不管信不信,他们都会接受维达拉反咬你一口的证词。人们喜欢替罪羊。"

她一屁股坐下了。"这真是一场灾难。"

"伊丽莎白,我们经历过危急的场面,"我心平气和地说道,"要记住感恩牢。我们都熬过来了。从那以后,必须做的事,我们都做到了。"

"你真会鼓舞士气啊,丽迪亚。"她说。

"维达拉有过敏,太可惜了,"我说,"我希望她睡着时别发作气喘症状。现在我必须走了,还有一个会要开。我要把维达拉留给你悉心照料了。我注意到,她的枕头需要重新摆好。"

一石二鸟:若能成真,无论在美学还是实用层面都将多令人满意啊,转移人们的视线就将缔造更多生机。哪怕生机最终不会是我的,因为,一旦妮可出现在加拿大新闻广播里,将她为我带走的证据公布于众后,一切都将昭然若揭,我本人难逃此劫,必定没有机会安然逃脱。

时钟滴答,分针跳动。我在等。我在等。
我的信使们,祝你们顺畅高飞,银色的小信鸽们,我的毁灭天使。祝你们平安降落。

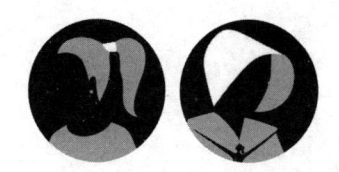

第二十六章

登陆

证人证言副本 369A

69

我不知道我们在充气筏里待了多久。感觉上有好几个小时。我很抱歉我说不准。

有雾。浪头很高，泡沫和水花劈头盖脸地浇下来。冷得要死。潮汐的流速很快，正在把我们往公海里推。我不只是害怕：我觉得我们死定了。充气筏会被淹没，我们会被抛进海里，沉下去，沉下去。丽迪亚嬷嬷的情报将会遗失，所有人都将白白牺牲。

亲爱的上帝，我无声地祈祷。求求你帮我们安全登陆。还有，如果注定要有人死，请你只让我一个人死吧。

我们划啊划啊，一人用一桨。我从没在船上待过，所以不知道怎么划才对。我又虚弱又乏累，两条胳膊像灌了铅似的，痛得快痉挛了。

"我不行了。"我说。

"继续划！"妮可吼道，"我们可以的！"

大浪拍岸的声响听来是近了一点，但太黑了，我根本看不到岸在哪里。后来，有一个特别大的浪头砸到筏子里，妮可喊了一声："划！用力划！"

只听见嘎吱一声，肯定是撞上了小礁石，紧接着又来一个大浪，充气筏被冲翻了，我们被抛到地上。我跪在水里，被下一个浪头冲打得直不起身,但好歹稳住了自己,黑暗中,我看到妮可的手伸过来,把我拉到了几块大石头上面。这时我们才能站起来,脱离了海水。我浑身发抖,牙齿打战,双手双脚都麻木得毫无知觉。妮可张开双臂抱住了我。

"我们成功了!我们成功了!我还以为我们要死了呢!"她大喊道,"我百分百肯定,我们上对了岸!"她在大笑,但也在剧烈地喘息。

我在心里默念,亲爱的上帝,谢谢您。

证人证言副本 369B

70

真的特别险。我们差一点就玩儿完了。我们很可能被潮汐冲走，最终陈尸南美，不过更有可能被基列半途拦截，捞起来吊在高墙上。艾格尼丝让我特别骄傲——经过了那一夜，她真的成了我的亲姐姐。哪怕她已经到极限了，还是坚持到了最后。否则，靠我一个人划根本没戏。

礁石也不牢靠。有很多滑溜溜的海草。因为天色漆黑，我看不太清楚。艾格尼丝在我身边，幸好有她在，因为我那时已经神志不清了。左臂好像已经不是我的了——好像已和我脱离，只靠衣袖挂在我身上而已。

我们爬上了大岩石，在小水塘里蹚着走，一步一滑。我不知道我们要走去哪里，但只要我们往上坡走就好，尽量远离海浪。我都快睡着了，累到不行。我心想，我都走到这一步了，现在却撑不住了，眼看着就要一头栽下去摔死自己了。贝卡说，没多远了。我不记得她在充气筏上，但她就在我们身边，在海滩上，可是太暗了，我看不到她。接着，她又说，往上看，朝有灯光的方向走。

我们头顶的悬崖上有人在喊叫。几盏灯光正在朝崖顶移动，有人喊道，"她们在那儿！"另一个喊道，"就在那儿！"我累得喊不出声。接着，脚下踩到了软绵绵的沙，那些灯光顺着山坡往下移动，从右侧朝我们而来。

其中一个提灯而来的人是埃达。"你成功了！"她说。我说完"是啊"就倒下了。有人扶我起来，架着我走。那是盖斯。他说："我跟你说什么来着？一往无前！我就知道你搞得定。"这话让我咧嘴一笑。

我们爬到一座山上，那里亮了好多灯，还有人扛着摄像机，有人说："笑一个。"然后我就昏过去了。

他们用飞机送我们去了坎波贝洛难民医疗中心，给我灌了一堆抗生素，所以，我醒来时感觉手臂没那么浮肿和疼痛了。

我姐姐艾格尼丝就在我床边，穿着牛仔裤和运动开衫，胸口印的是：**助力抗击肝癌，赢得生机**。我觉得挺好笑的，因为那恰恰是我们做的事：赢得生机。她握着我的手。埃达在她身边，还有以利亚和盖斯。他们都呲着牙在笑，像疯了一样。

我姐姐对我说："这是神迹。你救了我们的命。"

"我们真为你们俩骄傲，"以利亚说，"虽然我要为那个充气救生艇道歉——他们本该把你们送进海港的。"

"新闻上说的都是你们，"埃达说，"'姐妹俩克服万难'。'妮可宝宝勇夺生路，逃离基列'。"

"还有那个文件储存器，"以利亚说，"也上电视了。爆炸性新闻。那么多罪状，包括基列的一众头脑人物——我们做梦也没想到会有那么劲爆的猛料。加拿大媒体正在一个接一个地曝光令人咋舌的秘密，很快就会有人掉脑袋喽。基列的线人这次真的帮我们揭穿了他们的真面目。"

"基列灭亡了吗？"我问。我很开心，但也有种不真实的感觉，好像完成任务的人并不是我自己。我们怎么能冒那么大的风险呢？我们是靠什么撑下来的？

"还没有，"以利亚说，"但灭亡已经开始了。"

"基列的新闻说这些都是捏造的，"盖斯说，"是'五月天'的诡计。"

埃达爆出一声大笑。"他们当然会那么说。"

"贝卡呢？"我问。我又有点头晕了，所以闭上了眼睛。

"贝卡不在这儿，"艾格尼丝轻柔地答道，"她没有和我们一起来，你记得吗？"

"她来了。在海滩上那会儿，她在的，"我轻声说道，"我听到她说话了。"

后来，我大概又睡过去了。再后来又醒过来，听到有人在问："她还没退烧吗？"

"怎么回事？"我问。

"嘘，"我姐姐说，"没事的。我们的母亲来了。她一直很担心你。看，她就在你身边。"

我睁开眼睛，光线非常耀眼，但我看到有个女人坐在那儿。她看起来既悲伤又快乐；她在流泪。她看起来几乎和血缘谱系档案里的照片一模一样，只是老了一点。

我觉得那一定是她，所以赶紧用手肘撑起身子，好的那只手、还在痊愈的那只手都用上力，而我们的母亲弯下腰来，凑近我的病床，我们都用一条胳膊抱住了对方。她单臂抱我，是因为另外半个怀里还抱着艾格尼丝，她说："我最亲爱的孩子们。"

她闻起来就对了。犹如一种回音，你不能真正听到的一种余音。

她笑了一下，说："当然，你们都不记得我了。你们那时太小了。"

但我说："是的，我不记得了。但这不要紧。"

而我姐姐说："我还没想起来，但我一定会的。"

然后，我又睡着了。

第二十七章

辞别

阿杜瓦堂手记

71

我的读者，我们在一起的时间眼看就要到头了。你可能会把我写的这些手稿看作是个一碰就碎的藏宝盒，要格外小心地打开。也可能，你会把它们撕碎，或是烧掉：文字常常会遭遇这种下场。

也许，你会是个历史系学生，无论如何，我希望你会觉得我有点用：好比一幅巨细无靡的肖像，对我的人生、我所经历的年代的最可信的记录，备有恰如其分的注脚；不过，假如你不指责我奸诈，我反而会震惊呢。其实也不会震惊，因为我将死去——你很难让死人震惊。

我把你想象成一位年轻女性，聪明，有抱负。无论在哪个领域里——在你那个年代仍会存在的某个幽深但影响致远的学术领域——你都会为自己争取到一席之地。在我的想象中，你正坐在书桌旁，头发束在耳后，有一点指甲油蹭掉了——因为指甲油会重新出现的，永远都会。你微微蹙眉，这个习惯会随着你年纪增长而加剧。我盘桓在你身后，从你的肩膀上往下看：你的缪斯，看不见的灵感，正在催你奋进。

我的这份手稿会让你很辛苦，读了一遍又一遍，一边看一边揪出小问题，时而着迷，时而倦怠，心头五味杂陈，犹如愤懑的传记作家对其书写的对象时常会有的感受。我怎么能做出那么恶劣的事呢，那么残忍，那么愚蠢？你会这样问。你自己决不会做出这种事的！但你本人将永不需要去做那些事。

好了，我们走到我的终点了。太晚了：让基列阻止自己走向毁灭已然太迟。真遗憾，我不会活着看到那一天了——大火，崩塌。我的人生快到终点了。夜也深了：没有云彩的夜晚，我在到图书馆来的路上看过了。满月出来了，给万物投下意义不明的死光。三个眼目在我路过时向我敬礼：他们的脸孔在月光下俨如骷髅头，我的脸孔在他们眼里也一样。

就算他们来了也太晚了，那些眼目。我的信鸽们飞走了。最糟的时刻来临时——那个时刻很快就会来了——我会迅速离去。一针或两针吗啡就能办到。那是最好的办法：如果我允许自己活下去，就会吐露更多、太多的真相。酷刑就像舞蹈：我太老了，折腾不动了。让年轻人磨练自己的勇气吧。虽然她们未必有选择，因为她们没有我所有的特权。

但现在我必须终结我们的谈话了。再见了，我的读者。尽量别把我想得太坏，或者，不要比我自认的更坏。

过一会儿，我就会把这些手稿塞进红衣主教纽曼的砖头书，放回我的书架。就像前人所说的：我的终点就在我的起点。我死即我生。是谁说的？苏格兰的玛丽女王，如果历史没有说谎的话。她的名言，连同灰烬中浴火重生的凤凰，一起被绣在壁画上了。女人们，真的是绝佳的刺绣者。

脚步声近了，靴子踩踏出一声又一声。在两次呼吸之间，门就会被敲响。

第十三届研讨会

第十三届研讨会

史实注释

国际史学会大会"第十三届基列史研究专题研讨会"会议记录的部分文字。该研讨会于二一九七年六月二十九至三十日在缅因州帕萨马科迪举办。

会议主席：玛洋·克里森·穆恩教授（安大略省寇博特镇安妮娜·阿贝纳大学校长）

主要发言人：詹姆斯·达西·皮艾索托教授（英国剑桥大学二十世纪及二十一世纪档案馆馆长）

克里森·穆恩：首先，我想强调一下，本次研讨会是在佩诺斯考特原住民部落自古以来的领土上举办的，在此特别感谢部落长老和先灵允许我们借用宝地。我还想特别指出，我们所在的位置——帕萨马科迪，也就是以前的班各城——不仅是逃出基列的难民们决定生死的出发点，也是在距今三百多年、美国内战前的地下铁道系统的重要枢纽所在之地。正如人们常说的那样：历史不会原样重复，但相似的旋律总会再现。

很高兴在此欢迎各位前来参加第十三届基列史研究研讨会！我们的协会不断壮大有充分的理由。我们须持之以恒，用过往的歧途警诫自己，以免重蹈覆辙。

先来说点题外话：想去佩诺斯考特河边垂钓的诸位请注意，我们安排了两次短途旅行；请记得带好防晒和防蚊虫用品。这两次游河之旅，以及一次基列时代城镇建筑游的详细安排请参考你们的研讨会备忘录。我们还在圣裘德教堂增加了一次基列时代的圣歌咏唱活动，并邀请了三位本镇中学合唱团的小演员助兴表演。备有年代装扮的诸位请注意：明天就是古装日。我要特别请求你们：别像第十届研讨会时那样过于忘乎所以。

现在，让我们热烈欢迎本场发言人：我们都很熟悉他的著作和近期令人着迷的电视系列片《走进基列：一个清教神权国家的日常生活》。他所展示的从世界各地博物馆搜集来的物件非常引人入胜——尤其是手工纺织品。有请：皮艾索托教授。

皮艾索托：谢谢您，克里森·穆恩教授，也许我该改口叫校长女士吧？我们都为您的高升欢欣鼓舞，这种事在基列是绝无可能发生的。（掌声。）既然现在女性能篡权到这等吓人的程度，我希望您手下留情，别对我太严厉了。您在第十二届研讨会上对我开的小玩笑所做的评点，我确实牢记在心，我承认有些笑话的格调不太高，也会努力避免再次犯错。（较轻的掌声。）

看到这么多人来听讲真令人欣慰。谁能想到，被忽略了几十年之久的基列研究突然获得了这么高的关注度？我们这些在无人关注、昏暗的学术角落里默默耕耘这么久的人还真不习惯聚光灯的耀眼光芒呢。（笑声。）

大家都记得几年前让人振奋的那件事吧：我们发现了一只藏有录音卡带的床脚柜，录音是由据称为"奥芙弗雷德"的基列使女录制的。那个床脚柜就是在这儿——在帕萨马科迪的一堵假墙后面被发现的。我们的调查结果和初步结论已在上一届研讨会上公开发布，并引生出了数量惊人的、经由同行评判的论文。

对于那些质疑这件史料及其年代的人，我现在可以肯定地说，已有六组独立研究项目证实了我们最初的假设，但我仍需严谨地加以确证。导致大量信息流失的二十一世纪"数字黑洞"归咎于存储数据的快速衰坏——再加上基列特工决意摧毁一切可能对他们不利的记录,因而大肆破坏了许多服务器群和图书馆;还因为很多国家的平民主义者群起反抗强制性的数字监控——这都意味着我们不太可能精准地确定许多基列史料的年份日期。必须预设有十到三十年的误差范围。但是,只要在此范围内,我们就能像任何历史学家通常表现得那样自信。(笑声。)

自那些意义非凡的录音带被发现以来,还有另外两项惊人的大发现,如果这些史料属实,必将大大加深我们对共同历史中那个消失已久的特殊年代的理解。

第一件史料:人称《阿杜瓦堂手记》的手稿。这些手写的纸页是在十九世纪版的红衣主教纽曼所著的《为人生辩护》中被发现的。这本书是马萨诸塞州昔日剑桥市的J. 格里姆斯比·道奇在一次公开拍卖会中购得的。他的侄子继承了这件藏品,又转卖给了一位认识到其潜在价值的古董商;就这样,这份手稿引起了我们的关注。

这张幻灯片展示的是手稿的第一页。对那些学过古体草书的人来说,这页的手写笔迹算是清晰易懂的;纸页经过了裁剪,以便置入在红衣主教纽曼的书中挖出的凹槽。对纸张本身所做的碳测年鉴定结果不排除基列末期的可能性,而且,这一页上使用的黑色墨水正是该时期使用的标准绘图墨水,不过在数页之后改用了蓝墨水。基列的成年女性和未成年女孩都禁止书写,唯一的例外是嬷嬷们,但精英阶层家庭的女儿们会在学校里上绘画课;所以,书写者可以得到这种绘图墨水。

《阿杜瓦堂手记》自称是由某个"丽迪亚嬷嬷"亲笔所写,在床脚柜里发现的几十盒录音带中对这位嬷嬷的描述却令人不敢恭维。内参证据也指出,她可能就是考古学家们确证存在的那位"丽迪亚嬷嬷"——基列崩解后七十年,人们在一座废弃的养鸡场里发掘出一尊工艺粗劣的大型群像雕塑的中心人物。位于中央

431

的人像的鼻部已断失，其余人像之一没有头部，可见有人故意破坏。请看这张幻灯片；曝光有问题，我向大家道歉。这张照片是我本人拍的，而我不是世界上最棒的摄影师。预算有限导致我不能雇用专业人士。（笑声。）

潜伏在基列的"五月天"特工在多次任务报告中都提及过"丽迪亚"这个人物，说她又无情又狡猾。那个年代幸存至今的电视资料少之又少，我们没有在其中找到她的踪影，但在基列垮台时期遭到轰炸的一所女校的废墟下面，我们找到了一张配有相框的肖像照，照片背面有手写的"丽迪亚嬷嬷"的字样。

这么多线索都指向同一个"丽迪亚嬷嬷"，亦即我们这份手稿的作者。但是，一如既往，我们要非常谨慎。假设这份手稿是伪造的：不是我们这个时代里伪造的拙劣赝品——只要检测纸张和墨水，就能一下子揭穿这种骗术——而是在基列国内伪造的；再具体地说，就是在阿杜瓦堂里伪造出来的。

如果我们这份手稿是为了诬陷手记的作者而设下的陷阱呢——就像银匣信件曾把苏格兰的玛丽女王逼向断头台那样？会不会是"丽迪亚嬷嬷"的诸多宿敌之一——手记中详细提及的那些人，比如：伊丽莎白嬷嬷或维达拉嬷嬷——憎恶丽迪亚的权势，渴望僭越其位，同时又熟悉她的笔迹和言词风格，继而精心策划了这份足以判她死罪的文件，并期望让眼目来发现？

这种可能性很小，但不是没可能。但总的来说，我比较认同这份手记是真迹。阿杜瓦堂的某个人提供了至关重要的微点情报，并交给同母异父的两姐妹，让她们逃离基列——这显然是事实，我们稍后会细说姐妹俩的那段行程。她们亲口承认那个人是丽迪亚嬷嬷；为什么我们不采信呢？

当然，除非那两个女孩所说的"丽迪亚嬷嬷"的故事本身就是一种误导，用以掩盖"五月天"双重间谍的真实身份，以免"五月天"内部发生变节。总是有这种可能的。在我们这行的经验里，一只神秘的盒子开启时，常常会挡住另一只神秘的盒子。

就这样，我们注意到了另一组文献，内含两份记录，几乎可以肯定它们都是真实的史料。这两份文献被标记为两名年轻女性的证人证言副本，根据她们本人的口述：她们看过了嬷嬷们保存的血缘谱系档案，因而发现彼此是同母异父的姐妹。自称"艾格尼丝·耶米玛"的讲述者声称自己在基列长大。自称"妮可"的讲述者似乎比前者年轻八九岁。她在证词中讲述了自己如何从两名"五月天"特工那儿得知：她还是婴儿时就被人从基列偷运出境了。

姐妹两人显然成功了，但要说担当如此高风险的重任，总觉得"妮可"好像太年轻了：不仅岁数小，经验也很少，但她并不比这几百年间参与反抗和间谍活动的许多人更年轻。有些历史学家甚至坚持认为：那个年龄的人特别适合这类冒险任务，因为年轻人有理想主义的倾向，对自身的生死存亡缺乏成熟的认知，而且，正义感过盛。

人们普遍认为，文献详尽描述的这次任务对基列的最终垮台起到了决定性的作用，因为由妹妹亲身携带出来的物证——植入纹身部位的一枚微点情报存储器，我必须承认，那是一种传送信息的新颖手法（笑声。）——揭露了大量涉及高阶官员的、极其不光彩的各类隐私机密。尤其值得注意的是大主教们为清除其他大主教们设计的几宗阴谋。

这些信息一经公开，立刻引发了后人所称的"巴力大肃清"，这场运动削减了精英阶层，削弱了政权，煽动了军变和大规模的民间反抗。内乱和冲突最终造成了一场"五月天"抵抗组织协同作战的大破坏运动，以及来自前美国某些地区的一系列成功的袭击，例如：密苏里州丘陵地区，芝加哥及底特律的周边地区——要知道，摩门教大屠杀就是在犹他州发生的——还有得克萨斯共和国，阿拉斯加和西海岸的大部分地区。但这些事要另当别论了——军事历史学家仍在努力复原当时的史实。

我要把重点放在证人证言上面，这很可能是为了让"五月天"抵抗组织使用才记录并誊抄的。这部分文献一直存放在拉布拉多省舍哈什努的因努大学图书馆中。之前没被人发现——很可能是因为文献的标题《内莉·J. 班克斯年鉴：两位冒险家》不够明晰；任何人瞥见这个标题都会以为是关于古代烈酒走私的资料，因为内莉·J. 班克斯是二十世纪初一艘赫赫有名的朗姆酒走私船。

直到我们的一位研究生米娅·史密斯为了查找论文资料而翻开了这个文档，其真正内容才得以重见天日。她把这份文献辗转递交给我，并请我进行评估时，我非常激动，因为来自基列的第一人称叙述的史料极其罕见——尤其是涉及女孩和成年女性生活的第一手材料。让那些缺乏读写能力的女性留下这样的记录是很困难的。

然而，我们历史学家都知道要反复质疑自己的第一个假设。这种双人互补的叙述会不会是巧妙的虚构手法？我校的一组研究生决定依照这对假设的证人所描述的路线实地走一遭——先在地图上标出可能的陆行路线和航行路线，再亲自走一遍，以期发现任何仍可确证的线索。最令人抓狂的是，这份文献上没有标明日期。我要说，如果你们亲自参与了这类潜逃行动，记下年份和月份才能真正帮到未来的历史学家们。（笑声。）

许多线索都是有头无尾的，我们的实地勘察小组在新罕布什尔州一家废弃的龙虾罐头工厂度过了老鼠肆虐的一晚后，走访了家住帕萨马科迪的一位老妇人。她说她的曾祖父讲过一个故事，说当年会用渔船将人们（主要是女人）运送到加拿大，他甚至还留过一张当地的地图。老妇人慷慨地把地图送给了我们，说她本来就想扔掉那些垃圾，省得别人在她过世后再去整理。

我这就把地图的幻灯片放给大家看。

好，接下去我要用激光笔划出那两位年轻难民最可能走的路线：坐车到这里，乘巴士到这里，坐皮卡到这里，坐摩托艇到这里，然后登上内莉·J.班克斯号，抵达新斯科舍省哈伯维尔附近的海滩。她们应该就是从那里坐飞机到了新不伦瑞克省坎波贝洛岛上的一所接待难民的医疗中心。

接下来，我们的学生小组去坎波贝洛岛进行了勘察，难民中心一度所在之地是富兰克林·罗斯福家族十九世纪在那座岛上建造的避暑别墅。基列巴不得切断和这栋建筑之间的所有连通渠道，因而从基列本土开火，炮轰堤道，以阻断那些更渴望民主的人走陆路潜逃。在那个时期，这栋房子残破失修，日子很不好过，但后来得以修复并改造成了博物馆；遗憾的是，许多当年的陈设都不在了。

这两位年轻姑娘可能在这栋别墅里至少待了一周，因为据她们所言，两人都失温受寒，需要诊疗，妹妹还因感染得了败血症。细查这栋建筑物时，我们颇有实干精神的年轻团队在二楼窗台木框中发现了一些让人好奇的痕迹。

请看这张幻灯片——虽然重新油漆过了，但依然看得到刻痕。

这是字母N，也许代表的是"妮可"——大家可以看到这一笔是向上的；还有字母A，字母G：是不是指代了"埃达"和"盖斯"？或者，A指代的是"艾格尼丝"？稍稍往下，还有字母V——是不是代表了"维多利亚"？再看这里，字母AL，很可能指的是她们证词中的"丽迪亚嬷嬷"。

这对同母异父的姐妹的亲生母亲是谁？我们已经知道有一个潜逃的使女，她在很多年里都是活跃在"五月天"组织中的秘密行动人员。至少有过两次针对她的暗杀行动，但她两次都得以幸免，之后，她在安大略省巴里附近的情报部门工作了几年，得到了多方保护；当时，那个情报单位的自我掩护方式是装成一个有机大麻作物农场。她会不会就是床脚柜录音系列"使女的故事"的录制者？况且，根据这份文献，她至少有两个孩子——我们尚且不能明确排除这种可能性。但急于定论会使我们误入歧途，因此，如果可能的话，我认为这个问题有待未来的学者们更细致的研究。

我和同事诺特利·维特教授为这些文献制作了一份副本，按照我们所认为的最容易读懂的叙述次序，将三份文献穿插整合了，可供有兴趣的人士参阅——目前仅供本次研讨会的与会者使用，以后再根据赞助资金的情况扩印，我们希望能惠及更广泛的读者群。你可以把历史学家赶出作家圈，但你不能把讲故事的人赶出历史学界！（笑声，掌声。）为了方便索引，我们做了章节编号；不用说，原件上是没有编号的。大家可以到会议登记处索取这份副本；数量有限，每人仅限一份。

祝大家追溯往昔的旅程一路顺畅；回到过去时，请您好好斟酌窗台刻痕的隐秘含义。我只能点到为止：那些大写字母和我们的副本中提到的关键人物的名字有着非比寻常的对应关系，至少这是可以肯定的。

我还要补充一点，为这个谜团添上一块迷人的拼图。

接下去的一组幻灯片要向大家展示现在矗立在波士顿公园里的一座雕像。从其出处来看，它不是基列时期的作品：雕塑家的名字与基列垮台后几十年活跃在蒙特利尔的一位艺术家的名字相一致，雕像本身一定是在基列末期内乱以及随后的美利坚合众国复兴之后的几年里转移到现在的所在地的。

雕像的铭文似乎提及了我们这份文献中出现的主要人物的名字。如果真的是这样，这两位年轻的信使想必下来了，不仅讲述了她们的经历，还与她们的生母和各自的父亲团聚了，也有了她们自己的子孙后代。

  我本人相信，这段铭文就是最可信的证据，足以证明这两位证人的证言的真实性。集体记忆是有缺漏的，这是众所周知的弊端，大部分往事都沉入了时间的海洋，被永远地淹没了；但是，海水偶尔会分开，让我们瞥见隐匿水下的宝藏，哪怕只是短暂的一会儿。虽然历史存在着无数细微差别，我们身为历史学家也从不希望获得所有人的赞同，但我相信你们可以赞同我，至少在这个案例上。

  如各位所见，这座雕像刻划了一个珍珠女孩装束的年轻女子：看到那标志性的帽子了吗，还有珍珠项链和背包。她捧着一束小花，经民族植物学家顾问鉴定，这种花叫作"勿忘我"；再看她的右肩停着两只小鸟，看上去是属于鸽子或信鸽种类的。

  请看这段铭文。字迹有些风化了，很难在幻灯片上看清，所以我特意翻拍了一张，请看下一张幻灯片。我要说的就是这些。

深切缅怀
贝卡，英茉特嬷嬷
这尊纪念雕像由其姐妹
艾格尼丝和妮可
及其母亲、两位父亲和子孙后代
以爱筹建。
鸣谢 A. L. 无可估量的巨大奉献。

空中的鸟必传扬这声音
有翅膀的也必述说这事。
爱如死之坚强。

鸣谢

《证言》的写作是在很多地方进行的：在因塌方暂停的观景火车厢里，在两三条船上，在一些酒店的客房里，在森林深处，在闹市区，在公园的长椅上，在咖啡店里，在印有谚语的餐巾纸上，在笔记本上，在笔记本电脑里。山体塌方不受我控制，还有一些别的类似事件影响到了写作进程。除此之外，全都怪我。

但在正式落笔之前，《证言》的部分创作是在其前作《使女的故事》的读者们的脑海中进行的，他们一直在追问：那部小说结束后又发生了什么事。在三十五年里思考这个问题会有什么样的答案是个漫长的过程，社会本身在改变，有些可能性变成了现实，随之而来的是答案的不断变化。包括美国在内的许多国家的公民现在承受的压力比三十年前更沉重。

关于《使女的故事》，有一个问题会反复出现：基列是如何灭亡的？写《证言》就是为了回应这个问题。极权主义可能从内部瓦解，因为掌权者是靠种种承诺夺取政权的，但最终无法兑现；也可能是因为受到外来的攻击；或两者兼有。没什么公式能保证成功，因为历史上几乎没有必然之事。

首先，我要感谢《使女的故事》的广大读者：他们的关注和好奇心很能激发灵感。我也非常感谢 MGM 和 Hulu 的庞大制作团队把这本书拍成了引人入胜、制作精美、屡获殊荣的电视连续剧：制作团队的史蒂夫·史塔克（Steve Stark），沃伦·利特菲尔德（Warren Littlefield）和丹尼尔·威尔逊（Daniel Wilson）；制片人布鲁斯·米勒（Bruce Miller）及其出色的写作团队；优秀的导演团队；令人惊叹的演员团队——对他们来说这绝对不是一次普通的演绎：伊丽莎白·莫斯（Elisabeth Moss），安·道特（Ann Dowd），萨米拉·威利（Samira Wiley），约瑟夫·菲恩斯（Joseph Fiennes），伊冯娜·斯特拉霍夫斯基（Yvonne Strahovski），亚历克西斯·布莱代尔（Alexis Bledel），阿曼达·布鲁格尔（Amanda Brugel），马克斯·明格拉（Max Minghella），等等。这部电视剧尊重了小说艺术的一项公理：人类历史中没有先例的事件不准写进小说。

每一本出版的书籍都是集体努力的结晶，所以，非常感谢大西洋两岸的众多编辑和第一批试读者，他们用各种方式协助了这次思想实验，从"我很喜欢！"到"你这样是没法侥幸成功的！"到"我不明白，再给我点信息"。这个小组包括但不限于：英国查托/企鹅兰登出版集团的贝基·哈迪（Becky Hardie）；加拿大企鹅兰登出版集团的露易丝·丹尼斯（Louise Dennys）和玛莎·坎亚·福斯特纳（Martha Kanya-Forstner）；美国企鹅兰登出版集团的南·塔利斯（Nan Talese）和卢安娜·沃尔特（LuAnn Walther）；无情的杰西·阿特伍德·吉布森（Jess Atwood Gibson）；以及义无反顾坚持到底的魔鬼编辑希瑟·桑斯特（Heather Sangster），她能挑出所有小毛病，包括那些仅在酝酿中的想法。还要感谢美国企鹅兰登出版集团的莉迪亚·比希勒（Lydia Buechler）和罗琳·海兰（Lorraine Hyland）、加拿大企鹅兰登出版集团的金伯利·黑塞斯（Kimberlee Hesas）带领的校对和制作团队。

也要感谢美国企鹅兰登出版集团的托德·道蒂（Todd Doughty）和苏珊妮·赫兹（Suzanne Herz）；加拿大企鹅兰登出版集团的杰瑞德·布朗德（Jared Bland）和艾什莉·邓恩

(Ashley Dunn)以及英国企鹅兰登出版集团的弗兰·欧文（Fran Owen），玛丽·山崎（Mari Yamazaki）和克洛伊·希利（Chloe Healy）。

感谢我的经纪人，菲比·拉莫尔（Phoebe Larmore）和薇薇安·舒特（Vivienne Schuster），她们现在都退休了；还有卡洛琳娜·萨顿（Karolina Sutton）和凯蒂琳·莱顿（Caitlin Leydon），克莱尔·诺泽雷斯（Claire Nozieres），索菲·贝克（Sophie Baker），柯蒂斯·布朗文学经纪公司的乔迪·法布里（Jodi Fabbri）；以及艾利克斯·费恩（Alex Fane），戴维·萨贝尔（David Sabel）及其费恩制作公司的团队；以及ICM的罗恩·布恩斯坦（Ron Bernstein）。

并感谢以下各位的特殊协助：提供海运建议的司各特·格里芬（Scott Griffin），奥布隆·泽尔·瑞文哈特（Oberon Zell Ravenheart）和克里斯滕·乔森（Kirsten Johnsen）；米娅·史密斯（Mia Smith），借由"免于痛苦"艺术品慈善拍卖的一项拍卖结果，她的名字得以出现在本书中；以及数位我多年来结识的法国、波兰和荷兰的第二次世界大战抵抗成员。本书中埃达的名字源于我的婶婶，她是新斯科舍省最早的女性狩猎和捕鱼向导之一。

感谢那些鼓励我在历史中穿梭游走、也时常提醒我今夕何夕的朋友们：O. W. 托德有限公司的露西娅·奇诺（Lucia Cino）和佩妮·卡瓦诺（Penny Kavanaugh）；设计、运营网站的 V. J. 鲍尔（V. J. Bauer）；露丝·阿特伍德（Ruth Atwood）和拉尔夫·塞弗（Ralph Siferd）；伊夫琳·赫斯金；麦克·斯托扬（Mike Stoyan）和谢尔顿·舒尔布（Sheldon Shoib），以及唐纳德·博纳特（Donald Bennett），鲍勃·克拉克（Bob Clark）和戴夫·柯勒（Dave Cole）。

感谢科琳·奎因（Coleen Quinn）力保我走出写作者的死穴，

迈上康庄大道；感谢赵小兰（音译）和董女士（Vicky Dong）；感谢特别会修理东西的马修·吉布森（Matthew Gibson）；感谢特里·卡曼（Terry Carman）及其妙手良医确保光明永在。

一如往常，特别感谢格雷姆·吉布森（Graeme Gibson），五十年来，我们携手度过了许多奇特而美妙的冒险。

译后记

总有无法被驯服的人
文 | 于是

2019年秋冬对玛格丽特·阿特伍德来说是悲喜交加的。

这一年9月10日,《使女的故事》续作《证言》全球发布。但就在英伦做新书宣传时,和她相濡以沫四十年的伴侣格雷姆·吉布森(Graeme Gibson)因失智而病逝。曾有记者在文中艳羡地写道"每个女作家都该嫁给格雷姆·吉布森",阿特伍德显然很赞同——她把这句话印在了T恤上。

这一年10月14日,她凭借《证言》第二次荣膺布克奖;第一次是2000年的《盲刺客》。但不久后有一种小范围的舆论认为,这届布克奖看起来是双黄蛋,实际上阿特伍德的风头完全盖过了该奖史上第一位非裔女作家伯纳黛特·埃瓦里斯托(Bernardine Evaristo)。

这一年11月18日,阿特伍德八十岁大寿,企鹅兰登出版社给她的生日礼物是来自世界各地读者们的视频寄语。

这一年,根据《使女的故事》改编的同名电视剧第三季上映,该剧已在这三年里横扫艾美奖、金球奖和(被誉为奥斯卡风向标的)评论家选择奖。虽然在1990年就有了同名电影,但影响力远不及这次葫芦网(Hulu)制作的电视剧集。阿特伍德本人还在第一季中客串了一位嬷嬷,在剧中扇了奥芙弗雷德一巴掌,明明是自己写出来的场景,她演出时却觉得特别恐怖。

不可否认的是:正是电视剧的成功促动了阿特伍德动笔写续集——电视剧推动了书籍的销售,英文版《使女的故事》售出了八百万余册。之后,有观众和读者问她:基列国到底是如何运作的?再之后,特朗普时代的女性主义者穿上了使女的红袍白帽——显然这本书已缔造、衍生出了重要且普及的文化符号——举牌抗议游行,她也更清醒地意识到:在原著出版三十多年后,世界并没有进步太多,甚至有后退。

因而,毋宁说《证言》是"影—视—书使女系列"数以亿计的受众推动出来的新作,既是历史和现实互动的产物,也是受众和创作者互动的产物——甚至于"琼"这个名字也是读者们抽丝剥茧推测的,因为在红色感化中心提到的五个真名中(阿尔玛、珍妮、德罗拉丝、莫伊拉、琼)只有琼在整本书中没有被称呼过,换言之,她就是第一人称的拥有者;阿特伍德没有否认读者的这种推断,于是,琼的名字在电视剧版得到了正式使用。

有使女的基列国在影视化的强烈视觉感中尤其让人难忘,不仅将原著建构的虚拟世界具象化了,还以集体创作的方式对原著精神做出了更全面的阐释——在原著作者阿特伍德和制片人米勒(Bruce Miller)的指导下,创作团队发挥群智群力,填满了既有大框架中的小缝隙,弥补了一本书的体量所不能完备的人物和场景细节,塑造出性格更丰满的尼克、丽迪亚嬷嬷、珍妮、奥芙格伦,补全了马大信号系统(由不同烘焙品组成暗号)……这次非常成功的影视化充分说明了影视可以是原著作者梦寐以求的一种"解读 + 延展"的方式。但影视化也必定导致我们会在阅读续作时有强烈的代入感。所以,十五年的间隔是必要的,让剧集有充分的舞台细腻演绎已有角色,而不影响到续作的构成;更重要的是,让新一代人物上场,让续作关注新的命题。

事实上,剧集刚进入第二季,观众就发现改编已脱离原著:

原著的结尾是"五月天"在尼克的指示下将奥芙弗雷德带离大主教家,生死未卜;而在剧集中,妮可出生后被送往加拿大,奥芙弗雷德放弃了一起逃亡,决定留在基列拯救大女儿……所以,每个人都会问:《证言》要怎样处置剧集与原著的不同呢?

《使女的故事》是在柏林墙倒下之前构思动笔的,当时阿特伍德在西柏林,目睹了罗马尼亚实行的《770法令》:为了让罗马尼亚人口从当时的2300万增加到3000万,齐奥塞思库在1966年10月授权通过《770法令》:除了45岁以上(后来被降至40岁)、已经生育至少4个孩子(后来被提升为5个)、可能会因为生育而有生命危险、由于强奸或乱伦而怀孕的女性之外,堕胎和避孕均为非法。

但最初的写作冲动也许要再往前追溯五年: 1980年阿特伍德在参加波特兰诗歌节的时候,因华盛顿州的圣海伦火山爆发,公共交通爆满,她不得不和诗人卡罗琳·佛雪(Carolyn Forché)拼车南下,一路上,佛雪向她讲述了自己在中美洲萨尔瓦多目睹的内战实情:包括性暴力在内的各种暴力行径都是外界所不知的。阿特伍德曾在《作为女性写作者》一文中提到这件事,视其为自己写作生涯中的转折点,她开始明确意识到艺术创作需要背负社会责任感,要有政治性,并在1981年的演讲中提及这类素材进入写作场域的重要性,"因为写作者就是观察者,见证者"。

为此,阿特伍德做了充分的功课,专门收集了二战集中营、焚书、克格勃、蓄奴制及美国内战前的地下铁道救助系统之类的历史资料,因而她屡次强调:书中所写到的一切迫害都是历史中确实发生过的。虽然她把故事设定在近未来,但不言自明的是:那些事也可能在未来重演。

在使女系列横空出现于整个文化领域后，对其是否归属于科幻类可能是最无聊的一种讨论了——就因为时空设定是未来、是虚构、是反乌托邦的就必须是"科幻"吗？阿特伍德从一开始就用"Speculative Fiction 悬测/推理"这个概念来界定这部小说，同时也极其强调这是"见证者文学"——《使女的故事》中的奥芙弗雷德是用录音机口述的，《证言》是用第一人称记述的手记和口述记录组成的。

至于《证言》诞生的背景，我们不妨仿照阿特伍德的做法：用一些历史事件来概括——

1792 年英国女作家玛丽·沃斯通克拉夫特（Mary Wollstonecraft）出版了《女权辩护》，指出女性并非天生地低贱于男性，只有当她们缺乏足够的教育时才会显露出这一点；她也认为男性和女性都应被视为有理性的生命，继而设想了建立基于理性之上的社会秩序。（顺便说一句，《弗兰肯斯坦》的作者玛丽·雪莱是她的大女儿。）

1859 年英国第一个女权组织（Ladies of Langham Place）成立了"促进女性就业协会"。

1869 年《妇女的屈从地位》出版，作者是英国功利主义政治哲学家约翰·斯图亚特·密尔，呼吁给予妇女平权和参政选举权。这本书得到了他的妻子哈莉特·泰勒·密尔的大力协助。

1884 年恩格斯在整理马克思手稿后加以补充，出版了《家庭、私有制和国家的起源——就路易斯·亨·摩尔根的研究成果而作》，用唯物主义历史观指出：由于劳动生产力的发展，产生了私有财产，因此形成了阶级和阶级对立；各阶级的冲突导致以血亲家族为基础的旧社会被摧毁，被组成国家的新社会所取代，家庭制度受所有制支配。

1949 年法国女作家西蒙娜·德·波伏瓦（Simone de Beauvoir）出版《第二性》，这部被誉为女权主义"圣经"的存在主义杰作从文学、历史、社会学、生物学和医学多方面进行了丰富的阐述,不仅控诉男人对于女人的歧视、卑鄙甚至有时残忍的所作所为,同时也指出了女人对于自己弱势地位的造成也有不可推卸的责任,认为她们被动、屈服、缺乏雄心。在波伏瓦看来,女性获得解放必须依靠以下两个途径:对于生育与否的自我决定权以及工作。

1963年美国女作家贝蒂·弗里丹(Betty Friedan)出版《女性的奥秘》,针对家庭主妇群体的普遍问题,明确指出当时的社会在商业、教育、媒体等多方面都提倡"女人的最高价值和唯一使命就是她们自身女性特征的完善;女人完美的本性只存在于男人主宰一切、女人在性方面温顺服从和对孩子施加母爱之中。追求事业的成就和接受高等教育会导致女子的男性化,会对丈夫、家庭、孩子都产生极其危险的后果",其本质就是要求女性放弃接受高等教育的权利,放弃职业,成为一名全职家庭主妇。

1970年澳大利亚学者杰梅茵·格里尔(Germaine Greer)出版《女太监》,认为女性从婴儿到少女直至成年,始终都摆脱不了男权社会认可的理想女性形象对自己的诱惑和束缚,始终被囚禁在这个精神牢笼中,从而变成弗洛伊德所称的"被阉割的人",即"女太监"——精神阉割的产物,被社会男权控制主宰的女性。

1973年罗诉韦德案。

1978年美国银行职员米歇尔·文森诉上司性骚扰。

2017年底♯metoo反性侵女性平权运动因美国电影人哈维·韦恩斯坦的性骚扰事件而在全球社交媒体上如火如荼地展开。

2019年底以第一人称讲述性侵事件的《黑箱:日本之耻》作者伊藤诗织获得胜诉。

……被性骚扰、被家庭和生育禁锢的女性用了将近半个世纪才得到声张的权利和勇气;但随着现任美国副总统彭斯(Mike

Pence)的上台,一切又走回了弯路,美国女权主义者一直在争取生育自主权,如今在部分地区又要推倒重来。进步是在倒退中艰难前行的。这些事实只会让我们觉得阿特伍德的《使女的故事》具有先知般的预言力——早在1984年,她就敏锐地意识到女性运动现有的成就可能在一夜之间被推翻,并以文学的形式普及了一种政治性的警示。

所以,《证言》不需要再重申预言式的警告了。世界并不会乖乖地听懂。

所以,《证言》要力证的是如何拨乱反正,如何让错误的灭亡。

那么,基列是怎么被推倒的呢?

如果你在基列,你是个使女,你会怎么做?

如果你在基列,你是个主教,你会怎么做?

如果你在基列,你是个嬷嬷,你会怎么做?

如果你在基列,你是个孩子,你会怎么做?

问题在于:这个体制中的幸存者该如何打败这头怪兽?不要以为主教或眼目都是胜利者,他们只是死得比较慢的幸存者而已。所有人都(多多少少)知道基列所谓的真理是对宗教的曲解,是父权对平权的不顾一切的反噬,所有人都明白:最终起效的不是律法,不是真理,只是一时的暴力。从这个意义上说,阿特伍德在开拓了女性主义文学的同时呼吁的是真正的平权——作为专制暴力的对立面的男女平权。

"男性小说讲的是如何得到权力,谋杀啊,获胜啊之类的。女性小说亦是如此,不过途径不同。"这是阿特伍德在《黑暗中谋杀》中所写的,《证言》再次验明了这一点。要推翻基列的暴政,没有操控权力的能力是不可能实现的。对于建立在谎言基础上的极权国家基列,掌握谎言背后的真相,就等于拥有了最强大的武器。

《证言》将时间轴直接推到《使女的故事》结局的十五年后，奥芙弗雷德、大主教夫妇完全退出了舞台。但有两个已为大家所知的人物依然存在：丽迪亚嬷嬷，以及在《使女的故事》最后一章"史料"中出现的R. 弗雷德里克·贾德大主教——"贾德从一开始认为，通过女人来管理女人，是达到生育或其他目标的最好、最划算的办法"——"史料"这章非常重要，它还指明了这一点："基列虽然在形式上毫无疑问是父权制的，但在实质内容上偶尔确是母权制的。"贯穿两本书的这两个人物是位于基列统治阶级最高层的。烂就是从根上烂的。

新书发布后，记者曾追问阿特伍德书名 Testaments 有何深意？她指明了三层意思：遗言、证词、遗命，《旧约》和《新约》，坦白真相。

《证言》和三十五年前的《使女的故事》具有同样的结构：小说主体由一个世纪以后的历史学家发现的手写材料组成；材料本身是以第一人称重述二十一世纪初的基列共和国的内幕。《证言》中最重要的部分是由丽迪亚嬷嬷手写的。这不出人意外，因为只有嬷嬷还能看书写字，基列剥夺了其他女性的一切知识权，连超市购物都是用图片说明的，明令禁止女人接触语言、文字、书本，但教学依然进行——教的是花艺、女红之类的内容，以及政教合一的体制必定会灌输给下一代的宗教意识形态；他们会篡改、添加《圣经》原文，不难想象，对下一代的教育不可能是启蒙性的，而势必是遮人耳目的洗脑式教育。

奥芙弗雷德会在口述事实的同时加入回忆和想象，因而使《使女的故事》拥有丰富性：她身为使女受苦的同时也在自省和观察，感受到身为大主教、主教夫人、马大和守卫的各种人的压抑和凄楚；她既是"行走的子宫"，同时也在奴隶、反抗者、统治者的各种他者中间体察到了愧疚、无奈、麻木和欲望；她不是一味地屈从，心里始终在寻找出路，相信她会走出这个世界；她认知到自己的渴望和软弱……借她一人之眼，作者披露了基列的日常生活，而诸如"过去这里有过医生、律师和大学教授。但现在再也见不到律师，大学也关闭了"这样的巨变是轻描淡写一笔带过的。《使女的故事》用诗意的、残酷的语言讲述了被生殖器化的女性在精神上、身体上的痛苦。

《证言》则以丽迪亚嬷嬷之口，重述了那样的巨变是如何发生的，记录真相的方式也与使女有所不同：奥芙弗雷德的自述更感性，视野相对封闭；而身为开国元勋、拥有大权的丽迪亚嬷嬷的叙述更理性，格局相对开阔，爆料更多，要应对的矛盾也更复杂。她的正义源自复仇，而非意识形态；她的狠毒源自理性，而非天性；而她的善良不得不掩藏在最深处，是盔甲里最薄弱的软肋——但只要综观前后两本书就会发现，她始终不曾卸下那层盔甲。套用格里尔《女太监》中的概念来说，这个经历了大反转、亦正亦邪的人物既是被男权专制机器暴力统治的被阉割的女性，也不得不扮演了阉割她人的角色，制定女界规范，哪怕其本意旨在于有限范围内对女性群体加以保护，实质上也确实是专制机器的帮凶。丽迪亚嬷嬷的语言诗意有限，但残酷加倍，身为最厉害的"潜伏者"，她的痛苦纯然来自于道德层面的自我拷问。

《证言》还有另外两个第一人称的叙述声音：一个是在基列长大的艾格尼丝，另一个是在加拿大长大的妮可。就代际而言，三代女性对应了"前基列—基列—后基列"时代，就此扩展了名为"基列"的虚构时空。

妮可似乎生活在另一个平行世界：没有二十一世纪的互联网，没有我们所知的那些高科技玩意儿，更像是上世纪八九十年代。青春期的妮可担负了重任：不仅是信使、是证人，还承担了让本书有亮色、有欢笑的职责。阿特伍德历来都不缺乏幽默的天赋，看看她根据莎士比亚的《暴风雨》改写的《女巫的子孙》就知道了！全书的搞笑戏、动作戏都安排给了妮可，她代表了民主自由教育下的健康少女，但不是假大空的脸谱人物，她的胆怯、善良、天真、正义最终融汇成一种生猛的力量，催生出了勇敢。

与妮可相比，艾格尼丝的性格就要复杂多了。丽迪亚嬷嬷在前作中就讲过，"到你们下一代就容易多了。她们会心甘情愿接受自己的职责"。艾格尼丝就是基列的"新一代"，从小受的就是基列的教育，但她并不心甘情愿，反而备受困扰，因为基列的婚姻制度根本只是暴政的工具，只会让每个家庭分崩离析，每个家庭成员都不可能得到幸福。

在艾格尼丝生活的时代里，基列有外忧——在打仗，但表面上没有内患——显然是在几次大肃清之间，她看到的是正常的，甚至也有爱的家国。艾格尼丝的重要性还在于，我们能以她的视角看到马大们、年轻女生、准新娘们、嬷嬷们等一众女性的生活实况：她们全都压抑着真正的身心感受，在自我审查、自我保护中如履薄冰，包括宝拉这样的毒辣女人，甚至包括舒拉蜜这样天真又粗鄙的新一代新娘。她们的状态最能映衬出基列是何等畸形——但坦白地说，那些尔虞我诈、勾心斗角，那些女性间的互相倾轧存在于任何形态的社会，是从属于人性本身的卑劣。

再参考福柯的权力政治理论，我们很容易看清这些女性幸存者——嬷嬷们、大主教夫人们、马大们、准新娘们——都是自我管制、自我驯服的产物。福柯曾这样评论被正常社会驯服的人："用不着武器，用不着肉体的暴力和物质上的禁制，只需要一个凝视，一个监督的凝视，每个人都会在这一监督的凝视下变得卑微，就会使他成为自身的监视者，于是看似自上而下对每个人的监督，其实是由每个人自己加以实施的。"

基列的故事告诉我们：生活是很容易被操控的，因为生存所需的衣食住行终究是容易满足的：文盲可以生活得很好，甚至可以通过婚姻（无论真假）得到财富、荣誉和其它特权；平庸的恶人不仅能幸存，还可能存活得最久……有智力的人未必有理性，现代未必是文明的保证；判断力往往会屈服于生存的基本需求，但理性会让一个人在幸存所意味的屈辱隐忍乃至违背本心的同时，在内心保持自己的判断力，在受到迫害、继而规避迫害的同时策划反抗或复仇。

看到这一页的读者应该已知道了：基列必亡。阿特伍德给出了终点，这显然是包括尼尔·盖曼在内的很多读者这次感觉到"希望"的原因。只是，亚里士多德说过："以后的确定性在于从以前的迷惑中解脱出来，我们如果不知道症结在什么地方，就无法从中解脱出来"；而丽迪亚嬷嬷曾说过："从前那个社会毁就毁在有太多选择。"这个症结在《证言》结束前尚未得到解决方案——但小说至少用排除法得到了一个明确的结论：即便"从前那个社会"破坏生态、生育力低下、有各种各样的堕落问题，但终究是比基列要好一点。小说不负责给出现实世界的解决方案，但愿新一代读者能找出避免走向"从前那个社会"的道路。

于是

二〇二〇年五月二十四日

Margaret Atwood
THE TESTAMENTS
Copyright：© O. W. TOAD LTD., 2019
This edition arranged with CURTIS BROWN-U. K
Through Big Apple Agency, Inc., Labuan, Malaysia.
Simplified Chinese edition copyright：
2020 SHANGHAI TRANSLATION PUBLISHING HOUSE
All rights reserved.

图字：09－2020－403 号

图书在版编目（CIP）数据

证言/（加）玛格丽特·阿特伍德（Margaret Atwood）著；于是译. —上海：上海译文出版社，2020.7
书名原文：The Testaments
ISBN 978－7－5327－8505－6

Ⅰ.①证… Ⅱ.①玛…②于… Ⅲ.①长篇小说—加拿大—现代 Ⅳ.①I711.45

中国版本图书馆 CIP 数据核字（2020）第 081787 号

证言
［加拿大］玛格丽特·阿特伍德　著　于是　译
责任编辑/杨懿晶　装帧设计/胡　枫

上海译文出版社有限公司出版、发行
网址：www.yiwen.com.cn
200001　上海福建中路193号
上海市崇明县裕安印刷厂印刷

开本 889×1194　1/32　印张 14.5　插页 2　字数 210,000
2020年7月第1版　2020年7月第1次印刷
印数：00,001－30,000册

ISBN 978－7－5327－8505－6/I・5235
定价：69.00元

本书中文简体字专有出版权归本社独家所有，非经本社同意不得转载、摘编或复制
如有质量问题，请与承印厂质量科联系。T：021－59404766